랄
라
스
윗

랄라스윗

초판 1쇄 찍은 날 | 2015년 12월 21일
초판 1쇄 펴낸 날 | 2015년 12월 29일

지은이 | 황유나
펴낸이 | 예경원

편집 | 유경화

펴낸곳 | 예원북스
등록번호 | 제396-2012-000132호
등록일자 | 2012. 7. 25
YRN | 제1-0127호

주소 | 경기도 고양시 일산동구 호수로 646-24 위너스21-Ⅱ 206A호 (우) 10401
전화 | 031-819-9431 팩스 | 031-817-9432
http://cafe.naver.com/yewonromance
E-mail | yewonbooks@naver.com

ISBN 979-11-5845-057-1 03810

황유나 장편 소설

랄라 스윗

YEWONBOOKS ROMANCE STORY

예원북스

C · O · N · T · E · N · T · S

프롤로그

먹구름이 꺼멓게 낀 하늘 탓에 주위는 시간을 가늠할 수 없을 만큼 어두컴컴했다.

얼마 되지도 않는 먼 친척들이 납골당을 떠나고, 영우마저 외할머니를 따라가 버렸다.

이럴 줄 알았으면 나도 할머니 집에 가는 건데. 그랬으면 엄마의 이런 말도 안 되는 이야기를 듣지 않았을 텐데.

"엄마는 지금 이 상황에 농담이 하고 싶어? 하나도 재미없어."

하도 울어 잔뜩 가라앉은 목소리로 빈우가 한숨을 내쉬며 말했다.

"농담 아니야."

"엄마!"

빈우의 날 선 목소리가 주차장 한가운데를 가로질렀다. 빈우는 진심으로 화가 났다. 무슨 농담을 이렇게 살벌하게 한단 말인가.

"농담 아니라고! 내 배 아파 낳은 건 영우 하나야!"

엄마의 이런 얼굴은 한 번도 본 적이 없다. 아빠가 결국 중환자실로 올라갔을 때도 엄마는 빈우를 보며 괜찮을 거라고, 금방 일어나실 테니 걱정 말라고 위로했었다. 그랬던 엄마가 아빠 장례식이 끝나자마자 차디찬 가면을 뒤집어쓰고는 넌 내 딸이 아니라고 말하고 있었다.

"말 같지도 않은 소리 이제 제발 그만하라고!"

한 번도 친엄마가 아닐 거라는 의심을 해본 적이 없다. 어떻게 엄마가 내 엄마가 아니란 말인가.

"정빈우, 내 얘기 잘 들어. 네 생일이 1월 12일지만 그게 진짜 네 생일인지는 알 수가 없어. 왜냐면 널 낳은 여자가 그것조차 알려주지 않고 널 네 아빠한테 보냈으니까. 네가 아빠한테 왔을 때가 봄이었는데 네 개월 수가 쫌 돼 보이니까 그냥 그렇게 정했던 거라더라."

"소설 써? 무슨 거짓말을 이렇게 장황하게 해."

"잘나디잘난 년이 이게 거짓말인지 진짜인지 구분을 못한단 말이야? 믿고 싶지 않아도 어쩔 수 없어. 넌 절대 내가 낳지 않았으니까."

단호한 목소리로 엄마는 또 한 번 빈우의 가슴을 후벼 팠다.

"친생자관계부존재 확인인지 뭔지, 아무튼 그런 게 있다더라. 그거 해서 호적 정리도 할 거니까 그렇게 알아."

호적 정리라니. 엄마는 지금 진심이다. 빈우는 믿을 수가 없었다.

"엄마, 말이 된다고 생각해! 내가 엄마 딸로 23년을 살았는데 어떻게 하루아침에 엄마 딸이 아닌 게 돼! 어떻게 그래!"

엄마와 그녀를 보면서 많은 사람들이 그랬다. 빈우는 엄마를 닮았다고. 아주 빼다 박았노라고. 그랬었는데…… 그랬었는데…….

아무리 생각해도 이건 말이 되지 않았다.

"이제 남남으로 살자. 너는 너대로, 우리는 우리대로."

엄마의 손을 필요로 하는 나이는 이미 한참 지났다. 독립하라면 얼마든지 할 수 있지만 그건 엄마가 있고 몸만 빠져나왔을 때의 얘기다. 지금 엄마가 말하는 건 독립에 대한 게 아니었다.

"나 이제 졸업이잖아. 아빠만큼 나 열심히 살 거야. 영우 학비쯤은 내가 댈 수 있어. 약속할게. 취직해서 월급 타면 그거 다 엄마 줄게. 진짜야!"

절박한 마음으로 빈우가 목소리에 힘을 주었다. 이제라도 엄마가 농담이었다며 웃어주길 빈우는 빌고 또 빌었다.

"내가 그동안 멍청해도 너무 멍청했어. 그 긴 세월을 내가 미쳤지."

그동안 뭘 어쨌기에 이러는 거냐고 물어보고 싶지만 돌아올 말이 이젠 너무나 무섭다.

문득, 그녀가 아주 어렸을 때 아빠 다리에 매달려 울던 엄마의 모습이 기억났다. 아기를 낳고 싶다며 울던 엄마의 모습. 그 생각이 지금 왜 드는 걸까. 빈우가 고개를 흔들었다.

"엄마, 미안해. 내가 속상하게 했던 거 다 잘못했어. 제발 이러지 마."

빈우의 눈에서 눈물이 후드득 떨어졌다. 마음의 준비라도 하고 있었던 아빠의 죽음과는 비교도 되지 않을 만큼 더 큰 충격이었다.

"엄마……."

부들부들 떨리는 손으로 엄마의 소맷자락을 붙들었다. 그러나 엄마는 새파래진 빈우의 손을 탁 쳐내고 그녀에게서 한 발자국 물러섰다.

빈우가 악을 쓰고 울었지만 엄마는 빈우를 쳐다보지 않았다. 다시는 보지 않을 것처럼 단호하게 그녀의 시선을 회피했다.

오싹해진 등줄기로 차가운 바람이 지나갔다. 온몸이 부르르 떨리고 퉁퉁 부은 눈에서 쉴 새 없이 눈물이 떨어졌다.

"이렇게 될 줄 알고 그랬는지. 아빠가 진즉에 너한테 남긴 거야."

빈우의 손에 통장과 서류봉투가 쥐어졌다.

"난 이걸로 내 할 도리는 했다고 생각해. 얼마든지 너한테 감출 수 있었지만 네 아빠가 죽을 때까지 지키고 싶었던 게 너니까……. 너무 무서워."

엄마의 횡설수설을 알아들을 수가 없었다. 뭐가 무섭다는 걸까.

아빠보다 5살이나 어린 엄마는 말버릇처럼 아빠를 존경한다고 말했다. 아빠처럼 훌륭한 사람이 되어야 한다고, 아빠만큼 존경받는 사람이 되어야 한다고. 그랬던 엄마가 아빠를 무섭다고 말한다. 뭐가 뭔지 아무것도 모르겠다.

"나는 영우랑 할머니 모시고 따로 나가 살 거니까 너는 그 집에서 그냥 살던지 이사를 가든지 알아서 해. 며칠 있다가 짐 실으러 차 보낼게."

벌겋게 부어 오른 얼굴로 잠시 빈우를 응시하던 엄마가 몸을 돌렸다.

"엄마……."

크게 부르지도 못하는 울음 섞인 빈우의 목소리에 엄마가 잠시 멈칫거렸다. 하지만 이내 엄마는 빠른 걸음으로 납골당을 내려갔다.

이제 정말 엄마의 모습이 보이지 않는다. 빈우가 차디찬 주차장 바닥에 주저앉았다. 낯선 이곳에 홀로 버려진 게 서러워 목이 터져라 울었다.

조금은 엄했던 아빠보다 빈우는 엄마를 더 잘 따랐다. 엄마에게만은 비밀을 만들지 않았던 자신이었건만 엄마는 엄청나게 큰 비밀을 여태껏 감추고 살았던 모양이었다.

이제 엄마 얼굴에 팩은 누가 붙여주고 등은 누가 밀어주지? 가슴이 메어와 죽을 것같이 아팠다.

엄마와 쌓은 수만 개의 추억들이 머릿속을 스쳐 지나갔다. 엊그제 돌아가신 아빠보다 방금 눈앞에서 떠나간 엄마가 빈우는 더 그리웠다.

납골당 주차장에 주차를 한 후 도훈과 그의 아버지가 차에서 내려섰다. 도훈이 뒷좌석에 놓아두었던 꽃다발과 사탕 봉지를 챙기는 동안 걸음이 빠른 아버지는 저만치 걸어가고 있었다. 아버지를 따라잡기 위해 급한 걸음을 걷던 도훈이 어딘가에서 들리는 울음소리에 멈춰 섰다. 상복을 입은 여자가 주차장 바닥에 주저앉아 통곡을 하고 있었다. 걱정스레 바라보다 가까이 가기 위해 한 발자국을 내딛었다.

"민도훈."

그를 부르며 다가오는 아버지에게로 도훈이 고개를 돌렸다. 아버지가 왜 그러냐는 듯 의아한 얼굴을 해 보였다.

도훈이 대답 대신 상복을 입을 여자에게로 시선을 돌리자 아버지가 쯧쯧 혀를 찼다. 납골당에서 흔히 보는 모습이지만 아버지도 가슴이 아프긴 마찬가지인 모양이었다.

"어서 가자."

"저렇게 그냥 두고요?"

"울 만큼 울어야 해. 그래야 잊는다."

그러고 보니 지나가는 사람들 모두 안타깝게 고개를 내저으며 바라보기만 할 뿐 그 누구도 섣불리 여자에게 다가가지 않았다. 사랑하는 사람을 떠나보낸 심정을 아는 까닭에 울고 있는 여자를 바라보는 사람들의 표정에도 슬픔이 가득했다.

"그래도 저렇게 두고 가면 안 될 것 같아요. 비라도 쏟아지면 어떡해요."

"주위에 누구 있겠지. 아무도 없겠어?"

아버지가 또다시 앞장서 걷기 시작했다. 하는 수 없이 아버지를 따라 걷던 도훈이 영 마음이 놓이지 않는 듯 방향을 바꿔 여자를 향해 뛰어갔다. 힐끔 돌아보니 아버지는 이미 건물 안으로 들어가고 있었다.

얼굴을 볼 수는 없지만 손이 무척이나 고운 걸 보니 나이가 많지는 않을 것 같았다.

금방이라도 흘러내릴 듯, 까만 머리에 아슬아슬하게 매달려 있는 리본마저 안타깝게 느껴져 도훈이 작게 한숨을 내쉬며 조심스레 여자 곁에 무릎을 굽히고 앉았다.

고개를 숙인 여자에게서 억눌린 울음소리가 들려왔다. 누구를 보낸 걸까. 측은한 마음에 함부로 말을 걸 수도 없었다.

한참을 머뭇거리던 도훈이 여자를 불렀다.

"저기요."

도훈의 목소리를 들었을 텐데도 여자는 고개를 들지도, 울음을 그치지도 않았다.

"바닥 찬데, 여기 오래 앉아 계시면 몸 힘들어져요. 가족분들이나 친구분들 가까이에 없어요? 어디 계신지 말씀해 주시면 불러다 드릴게요."

여전히 반응을 보이지 않는 여자의 어깨를 살짝 잡았다. 이렇게 얼마나 있었던 건지 도훈의 손에 닿은 여자의 저고리가 싸늘했다. 그러나 이내 새파란 여자의 손이 어깨에 닿은 그의 손을 슬며시 치워냈다.

길게 흐느낌을 내뱉고는 손바닥으로 바닥을 짚으며 여자가 힘겹게 일어섰다. 비틀거리는 여자를 부축하기 위해 도훈이 손을 뻗었지만, 가까이 오지 말라는 듯 여자는 떨어뜨린 고개를 내저을 뿐이었다.

한겨울 차가운 바람이 여자의 긴 머리카락을 흔들고 사라진다. 눈물에 달라붙은 머리카락을 떼어내고, 흠뻑 젖은 채 붉어져 버린 여자의 눈가를 닦아주고 싶었다. 그러나 도훈은 가만히 주먹을 말아 쥘 뿐이었다.

비척비척 걸어가는 여자의 뒷모습을 바라보던 도훈이 봉안당으로 가기 위해 몸을 돌렸다.

"민도훈."

여자가 신경 쓰여 자꾸만 뒤를 돌아다보던 도훈이 체념하듯 고개를 흔들고 저를 부르는 아버지의 목소리에 내달렸다.

할머니가 생전에 좋아하시던 꽃과 사탕을 내려놓고 가만히 할머니 사진을 들여다보았다.

"할머니, 할머니 손자 도훈이 왔어요. 그동안 잘 지내셨어요?"

도훈을 지켜보던 아버지가 편히 이야기하라는 듯 자리를 피해 밖으로 나갔다. 멀어지는 아버지를 보며 도훈이 이야기를 이어갔다.

"아버지가 요즘 할머니 많이 보고 싶어하세요. 아버지 꿈에 좀 오셨다 가세요, 할머니."

도훈 역시 할머니가 많이 보고 싶었다. 우리 도훈이 장가가는 것까지 보고 가야지 하셨던 할머니는 도훈이 대학에 들어가자마자 돌아가셨다.

"할머니, 저 내일 군대 가요."

도훈이 씁쓸하게 웃었다.

"다 가는 군대니까 걱정하지 마세요. 건강하게 잘 다녀올게요."

우리 도훈이, 우리 도훈이 하시던 할머니 목소리가 귓가에 맴돌았다. 괜스레 울컥해져 코끝을 찡그렸다.

"안녕히 계세요, 할머니. 휴가 나올 때마다 들를게요."

고개를 숙여 할머니 사진을 향해 인사를 하고는 아버지를 찾아 나섰다.

"아버지."

계단 끝자락에 앉아 있던 아버지가 엉덩이를 털어내며 일어섰다.

"아까 그 아가씨는 잘 갔나?"

아버지의 말에 혹시나 하며 주차장을 살피던 도훈이 이내 어깨를 으쓱했다.

"잘 갔겠죠, 뭐. 어서 가요, 아버지. 지금 가면 엄마 퇴근 시간에 딱 맞출 수 있겠어요."

병원에서 간호사로 근무하는 엄마의 퇴근 시간에 맞추기 위해 두 사람이 돌아가는 길을 서둘렀다.

납골당에서 내려와 큰 도로에 접어들 무렵, 검은색 상복을 입은 채로 정류장에 앉아 있는 여자가 눈에 들어왔다. 검고 긴 머리카락이 얼굴을 가려 보이지 않았지만 분명 그 여자가 맞을 터였다.

가까운 곳에 가족이 있을 거라 생각했는데 여자는 조금 전과 마찬가지로 혼자였다.

차 소리에 여자가 고개를 들었다. 투명하다 못해 창백해 보이는 여자의 얼굴이 찰나였지만 빠르게 도훈의 눈 속에 담겼다.

자꾸만 고개를 돌려 뒤쪽을 힐끔거리는 도훈을 향해 아버지가 으름장을 놓았다.

"민도훈, 앞에 보고 운전해라. 사고 나면 너 내일 군대 못 간다."

제대 후 바로 복학하기 위해 휴학 시기를 맞췄던 도훈이었다. 절대 군대를 미룰 수는 없었다. 아쉬운 대로 눈만 돌려 사이드미러를 바라봤지만 이미 여자와는 이만큼 멀어져 모습이 제대로 보이지 않았다.

새파랗던 손과 무척 차가웠던 어깨, 창백해 더 붉어져 버린 여자의 눈가가 잔상으로 남아 도훈의 기억 속에 꽤 오래도록 남아 있었다.

1. 노란 헬멧

따다다다다.

5시.

어김없이 같은 시간이다. 뻑뻑해진 눈을 껌벅거리며 일어나 서둘러 창문을 열었다. 푸르스름한 새벽을 헤치며 노란 헬멧이 저만치 사라져 간다.

탈이 난 오토바이 머플러 소리는 오늘도 여전했다. 이 집 저 집에서 불만 섞인 항의를 하고 있다는데도 며칠째 그대로였다.

그러나 시간 가는 줄 모르고 날을 새우는 일이 허다한 도훈에게 요란한 오토바이 소리는 시간을 알려주는 알람과도 같았다. 덕분에 요 며칠 동안은 잠깐이라도 눈을 붙이고 출근할 수 있었으니 어쩌면 고마운 소리일는지도 몰랐다.

창문을 닫고 발코니로 나가 철 계단 앞에 섰다. 그의 방에서 바로 1층을 오고 갈 수 있도록 설치한 철 계단이었다.

매일 계속되는 철야근무로 새벽이 되어서야 퇴근을 하는 도훈 때문에 유독 잠귀가 밝은 엄마 진숙은 새벽잠을 설치기 일쑤였다. 그런 엄마를 핑계 삼아 도훈은 독립을 부르짖었다. 하지만 중요한 건 독립할 자금이 없다는 거였다. 사무실을 얻고 집기를 장만하느라 그동안 모아놓은 돈을 대부분 써버린 도훈은 아버지에게 조금만 보태주십사 손을 벌렸다. 그러나 아버지는 단번에 독립불가를 선언하셨다. 하나밖에 없는 아들과 절대 헤어져 살 수 없다는 엄마의 강경한 태도 때문이었다.

어쨌든 궁여지책으로 설치된 계단이긴 했으나 도훈은 꽤나 만족스러웠다. 퇴근 때마다 발소리를 죽이며 거실을 지나치지 않아도 되고 무엇보다 마당을 오고 가는 게 너무 편했다.

훅 하고 끼쳐 오는 새벽 공기가 좋아 도훈의 입매에 부드러운 미소가 걸렸다.

고요한 1층 거실을 힐끔 본 후, 밤새 굳어진 몸을 풀기 위해 가볍게 뛰었다.

"슉 슉 슉 슉."

양쪽 팔을 번갈아 뻗으며 잽을 날렸다. 눈앞에 누군가 있는 것처럼 큰 몸집을 구부려 요리조리 피하는 시늉도 해본다.

"잠깐이라도 눈을 붙이려면 얌전히 올라가는 게 낫지 않겠냐. 나이가 몇인데 아직도 슉슉이냐!"

"아버지?"

놀란 도훈의 눈이 커다래졌다.

"그래. 내가 네 애비다!"

자신보다 한 뼘이나 키가 작은 아버지가 그의 가슴에 고개를 들이밀며 장난을 걸어왔다.

"이 시간에 왜 안 주무시고. 놀랐잖아요."

"커다란 녀석이 놀라기는."

아버지 대호의 손에는 그가 가져오려 했던 우유와 신문이 이미 들려 있다. 팔을 뻗어 대문을 닫고는 도훈이 우유를 받아 들었다.

"이거 뭐지?"

"뭔데?"

—이른 시간에 시끄럽게 해서 죄송합니다. 빠른 시일 내에 조치를 취하도록 하겠습니다.

노란 포스트잇에 깨알 같은 글자들이 쓰여 있다. 도훈이 포스트 잇을 떼어 아버지가 볼 수 있도록 들어 올렸다.

"이런 거 쓸 시간 있음 좀 고치지. 젊은 사람이 참……."

"만나셨어요?"

"오토바이 소리가 나기에 얼른 뛰어나갔는데 옆모습밖에 못 봤어. 젊은 사람이더라고. 나이 얼마 안 먹었겠어. 이상하게 요 며칠 신문보급소도 우유배급소도 전화를 안 받아. 영업을 해야 할 텐데 어찌 그리 전화를 안 받을까. 어딘지 찾아가 봐야 하는 건지, 나 원 참."

운세동 통반장을 맡고 있는 아버지는 며칠째 이 일로 골머리를 앓고 있었다. 철 계단 덕분에 새벽잠을 푹 자게 되었다고 좋아하던 엄마가 오토바이 소리에 또다시 스트레스를 받고 있는데다 이 골목에 사는 사람들의 원성도 끊이지 않았다.

이 골목에서는 우유를 받는 집이 두 집, 신문을 받는 집은 한 집이었다. 두 개를 한꺼번에 신청해야 냄비 세트를 받을 수 있다는 엄마의 성화에 도훈의 집에서는 몇 년 전부터 신문, 우유 두 개 다 받고 있었다.

오늘은 붙잡아 얼른 오토바이를 고치라고 호통을 칠 생각이었는데 놓치고 말았다며 한참을 푸념하던 아버지가 현관문 안으로 들어갔다.

"동글동글한 글씨가 앙증맞기도 하네."

악필 중에 악필인 도훈은 자신의 글씨체에 말 못할 콤플렉스를 갖고 있었다. 손에 쥔 노란 포스트잇에 쓰여 있는 예쁜 글씨체를 보며 도훈이 입맛을 다셨다. 부럽다, 부러워.

잠깐 눈만 붙인다는 게 푹 자고 말았다. 대충 씻은 뒤 허둥지둥 옷을 꺼내 입고 책상 위에 늘어놓은 서류 더미를 가방 안에 밀어 넣었다.

비가 오려나? 창밖이 어두운 걸 보니 날씨가 심상치 않아 보인다.

방문을 열고 1층을 향해 소리를 질렀다.

"엄마, 저 출근해요!"

1층에서는 요즘 한창 유행이라는 트롯곡이 들려왔다. 피식 웃음을 짓던 도훈이 엄마의 대답을 들을 시간이 없음을 깨닫고는 1층으로 내려가기 위해 발코니 쪽으로 몸을 돌렸다.

"아들! 이거 먹고 가라니까!"

노랫소리 때문에 제 목소리를 듣지 못했을 거라 생각했는데 엄마의 목소리를 못 들은 건 저였던 모양이었다.

"시간이 없어요. 가면서 먹을게요."

그럴 줄 알았다며 엄마는 재빨리 앞치마에서 호일을 꺼내어 접시 위에 놓인 샌드위치를 싼다. 엄마의 민첩한 행동에 도훈의 입이 쩍 벌어졌다.

순식간에 포장을 끝낸 엄마가 도훈에게 샌드위치를 내밀며 그의 엉덩이를 펑 하고 두들겼다.

"얼른 가. 비 온다던데 차에 우산 있지? 운전 조심해!"

도훈이 철 계단을 뛰어 내려가며 손을 흔들어 알겠다는 대답을 대신했다. 차에 올라타 옆 좌석에 가방을 놓고 샌드위치를 감싼 호일을 벗겨냈다. 그의 머릿속에 오늘의 일정표가 죽 그려졌다. 오늘 일정 중에 골치 아픈 건 일단 없다는 걸 기억해 내고는 샌드위치를 한입 베어 물었다.

출발하고 얼마 지나지 않아서부터 빗방울이 떨어지기 시작하더니 사무실 근처에 다다랐을 무렵에는 빗줄기가 거세져 있었다.

우산이 있나? 아, 지난주에 비인이 빌려줬지. 이럴 때는 지하주차장은커녕 건물 주차장조차 없다는 게 너무 안타깝다. 사무실과 가장 가까운 곳에 있는 공영 주차장에 차를 세우고, 뛰어가는 동안 맞게 될 빗방울을 가늠해 보았다. 웬 가을비가 이렇게나 내리는 걸까. 퍼붓는구나, 퍼부어.

도훈이 가방을 우산 삼아 머리에 이고는 냅다 뛰어 노란 우산을 쓰고 걸어가는 여자를 앞질렀다. 같은 건물 사람일지도 모르지만 우산을 씌워달라 하기에 이미 너무 많이 앞질러 와버렸다. 에라, 그냥 뛰자.

건물로 들어서기 전 조금 남은 샌드위치가 기억났다. 맛있었는데. 다시 뛰어가 볼까 싶어 뒤돌아 공영 주차장 쪽을 바라보았다. 조금 전 스쳐 지난 노란 우산이 저만치 서 있다. 이쪽으로 오는 사람은 아니었던 모양이었다.

다시 뛰어가기에는 무리였다. 이미 티셔츠는 물방울이 스며들 만큼 젖어 있었고, 지각을 면하기에 시간도 아슬아슬했다.

아쉬웠지만 남은 샌드위치를 포기하고 2층에 있는 사무실에 올라갔다. 사무실 문을 열자마자 진한 커피향이 코끝에 와 닿는다. 느긋하게 커피를 마시고 있는 비인을 지나쳐 제 책상에 비에 젖은 가방을 툭 던졌다.

"우산 없었어?"

도훈도 마찬가지였지만 비인 역시 왔냐는 인사 따위는 없었다. 그저 비를 홀딱 맞은 도훈을 향해 왜 그 꼴이냐는 표정을 지을 뿐.

"너 빌려줬잖아."

빌려준 걸 왜 돌려주지 않았느냐, 뭐 그런 뜻으로 한 말은 아니었는데 뱉고 나니 이 꼴을 만든 게 비인이 탓인 것만 같다.

"아, 맞다. 그래도 집에 우산이 그거 하나는 아닐 거 아냐."

"몰라. 늦어서 그냥 뛰어나왔어."

"벌금 내기 싫어서?"

비인이 깔깔대고 웃는다. 달랑 도훈과 비인이 전부인 사무실이라 초반에는 두 사람 모두 지각을 밥 먹듯 했다. 이렇게는 도저히안 되겠단 생각에 한 번 지각에 벌금 십만 원이라는 특단의 조치를 취했고, 그 결과는 이렇듯 훌륭했다.

사무실 전화 소리가 빗소리에 섞여 요란하게 울렸다. 비인이 도훈에게 급히 커피를 건네고는 전화를 받았다.

"네, 스윗소프트웨어입니다. 잠시만요."

비인이 수화기를 한 손으로 막고는 난감한 표정을 지었다.

"민 대표야, 랄라플라워 대표."

랄라플라워? 두 주 동안 잠도 못 자고 만든 프로그램을 의도했던 바에 적합하지도 않다며 단번에 거절해 버린, 한마디로 진상 클라이언트 말인가?

아직은 통화할 생각이 없기에 도훈이 고개를 흔들었다. 그가 전화를 피하는 까닭을 알고 있기에 비인은 재차 받아보라 권유하지 않았다.

"죄송합니다. 지금 다른 분과 통화 중이에요. 그러게요. 참 이상하죠? 전화하실 때마다 통화 중이네요."

비인의 말속에 우리는 너의 전화를 반기지 않는다는 뉘앙스가 담겨 있다. 도훈이 피식 웃으며 커피를 한 모금 마셨다.

전화를 끊은 비인이 수건을 가지고 와 도훈의 어깨를 적신 빗물을 닦아냈다.

"이리 줘. 내가 할게."

"내가 닦아줄게."

"내가 한다니까."

"아휴, 가만있어 봐……. 으악! 어떡해!"

수건을 빼앗기지 않으려던 비인이 도훈의 손에 들린 커피 잔을 건드려 그의 티셔츠에 커피가 쏟아졌다. 베이지색 티셔츠는 금세 갈색 물로 얼룩이 생겼다.

"윽! 왕비인!"

"아, 미안."

"내가 한다니깐!"

"그럼 커피를 놓던지! 불안하게 들고 있으니까 그렇잖아!"

왕비인, 적반하장도 유분수다. 뒤늦게 커피를 왜 들고 있었을까 후회가 되었지만 이미 엎질러진 커피일 뿐.

당연히 아무리 닦아도 커피 얼룩은 그대로였다.

"너 오늘 미팅 없잖아. 벗어봐. 대충이라도 빨아올게."

도훈이 눈썹을 들어 올리며 거절할 기미를 보이자 비인이 그의 티셔츠 자락을 붙들었다.

"네가 웃통 벗고, 쪼그리고 앉아 티셔츠 빨고 있는데 혹시 옆 사무실 아가씨가 화장실에 들어오기라도 하면 어쩔 거야? 문도 안 잠기는데 문고리 붙들고 빨래? 아, 그래. 그렇게 네 몸을 보여주고 싶으면 네가 빨던지."

티셔츠 자락을 탁 놓으며 턱을 치켜드는 비인을 보며 도훈의 얼굴이 일그러진다. 아, 이래서 빨리 성공해야 하는 거다.

책상 위는 물론이고 접대용 테이블까지 여러 대의 컴퓨터가 어지럽게 놓여 있는 코딱지만 한 사무실을 훑으며 도훈이 한숨을 내쉬었다. 화장실도 남녀 공용 하나밖에 없는데다 세면대는커녕 수도꼭지 하나 달랑 있는 2층짜리 낡은 건물에서 벗어나려면 성공밖에는 방법이 없다.

내 기필코 승강기로 연결된 지하 주차장이 있고, 남녀가 구분된 삐까뻔쩍 화장실이 있는 건물로 이사 가고 말리라!

"아, 진짜."

못 이기는 척 티셔츠를 벗어 비인에게 건넸다. 딱 보기 좋은 도훈의 몸을 대놓고 훑으며 비인이 장난기를 가득 내뿜었다.

"커피 자주 쏟아야겠네. 섹시한 민도훈 몸 구경 좀 자주 하게."

"시끄럽고, 빨리 그거나 빨아와."

"어우, 아까워라. 차라리 네가 가서 빨아라. 좀 보여주고 그래야지. 너 이런 몸으로 도나 닦고 있는 건 죄짓는 거나 다름없다. 보물 은닉죄!"

"시끄럽다고 했다."

"민 대표야, 좋은 건 나눠야 하는 거야."

비인의 키득거리는 소리가 점점 멀어져 간다. 도훈이 고개를 절레절레 흔들었다. 한두 해 겪은 왕비인이 아니다. 이젠 뭐, 그러려니 하지만 대학 시절에는 비인의 행동이나 성격을 이해할 수 없었다.

웃통을 벗고 있으려니 부쩍 기온이 낮아진 탓에 으슬으슬 추웠다. 잠깐 두르고 있을 만한 게 있는지 두리번거리던 도훈이 비인의 사물함을 열었다.

"참, 대단하다. 살림을 차리셨네."

제 것보다 두 배는 큰 사물함 안이 물건들로 꽉 들어차 있다. 초코바를 비롯한 간식거리들, 화장품, 간단한 세면도구 그리고 이건…… 이건…….

"크흠."

민망함에 눈길을 돌리고 잘 개어놓은 옷가지를 들어 펼쳤다. 티셔츠 같은 건 들어갈 리가 없고 허리 부분이 밴드로 된 파란색의 주름치마가 눈에 띤다. 아마도 이 치마의 주인은 비인이 아니라 좁은 소파 위를 떡하니 차지하고 있는 저 곰 인형일 터. 티셔츠가 마를 동안 잠깐 걸치고 있을까?

치마에 머리를 집어넣고 목을 빼냈다. 가슴 부근까지 내려오는 게 망토 같기도 하고. 그런대로 괜찮아 보였다.

"티셔츠를 말려서 오나, 왜 이렇게 안 와."

연한 베이지색 털의 곰 인형을 슬쩍 밀어내고는 소파 위에 앉았다. 무릎 위에 노트북을 얹고 프로그램을 실행시켰다. 왠지 낯선 시선이 제 목덜미에 닿아 있는 것 같은 느낌에 도훈이 목을 움츠리며 슬쩍 고개를 돌렸다. 곰 인형의 까맣고 커다란 플라스틱 눈이 저를 쏘아본다.

"그렇게 쳐다보지 마. 원래 여긴 내 자리였어. 헉, 내가 인형한테 뭐라는 거야."

괜히 죄도 없는 곰 인형을 툭 치고는 아예 뒤집어 버렸다.

도훈과 단둘뿐인 사무실이 너무 외롭다며 비인이 구입한 인형이었다. 매일 옷도 갈아입히고 말도 붙이는 걸 보면 기가 차 말이 안 나왔지만, 그런 내색을 보이면 살아 있는 동물을 가져다 놓을 것 같아 그냥 두고 보는 중이었다. 그런데 어느새 제가 똑같이 하고 있으니, 비인이를 닮아가고 있는 제 모습에 어이가 없어 도훈이 한숨을 내쉬었다.

정말 말려서 오는 모양인지 비인이는 한참이 지나도록 오지 않았다. 밤새 작성해 놓은 프로그램을 검토하는데 갑작스럽게 허기가 몰려온다.

"아, 샌드위치."

차에 두고 온 샌드위치가 너무나 간절했다. 하지만 이 꼴을 해서는 도저히 나갈 수가 없다. 비상식량으로 챙겨놓았던 컵라면에 정수기 뜨거운 물을 붓고 먹을 자리를 찾았다.

"컵라면 하나 놓을 자리가 없네."

하는 수 없이 소파 위에 컵라면을 올려두고 바닥에 양반다리를 한 채 앉았다. 노트북도 보고 컵라면도 먹고, 그런대로 편안한 자세가 나와 만족스러웠다.

등 뒤에서 문이 열리는 소리가 들린다. 비인이 돌아온 모양이었다.

"쩝쩝, 후루룩."

아랑곳 않고 먹는 데에 집중했다. 그러나 시간이 지나도 뒤에 있을 비인에게서는 아무런 기척이 없었다. 궁금함을 못 이기고 고개를 돌렸지만 사무실에는 저 혼자였다.

"뭐야. 잘못 들었나?"

다시 고개를 돌리려는데 사무실 문이 열렸다. 비인이었다.

"야! 푸하하하. 너 뭐야? 중세 시대 망토 입은 기사 같잖아. 칼 한 자루 쥘래? 이 과도는 어때? 푸하하하하."

비인의 이러한 반응은 충분히 예상했던 바였기에 아무렇지 않 았다. 하여튼 수다스러운 자식이라니까.

퇴근이 너무 늦어버렸다. 손빨래 한번 제대로 해본 적이 없는 비인이 빨아온 옷은 역시나 깨끗하지 않았다. 금방 마르지도 않아 도훈은 하루 종일 망토 입은 기사 차림으로 지내야 했다. 옷도 갈 아입어야 하고 잠깐이라도 눈을 붙이는 게 나을 것 같아 도훈이 퇴근을 서둘렀다.

집으로 들어가는 골목에 진입했을 때 따다다다 오토바이 소리 가 들려왔다. 시계를 확인하니 어김없이 그 시간이었다. 차를 골 목 안쪽에 세우고 오토바이가 먼저 지나가길 기다렸다.

따다다다.

밖에서 듣는 오토바이 소리는 집 안에서 듣는 것보다 훨씬 컸 다. 새벽, 씩씩대던 아버지의 얼굴을 떠올리니 웃음이 나왔다. 그 순간 오토바이가 기우뚱했다.

"어, 어!"

저만치서 오던 오토바이가 별안간 넘어져 도훈의 차 가까이까 지 미끄러져 왔다. 급히 차에서 내린 도훈이 운전자에게 다가가 물었다.

"괜찮으세요?"

얼굴이 보이지 않는 노란 헬멧이 고개를 끄덕인다.

"저랑 병원에 가세요. 일어나실 수 있으세요?"

유난히 왜소해 보이는 체구에 마음이 쓰였다. 바닥을 짚고 일어나는 운전자를 돕기 위해 도훈이 손을 뻗었다. 그러자 운전자가 손대지 말라는 듯 손바닥을 쫙 펴 들어 보였다.

"괜찮아요."

걸걸한 목소리가 아니다. 놀란 도훈의 눈이 커다래졌다. 마스크를 한 탓에 얼굴을 자세히 볼 수는 없지만 며칠 동안 운세동 골목을 시끄럽게 만들었던 노란 안전모는 여자였다.

"여자분이셨네요."

"무슨 상관인데요?"

헬멧에 부착되어 있는 불투명색 가리개가 코까지 덮고 있어 여자의 얼굴이 보이지 않았다. 하지만 내뱉는 여자의 목소리가 차가운 걸 보니 어떤 표정일지 짐작이 갔다.

"아니 뭐, 좀 놀랐다고요. 그런데 정말 괜찮겠어요?"

"시간 괜찮으시면 오토바이 일으키는 것 좀 도와주세요."

끄응 소리와 함께 여자가 일어섰다. 이렇게 보니 어깨며 다리며, 왜소한 남자로 보기에도 너무 가냘프다. 아버지는 왜 모르셨을까. 가까이서 보니 딱 여자인데.

쓰러진 오토바이를 일으켜 세우고 튕겨져 나온 신문과 우유를 초록 바구니에 실었다. 다행히 터진 우유는 보이지 않는다.

"고맙습니다. 그럼."

"저기, 운전 조심하세요. 비 온 뒤라 많이 미끄러워요."

노란 헬멧이 까딱 고갯짓을 해 보인 뒤 오토바이에 올라탔다. 금방 출발할 줄 알았던 오토바이는 탈탈탈 소리만 낼 뿐 움직이지 않았다. 넘어졌던 터라 시동이 제대로 걸리지 않는 모양이었다. 안 그래도 상태가 꽤나 좋지 않은 오토바이가 아니던가.

도훈이 도와주려 한 발을 내딛었다가 그만두었다. 오토바이에 대해 잘 모르는 자신이 나서봐야 별다른 수가 있을 리 없을 테니까.

하지만 도훈은 차에 올라타고도 쉽사리 자리를 뜰 수가 없었다. 몇 분 동안 오토바이와 씨름을 하던 노란 헬멧은 포기한 듯 오토바이를 끌고 그의 차 옆을 지나갔다. 사이드미러 속 노란 헬멧이 점점 멀어져 간다. 꼿꼿한 여자의 어깨가 왠지 무척이나 무거워 보였다.

며칠 전 출시한 대리운전관리 프로그램에 대한 반응이 괜찮았다. 고가의 프로그램을 구입하지 않고, 부담 없이 가입비와 관리비만으로 사용할 수 있는 프로그램이라 우선 써보자 하는 고객들이 많은 듯했다.

도훈이 설립한 스윗소프트웨어는 업무용관리 프로그램을 전문적으로 개발하는 업체였다. 기존에 대기업에서 많은 비용을 들여 개발하여 사용하던 프로그램을 적은 비용을 가지고 간편하게 사용할 수 있도록 해 프랜차이즈뿐만이 아니라 개인 자영업자에게도 큰 호응을 얻고 있었다.

"문의가 너무 많은데? 이거 일일이 답변 달다가는 다른 일은 아예 못할 것 같아."

"우선 많이 하는 질문 간추려서 답변 올려놔."

"그래야겠어. 그리고 랄라플라워 프로그램 약간 손봐서 여기주자."

비인이 가리키는 화면에는 랄라플라워와 비슷한 형태의 케이크 배달 업체가 문의한 내용이 있었다.

모든 스타트업이 그러하겠지만 도훈 역시 스윗소프트웨어에서 판매하는 프로그램만으로는 목표만큼의 매출을 달성하기가 쉽지 않았다. 그 때문에 이따금 웹사이트 제작 의뢰를 받고 있었는데 그의 주요 사업이 아니기에 긴 시간을 할애해야 한다면 되도록 맡지 않았다.

그런 점에서 랄라플라워의 경우는 도훈에게 좀 특별할 수밖에 없었다. 랄라플라워의 사업 아이템이 탐이 날 만큼 괜찮다는 생각이 들기도 했지만 같은 스타트업이라는 점에서 응원을 해주고 싶었다. 의뢰서를 딱 보기에도 단 며칠로는 힘들 것 같다며 비인은 만류했고, 도훈은 의뢰를 받아들였다. 그런 속사정도 모른 채 업주가 거절했으니 도훈의 기분이 좋을 리 없었다.

"랄라플라워 전화 오면 바꿔줘. 생각할 시간 줬으니 확실하게 물어봐야지."

"계약 파기하려고 전화 안 받았던 거 아냐?"

"아니야. 자신이 얼마나 말도 안 되는 억지를 부리고 있는지, 알아볼 만큼 알아봤으면 현실을 제대로 보고 생각 좀 해보라고 시간 준 거야."

도훈은 자신의 실력에 대한 자부심과 자존심이 대단했다. 랄라 플라워 대표가 원했던 것 이상으로 잘 만들어진 사이트였는데 딴 죽을 건다면 안 팔면 그만이었다.

"오늘 좀 일찍 퇴근할게. 나 오늘 또 선보러 가."

오늘 비인의 차림새를 보고 그럴 거라 생각했다. 평소보다 연한 화장과 선호하지 않던 아이보리색 원피스를 입은 비인은 그런대로 순수해 보였다. 마녀가 청순녀가 되었다니.

"이번에는 꼭 성공하길 바란다."

"나도 그랬으면 좋겠어."

비인은 정말 간절해 보였다. 잠깐씩 남자들을 만나기도 했지만 결혼에 대해서는 무척 완강한 아버지 때문에 쉽지 않았다. 꽤 규모가 큰 사업체를 갖고 있는 아버지는 자신의 사업을 도울 사위를 원했고 웬만한 사윗감에는 콧방귀도 뀌지 않았다.

비인이 도훈을 향해 은근한 미소를 보이며 다가왔다.

"그냥 너랑 결혼하면 딱인데 말이야."

그 소리 왜 안 하나 그랬지. 농담인 걸 알지만 도훈은 매번 끔찍한 이야기라도 들은 양 얼굴을 찡그리고는 했다.

못들은 척 제 할 일을 하는 도훈의 어깨에 비인의 가느다란 손이 올라 왔다.

"이젠 대꾸도 안 해주는 거야? 진짜 서운하게 그럴래?"

비인이 한껏 콧소리를 담아 칭얼대며 도훈의 가슴을 더듬었다.

"나는 낮이든 밤이든 가리지 않는 돌쇠 같은 남자면 오케이인데."

부끄럽지도 않은 모양이다. 어찌나 내뱉는 말에 거침이 없으신지.

"아쉽지만 난 안 되겠다. 난 밤에만 강한 남자거든."

비인에게 흡족한 남자가 되고 싶지는 않다. 세상천지에 여자가 비인이 하나뿐일지라도 절대 비인을 여자로 보지는 않을 테니까.

"내가 낮에도 강하게 해줄 수 있는데."

도훈이 눈을 치켜뜨자 비인이 푸하하하, 웃어버리며 그의 어깨에 얼굴을 기대었다.

"너랑 결혼이 가능하면 내가 이 고생을 하겠니."

금세 가라앉아 버린 비인의 목소리에 도훈이 한숨을 내쉬며 그녀의 등을 토닥거렸다. 늘 투덕거리긴 해도 비인은 그의 소중한 친구이자 비즈니스 파트너였다. 진심으로 비인의 바람이 어서 이루어지길 바랐다.

똑똑.

"네."

비인이 기대고 있던 몸을 일으키고는 옷매무새를 가다듬었다. 사무실 문을 열고 들어온 여자가 멈칫거린다.

"어떻게 오셨어요?"

"랄라플라워에서 왔어요."

도훈이 의외라는 듯 눈썹을 끌어 올렸다. 통화가 되지 않는다고 찾아올 줄은 몰랐다. 사이트 제작에 관한 대부분의 계약을 인터넷상에서 해결하고 있는 터라 클라이언트를 마주하는 건 드문 일이었다.

"안녕하십니까. 처음 뵙겠습니다. 민도훈입니다."

"네. 안녕하세요. 통화가 힘들어서 실례인 줄 알면서도 찾아왔어요."

흐트러짐 없이 반듯한 자세로 인사를 한 여자가 앉을 만한 곳을 찾기 위해 고개를 돌렸다.

"어머, 앉을 데가 없네. 이쪽에 앉으세요."

비인이 소파에 누워 있던 인형을 안아 들고 빈 소파를 가리켰다.

"네. 감사합니다."

"민 대표, 너도 앉아."

곰을 끌어안고 서 있는 비인을 보니 민망함이 몰려온다. 도훈의 표정을 눈치챈 비인이 쭈뼛거리며 인형을 멀찍이 던져 놓았다.

"흠흠."

도훈이 민망함을 벗어내고자 헛기침을 내뱉고는 책상 의자를 끌어와 소파에 앉아 있는 여자 앞에 마주 앉았다.

비인이 건네는 커피를 받아 들며 여자가 가볍게 목례를 해 보였다. 커피 잔을 쥔 여자의 손등 위에 붙어 있는 커다란 반창고에 희미한 핏자국이 배어 있었다. 무심히 눈길을 돌려 여자의 얼굴을 보았다. 세련되게 손질된 단발머리 스타일에 동그랗고 하얀 이마, 화장을 한 듯 안 한 듯 보이는 깨끗한 피부, 살짝 올라간 눈꼬리가 매력적인, 전체적으로 꽤나 괜찮은 외모였다.

여자가 커피를 한 모금 마신 후, 한 손으로 잔을 받치고 다른 한 손으로는 커피 잔을 감싸고는 무릎 위에 올려두듯 놓는다. 여자의 행동 하나하나를 눈으로 좇던 도훈이 여자와 눈이 마주 치자 어색한 미소를 지어 보였다. 유리 인형 같은 차가운 얼굴의 여자가 도훈을 응시했다. 왠지 낯설지가 않다. 연예인을 닮았나?

이야기를 시작하려는지 여자의 표정이 좀 전보다 조금 더 진지해졌다.

"바쁘실 테니 본론부터 말씀드릴게요. 만들어주신 사이트로는 제가 하고자 하는 사업 형태를 유지하기가 힘들어요. 메일로 보내드린 의뢰서를 잘못 이해하신 것 같아 다시 설명을 드리고 싶어서 전화드렸었어요. 통화가 되었다면 찾아오는 일은 없었을 텐데 유감이에요."

유감이라. 도훈이 미미하게 얼굴을 굳혔다. 유감인 건 도훈 역시 마찬가지였다. 자신이 그 사이트를 어떻게 만들었는지, 며칠 밤을 새워 완성했는지 알았다면 단번에 '사용 불가입니다' 라는 메일을 보내지는 못했을 테니까.

"그러셨군요. 그렇다면 제가 이해한 랄라플라워의 주요 아이템을 한번 설명해 볼까요? 그럼 어느 부분에서 제가 이해를 잘못한 건지 대표님께서 지적하기가 더 쉬울 것 같은데요."

"그러죠."

스물일곱? 스물여덟? 아니, 서른쯤은 되었을까? 도통 나이를 종잡을 수가 없다. 외모만 보아서는 서른까지 되어 보이지 않았지만 말투나 목소리는 서른을 훌쩍 넘어 보였다.

호기심을 감춘 도훈이 깍지 끼웠던 두 손을 풀어 자세를 고쳐 앉고는 자신에 찬 눈빛으로 브리핑을 시작했다.

"랄라플라워는 기존 업체의 형태를 유지하면서 잡지책을 정기 구독하듯 꽃 배달을 서브스크립션하는 업체로 한 달에 네 번 혹은 두 번 원하는 날짜에 꽃을 받을 수 있습니다. 매주 다른 꽃바구니나 꽃다발을 선정하여, 꽃에 대해 잘 알지 못하는 남성 고객들이나 바쁜 주부들이 꽃을 선택할 필요 없이 매번 다른 꽃을 받아볼 수 있는 시스템이죠."

그녀가 가볍게 고개를 끄덕여 보였다.

"대표님께서 제일 중요하게 강조하셨던 건 가입한 회원들을 관리할 수 있도록 개인 창을 만드는 부분이라고 알고 있습니다."

"잘못 이해하셨던 건 아니네요. 그렇다면 민 대표님은 제가 제일 중요하게 생각하는 부분을 아시면서도 기존의 웹사이트와 다르지 않은 형태로 만드신 거네요."

여자의 목소리는 여전히 차가웠지만 의외로 차분했다. 대립할 의사는 없음을 보여주고 싶은 모양이었다.

"의뢰하신 대로라면 UX디자인 면에서 큰 혼란이 옵니다. 이용자가 1차적으로 사이트에 방문을 하는 것은 꽃을 구매하기 위함입니다. 사이트 이용자가 자신이 원하는 바를 단시간에 찾지 못한다면 두 번 다시 그 사이트에는 방문하지 않습니다. 사이트를 간소화해야 하는 이유가 거기에 있는 겁니다."

"하지만 전 고객과의 소통을 원해요. 꽃을 받은 고객들이 개인 블로그나 홈페이지뿐만이 아니라 저희 홈페이지에 자신의 이야기를 올려 공유하고 결제 또한 그 창을 통해 할 수 있도록 하고 싶어요. 그래서 게시판 같은 공간이 아니라 회원 본인만이 글을 올릴 수 있는 개인 다이어리 같은 공간이 필요하다고 한 거고요."

"제 생각은 다릅니다. 개인 블로그에 기록할 이야기를 남기기 위해 판매 사이트를 방문하지는 않을 테니 다이어리 같은 공간은 불필요합니다. 개인 결제 시스템 때문이라 할지라도 고객들은 마이페이지 같은 익숙한 공간을 원합니다. VIP 우대는 다른 방법으로도 충분히 가능할 테고요."

생각에 잠긴 여자가 입술을 깨물었다. 승리감 같은 게 스멀스멀 올라왔다. 그럼 이제 확답만 들으면 되는 건가? 그러나 여자의 얼굴빛은 사무실에 들어올 때와 변함이 없었다. 아무것도 읽을 수 없는 무표정. 조금은 답답했다.

"어느 부분에서도 문제가 없었다고 확신하시나 보네요."

"네."

도훈이 대답과 함께 고개를 끄덕였다. 그가 개발하고 비인이 디자인한 웹사이트는 어느 부분에서도 부족하지 않았다.

여자가 소파 위에 들고 있던 커피 잔을 내려놓고 일어섰다. 이야기를 듣지 않는 척 다른 일을 보고 있던 비인도 벌떡 일어섰지만 도훈은 그대로 앉은 채 고개만 들어 여자를 바라봤다.

갑과 을의 관계를 따지자면 여자가 갑이고 자신이 을일 테지만 도훈은 더 이상의 설득은 하고 싶지 않았다. 곧 죽어도 자존심이냐고 뭐라 한데도 어쩔 수 없다.

"스윗소프트웨어에서 제가 원하는 걸 만들려고 했던 게 욕심이었나 보네요. 다른 업체 알아보도록 하겠습니다."

알겠다는 의미로 어깨를 으쓱해 보였다. 여자의 바짓단 밑으로 보이는 가느다란 발목에 커다란 붕대가 감겨 있다. 이상하게도 뭔가를 놓친 것 같은 기분에 도훈이 이마를 찌푸렸다.

여자가 문 가까이까지 걸어갔을 때 도훈이 마지막으로 한마디를 보탰다.

"법이 조금 바뀐 건 알고 계시죠? 기업 홈페이지인 경우 웹 접근성 인증마크를 받지 않으면 최고 3,000만 원의 과태료가 부가됩니다. 꼭 받아야 한다는 거죠. 그런데 웹 접근성 인증마크를 받을 때 페이지수 많은 사이트는 비용도 비용이지만 심사 기간도 길어지죠. 오픈 일이 언제인지는 모르지만 아마 원하는 날짜에 오픈하시려면 서두르셔야 할 겁니다."

여자가 휙 돌아섰다.

"그냥 알고 계시라고요."

그 비용으로 웹 접근성까지 고려하는 건 쉽지 않을 텐데. 어쨌거나 스타트업을 하는 입장으로 안타깝기는 했다.

"안녕히 가세요."

비인의 인사에 여자가 고개를 까닥여 보이고는 사무실을 나갔다. 비인이 쪼르륵 도훈에게 다가왔다.

"디자인에 대해서는 말 안 하는 걸 보니 내 문제는 아니지?"

"응."

비인은 그럼 그렇지 하는 표정이다.

"그냥 원하는 대로 미니페이지 같은 거 만들어주지 그랬어. 왜 고집을 부리고 그래?"

"소규모 업체에서 미니페이지까지 관리하려면 한 달에 드는 비용이 얼마인지 알면서도 그런 소리를 하는 거야? 홈페이지 관리자를 따로 둘 형편도 안 될 텐데 나중에 욕먹을 짓을 왜 해?"

"형편이 되는지 안 되는지를 네가 왜 신경 써? 이건 뭐, 겉으로는 자존심인데 펼쳐 보면 오지랖이니. 너 그러다가 평생 이 사무실에서 썩게 된다!"

아, 왕비인! 저런 저주를 퍼붓다니!

"너 안 가냐?"

싸워봤자 하등 도움이 되질 않음을 몸소 체험해 본 바, 얼른 내보는 게 상책이다.

"갈 거야! 케이크 업체 연락해 볼 테니까 그 웹 가만 놔둬!"

간다던 비인은 화장을 고치고 머리를 손질하며 또 한참을 쏘아붙였다. 드디어 사무실 문이 닫히고 눈앞에서 알짱거리던 비인이 사라졌다.

"후……."

도훈이 마른세수를 하며 한숨을 내쉬었다. 뭔가를 놓친 것 같은 기분을 도통 떨칠 수가 없었다. 괜한 자존심을 내세운 게 걸리는 건가? 아냐, 아냐. 내 생각과 달라도 돈 받고 하는 일이니 그냥 해주자! 는 내 사업 마인드가 아니잖아. 근데 왜 이렇게 찜찜하지.

"잊자, 잊어! 평생 이 사무실에 안 썩으려면 일이나 해야지."

애써 잡생각을 털어내며 도훈이 다시 마우스를 잡았다.

바쁘게 자판을 두드리던 정민이 초인종 소리에 얼굴을 찡그렸다. 귀찮은 듯 느리게 일어나 비디오폰을 들여다보던 그의 눈이 커다래진다. 정민이 재빠르게 달려가 현관문을 열어재꼈다.

"선배."

생글생글 웃는 얼굴로 빈우가 맥주 캔이 든 봉지를 내밀었다.

"정빈우?"

빈우를 본 것도 오랜만이지만 웃고 있는 그녀를 본 건 더 오랜만이었다. 한국으로 돌아오자마자 빈우에게 연락을 했지만 연락이 닿지 않았다. 그렇게 애를 태우던 빈우가 가슴까지 내려오던 머리카락을 짧게 자르고 정민 앞에 나타났다.

"어떻게 된 거야?"

"보시다시피."

두 손을 들어 보이며 어깨를 으쓱인 빈우가 반쯤 열려 있는 문을 조금 더 열어 정민의 앞을 지나쳐 현관으로 들어섰다.

"전화번호는 왜 바꿨어? 어떻게 네 연락처를 아는 사람이 아무도 없는 거야? 연락도 안 하고 나 여기 있는 건 어떻게 알았어?"

"전화번호는 바뀐 지 좀 됐어요. 이유가 있어서 바꾼 건 아니고요. 동아리 사람들하고는 메일로 연락하니까 전화번호를 가르쳐줄 필요가 없었고. 선배 여기 있는 건 동아리 공지 메일 봤어요. 선배 한국 들어왔고, 주소 바뀌었다고 메일 와 있던데요?"

왜 빈우에게 메일을 남길 생각을 못했을까. 아무튼 새로 선출한 동아리 총무가 꽤 쓸 만하다는 생각이 스친다.

빈우의 손등에 핏물이 배어 나온 커다란 반창고가 붙어 있는 걸 본 정민이 그녀의 어깨를 붙들었다.

"손은 왜 그래?"

덜컥 걱정부터 앞서는 정민의 마음을 모르는지 빈우가 배시시 웃으며 손등을 등 뒤로 숨겼다.

"별거 아니에요."

"무슨 일 있었어?"

"들어가서 얘기하면 안 돼요?"

센서 등이 꺼져 캄캄해졌다. 잡고 있던 어깨를 놓아주자 그녀가 구두를 벗고 거실로 들어갔다. 늘 어깨 밑으로 늘어져 있던 그녀의 머리카락이 이젠 보이지 않는다. 낯선 빈우의 뒷모습이 자연스레 거실로 향했다.

"여기 오랜만이네요. 선배 결혼하기 전에는 여기서 자주 모였었는데."

그랬지. 그땐 우리가 이렇게 될 줄 몰랐었고.

빈우가 거실 탁자 위에 맥주가 든 봉지를 내려놓자마자 정민이 다그치듯 물었다.

"내가 한국 들어온 지가 언젠데 이제야 찾아와? 그동안 무슨 일 있었던 건지 말해봐."

"선배, 오랜만인데 나 안 반가워요?"

"안 반가워. 이러고 나타났는데 뭐가 예쁘다고."

어쩐지 아침부터 괜한 일에 짜증이 치밀더라니. 결국 한밤중이 되어서야 그 이유를 깨달았다. 연락이 안 되는 빈우 때문이었다는 것을.

소파에 앉아 봉지 안에 든 것들을 주섬주섬 꺼내놓는 빈우의 곁에 정민이 주저앉았다. 빈우의 바짓단을 끌어 올리며 상처를 살피던 정민이 미간을 찌푸렸다.

"병원에는 갔었어?"

"뭐 이만한 거 가지고 병원엘 가요. 괜찮으니까 걱정 마요."

"왜 이랬어?"

"새벽에 우유 배달을 하는데 빗길에 넘어졌어요."

정민의 얼굴이 급격히 굳어진다. 고개를 들어 그녀를 바라보는 자신의 얼굴이 무척이나 사나울 거라 생각했지만 표정을 감출 수는 없었다.

"오토바이를 탔단 말이야?"

빈우가 대답 없이 웃는다.

빗길에 혼자 넘어졌다고는 하나 오토바이 사고였다. 보이는 상처뿐만이 아닐 거라는 생각에 정민의 걱정이 더해졌다. 급한 마음에 벌떡 일어나 빈우의 머리, 목 등 보이는 부분을 살폈다. 다행히 다른 곳은 상처가 없는 듯 보였지만 발목 근처의 상처가 심했다.

"그만 보죠? 나도 여잔데."

"누가 너 여자 아니래?"

"말만 한 처녀 다리를 그렇게 쳐다보고 있어도 되는 거예요?"

그제야 정민이 고개를 들어 자신을 내려다보고 있는 빈우를 바라봤다. 예쁜 이마를 반쯤 가리고 있는 머리카락을 넘겨주고 싶지만 정민은 빈주먹을 꽉 쥘 뿐이었다.

"말만 한 처녀가 이렇게 늦게 남자 혼자 사는 집에 오는 건 괜찮고?"

담백하게 묻고 싶었는데 저도 모르게 목소리가 삐딱하게 흘러나왔다. 걱정이 돼서 그런다는 걸 빈우도 모르지 않을 테지만 이러는 자신이 정민은 마음에 들지 않았다.

"정말 병원 안 가도 돼?"

"어제 새벽에 그런 건데 뭐. 어디 뼈라도 다쳤음 이러고 돌아다니지도 못해요."

빈우가 정말 아무렇지도 않다는 듯 어깨를 으쓱였다.

"새벽 배달, 하지 마."

빈우가 또다시 엷게 웃는다.

"왜 그러는 거야, 너."

"그냥 운동 삼아 하는 거예요. 새벽 공기 맡으면서 이런저런 생각도 하고."

예정대로라면 지금쯤 영국에 있어야 할 빈우였다. 가려던 유학은 가지도 않고 상상도 못한 일을 했다는 게 이해가 가지 않았다. 답답함에 맥주를 단숨에 마셔 버리고는 빈 맥주 캔을 우그러뜨려 휴지통에 던져 넣었다. 아무렇지 않은 척하는 빈우가 마음에 들지 않는다.

"유학은?"

땅콩 하나를 집어 입에 넣은 빈우가 별일 아니라는 듯 덤덤한 목소리를 냈다.

"하고 싶은 공부도 아니었는데 쓸데없는 곳에 돈 낭비하고 있었다는 생각이 들었어요. 이제 누구에게 잘 보여야 할 필요가 없어졌거든요. 나를 멋지게 포장해서 보여줘야 할 이유도 없고요."

빈우의 짧아진 머리카락이 무얼 의미하는지 알 것 같았다. 빈우의 심경에 커다란 변화가 일어났고, 그 변화 속에는 차정민 자신의 존재도 포함되어 있을 터였다.

이제 와 후회한들 아무 소용이 없다는 걸 정민은 알고 있다. 빈우와 서진을 놓고 저울질했던 것도 모자라 마음이 기울었던 빈우를 모른 척하고 제게 도움이 될 서진을 선택했던 건 자신이었다. 그 모두가 자신이 택했던 일. 그 끝에는 후회라는 낙인만이 남아 있었다.

"나 사업하려고요."

"갑자기 무슨 사업?"

"꽃 서브스크립션."

"꽃을 정기적으로 배달한다는 뜻이야?"

빈우가 고개를 끄덕이며 맥주 캔을 집어 들었다. 얼마 남지 않는 맥주를 입안에 털어 넣고 빈 캔을 흔들어보고는 아쉬운 듯 입맛을 다셨다.

"이미 시작한 업체들이 있어서 후발 주자이긴 한데 그만큼 실패를 줄일 수 있으니까 늦지는 않았다고 생각해요."

제법 당차게 말하는 빈우는 자신감이 넘쳐 보였다.

"준비는?"

"잘되고 있어요."

구체적으로 뭐가 어떻게 되어가고 있는 건지 꼬치꼬치 캐묻고 싶은데 정민은 참아냈다.

"내 도움이 필요하면 언제든 말해. 내가……."

"그런 거 없어요. 만약 있더라도 선배한테는 부탁 안 해요."

혹시나 도움을 줄 만한 일이 있지 않을까 기대했었다. 그럴 줄은 알았지만 단호한 그녀의 말에 섭섭한 마음이 드는 건 어쩔 수 없었다.

"가끔 술이나 같이해요. 이젠 선배랑 편하게 그럴 수 있을 것 같아요."

빈우가 웃는다. 하지만 하얗게 부서지는 빈우의 웃음에 정민은 따라 웃지 못했다.

정민의 집에서 나온 빈우가 늦은 밤거리를 터벅터벅 걸었다. 참고 있던 외로움이 가슴 밑바닥을 차고 올라와 울컥 눈물이 쏟아져 나올 것만 같았다.

아빠가 돌아가신 후 6년이라는 시간이 흘렀지만 혼자가 되었다는 외로움은 좀처럼 극복이 되질 않았다. 시간이 가면 갈수록 짙어지는 외로움에 빈우는 점점 더 지쳐 가고 있었다.

"너 여기서 울면 진짜 죽여 버릴 거야. 울면 안 돼, 정빈우! 절대 안 돼!"

뒤집어썼던 가면을 벗어던진 빈우는 금방이라도 쓰러질 듯 위태로워 보였다.

엄마의 이삿짐이 나가고 얼마 되지 않았던 어느 날 유전자 검사

의뢰를 받았다며 집으로 검사기관 직원이 찾아왔다. 자신이 의뢰한 게 아니니 검사를 받지 않겠다며 돌려보냈으나 검사기관 직원은 그날 이후로도 잊을 만하면 한 번씩 찾아왔다.

그렇게 몇 년을 버티던 빈우가 더 이상 참을 수가 없어 영우를 통해 알아놓았던 엄마 집을 찾아갔다. 서울에서 한 시간 거리인 경기도 외곽이었는데 어찌 된 건지 찾아간 아파트는 무척이나 허름했다.

'아빠 돈은 다 뭐에 쓰고 이런 집에서 사는 거야! 이러려고 나 버리고 간 거야!'

'아빠가 남긴 거 다 너한테 줬는데 무슨 돈이 있어!'

'내가 그 돈 필요하다고 그랬어? 그냥 나랑 살면 됐었잖아. 도대체 이게 뭐야. 영우까지 왜 이 고생을 시키고 그래!'

'다 필요 없고 검사 받아. 너랑 이런 씨름하는 거 싫어.'

'엄마!'

'엄마라고 부르지도 마!'

악에 받친 듯 내지르는 엄마의 고함 소리가 가슴을 후려쳤다. 그 길로 그 집에서 뛰쳐나온 빈우는 유전자 검사를 받았고 99.99% 친자 관계가 아님을 확인했다. 법의 판결 또한 몇 달 사이에 너무나 쉽게 끝이 났다. 친자가 아니라는 검사지 한 장으로 빈우는 변론할 기회조차 얻지 못했다.

이제는 가족관계 증명서에 아빠와 영우의 이름만 존재할 뿐 엄마의 이름은 남아 있지 않았다. 엄마와 정말 남남이 되었다. 그게 불과 한 달 전의 일이었다.

법원에서 엄마와 헤어져 돌아오며 빈우는 길었던 머리카락을 잘라냈다. 그렇게 엄마에 대한 그리움까지도 끊어지길 바랐다. 정민에 대한 미련까지도.

버스에서 내려 이런저런 생각을 하며 걷다 보니 어느새 집 앞이었다. 빈우가 대문을 열지 못하고 그 앞에 쭈그리고 앉아 힐끔 아무도 없는 캄캄한 집을 돌아다보았다. 매일 그렇지만 혼자인 집은 정말 들어가고 싶지 않았다.

대학에 입학하고 얼마 되지 않았을 때 이사 온 집이었다. 원하는 대학에 입학하고 난생처음 사랑이란 감정에 눈을 뜬, 그녀의 인생에서 제일 행복했던 시절부터 살았던 집이라 차마 이 집을 떠날 수 없었다. 이곳이 아니라면 어디에서도 가족들의 흔적을 찾을 수 없다는 게 또 다른 이유이기도 했다. 자신이 처음부터 혼자였던 건 아니었음을 증명하는 곳은 이곳밖에 없을 테니까. 그러나 그 흔적들 때문에 빈우는 매일 더 힘들고 외로웠다.

정민에게는 운동 삼아 하는 거라고 했지만 사실 빈우가 새벽 배달을 하는 건 부족한 사업 자금을 모으기 위해서였다.

아빠가 남겨준 통장에는 제법 많은 돈이 들어 있었다. 찾아서 보탤까 고민을 하기도 했고, 실제로 은행 앞까지 가기도 했다. 그러나 차마 찾을 수 없었다. 엄마가 이 돈을 포기하면서까지 자신을 버린 이유를 알기 전까지는 절대 쓸 수 없었다. 어쩌면 평생 쓰지 못할지도 모를 테고.

그렇게 통장은 다시 서랍 깊숙한 곳으로 숨겨졌다.

오늘따라 더 무겁기만 한 엉덩이를 힘들게 떼어 일어나 대문을 열기 위해 열쇠를 꺼내 들었다. 그 순간, 하루 종일 잊고 있었던 게 떠올랐다.

"오토바이!"

그렇게 중요한 걸 이제야 떠올리면 어쩌란 말인가.

수리를 위해 맡겨놓았던 오토바이를 찾아와야 했는데, 낮에 들렀던 스윗소프트웨어에서의 일로 너무 화가 나는 바람에 몽땅 잊어버렸다.

생각하면 생각할수록 어이가 없었다. 어떻게 그런 사람이 다 있는지. 의뢰자의 생각은 안중에도 없고 본인의 고집대로 사이트를 만들어놓고는 문제가 없단다. 절대 성공 못할 인간이었다. 그뿐인가?

며칠 전 찾아갔을 때에도 사무실 안에서 여직원에게 음란 행위를 하고 있더니만 오늘도 대표란 작자의 품에 안겨 있던 여직원을 보고 정말 기함할 뻔했다. 아무리 찾아오는 이가 없는 사무실이라지만 벌건 대낮에 어떻게 그럴 수가 있는지. 괜히 얼굴에 열이 올라 빈우가 연신 부채질을 해댔다.

민 대표 앞에서 담담한 척, 여유로운 척을 하기 위해 얼마나 노력했는지 모른다. 다른 업체보다 다운된 가격이기에 이게 웬 떡이냐 하고 물었던 게 큰 실수였다.

그나저나 당장 오늘 새벽 배달이 문제였다. 남는 오토바이가 있으려나?

당연히 남는 오토바이 같은 게 있을 리가 없었다. 오토바이를 수리해 달라고 몇 번이나 이야기했지만 매번 괜찮으니 그냥 타라고 했던 사장님이었다. 사고가 있었다는 말을 하지 않았기에 머플러 수리를 위해 맡겼을 거라고 생각했을 터였다.

"그러니까 그냥 타라고 했잖아. 오늘 배달 어쩔 거야?"

우유 보급소 사장이 바쁘게 손을 놀리며 빈우에게 타박을 놓았다. 이미 대부분의 직원들이 배달 갈 준비를 마친 상태였다.

"죄송해요. 어떻게든 제 구역은 배달할게요."

"아휴, 나 원 참. 내가 요새 빈우 씨 구역에서 자꾸 전화가 오는 통에 살 수가 없어. 전화를 매번 안 받을 수도 없고. 도대체 배달을 어떻게 하는 거야?"

그건 오토바이를 수리하지 않아 민원이 들어오는 거잖아요, 라는 말이 목구멍까지 올라왔지만 참았다. 아직은 그만두고 싶지 않으니 사장님과 대립하는 일 같은 건 만들지 않는 게 좋을 것 같았다.

"그럼 오늘은 여기서 여기까지만 해. 나머지는 조금씩 나눠서 해볼 테니까."

지도를 가리키며 구역을 줄여주는 사장에게 빈우가 꾸벅 인사를 했다.

"고맙습니다. 다시는 이런 일 안 만들게요. 죄송해요."

배달할 곳이 많아진 직원들에게 빈우가 미안함을 전했다. 그러나 모두 걱정 말라는 듯 빈우를 토닥였다.

오토바이로 2시간 정도가 걸리는 구역이니 걸어서는 얼마나 걸릴지 알 수가 없었다. 배달이 늦어졌다는 항의가 들어오기 전에 얼른 나서야 했다.

가방 모양으로 된 수레 두 개에 우유와 신문을 나누어 담고 배달을 시작했다. 날씨가 나쁘지 않아 그나마 다행이었다.

푸르른 새벽빛을 따라 걷는 빈우의 발소리가 무척이나 급했다. 하지만 간간이 개 짖는 소리만 들려오는 고요한 골목길을 걷는 기분이, 썩 나쁘지는 않았다.

오토바이를 타고 지나갈 때는 몰랐는데 걷다 보니 참 예쁜 동네였다. 담장을 타고 넘어온 담장 넝쿨도, 이르게 핀 코스모스도 너무 예뻤다. 담장 밑에 조르륵 놓인, 노란 미니국화 앞에서 한참을 서 있던 빈우가 정신을 차리고 우유 하나를 꺼내어 대문에 걸려 있는 주머니 안에 넣었다. 아쉬운 듯 뒤를 몇 번이나 돌아보며 밝은 날 꼭 한번 다시 와야겠다고 생각했다.

"여기는 우유랑 신문 두 개 다."

우유를 주머니에 넣은 후, 대문 밑으로 신문을 넣기 위해 허리를 숙였다. 조심스레 신문을 반쯤 밀어 넣었을 때 반대쪽에서 신문을 잡아당기는 느낌이 들었다. 놀란 빈우가 신문을 잡고 있던 손을 놓고 벌떡 일어나 한 발자국 물러섰다.

띵.

잠겨 있던 대문의 잠금 장치가 풀어지는 소리가 들린다. 인사를 해야 할지, 모른 척 뛰어야 할지 고민하는 사이 대문이 열리고 검은 머리 하나가 대문 사이를 비집고 나왔다.

"우리 만난 적 있죠?"

목소리의 주인을 보기 위해 빈우가 쓰고 있던 모자를 조금 더 내리고 살짝 눈만 치켜떴다.

오 마이 갓. 스윗소프트웨어 대표, 민도훈?

"엊그제 저기 앞에서 넘어지셨을 때 제가 도와드렸었는데."

그때 그 남자가 민도훈이었다고?

"많이 다치진 않으셨나 보네요. 다행이에요."

그런데 아무래도 이 남자, 빈우가 누구인지 알아보지 못하는 모양이었다. 그렇다면 모른 척 지나가는 게 상책.

빈우가 고개를 숙여 인사를 해 보인 후 수레를 끌었다.

"오늘도 얼굴 안 보여주고 가시는 거예요? 오늘 오토바이 없이 배달해요?"

네가 알아서 뭐 하게요. 빈우는 뒤도 돌아보지 않고 빠르게 걸었다. 어느새 빈우의 뒤를 바짝 쫓은 도훈이 그녀의 수레 하나를 잡아끌었다.

"운동하는 중이에요. 저기 골목 끝까지만 같이 가줄게요."

빈우가 가던 길을 멈추고 도훈이 잡고 있는 수레를 힘주어 제 앞으로 당겼다.

"놓으시죠. 도움 같은 거 필요 없어요."

"이게 무슨 도움씩이나 되나요? 그냥 같이 걸어가자는 거죠."

내가 왜 댁하고 같이 걸어가야 하느냐 쏘아붙이려는 순간, 그가 슬그머니 수레를 놓았다.

"정 싫으시다면 할 수 없고요. 그럼 안전 운전, 아니, 안전 배달하십쇼."

도훈이 돌아서서 제집 쪽으로 걸어가자 빈우가 양손에 힘껏 힘을 주어 수레를 끌며 앞으로 걸어나갔다.

등 뒤에서 대문이 닫히는 소리가 들려왔다. 그제야 빈우가 걸음을 늦추며 뒤를 돌아다보았다.

"저 사람 대체 뭐야!"

모난 곳 없이 서글서글한 인상인데다 웃음 지을 때 유난히 선해 보이는 눈매가 돋보이는 사람이었다. 분명 같은 사람인데 사무실로 찾아갔을 때와는 사뭇 분위기가 달랐다. 뭐가 진짜 모습인 건지. 여러 모습을 하고 있는 사람들은 딱 질색이었다.

"어제는 왜 몰랐을까."

하기야 넘어졌을 때 정신이 없기도 했고 창피해서 앞에 있는 사람의 얼굴을 제대로 볼 겨를도 없었다. 차라리 민 대표가 자신을 알아보지 못한 것이 다행이었다. 배달을 하고 있는 게 부끄러워서 다행인 건 절대 아니다. 다시 만나고 싶지 않았던 사람과 이런 식으로 아는 사이가 되는 게 싫을 뿐.

상쾌했던 기분이 민 대표로 인해 불쾌해졌다. 하지만 다시 안 보면 그만. 빈우가 잊기 위해 고개를 흔들었다.

주말 저녁에는 배달대행 서비스 업체에서 아르바이트를 하기로 되어 있었다. 어느 가게에 소속되어 있는 것이 아니므로 시간적으로도 자유롭고 무엇보다 배달이라는 형태의 이런저런 일들을 자세히 배우고 싶었다. 여자 배달 기사는 쓰지 않는다는 사장님을 간신히 설득해 얻어낸 자리였으므로 잘해내야 했다.

어쨌거나 주말에는 조금 더 힘이 들 터였다.

"정빈우, 파이팅!"

왁자지껄 분위기가 요란했다. 여자 셋이 모이면 접시가 깨지지만 남자 셋이 모이면 요강이 깨진다고 했던가. 원래 남자들의 수다가 더 시끄러운 법. 오랜만에 성재의 오피스텔에 모인 도훈과 기철은 그동안 쌓인 이야기들을 풀어내느라 쉴 틈이 없었다.

　　세 사람 모두 담배를 피우지 않았고 술 또한 그다지 즐기지 않았다. 남자들이 술 없이 무얼 하기에 허구한 날 붙어 다니나 의아하게 생각할 수도 있겠지만 술을 마시지 않고도 즐겁게 노는 법을 그들은 오래전에 터득했다.

　　그건 바로, 맨 정신으로 주위 사람들에 대해 뒷담화 나누기 또는 까기.

　　명품매장 샵 매니저인 기철의 단골메뉴는 늘 그렇듯 샵의 손님이었다.

　　"솔직히 명품을 걸쳤는데도 후져 보이면 그건 얼굴이랑 몸매에 문제가 있는 거 아니냐? 그럼 지 탓을 해야지 왜 엄한 사람한테 화풀이를 하냐고. 옷 핏이 이상하네, 네가 잘못 골라줘서 그러네, 사이즈가 잘못됐네, 이 디자인에 이 옷감은 아니네 어쩌네. 어우 진짜 난리 난리 그런 쌩 난리가 없었다. 내가 어제 하도 혈압이 올라서 끊었던 핫바를 열 개나 먹었다니까."

　　기철의 말에 도훈과 성재의 눈이 커다래졌다. 기철이 말하는 핫바가 어떤 건지 아는 까닭이었다. 먹는 즉시 입에서 불이 난다는 '불타는 핫바'는 그들이 즐겨 찾는 분식점의 특별 메뉴였다. 사장님의 특제 소스가 발라진 매운 어묵을 두 개 이상 먹는 사람이 흔치 않았는데 그중 하나가 기철이었다.

"너희 사장은 요즘 어때? 여전해?"

도훈이 물어보기가 무섭게 성재가 손을 내저으며 인상을 구긴다. 성재의 주메뉴는 당연히 그가 일하고 있는 중고차 매매 상사의 사장이었다.

"말도 마. 내가 다음 달에도 백 사장 밑에서 일하고 있으면 우리 아버지 아들이 아니다. 기철이 아들이야!"

성재의 똑같은 레퍼토리가 흘러나오자 기철이 고개를 흔들었다.

"너 지난달에 이미 도훈이 아들 됐거든."

"아, 그랬나? 어쨌든! 이번에는 진짜야. 진짜 그만둘 거야."

매달 듣는, 뻔한 이야기지만 성재의 맘을 풀어주기 위해 도훈과 기철은 귀를 기울여 주었다.

성재의 억울한 사연을 들으며 제 일인 양 열을 내던 기철이 배가 고프다며 냉장고를 뒤적였다. 오면서 사 들고 온 군것질거리들은 이미 바닥을 드러낸 지 오래였다.

"야, 어떻게 먹을 게 하나도 없냐. 소시지랑 햄만 잔뜩이네. 네 입맛은 어째 아직도 초딩이냐."

"핫바 중독인 너보다야 낫지."

성재와 기철이 투닥거리는 걸 지켜보던 도훈이 현관문에 붙어 있는 자석 몇 개를 떼어와 주문할 메뉴를 골랐다.

"보쌈 어때?"

성재가 눈빛을 빛내며 도훈에게 바짝 붙어 앉았다.

"민 대표가 쏘는 거야?"

"얼른 주문이나 해."

성재가 주문을 하기 위해 전화를 하는 사이 기철이 손바닥을 펴 도훈의 귀에 대고는 성재에게 들리지 않도록 속삭였다.

"비인 씨 잘 있지?"

생긴 건 정반대이면서 이상하게도 취향은 비슷한 성재와 기철은 매번 좋아하는 여자 연예인이 겹쳐 싸우기 일쑤였다. 그런데 이번에는 연예인이 아니다. 도훈의 사무실 오픈을 축하하기 위해 찾아왔던 두 사람은 비인을 보자마자 그녀에게 푹 빠졌다. 두 사람 모두 만남의 자리를 만들어내라 조르는 통에 도훈이 꽤나 난처한 상황이었다.

"비인이 어제 선봤다."

"서, 선?"

놀란 기철의 손에서 무언가가 바닥으로 떨어졌다. 크게 한입 베문 소시지였다. 아직도 초딩 입맛이냐고 실컷 놀리더니만.

소시지를 주워 놀라 벌어진 기철의 입에 다시 넣어주며 도훈이 심드렁하게 말했다.

"비인이 한 달에 두 번씩은 선보는데 뭐."

주문을 하던 성재가 도훈의 목소리를 들었는지 급히 전화를 끊고 달려왔다.

"비인 씨가 선을 봤다고?"

도훈의 코앞까지 달려온 성재를 밀쳐 내고 기철이 얼굴을 들이밀었다.

"왜? 결혼이 급하대? 뭐 하러 선을 봐. 여기 준비된 남자 한기철이 있는데."

기철의 말이 끝나기가 무섭게 성재가 그의 어깨를 잡아당기며 얼굴을 구겼다.

"이 자식, 비인 씨는 넘보지 말라고 했지! 이제까지는 내가 다 양보했지만 이번에는 절대 안 돼!"

이를 지그시 문 성재가 제법 화가 난 티를 내보였다. 이제까지 뭘 양보했다는 걸까? 어이가 없는 도훈이 웃음을 참지 못하고 배를 움켜쥐었다.

"양보한 게 아니라 갈아타는 거 아니었어? 나이가 몇인데 아직도 연예인에 목을 매냐. 둘 다 정신 좀 차려라."

도훈이 한마디를 보탰지만 두 사람에게서는 아무 말도 흘러나오지 않았다. 분위기가 심상치 않아 보이자 도훈이 입을 다물고 슬쩍 물러나 앉았다. 어째 이번에는 그냥 웃고 넘어가지 않을 것 같은 불길한 예감이 들었다. 상대가 하필 비인이라는 게 맘에 걸린다. 이래 봤자 아무 소용 없을 텐데.

"비인 씨가 그날 나한테 먼저 커피 건네는 거 못 봤냐? 딱 봐도 나한테 관심이 더 많던데 네가 왜 난리야!"

그거야 네가 커피 준비하던 비인이 바로 뒤에 서 있었으니까.

"웃기고 있네. 이 자식아, 착각 좀 작작해라. 길거리 나가서 물어봐. 셋 중에 누가 제일 잘생겼는지, 첫눈에 누가 제일 끌리는지. 여자 손님들 중에 나 보러 오는 손님이 한둘이 아니라고 내가 말 안 했냐?"

"됐고! 이번에는 절대 안 돼. 비인 씨는 내가 먼저 찍었으니까 한기철 다시는, 그 입에 빈우 씨를 올리지 마라."

"뭐 이 자식아? 아, 이 자식이 또 혈압 올라가게 하네. 현실을 딱 보란 말이야. 가진 거라고는 이 오피스텔 하나인 네가 낫겠냐. 40평 아파트, 고급 세단, 약간의 현금을 보유한 내가 낫겠냐. 명함을 내밀 데에다 내밀어야지. 딱 봐도 고귀하신 비인 씨한테 네가 가당키나 해?"

"야! 한기철!"

순식간에 성재 밑에 깔린 기철이 벗어나려 버둥거렸다.

"비켜. 이 돼지 새끼야."

"뭐! 이 제비 새끼가. 말이면 다냐?"

어째 분위기가 심상치 않다 했다.

"성재야, 이거 놔!"

성재를 떼어내기 위해 도훈이 두 사람의 사이를 비집고 들어갔다. 바싹 마른 체형인 기철은 숨을 제대로 쉬지 못할 정도로 죽을 지경이었지만 절대로 항복할 위인이 아니었다. 그나마 도훈이 중간에서 성재의 힘을 막아주니 망정이지 그대로 두었다가는 납작하게 깔렸을 터였다.

"한기철, 너는 오늘 다 산 줄 알아!"

"그만하라니까!"

제대로 화가 난 성재는 도훈의 만류에도 불구하고 기철의 멱살을 놓지 않았다. 성재의 고함 소리와 기철의 신음 소리에 금세 방안은 아수라장이 되었다.

"야!"

도훈의 목소리도 커졌다. 잠시 정적이 흐르는 사이 현관문을 두드리는 소리가 들린다. 이어서 들리는 초인종 소리.

띵동.

"떨어져!"

꿈쩍도 하지 않는 성재를 어깨로 밀어내며 힘들 게 몸을 빼낸 도훈이 일어섰다. 주문한 음식이 도착했을 터. 현관문을 급하게 열어재꼈다.

"벨을 몇 번이나 누른지 아세요?"

"죄송합니……. 어!"

까만색 마스크에 노란 헬멧. 우유 배달원이었다. 여자가 입고 있는 파란색 조끼에는 '이지콜'이라는 글자가 적혀 있었다. 요즘 유행한다는 배달대행 업체인 듯했다.

놀란 도훈이 음식이 들어 있는 봉지를 받을 생각을 하지 않자 여자가 현관문을 조금 더 열고는 현관 앞에 봉지를 내려두었다. 거실 한가운데에 뒤엉켜 있는 돼지와 제비를 봤는지 여자의 눈가가 찌푸려지는 것도 같았다.

"음식 배달도 하세요?"

"사만 오천 원입니다."

"아, 네."

방으로 뛰어들어 간 도훈이 지갑을 들고 나와 오만 원짜리 하나를 꺼내 건넸다.

"이런 배달은 힘들지 않으세요? 어떻게 여자분이 이런 일을 하세요. 저 진짜 여자분이 배달하는 건 처음……."

"거스름돈 오천 원입니다."

거스름돈을 도훈의 손에 준 노란 헬멧이 허리를 숙여 인사를 하고는 현관문을 닫으려 하자 도훈이 발 하나를 내밀어 문이 닫히는 것을 막았다.

"저기…… 우리 전에 만난 적이 있던가요?"

노란 헬멧이 멈칫거린다. 가리개를 올려 여자의 얼굴을 확인하고 싶은 걸 참고 기억을 더듬었다.

"혹시…… 다른 데 또 아르바이트하는 곳 있어요? 편의점이나 책방 같은 곳? 아니면……."

도훈의 말이 채 끝나기도 전, 무섭도록 획 하고 돌아선 노란 헬멧이 때마침 문이 열린 승강기를 타고 사라졌다.

"아니면 아니라고 하면 되지 뭘 저렇게까지. 그런데 진짜 만난 적 없나? 있는 것 같은데. 어디였더라?"

도훈은 감도 오지 않는 기억 어딘가를 떠올리려 애를 쓰며 그렇게 한참 동안 닫힌 승강기 문을 바라봐야 했다.

일요일 아침, 빈우가 스윗소프트웨어 사무실이 있는 건물을 삐딱한 눈으로 바라보았다.

"여기서 이만한 사무실 찾기 쉽지 않아요. 꽃시장 자주 간다면서요. 지하철도 가깝고 버스 정류장도 가깝고. 건물이 좀 낡아서 그렇지 이 동네에서 이 정도 임대료면 거의 거저예요."

부동산으로부터 괜찮은 사무실이 나왔다는 전화를 받고 부리나케 찾아온 길이었다. 그런데 하필이면 왜 이곳일까.

며칠 내내 여러 곳을 둘러봤지만 괜찮다 싶은 곳은 임대료가 만만치 않았다. 배달을 위주로 하게 될 터라 건물 외관 같은 건 상관없었다. 장기적으로 볼 때 제일 중요한 건 꽃시장을 다니기에 용이한 곳. 그런 면에서 이곳은 랄라플라워 사무실로 적임지였다.

그러나 임대가 나온 곳은 스윗 사무실과 나란히 붙어 있는 사무실이었다. 이것저것 따질 만한 처지가 아님을 알지만 영 내키질 않았다.

"조금 더 알아봐 주세요."

"여기보다 나은 데가 없다니까 그러네. 어쨌든 임자 나타나면 나도 그땐 어쩔 수 없으니까 그리 알아요. 계약금 먼저 거는 사람이 임자니까."

부동산 아주머니가 먼저 자리를 떴다.

술술 잘 풀릴 것 같았던 일이 웹사이트 제작에서 멈춰 섰다. 다른 웹사이트 에이전시를 알아보고 있는 중인데 명쾌하게 이곳이다 하는 업체가 나타나질 않았다.

제작비는 저렴한 대신 호스팅 비용과 월 유지 보수비가 높은가 하면, 제작비가 생각했던 것보다 훨씬 비싸고 기존에 여러 곳에서 쓰고 있는 디자인을 보완해서 만들어주는 곳도 많았다. 거기다 스윗 대표가 말했던 웹 접근성 홈페이지를 만든다고 하자 금액은 더 올라갔다.

사실상 스윗소프트웨어처럼 적절한 월 유지비에 제작비도, 호스팅 비용도 저렴한 곳은 없었다. 사이트 퀄리티 또한 나쁘지 않았고.

단지 제작자의 고집이 제일 문제였다. 원하는 대로 해주면 좀 좋아.

빈우가 건물 주위를 서성였다.

"하필이면 스윗 사무실 바로 옆일 건 또 뭐야."

생각대로 풀리지 않는 일들이 겹치자 빈우는 머리가 아파왔다.

"휴⋯⋯."

급한 성격 좀 고치라고 말하던 엄마의 목소리가 기억 속 어딘가에서 들려온다. 조금 더 알아보고 생각해 볼 것. 스윗소프트웨어에 성급하게 거절 의사를 보인 게 아닌가 후회가 들기 시작했다. 지금 자존심을 내세울 만한 처지는 아닌데.

그래도 한번 안 하기로 한 걸 번복하고 싶지는 않았다. 그럼, 사무실은 어떡할래. 머릿속이 뒤죽박죽 엉망이 되어간다.

대학교 인근의 커피숍은 일요일인데도 불구하고 꽉 들어차 있었다. 무리를 지어 앉아 토론을 하거나 잡담을 나누는 학생들 탓에 시끄러운 시장통 같은 느낌이었다. 하지만 이런 분위기가 너무 오랜만인 빈우는 활기 넘치는 학생들의 모습이 너무나 보기 좋았다.

"누나도 저랬는데. 무슨 할 말이 그렇게나 많은지 모이면 시간 가는 줄 몰랐다니까. 그래서 늦게 들어온다고 매일 엄마한테 혼나고. 훗."

옛날 생각에 빙그레 웃던 빈우가 굳어진 영우를 보고는 또 한 번 웃었다.

"표정이 왜 그래? 누나가 옛날 얘기하는 거 싫어?"

"누나 힘들잖아."

군대 제대 후 얼마 전 복학을 한 영우는 제법 의젓한 모습이 되어 있었다. 영우를 마지막으로 본 게 영우가 일병 때였으니까 2년도 넘었다.

"그때 누나 진짜 깜짝 놀랐어. 거기서 엄마를 딱 만날 게 뭐니?"

빈우가 아무렇지 않은 듯 웃으며 말했지만 무척 속상했던 일이었다.

군대에 있던 영우에게서 편지가 도착하자마자 빈우는 면회 갈 준비를 했다. 면회 날 새벽, 잠을 설쳐 가며 정성스럽게 만든 음식을 들고 3시간이나 걸리는 부대를 찾아갔다. 그러나 면회 신청을 하기 위해 영우의 이름을 대자 이미 가족이 찾아와 면회 중이라는 답변이 돌아왔다. 엄마였다.

"그래도 멀리서 네 얼굴 잠깐이라도 봤으니까. 괜찮았어, 누나는."

면회실 문가에 서 있는 빈우를 발견하고 놀라던 영우의 얼굴과 엄마의 뒷모습이 생생했다.

"엄마는 요즘 어때?"

"……똑같아."

엄마에 대한 이야기는 별로 하고 싶지 않은 모양인지 영우의 목소리에 힘이 없었다.

법원에서 만났던 엄마는 영우의 말과 달리 똑같지 않았다. 부스스한 머리카락을 틀어 올리고, 전에는 거들떠보지도 않았던 티셔츠를 걸쳐 입은 엄마는 빈우의 기억 속 엄마가 아니었다. 늘 단정하던 자신의 엄마는 어디에도 없었다.

"너 보니까 좋다. 군대에서 키도 더 큰 것 같은데?"

영우가 말없이 웃었다. 때마다 빈우에게 어떤 식으로든 연락을 해오는 영우가 그녀는 고마웠다. 영우마저 보지 못하고 살았다면, 어쩌면 빈우는 지금과 같은 생활을 하지 못했을지도 모를 말이었다.

"누나 개업하는 날 올 거지?"

"정말 하는 거야?"

걱정하는 영우의 얼굴에서 설핏 아빠의 모습을 본 것 같았다. 빈우가 피식 웃음을 흘렸다.

"그럼 정말 하지. 가짜로 해? 왜? 잘 못할 것 같아? 왜 이래. 대학 4년 내내 창업 동아리에 몸을 바쳤던 사람이야, 내가."

"그냥 다니던 회사 다니지 그랬어. 요즘 경기 안 좋다고 난리인데 누나 혼자 뭘 어떻게 하려고."

"걱정 마. 누나 꼭 성공할 거야."

"누나……."

그래, 내가 네 누나야라는 말을 꾹 눌러 담았다.

영우가 태어났을 때 동생이 생겼다고 팔랑팔랑 뛰어다니며 자

랑하던 기억이 떠오른다. 돌이켜 생각해 보면 영우가 태어난 후에
도 엄마는 제게 소홀한 적이 없었다. 어떤 게 진짜 엄마 모습일까.
엄마에게 진심이란 게 있기는 한 걸까.

"가자. 누나가 맛있는 거 사줄게."

빈 유리잔을 빙그르르 돌리던 영우가 고개를 흔들었다.

"왜? 너 초밥 좋아하잖아. 그거 먹으러 가자."

"스터디 모임 첫날이야. 시간이 안 될 것 같아, 누나."

"그래."

고개를 끄덕이며 빈우가 가방을 들고 일어섰다. 따라 일어선 영
우가 빈우의 어깨를 붙들었다.

"누나, 개업식 때 내가 가서 도와줄게. 그때 맛있는 거 사줘."

빈우가 돌아서서 저보다 한 뼘이나 키가 큰 영우를 바라봤다.
언제 이렇게 컸을까, 내 동생.

"응."

환해지는 빈우의 얼굴을 보며 영우도 따라 웃었다.

엄마는 나를 버렸지만 영우는 그대로 내 동생이어서 다행이라
며 빈우는 그렇게 내내 웃었다.

역시나 음식 배달은 새벽에 하는 우유 배달과 차원이 달랐다.
수시로 휴대폰을 들여다보며 배달이 들어왔는지 확인을 해야 했
고, 잘 알지 못하는 주소지는 지도를 보며 찾아다녀야 했다. 초보

배달원 티를 팍팍 내며 다니다 보니 업소 측에서는 배달 요청을 했을 때 빈우가 오는 걸 그다지 반가워하지 않았다. 아무래도 신속, 정확이 생명인 음식 배달을 빈우와 같은 초보에게 맡기는 게 불안했던 탓이었다.

"빈우 씨, 웬만하면 그냥 하라고 하고 싶은데 업소 측에서 빈우 씨가 배달하러 오지 않았으면 하니 나도 어쩔 수가 없네. 한두 군데면 모르겠는데 여기저기 말이 많으니……. 이건 지난주하고 어제 빈우 씨가 배달한 거야."

이제 막 출근을 한 빈우에게 배달대행 업체 사장이 하얀 봉투 하나를 건넸다.

"주소 찾느라 좀 헤매다 보면 시간이 금방 지나가잖아. 음식은 금세 식어버리고 고객들한테는 항의 전화가 오고. 업소 입장도 우리가 이해해 줘야 하거든."

빈우가 고개를 끄덕였다. 며칠 더 하면 익숙해질 수 있을 거라고 말하려다 입을 다물었다. 어차피 소용없을 테니까.

인사를 하고 밖으로 나온 빈우가 한숨을 내쉬었다. 한 푼이라도 더 모아 조금 더 나은 작업실을 얻으려 했으나 쉽지 않을 듯했다.

주말에만 할 수 있는 아르바이트 중, 시간에 비해 괜찮은 수입을 얻을 수 있는 일은 흔치 않았다. 여러모로 배달이 딱인데 배달이란 일이 남자의 전유물인 것마냥 여자 배달원을 곱지 않은 시선으로 보는 게 제일 큰 문제였다. 누구에게나 처음은 있고 처음이라면 남자건 여자건 조금은 서툴 수 있을 텐데, 그 실수가 남자에게는 관대하고 여자에게는 야박하게 적용된다는 사실이 서글펐다.

졸업하고 일반 회사에 다니면서 모아두었던 돈과 틈틈이 아르바이트를 해 모아둔 돈. 아무리 생각해도 조금 빠듯했다.

오전에는 어쨌든 오픈 준비를 해야 하니 평일과 주말 저녁에 할 수 있는 아르바이트를 다시 구해야 될 듯싶었다.

어느 누구의 도움 없이 혼자 많은 일들을 해낸다는 것이 처음부터 무리였을까.

"아니. 할 수 있어. 여태껏 잘해왔잖아."

혼자 잘난 척, 고고한 척 다 해가며 여기까지 왔는데 이대로 무너질 수는 없었다. 빈우가 새로이 다짐을 하듯 큰 숨을 내쉬고는 어깨를 쫙 폈다.

저도 모르게 자꾸만 시계에 눈이 간다.

다섯 시. 왜 오토바이 소리가 들리지 않을까, 하는 생각이 들어 갸웃하다가 오늘이 일요일인 걸 깨달았다. 정체를 알 수 없는 서운함이 삐죽 고개를 들었다. 일요일인 게, 그게 뭐? 어제 배달 온 우유는 냉장고에 아직 많이 남아 있다고.

저도 모르게 노란 헬멧을 생각하고 있다는 걸 깨닫고는 고개를 흔들었다. 마주칠 때마다 헬멧이나 모자를 쓰고 있었고, 작은 얼굴을 반이나 가리고 있는 마스크 때문에 사실 떠올리려야 떠오를 게 없었다. 제대로 본 거라고는 맑은 눈에서 뿜어져 나오던 레이저뿐인데 뭐.

다시 컴퓨터 화면으로 시선을 옮긴 도훈이 밤새워 저장한 프로그램을 눈으로 훑었다.

새벽 배달만으로도 벅찰 텐데 오후에 배달 아르바이트까지 하는 걸 보면 생활이 꽤 어려운 모양이네 라는 생각이 어느새 머릿속을 비집고 들어와 자리 잡았다.

저녁에 엄마 보쌈이나 사드릴까? 어제 그 집 괜찮았는데. 노란 헬멧이 배달을 올지도 모른다는 기대는 애써 저만치 던져 두었다. 그냥 엄마께 맛있는 보쌈을 사드리고 싶은 거뿐이니까.

그날 저녁, 띵동 초인종 소리가 들린다. 거실 소파 위에 앉아 노트북을 들여다보던 도훈이 아무렇지 않은 척 고개를 돌려 엄마가 현관문을 열고 대문 가까이로 걸어나가는 걸 지켜봤다.

대문이 열린다. 조금 더 자세히 보기 위해 거실 창 쪽으로 몸을 기울이고 대문 안으로 들어올 사람을 기다렸다. 그러나 도훈이 이내 고개를 돌려 무감한 눈으로 노트북 화면의 숫자들을 읽었다.

"도훈아, 먹고 해. 여보, 보쌈 왔어요. 얼른 나와요."

보쌈이 든 봉지를 들고 신이 난 듯 주방으로 들어가는 엄마를 힐끗 본 후 도훈이 창밖 어딘가를 응시했다. 방금 전 대문 안으로 들어왔던 배달원은 노란 헬멧이 아니었다. 그게 왜 아쉬운 건지 이해할 수가 없다.

"우리 도훈이 덕에 오늘 맛있는 거 먹네. 이 집 괜찮다, 여보."

"괜찮네."

늘 그렇듯 사이좋게 쌈 하나씩을 싸 서로의 입에 넣어주는 부모님을 보며 도훈이 식탁 앞에 앉았다. 상추를 집어 보쌈 한 점과 밥을 넣어 크게 싼 쌈 하나를 입안에 넣고 우물거리던 도훈이 뭐가 마음에 안 드는지 얼굴을 찡그렸다.

"어제 그 맛이 아니네."

"왜? 어제랑 달라? 엄마는 맛있는데?"

혹시나 하고 성재네 집에 붙어 있던 자석 스티커를 떼어왔다. 분명 같은 집에서 시켰건만 맛이 다르다. 어제는 엄청 맛있었는데.

"네가 배가 안 고픈가 보다."

"인마, 그냥 먹어. 까다롭게 굴지 말고. 네 엄마 음식은 뭐 맨날 똑같던?"

내 음식 맛없다고 타박하는 거야 하고 묻는 엄마와 아버지의 실랑이를 들으며 도훈이 또 한 점을 집어 입안에 넣었다. 역시나 맛이 다르다. 뭐가 부족한 건지 콕 집어서 말할 수는 없지만 뭔가가 부족했다.

"며칠째 새벽에 오토바이 소리 못 들었지?"

"일요일인데요."

"아, 그렇지."

"금요일에는?"

"걸어서 배달하더라고요."

두 개의 수레를 끌고 가는 모습이 안타까워 대문 안으로 들어가고도 한참 동안 내다보았다. 어찌나 처량하던지. 도와준다고 했을 때 그냥 고맙다고 하면 좀 좋아. 까칠하기는.

"걸어서?"

"네가 어떻게 알아?"

부모님의 목소리가 동시에 터져 나왔다. 엄마는 그 와중에도 아빠의 입속에 살코기를 넣어주는 걸 잊지 않는다.

"일찍 눈이 떠져서 운동이나 하려고 나갔다가 마주쳤어요. 엊그제 비 왔을 때 넘어져서 오토바이가 좀 망가졌거든요. 많이 망가졌는지 걸어서 가더라고요."

"넘어진 건 어떻게 알아?"

거참, 아버지. 그냥 넘어가시는 게 없다.

"새벽에 퇴근하다 봤어요."

그런 오토바이를 끌고 다니니 사고가 나지. 도대체 사람들이 안전 의식이라는 게 없어요. 아버지의 잔소리가 이어졌다.

저녁 식사 후, 바람이 시원해 발코니로 나와 계단에 앉았다. 자나 깨나, 앉으나 서나 손에서 놓을 수 없는 노트북을 무릎 위에 놓고 보관되어 있는 미공개 사이트를 하나 열었다. 채워지지 않은 공간들이 삭막해 보인다. 아무리 생각해도 이건 랄라플라워 사이트로 딱인데 싶었다.

미니페이지라도 만들어줄 걸 그랬나? 그러나 이내 고개를 흔들었다. 이제 와 후회한들 무엇 하나. 싫다는 사람에게 이걸 쓰라고 애원할 수는 없는 일이니 말이었다.

골목을 지나가는 오토바이 소리가 들려왔다. 저도 모르게 고개를 들어, 오토바이 소리를 따라 보이지도 않는 골목 어딘가를 바라보았다.

시도 때도 없이 노란 헬멧을 떠올리고 있다는 사실을 자각하지도 못한 채 도훈은 저녁 내내 그렇게 골목을 바라보고 있었다.

❖

"이런 일 해본 적 있어요?"

"배달대행 업체에서 일했었어요."

겨우 이틀뿐이지만 그것까지 말할 필요는 없을 것 같다.

"실례가 되지 않는다면 뭐 하시는 분인지 여쭤봐도 될까요?"

빈우보다 나이가 어릴 게 분명한 젊은 점장이 조심스레 묻는다. 패스트푸드점 배달 사원 구인 광고를 보고 이력서를 제출했다. 경력란에는 출신 학교를 적어 넣었고 다른 사항은 적지 않았더니 궁금했던 모양이다.

"조그만 사업체를 준비 중이에요."

"아, 그러시군요."

젊은 점장의 표정이 묘해진다. 그냥 조그만 가게라고 할 걸 그랬나. 왠지 비웃는 듯한 젊은 점장의 표정에 기분이 상했다. 그러나 그런 걸로 이 자리를 박차고 나가기에는 제 처지가 너무 급하다.

"스쿠터 탈 줄은 아시죠?"

"네."

"이 지역은 맞벌이하는 집이 많아서 배달 가보면 거의 아이들끼리 있는 경우가 많아요. 그래서 여자 배달사원을 선호하는데, 요즘 배달사원 구하기가 너무 힘들어서요. 우선 채용은 하겠지만……."

뭔가 못 미더운 표정 추가다. 뭐가 그리 맘에 안 드는 걸까.

"열심히 하겠습니다."

빈우가 진심을 담아 머리를 숙였다. 잘하고 못하고는 행동으로 보여주면 될 테니까.

며칠 동안 지켜본 결과 이 동네 사람들은 햄버거가 주식이 아닐까 싶을 정도로 주문이 많았다. 오후 6시부터 12시까지, 총 6시간 동안 제대로 앉아 쉴 시간이 없을 정도로 배달은 끊이지 않았다.

"배달 많아서 힘드시죠?"

늘 세모눈을 하고 빈우를 관찰하던 젊은 점장이 웬일인지 말을 걸어온다.

"괜찮습니다."

빈우가 짧게 대답을 한 후 다음 배달지의 주소를 확인했다. 햄버거가 나오면 얼른 출발하기 위해 헬멧도 그대로 쓴 채였다.

할 말 있나? 제 주위를 서성거리는 젊은 점장이 신경 쓰인다.

"사실 처음에는 좀……."

"네?"

젊은 점장이 멋쩍은 미소를 지으며 머리를 긁적였다. 그러고 보니 매장 안에 유난히 여고생들이 많은 이유가 다 젊은 점장 때문인 모양이었다. 큰 키에다 아이돌 스타급의 곱상한 외모를 지닌 젊은 점장이 이 매장 매출에 지대한 영향을 미치는 중요한 인물임에는 틀림없는 듯했다.

"처음에는 좀 걱정했거든요. 배달 일 같은 거 안 해보셨을 것 같은데 채용을 해도 되나 싶기도 했고, 좀 도도한 이미지시잖아요.

그래서 다른 직원들과 잘 지낼 수 있을까 하는 걱정도 되더라고요. 기분 나쁘셨죠?"

빈우가 피식 웃었다.

"아니에요. 안 겪어보고 사람을 어떻게 알겠어요."

"그러게 말이에요. 보이는 이미지가 다가 아니라는 걸 제대로 깨달았어요. 자, 여기 있습니다. 조심히 다녀오세요."

젊은 점장이 비로소 환하게 웃으며 그녀가 배달해야 할 햄버거가 담긴 가방을 내밀었다. 오후 내 쌓인 피로가 이런 일로도 사라질 수도 있구나, 신기해하며 빈우가 힘차게 오토바이를 타고 출발했다.

이렇게 시끄러운 패스트푸드점은 처음이었다.

여기서 와글와글, 저기서 와글와글. 여학생들의 웃음소리와 고함에 가까운 목소리에 도훈은 귀가 먹먹할 지경이었다.

정신이 사나워 도저히 오래 앉아 있을 곳은 못 되지 싶은데도 도훈이 박차고 나갈 수 없는 이유는 저기, 카운터 앞에 서 있는 노란 헬멧 때문이다.

무슨 이야기를 나누는데 입꼬리가 저렇게 올라가는 걸까? 신이 났네, 신이 났어.

횡단보도 앞에서 노란 헬멧이 오토바이를 타고 지나가는 걸 발견하고 저도 모르게 따라 들어오고 말았다.

이번에는 패스트푸드점 배달이라니. 동에 번쩍, 서에 번쩍이라는 말이 딱 어울리는 여자였다.

노란 헬멧이 배달 가방을 메고 밖으로 나간다. 그 뒤를 따르는 젊은 놈의 시선이 거슬렸다.

"점장님!"

아르바이트생이 젊은 놈을 점장이라고 불렀다. 저렇게나 새파랗게 젊은 놈이 점장이라고? 분칠을 한 것마냥 얼굴은 허여멀건해가지고, 삐쩍 마른 것이 키만 멀대같이 큰, 저 젊은 놈하고 노란 헬멧이 설마 친한 사이인가?

"여기요."

도훈이 깊고 낮은 목소리로 점장을 테이블로 불렀다.

"무슨 일이신지……."

"여기 테이블 안 닦습니까?"

도훈이 양복 소매에 묻은 케첩 자국을 보여주며 눈을 부라렸다.

"죄송합니다. 저희가 세탁비를 ……."

"됐고. 신경 좀 씁시다."

도훈이 자리를 박차고 일어나 매장을 나왔다.

이런 유치하고, 유치하고 또 유치한 짓을 내가 하다니. 도훈이 믿을 수 없다는 듯 거칠게 머리를 쓸어 올렸다.

방금 자신이 한 짓이, 정녕 자신이 한 짓인지 곱씹어보는 사이 노란 헬멧이 배달을 마치고 돌아왔다.

"여기서도 일하시네요."

노란 헬멧이 흠칫 놀란다. 들키지 말아야 할 걸 들키기라도 한 것인지 제대로 된 인사도 없이 여자는 고개만 까딱이고 매장으로 들어갔다.

쌀쌀맞기가 이루 말할 수 없는 여자가 왜 자꾸 신경이 쓰이는지

모를 일이다. 얼굴을 제대로 보여주길 하나, 묻는 말에 제대로 대
답을 하길 하나.

도훈은 도무지 실체를 알 수 없는 감정에 휩싸인 채로 쓸쓸히
발걸음을 돌려야 했다.

'꼭 하겠다는 사람이 나타났는데 내가 아가씨 생각이 나서 한
번 더 전화해 본 거예요. 한 시간 안으로 꼭 결정해 줘야 해요.'

스윗소프트웨어 사무실이 있는 건물 앞에 다다른 빈우가 건물
을 올려다보았다. 꽃 시장에 있다가 부동산에서 걸려온 전화를 받
고 허둥지둥 달려온 길이었다.

해결하지 못한 두 가지 문제가 이 건물에 있다.

"그냥 포기하려고 했는데, 왜 전화까지 주시고 그래."

괜스레 아무 잘못도 없는 부동산 아주머니 탓을 하며 빈 하늘로
고개를 쳐들었다.

같은 동네에 살아도 한 달에 한 번조차 마주치지 않는 사람들이
얼마나 많은데, 어찌 된 일인지 스윗소프트웨어의 민 대표와는 이
틀이 멀다 하고 마주치고 있었다.

오늘 아침에는 신문을 밀어 넣기 직전, 기다리고 있었던 것처럼
민도훈이 대문을 열고 나왔다. 친근하게 인사를 해오는 남자 때문
에 당황한 나머지 그의 손에 신문을 얹어놓고 황급히 오토바이를
타고 그 골목을 벗어나야 했다. 몇 번이나 봤다고 꽤나 친한 것처

럼 인사를 하는지.

　민도훈은 그다지 마주치고 싶은 사람이 아니었다. 왠지 제 치부를 다 들킨 것만 같아 마주칠 때마다 껄끄러웠다. 오토바이를 타고 넘어지는 모습까지 본 사람이 아닌가 말이다.

　하지만 이것저것 따질 때가 정말 아닌데.

　어느새 시간이 40분이나 흘렀다. 생각해서 전화해 주신 부동산 아주머니께 감사하다는 인사라도 해야 할 것 같아 빈우가 휴대폰 번호를 눌렀다. 그 전화 한 통화가 그녀의 인생을 어떻게 바꿔놓을지 상상도 하지 못한 채 말이었다.

　샤워를 하고 방으로 들어가던 도훈이 허리춤에 두른 수건이 풀어지는 느낌에 깜짝 놀라 허둥지둥 수건을 붙들었다. 뒤에서 수건을 잡아당긴 아버지가 음흉한 얼굴로 묻는다.

　"네 아침은 아직 안녕하냐?"

　"당연하죠. 그거 확인하시려고 수건 잡아당기셨어요?"

　아버지의 시선이 단단하게 다져진 도훈의 몸을 훑고는 쐐기를 박았다.

　"그 안녕이 영원할 것 같으냐? 팔딱팔딱 힘 좋을 때 어서 장가가라."

　팔딱팔딱이라니. 아버지 표현 참, 끝내주신다.

　"저, 옷 입어야 하는데요."

그만 내려가시라는 그의 말을 무시하고 성큼 방 안으로 들어온 아버지가 책상 위에 펼쳐 놓은 노트북을 들여다보며 한마디를 툭 내뱉는다.

"어제가 사무실 임대료 내는 날인 거 잊었냐?"

벌써 그렇게 되었나? 임대료 내는 날은 왜 이렇게 빨리 돌아오는 건지 모르겠다.

사실 스윗소프트웨어 사무실이 있는 낡은 건물은 도훈의 아버지 소유였다. 2층짜리 건물이긴 하나 1층 전 층을 원단 공장으로 사용하고 있는 터라 임대 사무실은 겨우 2층에 3개뿐이었다. 자금이 충분했다면 아버지 건물에 사무실을 임대하는 일 같은 건 없었을 텐데 임대료가 저렴하다는 유혹을 도저히 뿌리칠 수 없었다.

그러나 건물주의 아들이기에 도훈이 얻는 특권 같은 건 하나도 없었으니.

"어서 입금해라."

이렇듯 겨우 하루만 지나도 임대료 독촉이 들어오는 건 물론이고, 더 칼같이 받아내는 게 그의 아버지였다.

"어제 일요일이었으니까 오늘 넣는 게 맞죠, 아버지."

각종 공과금과 카드대금 하물며 우윳값도 주말이 끼어 있으면 다음날 빠져나가는 게 인지상정 아닌가 말이다.

"돈이 없는 것도 아니고 있으면 바로바로 주는 게 낫지 뭘 하루 미루고 그러냐. 그건 그렇고 너 오전에 바쁜 일 없지?"

아버지가 또 한 번 노트북을 힐끔거린다. 며칠 전 새로운 프로그램 하나를 끝냈으니 당분간 바쁜 일이 없다는 걸 아시는 까닭이었다.

"바쁜 일은 없는데, 왜요?"

"202호 계약했다."

"뭐 들어오는데요?"

"무슨 꽃이라던데……. 아무튼 네가 일찍 나가서 202호 사무실 청소 좀 해. 이왕이면 깨끗한 게 좋잖아."

깨끗한 게 당연히 좋겠지만 그 사무실 청소를 왜 자신이 해야 한단 말인가?

"지금요?"

제가요? 라고 묻고 싶었으나 차마 그렇게 물을 수 없어 꺼낸 말에 눈치를 챈 아버지가 눈을 부릅뜨고는 고개를 끄덕였다.

"지금!"

안 하겠다고 할 수는 없는 노릇이나 순순히 할 수는 없다.

"그럼 이번 달 관리비 깎아주시렵니까?"

"뭐야?"

"아니면 말구요. 저 바쁩니다."

"지독한 자식!"

"엄마가 그 아버지에 그 자식이라던데요?"

"에라이."

아버지가 기어코 그의 허리춤에 아슬아슬하게 매달려 있던 수건을 잡아당겼다.

"아, 아버지!"

청소를 하기 위해 좀 이르게 사무실에 도착한 도훈이 2층에 올라서자마자 옆 사무실을 기웃거리는 검은 인영을 발견하고는 멈 칫했다.

"누구세요?"

대답이 없다. 누군지 보기 위해 손을 뻗어 황급히 복도 조명 스 위치를 올렸다. 모자를 쓴 모습이 왠지 익숙해 도훈이 한 발자국 다가섰다.

고개를 살짝 숙여 인사를 하는 여자에게서 두 사람의 모습이 떠 오른다. 설마, 그럴 리가 있겠어?

잠시 머뭇거리는 사이 여자는 도훈의 곁을 스쳐 지나 계단을 타 고 내려갔다.

"저기요!"

그의 목소리를 들었을 텐데도 여자는 뒤도 돌아보지 않았다. 그 런 여자의 뒷모습을 한참 동안 멍하니 바라보던 도훈이 입력된 기 계처럼 도어라이 비밀번호를 누르고 사무실 문을 열었다.

컴컴한 사무실 안에 모여 있던 차가운 공기들이 일순 그에게 몰 려왔다. 그제야 정신을 차린 도훈이 사무실 문을 박차고 뛰어 내 려갔다. 그러나 여자의 모습은 어디에도 보이지 않는다.

"내가 방금 본 게…… 진짜야?"

그 누구도 대답해 주지 않을 물음을 던져 놓고, 그런 자신이 어 이가 없어 헛웃음이 흘러나왔다. 노란 헬멧을 볼 때마다 놓친 게 있는 것 같았던 찜찜함의 실체가 모습을 드러냈다. 어떻게 랄라플 라워 대표와 노란 헬멧이 같은 사람이란 말인가. 흩어져 있던 조 각들이 하나의 그림으로 채워져 간다. 차갑게 빛나던 랄라플라워 대표의 눈빛과 노란 헬멧 아래로 상처를 감춘 듯 날카롭던 눈빛. 그리고 손등과 발목의 상처.

"와, 이 멍청이."

사무실에 찾아왔을 때 알아봤어야 했는데. 사고가 나는 걸 본 게 바로 그날 새벽이었건만 왜 못 알아봤을까. 혼란스런 머릿속 생각들이 꼬리에 꼬리를 물고 이어졌다.

'무슨 꽃이라던데……'

아버지의 목소리가 불현듯 떠오른다. 관리비를 깎아야 한다는 생각으로 아버지와의 대화 중 중요한 걸 놓쳤던 모양이었다.

"무슨 꽃이라고? 그렇다면……."

어쩌면, 정말 어쩌면이지만 자신이 생각한 게 맞는다면 노란 헬멧을 쓴 모습뿐만이 아니라 랄라플라워 대표의 모습으로 그녀를 자주 볼 수 있을지도 모르겠다.

혹시나 하는 마음으로 사무실을 박차고 나가 버스 정류장을 향해 뛰던 도훈이 멈춰 섰다. 버스 정류장 벽에 기대어 선 채로 먼 하늘을 바라보고 있는 그녀에게로 아침 햇살이 드리워 환하게 빛이 났다.

저 여자에 대한 제 감정이 어떤 종류의 것인지 이제 조금 알 것 같다. 어떤 사람인지 궁금하고, 그래서 조금 더 깊이 알고 싶은 상대에 대한 관심. 그러나 지금 이 순간을 그저 관심이 있다는 말로 표현하기에는 많이 부족했다.

늘 평이하던 제 심장이 이토록 뛰어대는 걸 보면 말이었다.

❖

비인이 팔짱을 낀 채로 문가에 삐딱하게 서서는 빈 사무실을 청소 중인 도훈을 바라봤다. 출근하면서부터 벌써 몇 시간째 쓸고 닦고 중인지. 비인이 달래듯 한마디를 건넸다.

"민 대표야, 이제 그만해도 될 것 같은데?"

"뭘 어떻게 하면 바닥이 이 모양이 되냐. 도대체 지워지질 않네."

어찌나 힘을 주어 닦고 있는지 저러다 대걸레 자루가 부러지지 싶다. 못마땅한 얼굴로 발 하나를 사무실 안으로 들이밀자 도훈이 대걸레를 들어 눈앞을 겨누며 막아섰다.

"야, 너 신발 바닥 안 닦았으면 들어오지 마. 발자국 생겨."

"거참. 아버님이 뭐라고 하셨길래 네가 이 난리인 거니? 우리 사무실은 귀신 나올 것처럼 저 모양인데."

비인이 팔을 뻗어 자신들의 사무실을 가리키자 도훈이 귀찮다는 듯 손을 휘저었다.

다시 허리를 숙인 도훈은 바닥 닦기 외에는 관심이 없는 사람 같아 보였다. 어쩐지 도훈의 걸레질에 비장함마저 느껴지는 게, 비인은 그가 아버지와 굉장한 거래를 한 모양이라 생각했다.

"아버님이 이 건물 넘겨주시기라도 한데?"

좀처럼 끝날 것 같지 않던 바닥 닦기가 끝났는지 도훈이 굽혔던 허리를 쭉 폈다.

"내가 언제 이 건물 탐내는 거 봤어?"

"아니, 절대."

나중에야 어찌 되든 지금은 그의 아버지 소유였다. 아버지가 노후를 위해 마련해 놓으신 건물을 도훈이 탐낼 리 없다.

"너 계속 이러고 있을 거야?"

"그러는 너는?"

"나는 오늘 반차!"

도훈이 개구쟁이 같은 미소를 지으며 반차를 외친다.

"웬 반차?"

"너는 시도 때도 없이 쓰는 반차, 처음으로 한번 써보겠다는 데 뭐, 문제 있어?"

"문제 있을 게 있나. 대표님 하고 싶은 대로 하는 거지."

눈을 세모꼴로 뜬 비인이 도훈의 눈치를 살핀다. 안 하던 짓을 하는 게 영 수상쩍었다. 꼬치꼬치 묻는다고 대답해 줄 도훈이 아니지만 이대로는 궁금해서 하루 종일 아무 일도 못할 게 뻔했다.

"그럼 지금 반차 쓰고 있는 중이야? 아님 오후에 쓸 거야? 오늘 뭐 할 건데? 집에 무슨……."

"왕비인."

도훈이 이마를 찌푸리며 비인의 말을 막았다.

"치사하게. 알았어. 관심 끈다."

비인이 포기한 듯 양 손바닥을 탁탁 쳐 보였다. 걸레를 들고 화장실로 들어가는 도훈의 모습이 어쩐지 신이 난 듯 보인다. 뭔가가 있기는 있는 모양이었다.

2. 빈우야, 정빈우

「정민 씨에 관한 일이야. 좀 만났으면 좋겠어.」

나갈 채비를 서두르던 빈우가 서진에게 온 문자를 보고는 얼굴을 굳혔다. 서진과 돈독한 사이가 아니었던 빈우는 이런 식의 연락이 반갑지 않았다. 정민에게조차 알려주지 않았는데 휴대폰 번호는 도대체 어떻게 알아낸 걸까.

서진만 아니었다면 정민의 옆자리는 당연히 제 차지가 되었을 거라고 생각했었다. 그러나 이제 빈우는 안다. 정민과 자신은 인연이 아니었다는 것을.

차정민은 빈우가 가장 행복했던 시절에 만난 그녀의 첫사랑이었다.

대학 새내기 시절, '엑스포'라는 창업 동아리 홍보 포스터를 우연히 보게 된 빈우는 그 길로 동아리방을 찾아갔고, 동아리방 벽에 커다랗게 쓰여 있던 글귀가 마음에 들어 곧바로 가입을 했다.

젊음의 한가운데에 있는 우리가 이 시대, 이 사회의 주인입니다.
—엑스포 회장 차정민.

그땐 그 글귀가 무척이나 멋졌는데 지금 생각해 보니 그 글귀만큼 비현실적인 것도 없다 싶다. 사회 경험도 없는, 고작해야 이십대 초반인 대학생이 도대체 무슨 힘으로 이 시대, 이 사회의 주인이 된단 말인가. 서른을 바라보는 지금도 주인이 되기는커녕 미래에 대해 아무런 확신도 갖지 못한 채 사업을 준비 중인데 말이다.

대부분의 사람들이 '정상적인' 삶을 위해 '행복한' 삶을 포기하고 있는 마당에 이 사회의 주인까지 바라지는 않을 터였다.

그녀의 대학 생활은 '엑스포'와 차정민을 빼놓고는 아무것도 없었다. 친한 과 친구 하나 만들지 못할 정도로 오로지 동아리 일에만 매달렸던 그녀에게 정민은 하나밖에 없는 친구이자 혼자만의 연인이었다.

한 번도 정민에게 좋아한다 고백하지 않았지만 빈우가 그를 좋아하는 건 공공연한 사실이었다. 그러나 정민은 빈우의 마음을 알면서도 늘 한 발자국 떨어져 있었다. 그녀를 잘 알지 못하는 사람들에게는 '아끼는 후배'라고 소개했고, 동아리 내에서도 다른 후배들과 똑같이 대해주었다. 늘 좀 더 특별하게 대해주길 바라면서도 정민을 좋아하던 동기나 후배가 한둘이 아니었으므로 서운함

같은 건 가질 수도 없었다.

정민이 졸업하자마자 유학을 떠나기 위해 준비하고 있다는 소문을 듣고 빈우는 그를 따라가기로 마음먹었다.

그러나 그즈음 빈우의 아빠가 돌아가셨고 엄마마저 그녀를 버렸다. 유학은커녕 남은 한 학기 동안 어떻게 학교를 오고 갔는지 기억조차 나지 않을 만큼 빈우는 참혹했다.

3년 후 유학을 떠났던 정민이 돌아왔을 때 그는 혼자가 아니었다. 같은 동아리 선배였던 서진이 정민과 함께 유학을 갔던 사실을 몰랐던 빈우는 당연히 두 사람이 그곳에서 결혼식을 올린 것도 몰랐다. 그동안의 모든 일들이 부질없었음을 깨달았지만 그 긴 세월 동안 지녔던 마음이 쉽게 정리될 리가 없었다.

하지만 그뿐이었다. 아무리 정민을 좋아했었다 할지라도 이미 결혼까지 한 그를 어찌해 보려 할 만큼 어리석지는 않았다.

정민과 이혼 후 아이를 데리고 외국으로 나갔다던 서진이 한국에 다시 들어온 모양이었다.

답장을 뭐라고 써 보내야 할지 몰라 망설이던 빈우가 한숨을 내쉬며 문자를 찍어 넣기 시작했다.

「오랜만이네요, 선배. 그런데 정민 선배 일이라면 선배를 만날 이유가 없는 것 같아요.」

잘 지내라고 인사라도 넣을 걸 그랬나? 라는 생각이 드는 자신이 한심하다. 어쩜 이렇게 소심한지. 괜히 휴대폰을 침대 위로 집어 던지며 한껏 화풀이를 해 보였다.

그런데 정민에 관한 일, 그게 뭘까?

"후……."

반갑지 않은 문자 하나로 안 그래도 복잡한 빈우의 머릿속이 더 엉망이 되어갔다.

시간을 확인한 빈우가 서진의 문자를 잊으려는 듯 가볍게 머리를 흔들고는 집을 나섰다.

사무실 계약을 위해 부동산에서 건물주와 만나기로 되어 있었다. 이것저것 따질 때가 아니니 일단 부딪혀 보기로 했다. 스윗소프트웨어? 까짓것 신경 안 쓰면 그만이었다.

양손으로 꼭 쥐고 있던 종이컵을 테이블 위에 올려두었다. 계약할 사무실이 있는 건물에서 멀지 않은 곳에 있는 부동산이었다. 그녀에게 건물을 안내했던 아주머니는 누군가와 통화를 하느라 정신이 없었고 부동산 사장인 듯 보이는 중년의 아저씨가 계약서를 작성했다.

잔금은 이 계좌로 넣어요, 라는 부동산 사장님 말에 일부러 은행에서 찾아온, 잔금이 든 가방을 힐끗 내려다보았다. 꼭 통장으로 넣어야 하는 건가? 다시 들고 가기 겁나는데.

불안한 마음에 가방끈을 끌어당겨 제 허벅지 밑으로 가방 반쯤을 밀어 넣고 허벅지에 힘을 주었다. 아무리 생각해도 현금을 다시 들고 나가기는 무리였다.

"저, 잔금 가지고 왔는데 그냥 여기서 드릴게요."

"그래요? 민 사장님 현금 좋아하는 거 어떻게 알고. 똑똑한 아가씨네."

부동산 사장이 건물주를 바라보며 너털웃음을 터뜨렸다. 빈우
는 어쨌든 현금을 다시 들고 가지 않아도 되니 다행이다 싶었다.

"자, 여기에 도장 찍고."

"네."

한 번도 계약 같은 걸 해본 적이 없는 빈우는 괜히 이름 옆에 도
장을 찍는데도 가슴이 뛰었다. 겉으로는 태연한 척해 보였지만 손
바닥에 차오르는 땀까지 감출 수는 없었다. 부동산 사장과 대화를
나누는 건물주 몰래 손바닥을 허벅지에 문지르고는 계약서를 꼼
꼼히 살폈다.

임차인란에 쓰인 주소가 눈에 익었다.

운세동 150번지? 민도훈이 사는 집이다. 우유를 배달하며 자연
스럽게 익힌 주소였다.

빈우가 고개를 들어 건물주를 바라보았다. 민도훈과 닮은 구석
은 하나도 없지만 성이 같으니 그의 아버지가 맞을 터였다.

그의 아버지는 짧은 스포츠머리에 새까만 피부, 언뜻 보기에도
주먹깨나 쓰게 생겼다 싶은 단단한 몸집. 아무튼 함부로 범접하기
힘든 이미지였다.

빈우의 시선을 느낀 건물주가 고개를 돌렸다.

"내가 너무 무섭게 생겼죠?"

"네? 아, 아니에요."

갑작스런 질문에 당황한 빈우가 얼굴을 붉히자 민도훈의 아버
지가 웃는다.

"젊었을 때 내가 우리 집사람하고 결혼하려고 성형수술까지 고

려했었다니까. 장인어른이 사납게 생겨서 안 된다고 어찌나 반대
를 하시는지. 허허허. 지금은 우리 집사람 덕분에 많이 선해졌다
고 하던데. 우리 집사람하고 같이 다닐 때나 그런 건가 봐. 허허
허."

우리 집사람, 그 짧은 단어 하나에 애정이 듬뿍 묻어난다. 겉모
습과는 다르게 민도훈의 아버지는 무척이나 따뜻한 분인 것 같았
다.

"여기서 열심히 일해서 얼른 좋은 곳으로 이사해요. 우리 건물
에서 망해서 나간 사람은 여태껏 하나도 없었어요. 내가 장담하는
데 정 사장 꼭 성공할 겁니다."

민도훈의 아버지 말 한마디 한마디에 힘이 느껴진다. 그렇다고
하면 정말 그렇게 될 것 같은 신뢰감도 생겨났다.

"감사합니다. 열심히 하겠습니다."

"도움 부탁할 일 있으면 주저하지 말고 연락해요. 그러려고 관
리비 받는 거니까. 허허허."

부담을 느끼지 않도록 하기 위해 한 말이라는 걸 안다. 그제야
빈우가 빙긋 웃었다.

"잘 부탁드릴게요."

허리를 숙여 인사를 하고 부동산을 나온 빈우가 내내 웃어주던
도훈의 아버지를 떠올리며 기분 좋은 웃음을 지었다. 좋은 건물주
를 만나 다행이라는 생각이 든다.

이제부터 정말 시작이었다. 바쁜 걸음을 걷는 빈우의 얼굴이 자
신감으로 가득했다.

빈우가 새벽 배달을 시작한 건 부족한 자금을 모으기 위함이기도 했지만 아침잠이 많은 자신의 습관을 바꾸기 위함이기도 했다. 아무래도 꽃시장은 새벽에 더 활기를 띠는 곳이라 사업을 위해서는 아침잠을 물리치는 연습을 해두는 게 좋을 것 같았다.

처음에는 알람 소리조차 듣지 못해 헐레벌떡 뛰어가는 일이 많았지만 이제는 어느 정도 익숙해져 따뜻한 우유 한 잔을 마시고 나가는 여유까지 부릴 수 있게 되었다.

새벽 공기를 마시며 조용한 골목을 누비는 건 무척이나 기분 좋은 일이었다. 딱 한 가지, 그녀를 불편하게 만드는 민도훈만 안 볼 수 있다면 더 좋으련만.

"좋은 아침이에요!"

신문을 밀어 넣자마자 담장 너머에서 민도훈의 목소리가 들려온다. 사업이 안정될 때까지 당분간은 계속 새벽 배달을 할 생각인데 이런 식이라면 정말 곤란했다.

대문이 열리고 민도훈이 모습을 드러냈다. 이 사람은 뭐가 매일 저리도 신이 날까?

"엊그제 얼마나 놀랐는지 몰라요. 정말 꿈에도 같은 사람일 거라 생각 못했거든요."

그냥 가려던 빈우가 한숨을 쉬며 돌아섰다.

"저도 처음에 민 대표님 못 알아봤어요."

혹여 알아봤으면서 왜 모른 척했느냐고 물을까 봐 빈우가 선수를 쳤다. 오토바이에 올라타는 그녀에게 도훈이 다가왔다. 액셀러

레이터를 당기려던 빈우가 고개를 돌려 그를 보았다. 잠을 자긴 한 건지 말끔한 얼굴의 그에게서 희미한 박하향이 느껴진다.

"이렇게 가리고 있으니 내가 알아볼 수가 있나."

그의 손이 빈우의 얼굴 가까이로 다가왔다. 얼굴을 찌푸리며 빈우가 고개를 뒤로 젖히자 그가 손을 거두며 희미하게 웃었다.

"이제 어차피 매일 얼굴 볼 텐데 뭘 그렇게 가리고 그래요. 작업실 계약했다면서요?"

"그렇게 되었어요."

"사이트 에이전시는 확정했어요?"

좀 전의 희미한 미소를 지운 그가 사뭇 진지한 표정으로 그녀에게 물었다. 마음 같아서는 당장이라도 계약하자고 하고 싶으나 별 필요도 없는 자존심이 삐죽 솟아나 그녀의 입을 막았다. 아쉬운 건 자신 쪽인 게 분명한데도 다시 사이트를 쓰겠다는 말은 할 수가 없었다.

"아직요. 많이 급한 건 아니라서요."

거짓말이다. 랄라플라워는 사이트가 구축되어야 시작할 수 있는 시스템이므로 작업실 못지않게 급했다. 애써 별거 아니라는 듯 툭 말을 던져 넣고 빈우가 오토바이를 출발시켰다.

금세 후회가 밀려오기 시작했지만 굽히고 싶지는 않았다. 자존심이 밥 먹여주던? 엄마의 목소리가 또 한 번 기억 속에서 메아리쳤다. 밥이야 어떻게든 다시 먹을 수 있겠지만 무너진 자존심은 다시 회복시키기가 어려울 듯했다.

분명 다른 방법이 있을 거라 생각하며 빈우가 오토바이 속력을 높였다.

작업실 인테리어가 시작되었다. 사실 인테리어라고 할 것도 없이 깨끗하게 페인트칠을 하고 바닥을 미끄럽지 않은 재질로 다시 까는 것뿐이라 하루면 끝나는 일이었다. 빈우가 도울 게 없나 싶어 작업실 안을 서성였다.

"누가 2층까지 올라와서 꽃을 사려고 할까. 내가 우리 딸 같아서 걱정이 돼서 하는 말인데 다시 생각해 보는 게 어때요?"

바닥 작업을 하던 손 씨가 정말 걱정이 된다는 듯 조심스럽게 말했다.

"여기서 꽃을 직접 판매하지는 않아요. 저희는 꽃을 배달하는 업체라 가게 위치와는 상관없어요."

"아, 꽃을 배달하는 업체구나. 그래도 이왕이면 오고 가는 손님도 받으면 좋을 텐데."

"일반 꽃집하고는 시스템이 많이 달라서요. 기념일을 알아서 챙겨 드리기도 하고 우유 배달 받듯이 정기적으로 꽃도 배달받는 거예요."

손 씨가 고개를 끄덕이기는 하나 전부 이해하지는 못한 얼굴이다.

"인터넷으로 주문 받고 뭐 그런 건가 보네."

"네. 그런 거예요."

빈우가 피식 웃으며 손 씨에게 음료수 하나를 건넸다.

"나중에 꽃 필요하시면 연락해 주세요. 제가 예쁘게 만들어서 배달해 드릴게요."

음료수를 받아 든 손 씨가 허리를 펴며 일어섰다. 손이 무척이나 빠른 분이었다. 페인트 작업이 끝나고 바닥 작업을 시작한 지 얼마 되지 않았는데 벌써 반 이상이 끝난 상태였다.

인테리어 업체를 부르기도 뭣한 간단한 작업인지라 어떻게 해야 하나 고민하다 건물주인 도훈의 아버지에게 혹시 이런 작업을 하실 만한 분을 아는지 여쭤보았다. 그의 아버지는 그런 일 전문인 친구가 있다며 흔쾌히 소개해 주었고 덕분에 저렴한 금액으로 시작할 수 있게 되었다.

음료수를 단숨에 마신 손 씨가 다시 작업에 들어가며 빈우에게 한마디를 툭 던졌다.

"그럼 사이트 주소 같은 거 하나 적어줘 봐요. 우리 딸 가르쳐 주게."

"아, 그게 아직 사이트가 확정되지 않았어요. 알아보고 있는 중인데 맘에 드는 에이전시를 찾기가 어렵네요."

"그래요?"

작업을 다시 시작하려던 손 씨가 벌떡 일어나 주머니에서 종이쪽지 하나를 주섬주섬 꺼내 들었다.

"내 조카가 그런 거 잘 만드는데. 여기로 연락해 봐요. 예쁘게 만들어줄 테니까."

—010-5**-****.

종이쪽지를 받아 든 빈우가 샐쭉 웃었다. 준비해 놓았던 것처럼 종이쪽지를 꺼내 보이는 게 영 의심스러웠기 때문이었다.

"내 조카를 소개해 준다거나 뭐 그런 거 아니니까 의심 말고."

정곡을 찔린 것같이 빈우가 놀란 표정을 짓자 손 씨가 껄껄 웃었다.

"정말 그런 줄 알았나 보네. 컴퓨터 잘 만지니까 물어나 보라고. 비싼 돈 주고 회사에서 만들 필요 있나. 주변에 잘 만드는 사람 있으면 부탁도 하고 그러는 거지."

"그래도 사이트 하나 만드는 게 보통 일은 아니니까요. 그리고 제가 만들려고 하는 게 좀 까다롭기도 하고요."

"그러니까 물어만 보라고. 밑져야 본전 아니겠어?"

실없는 이야기를 할 그럴 분은 아닌 것 같았는데. 더군다나 도훈의 아버지가 소개한 분이 아니던가. 이상한 사람을 소개하지는 않았을 거란 생각에 빈우가 손 씨를 향해 웃어 보였다.

"내가 전화해 보는 게 낫겠네."

당황한 빈우가 손사래를 쳤다.

"아니에요. 나중에 제가 해볼게요."

"부담 갖지 말래도."

손 씨가 신속하게 휴대폰을 꺼내 들었다. 조카라면서 휴대폰에 번호가 저장도 안 되어 있는지 빈우의 손에 들린 종이쪽지를 힐끔 보며 번호를 눌렀다. 빈우가 이상한 눈초리로 바라보자 손 씨가 황급히 변명을 꺼내놓았다.

"이 녀석이 엊그제 휴대폰 번호를 바꿨더라고. 번호 바뀌었다고 적어준 거 주머니 속에 갖고 다녔거든……. 어, 그래. 나다."

금세 연결이 되었는지 손 씨가 조카라는 사람과 인사를 했다.

"사이트 만들고 싶다는 사장님이 있는데 네가 좀 도와줄 수 있 겠냐? 만들면서 공부도 하고 그러는 거지. 바꿔줄게."

손 씨가 건네는 휴대폰을 받아 든 빈우가 조심스레 인사를 했 다.

"안녕하세요. 갑작스럽게 죄송해요."

편하게 이야기하라는 듯 손 씨가 손짓을 해 보이며 작업을 하던 곳으로 갔다.

[아닙니다.]

낮고 굵은 젊은 남자의 목소리였다. 주변 소리가 무척이나 시끄 러운 게 귀찮게 한 건 아닌지 마음이 쓰였다.

"일하시는데 제가 괜히 방해를 한 건 아닌지 모르겠어요."

[괜찮습니다. 삼촌 부탁인데 제가 할 수 있는 거면 해드릴게요. 그런데 무슨 사이트를 제작하려고 하시는지…….]

부탁을 해도 되는 건지 판단이 서질 않았다. 빈우가 망설이는 걸 알았는지 웃음 섞인 목소리로 남자가 그녀를 재촉했다.

[제가 지금 좀 바쁩니다. 어서 말씀해 보세요. 제가 못하는 거면 못한다고 말씀드릴게요.]

"바쁘신데 정말 죄송해요. 그럼 제가 내용을 메일로 보내 드려 도 될까요?"

[그게 좋겠네요. 제가 메일을 확인하고 연락드리겠습니다. 그리 고 사이트를 만드는 거까지는 제가 해드릴 수 있는데 유지 보수는 어려울 수도 있습니다. 제가 잘 아는 업체가 있으니까 나중에 소 개해 드릴게요. 속이거나 과대한 수수료를 요구하는 업체는 아니

니까 걱정 마시고요. 아무튼 휴대폰 번호 알려주세요. 문자로 메일 주소 보내 드릴게요.]

마치 준비해 놓았던 멘트인 양 남자가 빠르게 말을 내뱉었다. 빈우가 휴대폰 번호를 불러주자 꽤나 바쁜 모양인지 인사를 건넬 겨를도 없이 알았다는 대답만 전하고는 전화가 끊어졌다.

통화를 하고 있는 빈우를 내내 보고 있었는지 손 씨가 잘했다며 웃는다.

손 씨 말대로 밀져야 본전이긴 해도 이렇게 해도 되는 건가 싶다. 그러나 이내 이것저것 따질 시간이 없음을 상기시킨 빈우가 손에 쥐어진 전화번호를 오래도록 바라보았다.

작업을 마친 손 씨가 돌아가기 위해 공영 주차장 안으로 들어오는 모습이 보인다. 작업이 마무리되고 있는 걸 확인하고 손 씨를 만나기 위해 미리 나와 있었던 도훈이 한 걸음에 달려가 손 씨 앞에 섰다.

"아저씨."

"아, 깜짝이야. 놀랬잖아, 이 녀석아."

불쑥 나타난 도훈을 보고 놀랐는지 손 씨가 가슴을 쓸어내리며 그에게 통박을 주었다.

"오늘 고생하셨어요."

놀란 손 씨를 달랠 겸 도훈이 팔을 올려 손 씨의 어깨를 주무르는 시늉을 해 보였다. 도훈의 아버지와 친한 친구 사이인 손 씨는 도훈에게도 친삼촌 같은 분이었다.

"하는 시늉만 하지 말고 제대로 주물러 봐."

"주말에 아저씨 댁으로 가서 확실하게 주물러 드릴게요."

"고작 안마로 때우려고?"

"부탁 들어주셨는데 안마뿐이겠습니까? 말씀만 하세요. 뭐든 들어드릴게요."

도훈의 넉살에 손 씨가 껄껄 웃었다.

어떻게 하면 랄라플라워 대표의 자존심을 건드리지 않고 사이트를 쓰게 할 수 있을까 고민하던 중 손 씨가 작업실 인테리어 작업을 하기로 했다는 소식을 아버지에게 전해 들었다. 어젯밤 내내 세심하게 각본을 준비하고 아침 일찍 손 씨의 집으로 찾아간 도훈은 손 씨에게 자신의 계획을 알리고, 대신 전화를 받아줄 성재에게도 전화를 걸어 이 상황에 대해 설명을 했다.

"성재가 아저씨 연기 끝내주게 잘하신다고 하던데요? 어, 그래나다, 소리가 어떻게 그렇게 자연스럽게 나와요? 성재는 떨려서 혼났다는데."

좀 전에 성재와 통화를 했던 도훈은 손 씨의 기분을 좋게 하기 위해 성재에게 들은 이야기를 약간 부풀렸다.

"네 아버지랑 극단 쫓아다닐 적에 다들 내 연기 칭찬하고 그랬다. 네 아버지는 소용없었고."

어깨를 으쓱이는 손 씨를 보며 도훈이 쿡쿡 웃었다.

"너 저 아가씨 점찍었지?"

"아직 점은 못 찍었어요. 이제 찍어야죠."

"네가 만든 거 안 쓴다고 하면 헛일이잖아."

그럴 일 없을 것이다. 랄라플라워 대표의 입맛에 맞게 미니페이지를 넣고 프레임을 약간 수정해 그녀의 의뢰서에 100% 부합하도록 만들었으니까.

"거절 못할걸요."

"나중에 네가 이렇게 한 거 알면 저 아가씨 기분 나빠하는 거 아니냐?"

"모를 거예요."

눈치채지 못하도록 만들었으니 끝까지 모르기만을 바랄 뿐이었다.

"네 아버지도 잘해주라고 어찌나 신신당부를 하는지. 네 아버지 부탁 아니면 반나절 만에 끝나는 일 맡지도 않았어."

세입자의 일이니 아버지가 신경 쓰는 게 당연하지만 도훈이 그녀를 마음에 두고 있다는 걸 알게 된다면 아버지가 어떻게 나올지 모르는 일이었다.

"아저씨, 당분간은 제가 저 아가씨 점찍으려고 하는 거 아버지에게는 비밀로 해주세요."

"왜? 하기야 네 아버지 우락부락하게 생겨서 호감 가는 시아버지 상은 아니지. 괜히 일 그르칠 수도 있으니까 비밀로 해주마."

역시 아저씨와는 이야기가 잘 통해서 좋다며 도훈이 한껏 손 씨를 치켜세웠다.

도훈이 돌아가는 손 씨를 배웅하고 2층 복도로 올라갔다. 열린 문틈 사이로 누군가와 통화를 하며 작업실을 거니는 여자가 보인다.

정빈우.

사이트 의뢰서에 적혀 있던 그녀의 이름을 떠올린 도훈이 입술을 끌어 올렸다. 한시라도 빨리 이 건물에서 벗어나려고 했던 자신의 계획을 대폭 수정해야 할 듯했다. 스윗소프트웨어가 이 건물에서 벗어나는 날, 반드시 랄라플라워도 함께여야 할 테니까.

찰칵 찰칵.

쉴 새 없이 터져 나오던 카메라 셔터 소리가 멈췄다. 카메라 액정을 바라보던 빈우가 마음에 들지 않는 듯 얼굴을 찡그리며 분무기를 들어 꽃잎에 물을 뿌렸다.

포트폴리오와 홈페이지에 쓰일 사진을 찍기 위해 사무실 한 켠에 포토존을 준비했다. 꽃병이나 꽃다발을 올려두고 온종일 사진을 찍었지만 전문 사진작가가 아닌 터라 수십 장을 찍은 후에야 마음에 드는 사진 한 장을 얻어낼 수 있었다.

사업을 준비하며 플로리스트 자격증을 딴 빈우는 꽃에 대한 많은 경험이 없다는 문제점을 가지고 있었다. 처음에는 전문 플로리스트를 채용할까 하는 생각도 했었다. 그러나 꽃을 늘 가까이에 두고 보고 싶고, 꽃이 가까이에 있는 것이 자연스러운, 그런 친숙함을 자신의 꽃에 더하고 싶었다. 그러한 자신의 마인드에 전문적인 건 필요 없다는 결론을 내린 후 빈우는 그녀만의 스타일을 만들기 위해 노력 중이었다.

짙은 핑크톤의 꽃잎이 강렬한 센세이션 로즈와 은빛 잎사귀의 은엽 아카시아, 동글동글 붉은 열매가 귀여운 라즈베리를 어렌지 해 꽃병에 꽂았다. 꽃병을 하얀 천 위에 올려둔 후, 만족스러운 빈 우의 입매가 씽긋 올라갔다.

다시 카메라를 들어 올리려는 찰나, 사무실 문을 두드리는 소리 에 빈우가 뒤를 돌아다보았다.

"퇴근 안 해요?"

이렇게 아는 척을 해올 때마다 곤란한 건 빈우였다. 그의 연인 인 듯 보이는 회사 직원이 버젓이 옆 사무실에 있는데 친근하게 구는 건 좀 아닌 것 같았기 때문이었다. 그렇다고 무조건 모른 척 할 수도 없었다. 어쨌거나 이웃 아니던가.

"아직 일이 남아서요. 안녕히 가세요."

안녕히 가시라는 빈우의 말에도 아랑곳하지 않고 도훈이 그녀 의 작업실로 들어왔다. 꽃향기를 맡는 듯 크게 숨을 들이쉬며 주 위를 둘러보던 그가 활짝 웃었다.

"이제 정말 꽃집 분위기가 나네요."

도훈의 시선을 따라 빈우가 사무실을 둘러보았다. 몇 번의 발품 끝에 마련한 꽃 냉장고와 커다란 작업대, 꽃을 진열해 놓은 진열 장, 꽃과 함께 배달할 서브 물품들과 포장 용품들 그리고 소품을 넣어두는 낮은 수납장 여러 개가 전부지만 그런대로 그녀가 구상 했던 모양새로 꾸며지고 있었다.

"프리저브드 플라워네."

진열장 가까이에 서 있던 도훈이 수국 다발을 보며 혼잣말처럼 중얼거렸다. 빈우가 의외라는 듯 눈을 크게 뜨고는 도훈에게 한 발자국 다가섰다.

"프리저브드를 알아요?"

"시들지 않는 꽃, 프리저브드 플라워. 이 정도야 뭐……."

꽃에 원래 관심이 많았나? 좀 놀랍긴 하지만 조금만 관심을 갖는다면 알 수 있는 것이니 그러려니 하며 빈우가 다시 카메라를 들어 올렸다.

"와, 카메라 좋은 거네요. 포트폴리오 작업하나 봐요."

이 사람 안 가나? 하는 표정으로 돌아보니 어느새 프린터 가까이로 다가간 그는 출력된 사진을 보고 있었다.

"주인공을 빛나게 하려면 반드시 들러리가 필요하더라고요. 꽃다발이 주인공이니까 소품을 들러리로 세워도 괜찮을 것 같아요. 이렇게 여기서 한 컷, 옆에서 한 컷. 사진도 여러 각도로 찍어보고요."

"저, 민 대표님."

"포트폴리오는 레이아웃이 중요하던데. 어디 취직하시려고 만드는 포트폴리오가 아니라면 뭐, 이 정도도 괜찮겠네요."

"민 대표님!"

높아진 빈우의 목소리에도 도훈은 눈 깜짝하지 않고 빙긋 웃었다. 도대체 이 남자는 무슨 생각을 하며 사는 걸까? 걱정이라고는 없는 듯 늘 평온한 얼굴을 보니 괜스레 화가 난다.

"민 대표님, 퇴근하셔야죠?"

"저도 일이 아직 남았거든요. 오늘 퇴근할 수 있을지 모르겠네요."

눈치가 없는 건지 일부러 없는 척을 하는 건지. 나갈 기미를 보이지 않는 도훈이 그녀의 어깨 너머를 힐끔거렸다. 저녁 도시락으로 준비해 온 유부초밥이었다.

"유부초밥이네요."

하나 먹어보라고 해야 하나? 잠시 머뭇거리는 사이 한 발자국 가까이 다가선 도훈이 유부초밥을 집어 들었다.

"딱 하나만요."

"그러세요."

너무 불퉁한 목소리를 내보냈나 싶어 도훈의 얼굴을 살폈다. 하지만 도훈은 아무 상관이 없는 듯 유부초밥을 우물거릴 뿐이었다.

"완전 맛있어요. 요리 진짜 잘하시나 봐요."

요리라고 할 수도 없는 유부초밥을 요리라 일컫는 그에게 할 말을 잃은 빈우가 유부초밥이 남아 있는 도시락 통을 건넸다.

"전 먹을 만큼 먹었어요. 이거 사무실에 가지고 가셔서 같이 드세요."

"왕 실장 퇴근했어요. 그리고 이걸 왜요? 나 혼자 먹기도 아깝구만."

건네는 도시락 통을 마다하지 않고 받아 든 그가 아예 의자를 끌고 와 작업대 앞에 앉았다. 하나만 먹는다더니만 그의 입으로 끊임없이 들어가던 유부초밥은 금세 바닥을 드러냈다. 물컵 하나를 그의 앞에 놓아주고 빈우가 고개를 흔들었다. 연인이면서 어쩜 저렇게 자기밖에 모르는지. 그의 연인이 진심으로 불쌍했다.

"와, 진짜 잘 먹었어요. 이 도시락 통은 깨끗이 닦아서 가져다 드릴게요."

"아니에요. 괜찮아요."

"저에게도 염치란 게 있거든요. 속으로 막 욕하고 있는 거 다 들려요."

괜히 찔려 우뚝 서버린 빈우를 보며 쿡쿡 웃던 도훈이 그녀의 사무실을 나갔다. 뭔가 마음에 들지 않는 듯 빈우가 입술을 뾰족하게 세우고 그가 있을 사무실을 바라보았다.

"어우, 진짜. 저 사람 뭐지?"

말은 그렇게 했지만 기분이 아주 나쁜 건 아니었다. 넉살 좋은 도훈의 행동을 되짚어보니 하도 어이가 없어 웃음도 흘러나왔다.

"자, 다시 찍어보자."

찰칵 찰칵.

몇 장의 사진을 연속해서 찍던 빈우가 카메라를 슬며시 내려두고 소품이 진열되어 있는 곳에서 몇 가지 소품들을 들고 왔다. 조금 전 도훈의 조언이 떠올랐기 때문이었다.

꽃다발 옆에 꽃 색과 어울리는 작은 화병을 놓아두고 카메라 앵글 안에 담긴 꽃다발을 보며 빈우가 어깨를 으쓱였다.

"뭐, 괜찮네."

안 그래도 이렇게 해볼 생각이었으니 도훈의 조언 때문은 절대 아니라고 스스로에게 얘기하고 또 얘기하며 빈우는 제 자존심을 챙겼다.

손 씨의 조카라는 사람이 보내온 사이트를 꼼꼼히 살펴보던 빈우가 안도의 한숨을 내쉬었다. 웹사이트에 관련된 일을 하는 사람이 아니라 했는데 사이트의 퀄리티는 스윗소프트웨어 못지않은 듯 보였다. 빈우가 원했던 개인 메모창과 결제창이 더해졌고, 미처 생각하지 못했던 반응형 웹사이트로 제작되어 태블릿 PC나 모바일에서도 사이트를 원활하게 열어볼 수 있게끔 되어 있었다.

손 씨에게 받아두었던 전화번호를 찾아 전화를 걸었지만 도통 통화가 되지 않았다. 보내온 이메일에는 검색엔진 등록에 관한 내용과 유지 보수를 맡아줄 업체의 휴대폰 번호, 그녀의 명의로 되어 있는 도메인과 호스팅 관련 내용, 사이트 사용 방법 그리고 사이트를 관리할 수 있는 아이디와 비밀번호 외에는 사이트 제작 비용에 대해서는 어떤 내용도 없었다. 계약서를 주고받은 것도 아니기에 어떻게든 합당한 비용을 지불하고 싶은데 어떻게 된 일인지 손 씨 역시 통화가 되지 않았다. 급한 대로 손 씨 조카에게 이메일을 보내놓고 또다시 통화를 시도했지만 여전히 휴대폰은 꺼져 있었다.

이메일에 쓰여 있는 방법으로 사이트에 사진을 업로드하고 간단히 수정할 수 있는 건 수정을 하며 사이트 사용법을 익혔다. 시간 가는 줄 모르고 사이트를 들여다보던 빈우는 어느새 작업실 안이 컴컴해졌음을 깨닫고 일어섰다.

굳어 있던 어깨와 허리를 움직이며 크게 기지개를 켜면서도 모니터에서 눈을 떼지 못했다. 드디어 오픈을 할 수 있게 된 것이 꿈만 같아 실없는 웃음이 멈추질 않는다.

"그나저나 왜들 이렇게 통화가 안 되지."

해결하지 못한 것에 대한 찜찜함이 불쑥 찾아오긴 했지만 오픈을 할 수 있게 되었다는 기쁨까지 밀어내지는 못하는 모양이었다. 이내 잊어버리고 콧노래가 나오는 걸 보면 말이었다.

퇴근하기 위해 작업실 문을 연 빈우가 문고리에 종이 가방이 매달려 있는 걸 발견하고는 고개를 갸웃했다. 묶여 있던 매듭을 풀고 가방 안을 들여다보니 익숙한 도시락 통이 담겨 있다. 도훈이 돌려준 모양이라 생각한 빈우는 별다른 생각 없이 종이 가방을 들고 집으로 돌아왔다.

그날 밤, 설거지를 하기 위해 도시락 뚜껑을 연 빈우가 두 눈을 크게 떴다.

"쿠키?"

초코칩이 박혀 있는 쿠키들이 예쁘게 포장되어 있었다. 얼른 젖은 손을 수건에 닦고 쿠키 하나를 집어 입에 넣었다.

"……생각보다 맛있네."

쿠키는 기대했던 것보다 훨씬 맛있었다. 먹다 남은 유부초밥의 답례로 쿠키를 받으려니 좀 미안한 생각이 들었다. 생각지도 못한 도훈의 마음 씀씀이가 좀 의외라 놀랍기도 했고.

달콤한 맛이 입안을 가득 채웠다가 사라지는 느낌이 좋아 빈우는 도시락 통을 끌어안고 쿠키를 계속 집어 먹었다. 도훈이 어떤 마음으로 쿠키를 구웠는지 그리고 보냈는지는 꿈에도 생각하지 못하면서 말이었다.

발코니에 서서 골목 저기 어딘가를 내내 바라보던 도훈이 부리나케 계단을 내려갔다. 푸르스름한 이른 새벽길을 뚫고 빈우의 오토바이가 골목 안으로 들어왔다.

우유 주머니가 대문 위를 넘어와 덜컥하고 대문을 두드리고, 뒤이어 발밑으로 신문이 삐죽 모습을 보였다.

"좋은 아침입니다."

대문을 열지 않은 채 도훈이 빈우에게 인사를 건넸다.

"좋은 아침이네요. 쿠키 잘 먹었어요."

돌아오는 빈우의 인사에 도훈의 입술이 길게 늘어졌다.

이윽고 골목을 빠져나가는 오토바이 소리. 오픈 준비만으로도 힘들 텐데 여전히 새벽 배달을 하고 있는 그녀가 안쓰러웠다. 어제저녁, 사무실 문에 걸어두었던 도시락 통이 꽤 늦은 시간까지 그대로 걸려 있음을 보고 퇴근을 독촉하러 그녀의 작업실에 들어가고 싶었지만 도훈은 꾹 참았다.

"잠은 자는 거야? 이제 새벽 배달은 그만하지."

손에 들린 우유와 신문을 보며 도훈이 중얼거렸다. 자신 또한 겨우 3시간밖에 잠을 자지 못했지만 새벽 배달을 하고 있는 빈우에게는 비길 바가 못 되는 것 같았다.

없는 시간을 쪼개고 쪼개어 손수 만든 쿠키를 맛있게 먹었을 빈우 생각을 하자 삐죽 웃음이 나왔다. 엄마의 레시피 공책을 자주 이용해야겠다는 생각을 하며 담 너머, 그녀가 가고 없는 빈 골목을 한참이나 바라보았다.

화장실 문이 잠겨 있어 그냥 사무실로 돌아가려던 비인이 문이 열리는 소리에 돌아다보았다. 화장실에서 나오는 빈우를 보고는 비인이 반갑게 인사를 건넸다.

"안녕하세요."

"네, 안녕하세요."

"이사 오셨다는 얘기는 들었는데 이제야 마주치네요. 이렇게 이웃이 될 줄 누가 알았겠어요."

"그러게요. 저는 그럼……."

이렇게 이웃이 된 게 그다지 반갑지 않은 듯 빈우가 금세 자리를 떴다. 괜히 멋쩍어진 비인이 입을 쭉 내밀었다.

사이트 때문에 서운한가? 어쩌면 사이트를 그렇게 거절했던 게 미안한 탓인지도 모르겠다.

사무실로 돌아온 비인이 도훈을 향해 눈을 흘겼다.

"아무튼 민도훈이 문제라니까. 이 껄끄러움을 어떻게 해결할래!"

느닷없는 공격에 도훈이 인상을 쓰자 비인의 목소리는 더 커져 갔다.

"어쩐지. 사무실 청소 엄청 열심히 한다 했다. 괜히 미안해서 그런 거였지, 너?"

"무슨 소리야?"

"그러게 미안할 짓을 왜 하냐? 그때 잘 달래서 사이트 넘겨줬음 좀 좋아? 그랬으면 얼마나 분위기가 좋았겠어!"

"난 또……."

왜 그러는지 이해한 도훈이 피식 웃자 지금 이게 웃을 일이냐며 비인은 길길이 뛰었다. 그러든지 말든지, 비인에게 두었던 시선을 거둬들인 도훈은 빈우가 보내온 이메일을 다시 열었다.

비용을 지불하고 사이트를 마음 편히 사용하고 싶다는 내용이 전부였으나 도훈의 눈길을 잡아끈 것은 첨부파일에 들어 있던 꽃바구니 사진 한 장이었다. 빈우의 관심을 끌기 위해 짬짬이 인터넷을 뒤져 가며 꽃에 대해 공부를 하고 있는 중이었지만 워낙 종류가 많고 모양이 비슷해 아직은 구별하기가 힘들었다.

빈우가 보내온 사진 속에는 하얀 국화꽃이 있었다. 처음에는 장례식에 쓰이는 꽃이라 의아했으나 하얀 국화의 꽃말이 감사라는 걸 알고는 혼자 히죽 웃었다. 비록 자신이 아니라 손 씨의 조카에게 보낸 메일일 테지만 그녀가 직접 찍은 사진이라는 사실만으로도 기분이 좋았다.

사랑의 꽃말을 가진 핑크 국화 사진을 받아볼 날을 기대하며 도훈이 그녀에게 보낼 답장을 적어 넣기 시작했다.

손 씨 조카로부터 도착한 메일을 열어 확인한 빈우가 진분홍색의 베고니아 사진을 보며 입가에 미소를 매달았다. 베고니아의 꽃말이 짝사랑이라는 건 알고 있는 건지. 분명 별 의미 없이 보낸 거겠지만 탐스러운 베고니아를 보니 저절로 기분이 좋아졌다.

메일에 쓰여 있는 제작 비용이 생각보다 저렴해 미안한 마음이 들긴 했으나 어찌 되었든 비용을 지불할 수 있게 되었으니 이제는 사이트를 마음 편히 사용해도 될 것 같았다.

"하아. 배고프다."

긴장이 풀린 탓인지 요즘에는 좀처럼 느끼지 못했던 허기가 느껴진다. 편의점에 들러 간단히 먹을 만한 것을 사가지고 와야겠다는 생각으로 지갑을 챙겨 들고 밖으로 나갔다.

노랗게 물든 은행잎과 울긋불긋한 낙엽들이 가는 길마다 예쁘게도 떨어져 있다. 오랜만에 갖는 여유가 이리도 행복할 줄은 몰랐다. 아직 해야 할 일이 산더미같이 남아 있는데도 마냥 기분이 좋은 것이 발걸음마저 가벼웠다.

"어디 가요?"

갑작스레 제 앞에 나타난 큰 그림자에 빈우가 눈가를 찌푸렸다. 에이, 기분 좋았는데.

대답 없이, 도훈이 막아선 길을 피해 옆으로 한 걸음을 걸었다. 또다시 막아선 그림자.

"날씨 엄청 좋죠."

빈우가 삐딱한 눈으로 도훈을 올려다보고는 싫은 내색을 숨기지 않고 삐딱한 목소리를 냈다.

"그냥 좀 지나가 주면 안 되겠어요?"

그러나 이 남자, 이 정도면 기분이 나쁠 만도 할 텐데 오늘도 역시나 눈 한 번 끔벅하지 않는다.

"지나가다 만나니 반가워서요."

눈꼬리를 접어 환하게 웃는 통에 오히려 빈우가 당황스러울 지경이었다.

"그럼, 가던 길 어서 가세요."

도훈이 빈우에게서 한 걸음 물러났다. 웃는 얼굴에 침 못 뱉는 다더니만 저렇게 웃고 있으니 더 이상의 할 말도 생각나지 않았다.

등 뒤에서 휘파람 소리가 들려온다. 뭐가 저리도 신이 날까. 빈우가 힐끗 돌아봤다. 내내 자신을 바라고 있었던 듯 이쪽을 향해 있는 도훈의 시선에 화들짝 놀라 빠른 걸음으로 그곳을 벗어났다.

편의점에 들러 돌아오는 길, 어디선가 도훈이 튀어나오는 건 아닌가 자꾸만 이리저리 둘러보게 된다.

"나 원 참."

마주칠 때마다 생기는 불편함이 싫어 또 다른 불편함을 겪고 있는 자신이 어이가 없었다.

새벽 배달 때부터 하루 종일 도대체 내가 왜 이래야 해?

민도훈을 왜 불편하게 생각하고 있는 건지 원인부터 찾아야 할 것 같다. 홈페이지 건으로 껄끄럽긴 해도 불편할 것까진 없는데 말이다.

민도훈에게 애인이 있어서라는 건 적절한 변명이 되질 못했다. 애인이 있다고 해서 이웃끼리 나눌 수 있는 인사조차도 하지 말란 법은 없으니까.

"그래. 불편하게 생각할 거 없어. 마주치면 마주치는 거지 뭐."

안 그래도 생각할 일들이 싸였건만, 괜한 일에 감정을 소모하고 있는 건 불필요한 감정 노동일 뿐이다.

단순하게 생각하면 되는 거라고 빈우는 되뇌었다.

❖

메일함을 닫으려다 생각난 듯 이미 확인한 적 있는 다른 메일 하나를 열었다. '엑스포 11기 정기 모임'이라는 제목의 메일에는 모임 장소와 시간, 날짜가 적혀 있었는데 그 모임 날짜가 바로 오늘이었다.

정민이 한국에 없을 때에는 그의 소식을 들을 수 있는 유일한 곳이기에 참석을 했었다. 하지만 요 근래에는 스타트업에 관한 여러 가지 정보를 얻을 수 있지 않을까 싶어 별다른 일이 없다면 꼭 참석하고는 했다.

모임 장소의 주소를 메모지에 옮겨 적고 빈우가 나갈 채비를 서둘렀다. 새벽 배달을 마치자마자 출근해 늘 한밤중이 되어서야 작업실을 나서곤 했던 터라 해가 지기 전 퇴근을 하려니 왠지 어색했다.

작업실 문을 잠그고 복도를 지나는데 불을 켜지 않아 어두컴컴한 스윗 사무실의 열린 문틈 사이로 두 사람의 목소리가 들려왔다.

"빨리 좀…… 끼워 넣어줄 수 없…… 겠어? 참…… 으려니 너무 힘…… 들어."

숨이 넘어갈 듯 간절한 왕 실장의 목소리 뒤로 들려오는 다급함과 힘겨움이 뒤섞인 도훈의 음성.

"기, 기…… 다려…… 봐. 이게…… 왜 이렇게 안…… 들어…… 가지."

어서 가야 하는데 도훈의 음성이 그녀를 붙든 듯 두 다리는 꼼짝도 하지 않는다.

"내가 어떻게든 해주고 싶은데…… 지금…… 참는 것만으로도…… 힘들어서……."

"그냥 가만히 있어. 구멍이…… 너무 좁아. 미치겠다, 정말."

"도훈아…… 제발……."

결국 왕 실장이 흐느낀다. 복도에 서 있는 걸 들키면 안 되는데. 어서 가자. 다리야, 제발 움직여 줘.

"됐다. 어, 어! 왕비인! 움직이지 마. 움직이니까 빠지잖아……."

아쉬운 듯 아련한 도훈의 목소리에 퍼뜩 놀란 빈우가 가방을 떨어뜨렸다. 쏟아져 나온 물건을 가방 속에 마구잡이로 주워 담고는 그 자리를 벗어나기 위해 떨어지지 않는 다리를 간신히 떼어내어 빠르게 걷기 시작했다.

내가 왜 그랬을까. 이 다리는 어째서 그 자리에 붙은 듯 움직이질 않았던 것인가. 원래 그런 사람인 거 알고 있었잖아. 새삼스레 뭘 놀라고 그래?

버스에 올라탄 빈우가 진정되지 않는 가슴을 달래듯 큰 숨을 내쉬었다.

반갑게 인사를 건네던 왕 실장의 얼굴이 떠오른다. 상상하지 말자. 상상하면 안 돼. 나까지 변태가 될 순 없어. 머릿속을 떠다니

는 상상들을 털어내려는 듯 빈우가 세차게 고개를 흔들었다. 쿵쾅
거리는 심장 소리가 조용한 버스 안을 시끄럽게 울려대는 것 같아
빈우가 달래듯 조용히 중얼거렸다.

"심장아, 이럴 필요 없어. 넌 아무것도 못 들었어. 아무것도."

그 시각, 도훈이 사다리에서 내려오자 비인이 재빨리 사무실을
뛰쳐나갔다. 유난히 높은 천장 탓에 형광등을 한번 갈아 끼울 때
마다 도훈은 진땀을 빼야 했다. 비인에게 흔들거리는 사다리를 잡
고 있어달라 부탁한 지 얼마 되지 않아 그녀는 배가 아프다며 고
통을 호소했다.

어두컴컴한 천장을 비추던 손전등을 떨어뜨린 비인이 한 손으
로는 사다리를, 다른 한 손으로는 배를 움켜잡고 온몸을 비틀어댔
다. 사다리 꼭대기에 올라서도 팔이 닿지 않아 아슬아슬하게 까치
발을 들어야 하는 도훈은 비인이 움직일 때마다 서늘해지는 간담
을 쓸어내려야 했다.

"아우, 왕비인."

사다리를 창고로 가져다 놓기 위해 사무실을 나서던 도훈이 화
장실에서 돌아오는 비인을 보며 이마를 구겼다.

"어우야, 나 진짜 죽을 뻔했잖아. 넌 형광등 하나 빨리빨리 못
갈고 그러냐!"

"사다리 뒤쪽이나 좀 들어."

"윽. 너 혼자…… 들어. 나 푸른을…… 너무 많이 먹었나 봐. 아
우, 배야……."

다시 화장실로 기어가는 비인을 보며 도훈이 한숨을 내쉬었다. 아무리 허물없는 친구 사이라지만 비인의 저런 모습은 적응불가였다.

사다리를 제자리에 가져다 놓기 위해 사무실을 나서던 도훈이 복도에 떨어진 다이어리 하나를 발견했다. 사다리를 든 채 다리를 구부려 다이어리를 주워 든 그가 다이어리 끝자락에 'ㅂ○'라고 쓰인 걸 보고는 고개를 흔들었다.

"칠칠맞지 못한 왕비인."

비인이 급히 화장실로 뛰어가며 떨어뜨린 모양이라 생각하고는 별다른 의심 없이 바지 주머니에 다이어리를 집어넣었다.

"으샤!"

어깨에 사다리를 들쳐 멘 도훈의 기합 소리가 복도를 가득 메웠다.

❖

당사자가 없는 자리에서 그들의 이야기를 하는 걸 무척 즐기는 사람들만 모인 자리 같았다. 정민이는 왜 안 오지? 로 시작된 정민과 서진, 두 사람의 이야기가 여기저기에서 터져 나왔다.

"처음부터 서진이가 우겨서 한 결혼이었다며."

"서진이가 정민이를 많이 좋아하긴 했었지."

동아리 여자 선배 하나가 슬쩍 빈우의 눈치를 본다. 빈우 역시 정민을 좋아했었다는 걸 아는 까닭이었다. 연애를 했던 것도 아니고 혼자 좋아했던 것뿐인데 아직도 자신과 정민을 연관시키고 있는 것이 거북스러웠다. 가슴 밑바닥 저기 어딘가에 남아 있는 미련 찌꺼기까지 모조리 긁어버려야 저런 눈빛이 아무렇지 않을 텐데. 그건 시간이 해결해 주어야 할 듯싶다.

그런 선배에게 빈우가 억지웃음을 지어주고는 슬며시 고개를 돌렸다. 벽에 걸린 클림트 그림이 눈에 들어왔다. 바우어 부인의 초상화라고 했던가? 이런 그림이 들어간 꽃다발 포장지도 괜찮겠다는 생각과 함께 머릿속에 꽃을 든 바우어 부인을 그리고 있는 와중에도 정민에 관한 이야기는 계속되었다.

"정민이 결혼식에 우리 중 누구 하나 초대받은 사람 있어?"

"그러니까. 영국에서 하는 결혼식이었다고 해도 어떻게 그렇게 알리지도 않고 결혼식을 하냐."

"그게 다 결혼하는 게 싫어서 그랬던 거야."

별로 듣고 싶은 이야기가 아닌 빈우는 젓가락을 들어 안주로 나온 골뱅이를 휘저으며 불만을 내비쳤다.

"이제 그만하죠. 다 추측 아니에요? 정민 선배한테 직접 들은 사람 누구 있어요?"

"정빈우, 너 아직도냐? 아직도 정민이 좋아해?"

"무슨…….”

"어! 서진이?"

누군가 서진의 이름을 부르는 소리에 빈우가 고개를 돌렸다. 시간이 꽤 흘렀건만 서진은 여전히 광채 나는 외모를 지니고 있었다. 세월을 거스른 것 같은 예쁜 얼굴에, 검은색 초미니 원피스를 입은 탓에 드러난 긴 다리는 늘씬하고 매끈했다.

"오랜만이야."

서진의 인사가 끝나자마자 뒤이어 들어오는 정민. 모인 사람들 모두 놀라움을 감추지 못하고 입을 쩍 벌렸다.

"미안, 좀 늦었다."

곧장 자신에게로 날아드는 정민의 시선에 빈우가 몸을 움츠렸다. 늘 모른 척하던 정민이었기에 이런 반응이 낯선 탓이었다.

빈우를 사이에 두고 양옆에 앉아 있던 여자 동기들이 그녀 쪽으로 고개를 기울였다.

"저 둘 뭐니? 지금 같이 온 거지?"

"서진 선배는 졸업하고 여태 한번을 안 나오더니 웬일이래? 이혼까지 한 마당에."

동기들의 소곤거림을 들었는지 서진이 빈우가 앉은 쪽을 바라본다.

후, 빈우가 나오는 한숨을 집어삼키고 물 잔을 들어 한 모금 마셨다. 오늘 모임에는 나오는 게 아니었나 보다. 바쁜 시간을 쪼개고 또 쪼개어 나왔건만 빈우는 괜히 그랬다 싶었다.

"오랜만이다, 구서진. 넌 어쩜 하나도 안 변했냐. 누가 아이 엄마로 보겠어."

누군가 서진을 자리로 이끌며 재잘거리자 정민이 그 앞을 막아섰다.

"서진이 갈 거야."

단호한 정민의 목소리에 웅성거리던 홀 내부가 순간 조용해졌다. 그러나 서진은 당황한 기색 없이 곧장 빈우의 맞은편에 앉아서는 제 앞에 앉은 사람들을 눈으로 훑었다.

"다들 오랜만에 보는데 좀 있다가 가지 뭐."

마주 앉은 빈우에게 멈춰 선 서진의 시선.

"결혼식에 초대도 못했는데 이혼하고 보네?"

삐딱한 웃음을 흘린 서진이 입술을 비틀었다.

"오랜만이네요."

며칠 전 서진에게서 온 문자가 떠올라 빈우가 떨떠름한 얼굴로 서진에게 인사를 했다. 정민에 관한 일이라 했는데 도대체 무슨 일이었을까. 새삼 못 견디게 궁금해진다.

"다들 너무한 거 알지? 나도 엑스포 회원인데 왜 나한테는 메일 안 보내니? 내가 정민 씨 메일 훔쳐보지 않았으면 이렇게 모이는 줄도 몰랐을 거야."

이혼한 남편의 메일을 훔쳐봤다는 사실을 당당하게 말하는 서진을 보며 모두들 또 한 번 입을 크게 벌렸다.

"정민 씨, 앉아. 다들 당신 앉기만 기다리는 거 안 보여?"

서진의 말에 한숨을 내쉰 정민이 자리에 앉았다. 냉랭해진 분위기를 바꿔보려는 듯 선배 하나가 박수를 치며 시선을 모았다.

"자, 다들 알고 있겠지만 빈우가 스타트업을 시작했다. 플라워 서브스크립션이라니까 다들 회원 가입해서 매출 좀 올려주고."

말 잘했냐는 듯 의기양양한 얼굴로 빈우를 바라보는 선배에게 빈우가 엷은 미소를 내보였다.

"그런 의미에서 오늘의 첫 건배는 빈우에게 쏜다. 자, 다들 잔

들고. 랄라플라워의 천 명 회원을 위하여!"

"위하여!"

스무 명 남짓의 우렁찬 목소리가 홀 안을 가득 메웠다. 술이 목구멍을 타고 넘어가는 짜릿함에 빈우가 눈을 찡그리며 술잔을 내려놓았다. 그러나 금세 다시 채워지는 술잔. 마주 앉은 서진이 술병을 기울이며 한마디를 툭 내뱉었다.

"정민 씨, 아직도인 거니?"

서진의 목소리가 날카롭다. 서진이 오기 직전 그들이 나누던 이야기를 들은 모양이었다.

"말 안 되는 거, 알죠?"

받아치는 빈우의 목소리 또한 부드럽지는 않았다.

"훗. 말 안 되는 일이 어디 한두 가지일까."

채워진 술잔을 또 한 번 비운 빈우가 빈 술잔을 내밀었으나 서진은 마시지 않겠다는 듯 고개를 흔들었다. 쳇. 빈우가 제 술잔에 술을 따랐다.

흘깃, 정민을 돌아본 서진이 테이블에 바짝 몸을 기울이고는 빈우에게 속삭였다.

"그런데 정민 씨는 아직도인 것 같아."

놀란 빈우가 들고 있던 술잔을 테이블 위로 떨어뜨렸다. 쏟아진 투명한 액체가 하얀 테이블 위를 금세 적시고 말았지만 빈우는 닦을 생각조차 하지 못하고 서진을 바라봤다.

술잔을 들고 테이블을 돌던 선배 하나가 테이블 위를 나뒹구는 술잔을 보고는 목소리를 높였다.

"빈우 벌써 취했냐?"

저만치 떨어진 곳에 앉아 있던 정민이 이쪽을 바라본다. 정민과 마주친 시선을 피해 다시 서진을 바라봤다. 그러나 서진의 시선은 그녀를 향해 있지 않았다. 서로를 비껴간 시선.

"늘 이랬지. 나는 너 때문에 빈껍데기와 살았어."

허탈하게 웃는 서진의 얼굴에서 슬픔을 발견한 빈우가 얼굴을 구겼다. 서진의 말이 이해가 되지 않을뿐더러 남의 슬픔 따위를 신경 쓸 겨를이, 제게는 없었다. 하지만 무시할 수 없는 말의 무게가 무섭게 빈우를 눌렀다.

각자의 이야기로 분주한 사람들은 두 사람의 묘한 분위기를 눈치채지 못한 듯 보였으나 정민의 신경은 온통 서진과 빈우에게 향해 있었다.

정민이 주차장에 도착했을 때, 막 도착한 듯 차에서 내려서고 있는 서진을 발견했다. 그제야 자신의 메일함을 자신보다 먼저 열어본 범인이 서진이었다는 걸 정민은 깨달았다. 정기모임에 관한 소식을 듣지 못했을 서진이 이곳에 왔다는 건 자신의 메일을 봤다는 증거였으니까. 그 때문에 입구에서 잠깐 실랑이를 벌였고 막무가내인 서진을 막지 못한 그는 결국 이 자리에 함께 들어올 수밖에 없었다.

결혼 생활 내내 끊이지 않았던 잦은 다툼으로 인해 금이 갈 만큼 가버린 두 사람이었다. 아이에 관한 일이 아니라면 이렇게 마주치는 것조차 없었을 정도로 정민은 서진을 보고 싶지 않았다.

잘못된 시작의 끝은 이렇듯 서로에게 불행만 남겨놓았을 뿐이었다.

무슨 말을 듣고 있기에 빈우의 표정이 저런 건지 궁금했다. 서진이 홀 안으로 들어오자마자 제자리인 양 찾아들어 간 자리가 하필이면 빈우의 맞은편이어서 신경이 쓰이는 데다, 빈우를 대하는 서진의 태도 또한 눈에 거슬려 도통 동기들의 이야기에 집중할 수 없었다.

그렇게 초조하게 두 사람을 지켜보던 중, 별안간 서진이 일어섰다.

"그럴 줄은 알았지만 별로 재미없네. 앞으로도 나한테는 메일 보내지 마."

누구에게인지 모를 말들을 던져 놓고 서진이 홀 밖으로 나갔다.

"정민아, 나가봐야 하는 거 아니냐?"

옆에 있던 동기가 그의 어깨를 두드리며 걱정스럽게 바라봤다. 그러나 지금 이 순간, 그가 걱정이 되는 건 서진이 아니라 술 두 잔에 얼굴이 벌겋게 달아오른 빈우뿐이었다.

이른 새벽, 빈우가 찌뿌듯한 몸을 이끌고 오토바이에 올라탔다. 어제 모임에서 있었던 일로 밤새 잠을 설친 탓이었다.

가지 말걸, 뭣 하러 가서 마음에 폭풍우를 매달고 돌아왔을까.

'그런데 정민 씨는 아직도인 것 같아.'

서진의 목소리가 지워지지가 않는다. 서진이 말한 아직은 뭘 의미하는 걸까. 빈껍데기라니. 짐작조차 할 수 없었던 일이라 충격이 쉬이 가라앉지 않았다.

정민에게 미련이 남아 이러는 건 절대 아니었다. 인연이 아님을 깨달은 후부터는 정민에게 어떤 기대도 하지 않았으니까.

혹시나 두 사람의 이혼에 자신도 모르게 개입이 되어 있었던 건 아닐까? 자신이 정민을 좋아했었다는 사실을 서진 또한 모르지 않았으니 그걸 빌미로 정민과 다툼이 있었던 걸까? 그건 어디까지나 짝사랑이었을 뿐이었는데.

엉켜 버린 생각들로 빈우는 세워야 하는 지점에서 오토바이를 세우지 못하고 몇 번이나 왔던 길을 되돌아가고 있었다.

"어! 저기요!"

또…… 지나친 모양이다.

다급한 목소리에 퍼뜩 정신을 차린 빈우가 오토바이를 세우고 뒤를 돌아다보았다. 도훈이 골목 가운데에 서서 양손을 머리 위로 올리고는 신나게 흔들어대고 있었다. 빈우가 얼굴을 잔뜩 찡그리며 이대로 그냥 달릴 것인지, 되돌아갈 것인지를 고민했다.

그러나 배달을 빼먹고 갈 수는 없는 노릇이기에 오토바이를 세우고 신문과 우유를 꺼내어 도훈을 향해 걸어갔다. 차마 그의 눈을 똑바로 볼 수가 없어 고개는 든 채 시선만 내리깔고는 신문과 우유를 내밀었다. 금세 가벼워진 두 손. 빈우가 돌아섰다.

"어디 아파요?"

도훈의 걱정 어린 목소리가 날아든다. 돌아보지 않고 고개를 흔들고는 오토바이를 향해 걸었다. 그러나 몇 걸음 걷지 못하고 도훈에 의해 돌려세워진 빈우가 차가운 눈으로 그를 바라봤다.

"몸살 난 거죠? 이렇게 무리를 하니 탈이 안 날 리가 있어요? 약은 먹은 거예요?"

빈우가 얼굴을 찌푸렸다. 어제 오후에 복도에서 들었던 두 사람의 신음 소리가 머릿속에서 재생되기 시작한 탓이었다.

"이거 놓죠?"

저도 모르게 나온 목소리에 얼음이 뚝뚝 떨어진다.

민도훈이라는 사람을 마주하는 게 불편했던 걸 넘어 싫어지기까지 했다. 이미 배달 시간을 많이 넘긴 상태였지만 매일 반복되고 있는 도훈의 아침 인사를 더 이상은 받지 않겠다는 의지가 샘솟았다.

"민도훈 씨, 이러면 안 되는 거 아닌가요?"

"무슨 말이에요? 뭘 이러면 안 되는 건데요?"

이런 뻔뻔한 사람을 다 보았다. 시도 때도 없이 몸을 섞고 있는 애인을 두고 이런 식이면 정말 곤란하다.

"나한테 왜 이래요! 이 새벽에 할 일이 그렇게 없어요? 심심해요?"

"정빈우 씨?"

"아니면, 내가 쉬워 보여요! 만만해요!"

"정빈우 씨!"

"내 이름 부르지 말아요! 그리고 다시는! 아는 척도 하지 말아요! 지저분한 사람 제일 싫어!"

조용한 골목을 울리는 두 사람의 목소리에 잠자던 개들이 일제히 깨어나 짖기 시작했다. 한껏 도훈을 노려보던 빈우가 뒤돌아서 뛰어가 오토바이에 올라탔다. 조금은 과하다 싶었지만 이렇게 하지 않으면 언제고 곤란한 일을 겪을지도 모를 일이었다. 곤란한 일은 정민과 서진의 일만으로도 넘치도록 충분했다.

헐레벌떡 사무실 문을 열고 들어온 비인이 허리를 구부려 양 무릎에 손을 올린 채 거친 숨을 몰아쉬었다.

"헉헉, 1분 전이지? 헉헉, 나 안 늦었다."

물컵을 집어 들고 물을 마시던 비인이 사무실 안에 이상한 기운이 흐르고 있는 걸 감지하고는 도훈을 바라봤다. 무슨 생각을 하는 건지 모니터를 바라보는 도훈의 표정이 심상치 않았다.

"민도훈. 나 출근한 거 알고 있는 거지?"

목소리를 들었을 텐데도 미동도 없는 도훈에게 다가간 비인이 그의 얼굴 앞에서 손바닥을 흔들어 보였다.

"어, 왔냐?"

온 지가 언제인데 이제서, 왔냐고?

"3분 지났네. 왕비인, 지각이다. 십만 원."

힐끔 벽시계를 바라본 도훈이 어이가 없어 말을 하지 못하는 비인을 기어코 기함하게 만든다.

"야! 나 아까 왔거든!"

"아까 언제? 사무실에 내가 계속 있었는데 무슨 소리 하는 거야. 벌금 안 내려고 용쓰는 거면 포기해라. 봐줄 생각 없으니까."

"야! 나 정확히 8시 59분에 도착했다고! 지가 멍해 있느라 못 봐놓고 생사람 잡는 거봐!"

"또 생떼 쓴다. 봐줄 생각 없다고 했다."

하! 기막혀 죽기 직전인 비인을 세워두고 도훈이 쌩하니 사무실을 빠져나갔다.

"와, 민도훈! 쟤 왜 저러니!"

억울해 발만 동동 구르던 비인이 방금 전 분위기가 심상치 않았던 도훈을 떠올렸다. 뭘 보고 있느라 사람 들어오는 줄도 몰랐던 건지. 궁금해진 비인이 도훈의 책상 위 모니터를 바라봤다.

"랄라플라워? 이 사이트 랄라 준 거야?"

이미 주인에게 넘어간 사이트 안에는 각종 꽃다발과 꽃바구니 사진들로 꽉 들어차 있었다. 계약이 깨진 사이트를 별다른 상의도 없이 다시 넘긴 이유보다 도훈이 이 사이트를 멍하니 보고 있었던 이유가 더 궁금했다.

"어머머? 미니페이지까지?"

처음보다 신경을 많이 쓴 티가 났다. 사이트 구석구석을 둘러보던 비인이 웨딩 부케를 보고는 눈빛을 반짝였다.

"진짜 예쁘다. 내 부케 랄라에서 해야겠다."

지난번 선을 본 남자가 생각보다 괜찮아 결혼을 전제로 만나고 있는 중이었다. 아버지가 골라준 사람이니 허락을 받고 말고 할 것도 없이 비인의 결정만을 남겨둔 상태였다. 그러나 하루라도 빨리 결혼을 하고 싶다던 비인이 쉽게 결정을 하지 못하고 있는 데에는 나름대로의 고민이 생겼기 때문이었다.

"도훈이 때문에 괜히 눈만 높아졌어."

유난히 납작했던 남자의 엉덩이를 떠올린 비인이 얼굴을 찡그렸다. 마침, 사무실로 들어오는 도훈의 뒤태를 보니 한숨이 흘러나왔다. 도훈의 명품 엉덩이가 그녀의 앞을 지나간다. 누가 저 엉덩이의 주인이 될는지 참 좋겠다, 싶었다.

새벽에 있었던 빈우와의 일 때문에 도훈은 하루 종일 기분이 저조한 상태였다. 영문도 모른 채 한 대 세게 얻어맞은 이 기분을 뭐라 설명해야 할까. 빈우가 했던 말들 중에 이해가 되었던 건 그녀의 이름을 부르지 말고, 아는 척을 하지도 말라는 말뿐이었다.

"심심해서 장난치고 싶었냐고? 3시간 이상 자본 게 언제였나 싶은데 내가 장난칠 시간이 있겠어? 쉽냐고? 만만하냐고? 그렇게 볼 틈이나 줬고?"

빈우에게 접근하는 방법에 문제가 있었던 건 아닌지 되짚어보았다.

"먹는 거 빼앗기는 거 별로 안 좋아하나? 내가 유부초밥을 너무 게걸스럽게 먹긴 했지. 후……."

친근하게 보이기 위함이었건만 오히려 거부감을 주었을지도 모를 일이었다.

"근데 지저분하다니. 아침마다 내가 얼마나 열심히 샤워를 하는데……."

빈우가 했던 말은 그 뜻이 아니었다는 걸 도훈 역시 알고 있다. 그러나 도저히 용납할 수 없는 말이라 다른 뜻으로는 해석하고 싶지도 않았다. 혹시나 자신이 빈우 앞에서 조금이라도 그럴 만한, 그러니까 성적으로 비도덕적인 행동을 보인 적이 있었던가? 아니, 절대로 없다.

그렇다면 빈우는 도대체 왜 자신에게 그런 이야기를 한 것일까. 수많은 의문만 남겨놓은 채 빈우는 여태 작업실에 나타나지 않고 있었다.

굳게 닫혀 있는 랄라플라워 작업실 앞에서 한숨만 내쉬던 도훈에게 누군가 다가왔다.

"여기가 랄라플라워 맞습니까?"

딱 떨어지는 까만 슈트에 단정하게 정리된 머리스타일, 지적인 이미지의 뿔테 안경. 교수인가?

"네, 맞습니다만 보시다시피 아직 출근 전이십니다."

도훈이 잠긴 사무실 문고리를 흔들어 보이자 남자가 낭패라는 얼굴로 작업실 문을 바라보았다. 아직 정식으로 오픈을 하지는 않았지만 홈페이지가 포털 사이트에 올라가 있으니 주소를 보고 찾아온 손님일지도 모른다는 생각이 들었다.

"혹시 꽃 주문을 하러 오셨습니까?"

도훈의 질문에 대답은 하지 않고 남자가 들고 있던 가방에서 다이어리를 꺼내 들더니 뭔가를 적어 넣기 시작했다.

"이 작업실에서 근무하십니까?"

이 작업실에서 근무를 하면 잠긴 문을 바라만 보고 있었겠습니까? 라는 말이 목구멍까지 올라왔지만 도훈은 참았다. 빈우가 출근하지 않은 걸 가지고 처음 본 사람에게 화풀이할 수는 없는 노릇이니.

"아닙니다. 저는 옆 사무실에 근무합니다."

"그렇군요. 원래 빈우, 아니, 랄라플라워 대표가 늦게 출근합니까?"

빈우? 점점 이 상황이 마음에 들지 않는다. 왜 저 입에서 나오는 빈우라는 이름이 이 사람에게는 이토록 친근한 것처럼 느껴지는 것일까. 자신은 아직 한 번도 제대로 불러보지 못한 이름이건만.

"아닙니다."

도훈의 말투가 좀 전보다 딱딱했다.

"죄송하지만 이것 좀 랄라플라워 대표에게 전해주시겠습니까?"

여러 번 접힌 쪽지를 받아 든 도훈이 건성으로 고개를 까딱이자 남자가 다시 정중히 고개를 숙였다.

"부탁드리겠습니다."

저 부탁이라는 단어 안에는 이 쪽지를 펴보지 말라는 의미도 담겨 있으리라.

"그러죠."

여전히 곱지 않은 도훈의 말투에도 별다른 뾰족한 수가 없는 남자는 계단을 내려갔다.

사무실로 돌아온 도훈이 손에 들린 쪽지를 노려보았다. 본능적으로 이 쪽지를 주고 간 자가 자신의 적수임을 느꼈기 때문이었다.

양심 같은 거, 개나 줘버려. 도훈이 접혀 있던 쪽지를 펼쳤다.

010-****-****. 어제는 미안했다. 대신 사과할게. 연락 기다린다. 차정민.

또박또박 궁서체로 쓰여진 글씨를 보니 더 약이 오른다.

"어제 만났나? 멀쩡한 새끼가 글씨까지 잘 쓰네."

"너 욕했니?"

비인이 눈을 동그랗게 뜨고 돌아보았다.

"정수기 프로그램 오류 잡았나?"

"아니, 아직."

"빨리 좀 부탁하자."

무슨 말을 더 하려던 비인이 한껏 이마를 찌푸리고 있는 도훈의 눈치를 살피며 슬그머니 고개를 돌렸다.

잠시 후, 복도에서 도어락이 해제되는 소리가 들려왔다.

"오늘 랄라 출근이 좀 늦네? 너 또 어디 가? 민 대표!"

비인이 부르는 소리를 무시한 채 도훈이 급히 복도로 달려나갔다. 이미 빈우는 작업실 안으로 들어간 후라 복도에는 아무도 없었다.

문손잡이를 잡은 채 열지 못하고 머뭇거리는 자신의 모습이 마음에 들지 않는다. 주머니에 구겨 넣었던 쪽지를 꺼내어 노려보았다. 이걸 빌미로 작업실 문을 열면 되겠지만, 마음속 어딘가에서 쪽지를 전하면 안 된다는 고함 소리가 들려오는 듯했다.

"민 대표! 거기서 뭐 하니? 빨리 전화나 받아. 바운스 홈쇼핑이 야!"

비인의 목소리가 2층 복도를 가득 메운다. 분명 빈우도 들었을 텐데.

바운스 홈쇼핑과의 계약을 성사시키기 위해 몇 달 동안 들인 공이 어마어마하지만 지금 당장은 바운스 홈쇼핑보다 정빈우가 그에게는 더 중요했다.

아무리 그렇다 해도 문을 열어 빈우에게 쪽지를 전해주고 싶지는 않았다. 일 보 전진을 위한 이 보 후퇴라고 해두자.

다시 쪽지를 바지 주머니 속에 집어넣고 돌아서는 도훈에게서 긴 한숨이 흘러나왔다.

바운스 홈쇼핑과의 계약을 위해 필요한 서류를 준비하고 있던 도훈이 조금 전부터 그의 주위를 맴도는 비인에게 노트북을 가리켰다.

"왕 실장, 이 커피숍 건은 네가 마무리해 줘야겠다."

비인의 업무도 만만치 않았지만 한동안 다른 일은 손도 못 댈 게 분명해 어쩔 수 없었다.

"당연하지. 시일 안에 완성해 놓을 테니 염려 붙들어 매셔."

걱정 말라는 듯 비인의 어투에는 자신감이 넘쳐 났다. 하지만 그래 놓고도 괜스레 도훈의 책상 모서리를 만지작거리며 비인은 자리로 돌아가지 않았다.

"왜? 할 말 있어?"

"너 그거 랄라 줬더라?"

꽤 오랫동안 준비해 오던 일이 성사된 터라 도훈은 정신이 없었다. 때문에 하루 종일 머릿속에서 떠나지 않던 빈우조차 잠시 잊고 있었는데 또다시 그녀를 떠올리게 하는 비인이 원망스럽다.

"어."

"안 준다더니?"

웬 변덕이냐는 얼굴로 비인이 바짝 다가섰다. 애초에 계약에 관한 건 도훈이 알아서 하기로 했으니 굳이 비인에게 말할 필요가 없는 일이었다. 그래서 말을 안 했던 것…… 만은 아니지만.

"원래 받으려고 했던 금액만큼 받았으니까 문제 될 거 없잖아."

"아니. 내 말은 네가 웬일이냐 이거지. 곧 죽어도 자존심인 민도훈이, 한번 거절당한 걸 클라이언트 입맛대로 만져서 줬다는 게 쉽게 납득할 만한 일인 것 같아?"

그렇다면 납득하게 해줘야겠지.

"랄라 대표한테 관심 있어, 나."

"누, 누구한테 관심 있다고?"

"랄라 대표. 정빈우 씨."

놀란 비인이 크게 벌어진 입을 손바닥으로 가리고는 도훈에게서 나올 다음 말을 기다렸다.

"랄라 대표는 나랑 계약한 거 몰라."

"어떻게?"

"그게…… 아무튼 모르게 했으니까 함부로 말하지 마. 그 어떤 것도."

평소에는 순하디순한 도훈이지만 아주 가끔 화가 났을 때의 그는 전혀 다른 사람이 되고는 했다. 그런 모습을 두어 번 본 적이 있는 비인으로서는 장난을 치고 농담을 하더라도 나름대로의 선은 지켰다. 도훈이 잇새를 지그시 물고 어떤 것도 안 된다고 말했으니, 이건 정말 말하면 큰일 나는 거다. 비인이 입을 꾹 다물며 고개를 끄덕였다.

"아직은 나 혼자 그러는 것뿐이니까 가능하면 관심도 꺼주고."

가능하면이라고? 그럼 가능하지 않으면 관심을 가져도 된다는 거지? 또 한 번 고개를 끄덕이며 자리로 돌아온 비인이 도훈 모르게 한쪽 눈썹을 들어 올렸다. 민도훈의 취향이 그랬단 말이지?

흥미로운 재밋거리를 발견한 비인이 음흉한 미소를 짓고 있다는 걸 도훈은 알지 못했다.

바운스 홈쇼핑과의 계약을 위해 도훈이 사무실을 나간 사이 비인이 빈우의 작업실 문을 두드렸다. 작게 네 하는 대답이 들려오자 작업실 문을 빼꼼이 열고 얼굴을 들이밀었다.

"안녕하세요? 오늘 출근이 늦으셨네요?"

입술을 길게 늘이며 인사를 하는 비인을 본 빈우의 눈썹이 작게 일그러졌다. 마주칠 때마다 표정이 저런 걸 보면 꽤나 낯을 많이 가리는 성격인 모양이었다.

"안녕하세요. 어쩐 일…… 이세요?"

마지못해 인사를 하는 듯 빈우의 목소리에 반갑지 않음이 묻어난다.

"저 들어가도 되죠?"

그러거나 말거나, 문을 더 활짝 열어 안으로 들어간 비인이 온 몸으로 느껴지는 상쾌한 향기와 아늑한 분위기에 눈을 크게 떴다.

"와, 삭막한 우리 사무실하고는 차원이 다르네요. 어쩌자고 저는 이런 직업을 택한 걸까요. 이렇게나 예쁜 일이 있는데. 너무 예쁘다."

연신 탄성을 자아내던 비인이 벽에 붙어 있는 은방울꽃 부케 사진을 보고는 두 손을 가슴에 대고 예뻐 어쩔 줄 몰라 하며 발을 동동 굴렀다.

"이거, 영국 왕세자비가 들었다는 그 은방울꽃 부케 맞죠?"

"네."

"그 부케보다 이 부케가 훨씬 예쁜데요. 이 부케로 예약할게요."

"결혼…… 하세요?"

"아직 정해진 건 아무것도 없지만, 아마도요?"

비인이 싱긋 웃어 보이자 빈우가 작게 축하해요, 했다. 그러나 그뿐. 부러운 건지, 그다지 관심이 없는 건지 빈우는 이내 작업대 위 꽃들을 손질하기 위해 고개를 숙였다.

어깨에 닿을 듯 말 듯한 머리카락을 귀 뒤로 꽂으며 가만가만히 꽃을 어루만지는 빈우의 모습은 같은 여자인 비인이 보아도 참 매력적이었다. 자신과는 달라도 너무 다른 스타일. 도훈이가 이런 스타일을 좋아했었구나 싶어 비인이 고개를 끄덕이며 입가에 웃음을 머금었다.

10년 가까이 친구로 지냈지만 도훈이 누군가에게 관심을 갖는 걸 한 번도 본 적이 없었다. 물론 가볍게 만나는 여자친구들은 있었지만, 말 그대로 가볍게일 뿐이었다.

그런 도훈이 자존심을 버리면서까지 마음에 두고 있는 여자가 정빈우라니. 왠지 제 맘이 더 설렌다.

도훈은 자신을 그저 친구로만 생각할지 모르지만 외동딸인 제게 그는 친오빠 같은 존재였다. 가끔 말도 안 되는 농담을 던지는 건 제 나름대로의 애정 표현일 뿐, 도훈을 남자로 생각한 적은 단 한 번도 없었다.

그래서 비인은 진심으로 도훈에게 좋은 여자가 생기길 바랐었다. 늘 바쁘기만 한 그에게 안정된 쉼이 필요한 까닭이었다.

"혹시 애인 있어요?"

"아니요."

뭘 그런 걸 물어보냐는 투다.

"그렇구나."

그럼 우리 도훈이 어때요? 라는 말이 입술을 밀고 나오려는 순간, 어떤 것도 말하지 말라고 했던 도훈의 얼굴이 떠올라 비인이 입을 다물었다. 하지만 제 입이 그리 무겁지 않다는 걸 알고 있는 도훈이 자신에게 그런 고백을 했다는 건 아무도 눈치채지 못하게 도움을 달라는 뜻이 아닐까? 마음대로 해석하고 단정을 짓고는 비인이 다물었던 입을 벌렸다.

"우리 민 대표 너무 잘생기지 않았어요? 키도 큰데다 떡 벌어진 어깨하며, 팔다리가 길어서 뭘 입혀놔도 그냥 그림이고. 게다가 성격 끝내주지, 성실하지, 똑똑하지 어디 하나 모자란 데가 없다니까요."

일부러 목소리를 높였으나 듣는 건지 마는 건지 빈우는 미동도 없다.

"저랑 민 대표랑 대학 동기인데요. 학교 다닐 때 교수님들이 민 대표를 그렇게 좋아하더라고요. 민 대표가 어른들 비위 하나는 끝 내주게 맞추거든요. 예의도 바르고요. 여기 1층에 원단 공장 있는 거 알죠? 거기 아주머니들한테도 어찌나 잘하는지. 민 대표만 보 면 우리 아들, 우리 아들 그런다니까요."

하하 호호 웃으며 한참을 이야기하던 비인이 서늘한 느낌에 빈 우를 바라봤다. 눈빛이 차갑기가 이루 말할 수 없었다. 어째 도훈 의 앞날이 순탄하지만은 않을 것 같은 느낌이 든다.

"그런 좋은 분과 결혼하시는 거 축하드려요."

"좋은 분요? 내가요?"

"부케는 결혼 날짜 잡히시면 정식 주문해 주세요. 제가 지금 좀 바빠서……."

그만 나가라는 뜻임을 알아들은 비인이 쭈뼛쭈뼛 자리에서 일 어섰다. 도훈이 좋아하는 여자이니 분명 좋은 사람일 텐데, 뭔가 어긋난 느낌을 지울 수가 없다.

작업실 문을 나서려다 불현듯 빈우가 뭔가 오해를 하고 있는 것 같아 비인이 돌아섰다.

"그런데요, 제가 결혼할 사람이 민 대표라고 생각하시는 건가 요?"

빈우의 눈이 가늘어진다.

"어머. 진짜 그렇게 생각하고 있었나 보네. 아니에요. 와, 나 오늘 진짜 큰일 칠 뻔했다. 절대 아니에요. 도훈이랑 나 친구예요. 매일 붙어 있긴 하지만 절대로 서로에게 성욕 같은 걸 느낄 수 없는 친구요. 나한테는 친오빠 같은 존재이기도 하고요. 나는 도훈이에게 야한 농담도 하고 짓궂은 장난도 치는데 도훈이는 안 그래요. 그냥 여자 사람으로도 안 봐주죠. 도훈이에게 난 그냥 정말 친구예요."

도훈이라면 여자들이 좋아할 만한 멋진 남자임에 분명했다. 하지만 좋아한다고 해서 무조건 사랑으로 발전하지는 않는다는 걸 자신과 도훈을 보며 깨달았다. 남녀 사이에 어떻게 친구가 있을 수 있느냐고? 그러게. 그게 가능하더라니까.

가늘었던 빈우의 눈이 조금씩 커진다. 하지만 이내 뭔가 이해가 되지 않는지 눈썹을 모았다.

"도훈이랑 나를 왜 그렇게 봤어요? 우린 퇴근도 함께하는 날이 드문데."

"음, 그게……."

빈우를 자주 본 건 아니었지만 이렇게 가지각색의 표정을 지을 줄 아는 사람인지 몰랐다. 좀 전까지 무심하다 못해 차갑게만 보이던 그녀의 얼굴이 진하게 붉어졌다.

"두 분의 스킨십이 좀 진해서……."

"스킨십이요? 아, 내가 좀 그렇죠? 애정 결핍인가 봐요. 여자, 남자 구분 않고 치대고 안기고 안고 그러는 거 되게 좋아하거든요. 우리 사무실에 있는 곰 인형 봤죠? 걔가 그래서 있는 거예요."

비인이 이렇게까지 이야기했는데도 빈우의 의심은 쉽사리 사그라지지 않는 듯 보였다.

"뭘 봤는데 그래요? 우리는 진짜 살가운 이야기 한번 나눈 적이 없는데."

이상하다는 듯 고개를 갸웃거리는 비인에게 빈우가 머뭇거리며 작게 말했다.

"어제 사무실 앞을 지나가다가 소리…… 도 들었는데……."

"뭘 들었는데요? 무슨 소리요?"

빈우가 더 이상 묻지 말라는 듯 고개를 세차게 흔든다.

"나 궁금하면 못 참는단 말이에요. 뭔데요? 도대체 뭔데요. 어, 전화 왔네. 여보세요? 안녕하세요. 아, 그래요? 잠시만요, 잠시만요. 빈우 씨 다음에 얘기해 줘요."

급한 일인지 비인이 인사를 하고는 빈우의 작업실을 나갔다. 들고 있던 핑크색 줄리엣로즈를 힘없이 툭 떨군 빈우가 한숨을 내쉬었다.

오해를 해도 단단히 하고 있었다. 왜 하필 그런 모습만. 아니다. 아무 일도 아닌 것을 저 혼자 그렇게 보고, 들었을지도 모를 일이었다.

"후……."

지저분하다고 소리쳤던 제 모습이 떠오른다. 얼마나 황당했을까. 정민과 서진의 일로 날카로워진 제 감정을 아무 상관도 없는 도훈에게 쏟아내고 말았다.

이웃이니까 정말 순수한 마음으로 잘 지내고자 살갑게 대했을지도 모르는데. 왕 실장이 침이 마르도록 칭찬하는 친구인데. 그런 사람을 오해했다니. 앞으로 도훈을 어떻게 봐야 할지 걱정스러웠다.

"하기야 이젠 그렇게 볼 일도 없겠다."

아는 척 말라고 바락바락 소리를 질러댔으니 아마도 정나미가 뚝 떨어졌을 터였다.

어쨌든 상대가 알았다면 분명 기분이 나빴을 오해였으니 그걸 풀어준 왕 실장에게 고마워해야 하는 게 맞는 것 같았다.

"은방울꽃 부케. 적어둬야겠다."

일상에 대한 일이나 스케줄을 간단히 적어놓는 다이어리를 찾기 위해 가방을 뒤적거렸다. 금방 다이어리가 손에 닿지 않자 빈우가 고개를 갸웃거리며 가방을 뒤집었다. 그러나 보이지 않는다.

집에서는 잠깐 눈을 붙이고 부랴부랴 새벽 배달을 하러 나가기 바쁜 터라 다이어리를 꺼냈던 기억이 없다. 그녀에게 집은 잠시 들르는 곳에 불과할 뿐. 차라리 요즘은 아빠, 엄마에 대한 어떤 기억도 품고 있지 않은 작업실이 훨씬 편했다.

그렇다면 분명 집에는 없을 텐데. 언제 어디서 잃어버렸는지조차 기억이 나지 않아 답답함이 몰려왔다. 유일하게 남아 있는 가족사진도 끼워져 있는 터라 조바심으로 빈우는 오후 내내 작업실 안을 뒤져야 했다.

도훈의 집이 있는 골목으로 들어선 빈우가 밤새 연습한 말을 다시 한 번 되뇌었다.

"어제는 정말 죄송했어요. 제가 오해를 하는 바람에 민 대표님께 실례를 하고 말았어요. 쿠키도 맛있게 먹어놓고 감사하단 말씀도 못 드렸어요. 여러모로 죄송하고 감사해요. 하……. 왜 이렇게 떨리는 거야."

도훈이 대문을 열고 나타나면 공손하게 인사를 하고 사과를 해야지. 만약에 담 너머로 목소리만 들려오면 어쩌지? 이런저런 생각을 하는 사이 빈우의 오토바이가 도훈의 집 앞에 섰다.

우유를 넣은 주머니를 대문 위로 넘긴 후 신문을 밀어 넣고 바구니에서 투명색 상자를 꺼내 들었다. 사죄의 의미로 준비한 프리저브드 플라워였다. 도훈이 대문을 열고 나오거나, 그의 목소리가 들려오길 기다렸지만 어쩐 일인지 그의 집 앞은 고요했다.

분홍색 다알리아를 품에 안고 잠시 대문 앞을 서성이던 빈우가 배달 시간을 더 지체할 수 없어 오토바이에 올라탔다.

왜 오늘도 당연히 그가 아침 인사를 할 거라 생각했을까. 아는 척하지 말라고 했던 제 목소리가 떠올라 퍼뜩 정신이 든다. 어제 그렇게 화를 내놓고 염치가 있지, 정빈우.

"너 진짜 이상한 애 같은 거 알지?"

멀쩡한 사람을 변태로 만든 것도 모자라 야한 환청까지 만들어내고, 이제는 제 위주로 상황이 진행될 거라 믿고 있었다니.

빈우는 이성적이지 못한 자신의 행동에 너무나 어이가 없어 애꿎은 입술만 깨물어야 했다.

며칠이 지난 어느 새벽, 배달을 나선 빈우가 도훈의 집이 가까워지자 오토바이 속력을 늦추며 담 너머를 올려다보았다.

　오늘도 대문 안쪽에서는 아무런 기척도 들리지 않는다. 당연한 일인데도 아직 도훈에게 사과를 하지 못한 게 마음에 걸려 작은 한숨이 흘러나왔다.

　혹시나 오다 가다 도훈과 마주치게 되면 사과해야지, 마음먹고 있었건만 며칠째 한 번도 그의 모습을 보지 못했다. 가끔 복도에서 왕 실장이 부르는 소리에 대답하는 걸 들었으니 사무실에 나오지 않은 건 아닐 터였다.

　도훈을 자꾸 신경 쓰고 있다는 것이 그다지 유쾌하지는 않았지만 자신이 한 짓이 있으니 사과는 꼭 해야 할 것 같았다.

　오토바이에서 내려 늘 그렇듯 우유와 신문을 넣어두고 돌아서려다 담벼락에 세워둔 차 안에 사람이 있는 걸 발견했다. 머리를 시트에 기댄 채 눈을 감고 있는 모습이 왠지 익숙해 보여 조금 더 가까이 다가간 빈우가 놀란 듯 눈을 크게 떴다. 도훈이었다.

　"민 대표님."

　빈우가 차창을 두드리며 도훈을 불렀다. 힘겹게 눈을 뜬 도훈이 빈우와 눈이 마주치자 입가에 웃음을 매달고는 차창을 내렸다.

　"왜 여기서 자는 거예요?"

　늘 단정하던 모습과는 달리 여기저기 헝클어진 머리카락에 구겨진 와이셔츠를 입고 있는 그는 무척이나 초췌해 보였다.

　"기다렸어요."

　잔뜩 가라앉은 도훈의 목소리에 빈우의 가슴이 덜컥 소리를 냈다. 그런 그녀의 마음을 눈치챈 듯 도훈이 손을 내저으며 차에서 내려섰다.

"무슨 일 있는 거 아니에요. 사무실에서 밤새고 들어오는 길이거든요."

"그럼 얼른 들어가지 왜 이러고 있어요?"

"집으로 들어가면 바로 잠들 것 같아서. 잠들면 정빈우 씨 못 만나니까."

잠에 취한 몽롱한 도훈의 눈빛에서 안도감이 느껴진다.

"아침에 사무실에서……."

"아침까지 기다릴 수 없었어요. 벌써 며칠 동안이나 못 봤잖아."

도훈이 정신을 차리려는 듯 고개를 흔들었다. 초췌한 자신의 모습을 내려다본 후 양팔을 벌리고는 피식 웃으며 빈우에게 한 발 다가갔다.

"나 지저분해서 싫어요?"

장난스럽지만 뼈가 담긴 도훈의 말투에 미안했던 마음이 배가 되어 빈우를 짓눌렀다.

"아는 척하지 말라고 했는데 나…… 그럴 수 없어요. 고작 며칠 만에 가슴이 이렇게 너덜너덜해졌거든."

그가 구겨진 와이셔츠 자락을 펄럭거리며 또 한 발 다가온다. 사과해야 하는데, 사과가 먼저인데 도훈이 틈을 주지 않는다.

"내가 그렇게 싫어요?"

엉겁결에 고개를 젓고는 빈우가 한숨을 내쉬었다. 뭐가 뭔지 알 수가 없었다.

"미안해요. 내가 오해했어요. 민 대표님, 아니, 민도훈 씨 싫어하지 않아요."

왜 그랬던 건지, 무슨 오해를 했던 건지 더 묻지도 않고 도훈이 입가를 늘이며 웃는다.

"다행이에요. 괴로웠는데."

"미안해요."

미안하다는 말이 떨어지자마자 기다렸다는 듯 도훈이 눈빛을 반짝였다. 피곤해 보이던 얼굴이 순식간에 말짱해 보이는 건 착각일까?

"미안하면 내 부탁 들어줘요."

빈우가 경계를 하듯 눈썹을 뾰족하게 세웠다. 이런 그의 반응은 예상하지 못했기 때문이었다.

"내가 왜 민 대표님 부탁을 들어줘야 하는지 모르겠어요."

"나한테 미안하다면서요. 힘든 부탁 아니니까 인상 좀 펴요."

차에서 자건 말건 그냥 가는 건데, 왜 안 하던 짓을 해서 이 사달을 만들었을까.

"별거 아니라니까. 나, 빈우 씨 이름 부르고 싶어요. 빈우야, 이렇게."

보기보다 뒤끝이 긴 사람이었다. 이름 부르지 말라고 했던 걸 이렇게 꼬집으려는 걸 보면 말이다.

"그리고……."

"또 있어요?"

"부탁이 하나라고는 안 했는데?"

이 사람, 정말 나에게 왜 이러는 걸까?

"새벽 배달 그만둬요."

"민 대표님이 이래라저래라 할 일 아니에요."

"아, 그런가요?"

도훈이 어깨를 으쓱인다. 이걸로 끝인가?

"그럼, 출근 같이해요. 새벽 배달하고 바로 출근하죠?"

처음부터 각본을 짜놓았던 것처럼 도훈은 거침이 없었다. 이거 아니면 저거, 저거 아니면 이거라니.

"자꾸 이럴 거면 사과 안 한 걸로 해요."

도훈이 고개를 흔든다.

"그건 안 되죠. 이미 난 사과 받았으니까 빈우 씨한테 아는 척도 할 거고, 이름도 부를 거예요. 그리고 출근도 같이하는 거예요."

이렇게 막무가내인 사람이 내 주위에 있었던가?

어떻게 해야 할지 몰라 입술을 깨물던 빈우가 시간을 확인하고 는 오토바이에 올라탔다. 오늘도 배달이 늦었다며 대리점으로 고객들의 전화가 빗발치겠구나 싶다.

"알았죠? 배달 마치고 전화해요. 데리러 갈 테니까."

도훈이 웃는다. 왜인지는 모르겠지만 그의 웃음을 보니 며칠간 무거웠던 마음이 조금은 가벼워진 느낌이 들었다. 분명 더 무거워 졌어야 맞을 텐데 말이었다.

배달을 끝내고 오토바이를 가져다 놓기 위해 보급소에 들른 빈우가 제 앞으로 걸어오는 도훈을 보고 깜짝 놀라 멈춰 섰다. 좀 전보다 말끔해진 얼굴이긴 했지만 잠을 자지 못한 얼굴은 무척이나 수척해져 있었다.

"생각해 보니 내 전화번호를 모르고 있겠더라고요. 내가 전화하면 안 받을 수도 있고."

안 그래도 도훈의 전화번호를 모르니, 혹시 전화가 오면 받지 말고 그냥 혼자 출근해야겠다고 생각하며 보급소로 왔는데 이 남자 보통이 아니다.

"표정을 보니 정말 전화 안 받으려 했었나 보네?"

"좀 자야 하잖아요."

"나 걱정해 주는 거예요?"

크게 웃는 도훈을 보며 빈우가 고개를 내저었다. 저러다 쓰러지지 싶다.

오토바이를 세워두고 잠시 정리를 하는 동안에도 도훈의 시선은 빈우를 따라다녔다. 그러나 어서 오라 재촉하는 눈빛도 아니었고, 부담스러운 끈적거림도 아니었기에 빈우는 어색함 없이 늘 그랬던 것처럼 자연스럽게 움직였다.

차 문을 열고 빈우를 기다리던 도훈은 그녀가 좌석에 앉자 안전벨트를 길게 잡아당겨 손에 쥐어준 후 차 문을 닫았다. 직접 매어준다며 가까이 다가왔다면 기겁했을지도 모르는데. 역시나 그는 빈우의 마음을 훤히 들여다보고 있는 듯했다.

헬멧을 쓰고 있던 탓에 이리저리 엉키고 눌려 버린 머리카락을 정리하기 위해 빈우가 손가락빗을 만들어 머리카락을 쓸어내렸다.

"노란 헬멧, 잘 어울려요."

"웃기다는 말이죠?"

헬멧 쓴 얼굴을 거울에 비춰 볼 때마다 아직도 어색해 자신 또한 쿡쿡 웃음이 나오는 터라 도훈 역시 그리 봤을 거란 생각이 들었다.

"아니. 말 그대로 정말 잘 어울린다는 말이에요. 색 선택도 잘한 것 같고. 어두운 색은 너무 위험하니까."

"선택의 여지가 없었어요. 당장 내일부터 쓰고 나가야 하는데 다 너무 큰 것들뿐이어서."

"머리 작다고 자랑하는 거죠?"

쿡쿡 웃는 도훈을 보며 빈우도 따라 웃었다.

도훈은 매일 새벽, 보급소 앞으로 그녀를 데리러 왔다. 우려했던 것과 달리 늘 버스를 타고 혼자 가던 출근길을 누군가와 동행을 한다는 것은 꽤나 괜찮은 일이었다. 천성적으로 자상하고 밝은 도훈의 성격 덕분인 듯했다.

시끄럽지 않게 이야기를 해주고, 귀찮지 않을 정도로 말을 걸어주는 등 도훈은 상대방을 배려하는 게 몸에 배어 있는 남자였다.

하지만 때때로 당황스러울 만치 성큼성큼 다가오는 도훈의 행동은 그녀를 자꾸만 움츠러들게 했다. 빈우야, 하고 이름을 부르는 그의 말투도 익숙해지기까지는 시간이 걸릴 것 같았고.

"빈우야, 너 너무 피곤해 보이는데 괜찮은 거야?"

야근을 밥 먹듯이 하는 사람이 할 말은 아닌 듯한데.

빈우보다 먼저 퇴근하는 일이 없는 그는 어제도 새벽까지 사무실에 있었던 모양이었다.

"바쁜 일 맡았나 봐요."

"바쁜 일이라기보다는 오랫동안 공들인 일."

고개를 끄덕이던 빈우가 서서히 환해지고 있는 차창 밖을 물끄러미 바라보다 생각난 듯 고개를 돌려 도훈을 바라봤다. 그녀의 시선을 느낀 도훈이 왜 그러냐는 듯 눈썹을 들어 올리자 빈우가 조심스레 입을 뗐다.

"왕 실장님 결혼하신다면서요?"

"그래?"

처음 듣는 이야기인지 도훈이 도리어 빈우에게 되묻는다. 그런데 같은 사무실에서 일하는, 그것도 베스트 프렌드의 결혼 소식을 처음 듣는 것치고는 어째 반응이 미지근했다.

"왕 실장님 결혼 얘기 지금 처음 듣는 거예요?"

"처음 들어. 왕 실장이 그랬어?"

도훈이 대수롭지 않다는 듯 툭 내뱉으며 핸들을 꺾어 주차장 안으로 들어갔다. 침이 마를 정도로 도훈에 대해 칭찬을 늘어놓던 비인이었는데 도훈에게 비인은 그런 친구가 아닌 듯 보였다. 일부러 그러는 건가?

"근데 왜 놀라지도 않아요?"

이른 시간인 터라 텅 비어 있는 주차장 자리 하나를 차지해 금세 차를 세운 도훈이 고개를 돌려 빈우를 바라봤다.

"왕 실장 결혼이 나한테 중요한 일인가? 난 지금 내 차에 정빈우가 타고 있다는 게 훨씬 중요한데."

장난기를 얼굴에서 지운 도훈이 전에 없이 진지한 표정으로 빈우를 바라봤다. 그에게 그녀가 얼마나 중요한지를 이야기하고 싶은 듯 보였다. 갑작스레 무거워진 분위기가 거북해 빈우가 급히 안전벨트를 풀어냈다. 차에서 내려서려는 찰나 도훈이 빈우의 어깨를 붙들었다. 등 뒤에서 웃음기 섞인 도훈의 목소리가 들려온다.

"내가 대충 아침 챙겨왔는데 같이 먹을 시간 돼?"

놀란 빈우가 돌아보자 도훈이 뒷좌석에 놓인 도시락을 가리켰다.

"새벽에 퇴근한 것 같은데 그럴 시간이 있었어요?"

"샤워 10분, 옷 입는 거 5분 그리고 도시락. 충분했어."

이 사람 나에게 왜 이렇게까지 하는 걸까.

"성의를 봐서라도 같이 먹어줘."

괜찮다는 말을 꺼내려 했으나 도훈이 빨랐다. 하는 수 없이 고개를 끄덕인 빈우가 차에서 내려 사무실을 향해 걸었다. 차 문이 닫히는 소리에 이어 도훈의 발걸음 소리가 들려온다. 기다릴까 그냥 걸을까. 머릿속에서는 잠깐 사이에도 치열한 전투가 벌어졌다. 그러나 도훈은 머릿속 전투가 무색해질 만큼 빠른 걸음으로 다가와 그녀 옆에 섰다. 나란히 새벽 공기를 마시며 걷는 것 또한 나쁘지 않았다.

자신의 사무실에는 도시락을 펼칠 만한 곳이 없다며 머리를 긁적거리는 도훈에게 빈우가 자신의 작업실 문을 활짝 열어주었다. 처음 들어오는 것도 아닌데 쭈뼛거리는 폼이 우스워 빈우가 웃자 도훈이 머리를 긁적였다.

"오랜만에 들어가려니 감개가 무량하네."

도훈을 오해했던 일이 생각나 괜스레 미안해진 빈우가 그의 눈을 피하며 창문을 열기 위해 손잡이를 잡았다. 그러나 뻑뻑한 창문은 쉽게 밀려나지 않았다.

"여기도 창문이 말썽이지. 내가 해볼게, 잠시만."

빈우가 비켜섰다. 뻑뻑한 창문이 익숙한 듯, 힘을 주어 밖으로 밀어내는 도훈의 뒷모습을 멍하니 바라보던 빈우가 돌아선 그와 눈이 마주치자 화들짝 놀라 허둥지둥 커피포트에 물을 올렸다. 왜 그의 등이 든든해 보이는지 모를 일이었다.

도훈이 테이블 위에 도시락을 꺼내어 뚜껑을 열어놓고, 준비해 온 나무젓가락을 쪼개어 빈우에게 건넸다. 검은콩이 박혀 있는 콩밥에, 그의 어머니 솜씨일 밑반찬들이 가지런히 놓여 있었다. 젓가락을 받아 들고도 도통 도시락으로 손을 뻗지 않는 빈우를 재촉하는 듯 도훈이 그녀 가까이로 도시락 통을 밀었다. 마지못해 빈우가 젓가락을 움직이자 그제야 도훈도 식사를 시작했다.

새벽빛이 완전히 사라지고 작업실 안으로 아침 햇살이 쏟아져 내렸다. 환한 곳에서 보는 도훈의 얼굴은 새벽에 보았던 것보다 훨씬 더 피곤해 보였다. 컴퓨터와 온종일 씨름을 하는 직업 탓인 듯 눈도 약하게 충혈되어 있었다.

자신의 몫을 빠르게 해치운 도훈이 젓가락을 내려두었다. 빈우의 고개가 저절로 그를 향해 움직인다.

"식사 안 끝났는데 미안. 오전 중으로 급히 끝마쳐야 할 부분이 있어. 아직 출근 시간 한참 전인데 커피 한잔 같이 못하는 게 너무 아쉽다."

진심으로 아쉽다는 얼굴로 자리에서 일어나는 도훈을 보며 빈우가 피식 웃었다.

"도시락 고마워요."

"고마우면 그거 다 먹어줘. 남기지 말고."

따뜻함이 그에게서 날아와 빈우의 가슴에 자꾸만 닿는다. 익숙하지 않은 따뜻함이 결국 빈우의 어깨를 움츠리게 만들었다.

도훈이 작업실을 나가고 나자 왠지 실내가 썰렁해진 것 같아 열어두었던 창문을 닫기 위해 손잡이를 힘껏 잡아당겼다. 몇 번의 시도 끝에 간신히 창문을 닫고는 방금 전 도훈이 나간 작업실 문을 바라봤다. 그와 보낸, 단 몇 시간의 시간들이 슬로우비디오처럼 빈우의 기억 속에 재생되기 시작했다.

누군가에게 기대고 싶었던 적이 단 한 번도 없었는데 도훈에게는 그러고 싶단 생각이 스쳤다. 끊임없이 주는 게 바빠 기댈 엄두조차 내본 적 없던, 정민에게는 느끼지 못했던 감정들이 불쑥 차고 올라왔다.

스스로도 이해가 가지 않는 감정의 소용돌이 앞에 맥없이 휩쓸리고 있는 자신이 우스워 빈우가 고개를 흔들었다.

반쯤 남아 있는 도시락 앞에 빈우가 다시 앉았다. 남기지 말고 다 먹으라던 도훈의 목소리가 떠올라 다시 젓가락을 들었다.

자신을 위해 부랴부랴 도시락을 준비했을 도훈의 그런 마음들이 자신을 움직이고 있는 건지, 벌써 한참 전부터 그랬던 건지 잘 모르겠다.

확실한 건, 이제는 도훈이 불편하지도 싫지도 않다는 것뿐. 꽤 많은 양이었던 도시락을 남김없이 먹고 있는 자신이 그걸 증명하고 있었다.

"너, 너무 무리하는 거 아냐?"

사무실 문을 열고 들어오던 비인이 꽤 일찍 나왔는데도 저보다 먼저 나와 있는 도훈을 보며 눈을 크게 떴다.

"사무실서 밤샌 건 아니지?"

도훈이 고개를 흔들며 팔을 쭉 뻗어 기지개를 켜 보였다. 굳어진 목을 풀어주기 위해 이리저리 움직이던 도훈이 비인을 흘깃 바라봤다.

"결혼하냐?"

"누구?"

"누구긴 누구야. 너지."

"나? 나 결혼해?"

그럼 그렇지. 도훈이 고개를 절레절레 흔들었다.

사실 빈우가 비인의 결혼에 대해 이야기했을 때 놀라지 않은 건 아니었다. 비인이 결혼한다는 것도 놀라웠지만 그 소식을 빈우에게 듣는다는 것이 더 놀라웠다. 찰나일 만큼 아주 잠깐 동안, 어떻게 알게 된 건지 빈우에게 물어볼까 싶기도 했다. 하지만 빈우와 함께 있는 시간에 누군가를 끼워 넣고 싶지 않았다. 서로에 대해 묻고 이야기를 하는 것만으로도 짧기만 한 시간이 아니었던가.

"그럼 랄라 대표한테 사기는 왜 친 거야?"

그제야 도훈의 이야기를 이해했는지 비인이 아하 하는 표정 지어 보였다.

"뭣 좀 물어볼 게 있어서. 아직 막무가내로 뭘 물어보고 할 만큼 친한 사이가 아니잖아."

"그래서 랄라 대표랑 친해져 보려고?"

진정 그렇다면 어떻게든 말리고 싶은 심정이었다. 비인이 제 친구로는 그런대로 문제가 없지만 빈우의 친구로는……

"응."

그러나 비인의 반응은 매우 즉각적으로 튀어나왔다.

"아무튼 너 빈우 씨랑 잘되면 나한테 밥 한번 사야 할 거야."

"왕비인, 관심 끄라고 했을 텐데."

비인이 입술을 삐죽이며 도훈에게 고개를 치켜들었다.

"너한테는 관심 없어. 나는 빈우 씨한테만 관심 가질 거야."

할 수 없다. 빈우는 내가 지키는 수밖에.

각자의 일들로 분주한 가운데 시간은 빠르게 흘러갔다. 비인이 립스틱을 꺼내 덧칠을 하며 웅얼거렸다.

"나가서 점심 먹고 올게. 선보는데 남자가 점심시간밖에 시간이 안 된데. 그것도 딱 30분. 그래서 내가 청담동까지 가야 해."

"지난번 선본 사람하고 잘되는 거 아니었어? 아버지 마음에 들어 하신다면서."

"아버지가 괜찮다고 하시면 무조건 괜찮을 줄 알았는데 아니더라고. 그 남자 엉덩이가……"

생각만으로도 별로라는 듯 인상을 찌푸리며 비인이 부르르 떨었다.

"그래서 관두기로 했어. 점심 혼자 해결해라."

엉덩이가 뭐 어쨌다는 건지. 아무튼 빈우에게 비인은 접근 불가의 인물임에 틀림없었다.

점심도 거른 채 바운스 홈쇼핑 건에 매달려 있던 도훈이 일차적으로 끝내야 하는 일들을 마무리했을 때에는 이미 밖이 어둑어둑해진 후였다.

부리나케 사무실을 빠져나가 도훈이 빈우의 작업실 문을 두드렸다. 문을 열어주는 빈우의 등 뒤로 붉은 촛불 빛이 아롱거렸다.

"왜 이렇게 어두워?"

"형광등이 다 됐나 봐요."

천장을 가리키며 빈우가 한숨을 내쉬었다.

"형광등 사둔 거 있어. 기다려 봐."

빈우가 도훈의 팔을 붙들며 고개를 흔들었다.

"급하지 않아요. 형광등 교체하려면 작업대 움직여야 하는데 보시다시피 지금은 안 돼요."

형광등 바로 아래에 놓인 작업대 위에는 어레인지 중인 꽃다발이 수북이 쌓여 있었다.

"그럼 하던 거 해."

사실 여유를 부릴 시간이 도훈에게도 없었다. 밤에 조금이라도 잠을 자려면 다시 가서 일을 해야 하는 게 맞지만 꽃을 만지는 빈우의 모습을 보고 있자니 발이 떨어지질 않았다. 어두운 실내를 밝히기 위해 켜둔 향초의 은은한 향과 꽃향기가 도훈을 금세 취하게 만든다. 저도 모르게 스르르 감기는 눈을 어쩌지 못한 도훈은 그대로 잠에 빠져들고 말았다.

"민 대표님."

누군가를 부르는 소리에 눈을 뜬 도훈이 이 상황을 가늠하기 위해 두 눈을 끔벅였다.

"민도훈 씨."

한 발자국이면 닿을 거리에서 빈우가 또 한 번 그를 불렀다.

"나 얼마나 잔 거야?"

"한 시간쯤 됐어요. 너무 불편해 보여서 깨웠어요. 형광등은 내일 해요."

크게 기지개를 켜며 씩 웃어 보인 도훈이 의자에서 일어나 어슬렁어슬렁 어두운 작업실을 배회했다. 어느새 작업대 위에 있던 꽃들이 꽃다발로 예쁘게 포장되어 있었다.

"주문?"

"네."

"퇴근할 거야?"

"이거 마무리해서 퀵 보내고요."

도훈이 아쉬운 듯 고개를 끄덕였다. 오랜 시간 공들여 준비해 온 홈쇼핑 건이지만 왜 하필 지금인지 갑작스레 안타까운 마음이 밀려왔다. 같이 저녁 먹고, 같이 퇴근할 수 있으면 좋을 텐데.

"저기……."

작업실을 나서려던 도훈이 빈우의 목소리에 돌아섰다.

"응?"

"많이 바쁜 것 같은데 바쁜 거 끝나면 그때부터 출근길⋯⋯."

빈우가 자신을 걱정하고 있는 거란 생각이 들었다. 신경이 쓰이고 다음은 걱정이 되고, 그다음은 관심 그리고 그다음. 빈우가 밟게 될 순서들을 생각하자 피식 웃음이 흘러나왔다.

"싫어."

"너무 피곤해 보여요."

내일 당장 형광등부터 갈아 끼워야지. 빈우의 얼굴이 제대로 보이지 않는다.

"안 피곤해."

괜한 것에 고집을 피우고 싶어졌다. 빈우가 자신을 내내 걱정하도록 만들고 싶다. 그렇게라도 제 생각을 해준다면 잠 그까짓 거 조금 못 자는 건 아무것도 아니었다.

촛불 빛에 비친 빈우의 얼굴이 어른거려 제대로 보이지 않는다. 손을 뻗어 빈우의 손목을 조심스럽게 붙들었다.

"내일 새벽에 봐. 퇴근 조심해서 하고."

마음에 들지 않는다는 듯 얼굴을 찡그리는 빈우를 보며 작업실에서 나온 도훈이 참고 있었던 웃음을 터뜨렸다. 이틀 동안 겨우 서너 시간 정도밖에 자지 못했는데도 몸은 뛸 듯 가볍기만 했다.

지금도 이렇게 행복한데 빈우가 온전히 자신의 마음을 받아준다면 얼마나 더 행복해질지 도훈은 가늠조차 되지 않았다.

3. 특별한 이웃

늘 조용했던 2층이 시끌벅적한 걸 보니 옆 사무실에 손님이 찾아온 모양이었다. 옆 사무실의 전화벨 소리가 다 들릴 만큼 방음이 제대로 되지 않는 건물이라 듣고 싶지 않아도 들을 수밖에 없는 구조였다.

유난히 음이 낮은 목소리와 남자치고는 가늘고 높은 두 개의 목소리는 낯선 사람들의 것이었지만 이따금 들려오는 호탕한 웃음소리는 도훈의 것이었다. 그의 웃음소리에 괜스레 빈우의 입가에도 웃음이 스몄다. 왜 웃음이 나는 건지 이유도 알지 못한 채 빈우는 그의 웃음소리에 귀를 기울였다.

잠시 후, 화기애애했던 분위기는 온데간데없어지고 고함을 치는 소리와 함께 우당탕 무언가가 넘어지는 소리가 들려왔다. 싸움이라도 난 건지, 화들짝 놀란 빈우가 작업실 문을 열고 밖으로 나왔다.

복도에 뒤엉켜 있는 두 사람. 이거 어째 처음 보는 광경이 아닌 것 같은데.

그들을 떼어놓기 위해 안간힘을 쓰고 있던 도훈이 빈우와 눈이 마주치자 어색한 웃음을 지어 보인다.

도훈을 도와줘야 할 것 같아 가까이 다가가긴 했으나 뭘 어떻게 해야 할지 몰라 빈우가 머뭇거리자 다칠까 걱정이 되었는지 도훈이 저쪽으로 가라며 손짓을 했다.

"네가 포기해!"

"절대 못해! 네가 포기해!"

"둘 다 포기해!"

뭘 포기하라는 건지 세 사람은 모두 포기하라는 말만 반복했다. 그런데 싸움을 하고 있는 모양새가 보통과는 뭔가 달랐다. 주먹질이 오고 가는 것도 아니었고 서로를 향해 발길질을 해대지도 않았다. 이런 건 레슬링 아닌가?

"다친다니까. 들어가, 어서. 근데 얼굴 왜 그래? 어디 아파?"

두 사람을 떼어놓기 위해 안간힘을 쓰는 와중에도 도훈은 빈우를 살피는 걸 잊지 않았다. 빈우는 그저 고개만 내저을 뿐이었다.

"지금 뭐 하는 거야?"

계단을 올라온 비인이 눈앞에 펼쳐진 광경을 보고 깜짝 놀라 우뚝 섰다.

"비인 씨!"

비인의 목소리가 들리자마자 벌떡 일어선 두 사람 덕에 도훈이 저만치 퉁겨져 나갔다. 엉덩방아를 찧은 도훈이 꽤나 아파 보인다.

"괜찮아요?"

"어우, 저 자식들!"

빈우가 도훈을 일으키는 사이 두 사람은 비인 곁에 바짝 다가가 있었다. 이리저리 헝클어져 있는 머리와 옷차림을 매만질 틈도 없이 비인과 가까이 서기 위해 안간힘을 쓰는 모습이 딱해 보인다.

"창피하지만 내 친구들이야."

살짝 얼굴을 찌푸리며 소개를 하는 도훈의 눈빛에서는 원망 같은 건 읽을 수 없었다. 방금 전의 상황에도 화가 나지 않는 모양이었다. 그저 진심으로 창피하다는 표정만 지을 뿐.

"민도훈, 네 친구들 도대체 왜 이러는 거야?"

왜 그러는지 빈우도 정말 궁금했다. 상황을 보아 하니 비인에게 관심이 있는 듯한데 비인이 결혼한다는 걸 모르는 건가?

"제비 같은 기철이 놈과 상대하지 마세요! 주둥이만 살아가지고 비인 씨만 힘들어져요."

"이 돼지 새끼가 뭐라는 거야! 무식하게 힘만 센 저런 놈은 비인 씨한테 안 어울려요. 저랑 서야 비인 씨 품격도 삽니다!"

"자, 진정들 하세요! 왜들 이러세요!"

양쪽에서 잡아당기는 통에 비인의 몸이 이리저리 나뭇가지처럼 흔들렸다.

"비인 씨, 선택하세요! 성재입니까, 접니까!"

"선택해 주세요!"

기어코 화가 난 비인이 두 사람을 뿌리치며 소리를 질렀다.

"무슨 선택을 해요! 둘 다 내 스타일 아니라고요! 이것 좀 봐요!"

도훈이 그럴 줄 알았다며 고개를 흔들었다.

"그러게 둘 다 왕비인 스타일 아니라니까."

공식적으로 빈우와의 첫 데이트나 다름없는 이 자리에 대체 왜 성재와 기철, 거기다 비인이까지 함께여야 하는 것인가. 도훈은 골이 잔뜩 난 아이처럼 윗입술을 비틀었다.

우리는 왜 안 되냐며 망연자실해하는 두 사람과 함께 술이나 한잔하자며 비인이 우르르 몰고 나와 마련된 자리였다. 홈쇼핑 건이 마무리되어 빈우와 드디어 제대로 된 데이트 한번 해보나 했건만, 그의 계획은 모두 물거품이 되고 말았다. 기회를 봐서 어떻게든 빈우를 데리고 빠져나가야겠다 생각을 하며 도훈이 안주로 가져다준 뻥튀기를 와작 씹었다.

"빈우 씨 처음 뵙는 자린데 저희가 실례가 많았네요. 한기철이에요."

빈우의 잔에 술을 가득 채운 기철이 특유의 하이 톤으로 반갑게 인사를 해왔다.

"김성재입니다."

"네, 안녕하세요."

낯을 많이 가릴 거라 생각했는데 빈우는 생각보다 그렇지 않았다. 자신을 처음 만났을 때와는 사뭇 다른 표정으로 인사를 하는 빈우를 도훈이 빙긋 바라봤다.

"그런데 우리 민 대표랑 사귀기로 한 거예요?"

비인이 불쑥 빈우의 얼굴 앞에 제 얼굴을 들이밀며 묻는다.

"그게……."

테이블 밑으로 손을 뻗어 빈우의 손을 꽉 쥐었다 놓으며 그녀의 대답을 막았다. 빈우의 대답을 여기서, 다른 사람들과 함께 들을 생각은 추호도 없었다. 어찌 되었든 빈우의 입에서 금방 아니라는 대답이 나오지 않는 것에 도훈은 만족했다.

"지난번에 선본 건 어땠던 거야? 결혼하는 거냐?"

그다지 궁금하지 않았지만 관심을 비인에게로 돌리기 위해 도훈이 물었다.

"남자는 괜찮았어. 생긴 것도 멀쩡하고 엉덩이도 나쁘지 않고."

비인의 엉덩이 타령에 도훈은 쯧쯧 하며 고개를 내저었고, 성재와 기철은 서로의 엉덩이를 힐끔 보며 견제를 했다.

"그런데 이혼 경력이 있더라. 나야 뭐, 상관없지만."

머뭇거리던 빈우가 비인에게 조심스레 물었다.

"지난번에 결혼하신다고 하신 건……."

"아, 그거요? 그 남자랑 할까 했는데 관뒀어요. 내가 잘난 녀석이랑 매일 붙어 지내다 보니 눈이 좀 높아졌더라고요."

하하 호호 비인은 뭐가 그리 재밌는지 쉴 새 없이 웃었다. 기철은 뭐가 부족해서 이혼 경력 있는 사람을 만나려고 하느냐며 비인을 설득하기 바빴고.

"왕비인, 그만 마셔라."

"쳇!"

술을 마시지 않는 세 사람을 대신해 빈우가 비인과 잔을 부딪쳤다. 도훈이 걱정스레 바라봤지만 그런 그의 마음을 아는지 모르는지, 빈우는 싱긋 웃기만 했다.

금세 한 잔 두 잔 들어간 술에 비인의 목소리가 늘어진다.

"아, 진짜! 난…… 술 자알 마시는 사람 좋아한단 말야. 도훈이는 어차피 내 거 아니니까 상관없고! 당신들! 당신들은 그래서 내 스타일 아니야!"

술을 마시지 않는 기철과 성재를 향해 비인이 버럭 소리를 질렀다. 그러자 빈우가 다 이해한다는 듯 비인의 등을 토닥거리며 위로했다. 어쩐지 둘이 되게 친해 보였다. 이거, 별로 좋은 징조가 아닌데.

"비인 씨, 내가 술 마시면 다시 한 번 봐주시렵니까!"

기철이 호기롭게 술잔을 쳐들며 외쳤다.

"조오오쵸!"

"야! 그 술잔 내려놔라."

도훈이 술잔을 빼앗으려 하자 기철이 얼른 술을 목구멍 안에 털어 넣었다.

"캬아. 별거 아니구만."

별거 아니라는 기철의 말에 성재가 보란 듯이 술잔을 들고는 말릴 사이도 없이 단숨에 들이켰다.

"김성재!"

사실 도훈이 술을 못 마시는 건 아니었다. 주량이 개미 눈물만큼밖에 안 되는 친구들과 함께하다 보니 자연스레 마시지 않았던 것뿐. 하지만 기철이나 성재는 달랐다.

역시나 기철은 5분도 버티지 못하고 소파에 쓰러졌고, 성재도 곧 쓰러질 듯 위태로웠다.

"아우! 진짜!"

학창 시절 멋모르고 마신 술 때문에 두 사람을 챙기느라 고생했던 게 한두 번이 아니었던 터라 도훈은 이런 상황이 무척이나 익숙했다. 하지만 짜증이 나기는 그때나 지금이나 똑같았다.

"도훈 씨, 여기 좀……."

이를 바득바득 갈며 정신줄을 놔버린 기철과 성재를 깨우던 도훈이 빈우의 다급한 목소리에 돌아보았다.

"우리 도후니이 조오오은 놈이에요. 꽈아악 잡아요."

빈우의 어깨에 기댄 채 축 늘어진 비인이 팔다리를 흔들며 술주정을 해댄다. 많이 마시진 않았지만 빈우의 상태도 그다지 온전해 보이지는 않았다.

"후……."

어쩌다 이런 상황이 된 건지. 오늘 하루를 되짚어보던 도훈이 성재와 기철의 볼을 꼬집으며 이 상황의 원흉이 된 두 사람을 응징했다.

"일어나, 이 자식들아!"

도훈의 거칠어지는 숨소리를 제대로 들어줄 이는 그 자리에 아무도 없는 듯 보였다.

세 사람을 각자의 집으로 데려다주고 차에 오른 도훈의 얼굴은 땀범벅이 되어 있었다. 워낙 이른 초저녁부터 시작된 자리라 다행히 모든 상황을 마무리했을 때에도 그리 늦은 시간은 아니었다.

"괜찮아?"

오랜 시간 빈우를 홀로 차에 앉혀두었던 것이 마음에 걸려 도훈이 그녀의 안색을 살폈다. 시간이 꽤 지난 터라 술을 마신 기색조차 보이지 않았지만 혹시나 하는 마음에 걱정이 되었다.

"괜찮아요. 술 많이 마시지도 않았어요."

평소 차분했던 말투와는 달리 목소리가 조금 들떠 있는 것 같기도 해 도훈은 도통 안심이 되질 않는다.

"정말 괜찮아?"

"걱정 말아요. 정말 아무렇지도 않아요."

손까지 휘저어가며 괜찮다고 하는데도 그런 모습이 오히려 더 이상했다. 안 하던 행동을 하니 정빈우가 아닌 것 같기도 하고.

"골목 입구에서 세워줘요."

"왜?"

"집에 가야죠."

빈우가 주섬주섬 가방을 챙기며 내릴 준비를 했다.

"집이 저 골목이야?"

"저 골목에는 도훈 씨 집이 있죠."

"집이 어딘데?"

"그냥 여기서 세워줘요."

임대 계약서에 쓰여 있던 주소가 맞는다면 분명 이 근처 어디일 것이다. 미리 좀 알아둘 것을. 도훈이 안타까움으로 낮게 혀를 찼다. 차를 세우자 내리려는 듯 빈우가 안전벨트를 풀었다.

"이대로 가려고? 나 들을 대답도 있어."

"무슨 대답이요?"

나는 아무것도 몰라요, 하는 얼굴로 빈우가 눈을 동그랗게 뜨고는 도훈을 뚫어져라 바라봤다. 살짝 올라간 눈꼬리가 오늘따라 유난히 예뻐 보인다. 마주칠 때마다 헬멧을 쓰고 있어 눈밖에 보지 못했던 그때, 아마 빈우의 눈에 반했던 걸지도 모른다는 생각이 든다.

"왕 실장이 물었던 질문에 대한 대답."

"아하, 그거?"

빈우는 어째 별거 아니었네 하는 표정이다. 목마른 사람은 자신이니 빈우의 표정 따위는 개의치 않기로 했다.

"뭐라고 대답하려고 했던 거야?"

"사실대로 말하려고 했어요. 우리 사귀는 거 아니잖아요. 그럴 생각도 없고요."

뭔가 세게 한 대 얻어맞은 것 같은 기분에 도훈의 얼굴이 일그러졌다. 실망하지 말자. 천천히, 천천히.

기어이 고집을 부려 내비게이션에 빈우의 주소를 입력하게 만들었다. 사귈 생각도 없다는데 이런 고집이라도 실컷 부려야 속이 풀릴 것 같았다.

내비게이션에서 목적지라고 가리킨 집 앞에 차를 세웠다.

"엄청 가까웠네."

이 동네에서 태어나 이사 한번 가지 않았는데 빈우를 마주친 적이 없었던 게 의아했다. 어릴 때부터 그가 누비지 않은 골목은 어느 곳도 없었는데 말이었다.

"여기서 산 지 오래됐어?"

차에서 내려선 빈우가 가방에서 대문 열쇠를 꺼내 들었다.

"오래…… 됐어요."

도훈이 담 너머로 보이는 큰 집을 올려다보았다. 셋방이 있는 주택으로는 보이지 않는데. 우유 배달에 음식 배달까지 하던 빈우였기에 생활이 무척 곤란할지도 모른다고 생각했었다. 그녀에 대한 또 다른 의문들이 생겨난다. 이 큰 집에 혼자 사는 건가? 빈우에 대해 알아가야 할 것들이 산더미 같았다.

어느 창 하나 불 켜진 곳 없이 큰 집은 어둠으로 둘러싸여 있었다.

"집에 아무도 안 계신 것 같은데?"

빈우가 집을 한번 바라보고는 고개를 끄덕였다.

"들어갈게요."

조금 전까지 발랄했던 그녀의 모습이 어느새 보이지 않는다. 도훈이 대문을 열고 들어가려는 빈우의 손목을 붙들었다.

"괜찮아?"

"괜찮죠, 그럼."

빈우가 입가를 억지로 늘여 웃는다. 잠시 잊고 있었던 빈우의 눈빛이 기억났다. 어둡고 아파 보이던, 그래서 저를 놓아주지 않았던 눈빛.

"도움 필요한 일 있으면 꼭 말해."

"그런 일 없을 거예요."

"만약에. 만약에 말이야. 우린 특별한 이웃이잖아."

"훗. 특별한 이웃, 그거 맘에 드는데요?"

특별한 이웃이라는 말에 빈우가 웃는다. 연인이 아직 되지 못한 그의 슬픔을 아는 건지, 모르는 건지.

얼마간의 침묵을 깨고 빈우가 한숨을 쉬듯 말했다.

"일 끝낸 거 축하해요. 급하게 준비하느라 이것밖에 준비 못했어요."

가방 속에서 투명 상자에 들어 있는 작은 포인세티아 화분을 빈우가 건넸다.

"포인세티아?"

"크리스마스를 상징하기도 하지만 축하와 축복의 의미도 갖고 있어요. 흙이 마른 것 같음 한 번씩만 물 주면 돼요. 키우기 어렵지 않으니까 잘 간직해 줘요."

"고마워."

"네. 가세요."

대문이 닫히고 빈우가 어둠 속으로 사라졌다.

잠시 후, 꺼져 있던 창들이 하나씩 환해지기 시작했다. 금세 모든 창에 불이 켜졌고 어둠 속에 묻혀 있던 집이 형태를 드러냈다.

불 켜진 곳 어딘가에 있을 빈우를 향해 도훈이 나직이 속삭였다.

"연인이 되었든, 이웃이 되었든 네가 내게 기대주면 좋겠다."

아이스크림을 스푼으로 크게 떠서 입에 넣고는 차가움에 빈우가 눈을 질끈 감았다. 그러나 금방 스르르 녹아버린 아이스크림이 아쉬워 얼얼한 입안에 또 한 스푼 떠 넣었다.

기특하게도 영우는 빈우가 제일 좋아하는 아이스크림을 기억하고 있었다. 아이처럼 아이스크림 하나에 행복해하는 누나의 모습을 가만히 지켜보던 영우가 어렵사리 입을 열었다.

"주문이 들어오긴 하는 거야?"

"너 누나를 뭐로 보는 거야. 오늘도 격주짜리 주문 들어왔어."

신이 난 듯 영우를 향해 손가락으로 브이 자를 만들어 보이고는 웃었다.

"몇 개나 되는데?"

"정기구독은 아직 많지 않은데 간간이 부케 주문이 있어. 앞으로 더 늘겠지."

빈우는 아무렇지 않게 대답했지만 영우는 걱정이 되는 모양인지 들고 있던 스푼을 내려놓으며 작게 한숨을 내쉬었다.

"누나, 괜한 고생만 하는 거 아냐?"

"이제 시작인데 뭐. 포털 사이트에 우리 홈페이지 지난주부터 올라갔어. 현재는 정기구독이 늘고 있다는 게 중요한 거야."

확신에 찬 빈우의 목소리에도 영우는 걱정스런 눈빛을 지우지 못했다. 영우가 내려놓았던 스푼을 다시 쥐어주고는 또 한 번 아이스크림을 크게 떠 입에 넣었다.

"누나 잘할 자신 있다니까."

입안이 얼어 잘 되지도 않는 발음으로 빈우가 파이팅을 외쳤다.

뭐가 그렇게 궁금한지 싱크대에 달린 자그마한 서랍까지 열어 확인하던 영우가 잠시 나갔다 오겠다며 밖으로 나갔다. 한참 후에 돌아온 영우의 손에는 각종 공구와 전기선을 정리하는 몰딩이 들려 있었다.

"안 그래도 너무 지저분해서 어떻게 좀 하고 싶었는데."

위험하게 엉켜 있는 전선들을 정리하고 바닥과 벽을 지나가는 전선 위를 몰딩으로 덮는 영우를 빈우가 흐뭇하게 바라봤다. 무뚝뚝하고 엄했던 아빠와는 달리 자상한 영우의 성격은 엄마를 닮았다. 다정하고 따뜻했던 엄마.

몰딩에 붙어 있는 테이프를 떼어내던 영우가 슬쩍 빈우를 돌아다본다.

"가까운 데 배송해야 할 때 연락해. 힘들게 누나가 다니지 말고. 시간 날 때마다 와서 도와줄게."

영우의 마음 씀씀이가 고마웠지만 빈우가 고개를 흔들었다.

"엄마 알면 별로 안 좋아할 거야."

"상관없어."

엄마 이야기에 영우가 얼굴을 구겼다. 부모님에게도, 자신에게도 순종적이기만 했던 영우였던 터라 이런 모습은 낯설었다.

"엄마랑 무슨 일 있어?"

"그런 거 없어."

영우가 한숨을 내쉬며 다시 하던 일에 열중했다. 말하지 못하는 무언가가 영우에게 있는 듯 보였다.

"학교 다니기 힘든 거야?"

"힘들 게 뭐 있어. 그까짓 거."

쪼그리고 앉아 전선을 정리하던 영우가 일어섰다. 자신보다 한 뼘이나 키가 큰 영우가 성큼성큼 그녀에게로 다가온다. 슬퍼 보이고 아파 보인다.

"무슨 일인지 말해봐."

"그냥…… 옛날로 돌아갔으면 좋겠어. 아버지도 계시고 누나도 늘 내 옆에 있던 그때로."

똑같이 아빠를 잃었지만 영우에게는 엄마가 있으니 모두를 잃은 자신보단 나을 거라 생각했다. 왜 생각하지 못했을까. 아빠를 잃고 친구 같던 누나까지 잃은 어린 영우 역시 힘들었을 거란 걸.

"누나……."

똑똑.

노크 소리와 함께 영우가 하려던 말을 멈췄다. 작업실 문이 열리고 도훈이 모습을 드러냈다.

"아, 미안. 손님이 계셨네."

누구인지 궁금해하며 영우가 그녀를 바라본다.

"옆 사무실 분이셔. 동생이에요."

고개를 숙여 보이는 영우에게 도훈이 반가움을 듬뿍 담아 인사를 했다.

"동생? 반가워요. 민도훈이에요."

영우가 약간의 경계를 보이며 도훈을 살폈다. 영우의 눈에도 도훈이 그냥 이웃으로는 보이지 않았기 때문일 터.

영우가 몰딩 하나를 집어 들자 그제야 정리된 전선들이 눈에 들어왔는지 도훈이 감탄사를 내뱉었다.

"와, 정리가 다 됐네. 진짜 깨끗하다. 내가 해주려고 했었는데 한발 늦었네."

영우가 힐끔 돌아본다. 당신이 뭔데 이걸 해주려고 했었냐는 표정이었다. 남아 있는 몰딩 하나를 집어 든 도훈이 영우에게 다가갔다.

"난 이런 거 깔끔하게 잘 안 되던데. 손재주는 남매가 똑같네."

"이건 손재주 같은 거 없어도 되는 일인데요."

처음 본 사람을 경계하고 가시를 세우는 말투까지 빈우와 꼭 닮아 있어 도훈이 픽 웃었다.

"학생이에요?"

"네."

"무슨 과요?"

"토목건축공학과요."

"역시. 그럴 줄 알았어. 손재주가 남달랐다니까."

도훈의 손에 들린 몰딩을 빼앗아 든 영우가 그를 바라본다. 맘에 들지 않음을 감추지 않는 영우의 삐딱한 시선.

"토목건축도 손재주와는 무관합니다."

또 한 번 도훈이 픽 웃는다.

"빈우 이렇게 멋진 동생 있어서 든든하겠다."

돌아선 그가 영우에게 오른손을 내민다. 여전히 뻐딱한 표정으로 영우가 그의 손을 마주 잡았다. 지그시 잡은 손에서 악력이 느껴지는지 영우가 이마를 찌푸렸다.

"그동안 누나 지키느라 고생 많았겠네. 이젠 내가 지킬게."

그의 미소 뒤에 이제 넌 빠져, 라는 은근한 압력이 있다는 걸 영우가 눈치챘길 도훈은 바라는 듯했다.

비인이 책상 위에서 낯선 다이어리를 발견하고는 의아해하며 고개를 갸웃거렸다.

"이거 누구 거지?"

두께가 제법 두꺼운 사진 크기만 한 다이어리였다. 짙은 갈색의 가죽 커버 네 귀퉁이가 조금 낡아 있는 걸 보니 새것 같지는 않았다.

"비읍 이응?"

가죽에 불로 새긴 듯 진하게 박혀 있는 이니셜이 눈에 띈다. 보통 이름의 이니셜은 영어로 쓰는 게 일반적이니 누굴 의미하는 건 아닐 거라 생각하며 비인이 다이어리를 열어 휘리릭 넘겼다. 빈 페이지가 얼마 남지 않은 다이어리에는 낙서, 메모, 일기 같은 글들이 순서 없이 적혀 있었다.

잠시 나갔던 도훈이 사무실로 들어오다 다이어리를 들고 있는 비인을 보고는 미안하다는 표정을 지었다.

"아, 미안. 그거 내가 주운 지 한참 됐는데 잊고 있었다. 찾아다니진 않았지?"

"이걸 왜? 이거 내 거 아닌데?"

"네 거 아니라고? 거기에 비읍 이응이라고……."

도훈이 아차 하는 얼굴로 비인이 들고 있는 다이어리를 빼앗았다. 다이어리 안에 책갈피처럼 꽂혀 있던 사진들이 바닥으로 떨어졌다.

도훈이 재빨리 사진 한 장을 주웠다. 사진 속에는 빈우의 부모님으로 보이는 분들과 빈우 그리고 조금 전에 만난 영우가 있었다. 교복을 입고 있는 빈우는 고등학생쯤으로 보였고 어린 영우는 초등학생인 듯했다. 둘 다 어릴 적 얼굴이 많이 남아 있긴 했지만 표정만은 지금과 사뭇 달랐다. 지금보다 훨씬 밝았고, 행복해 보였다.

'ㅂㅇ'을 보고 왜 하필이면 비인이만 떠올렸을까. 그토록 자신을 애태우던 빈우 역시 'ㅂㅇ'이라는 걸 여태 모르고 있었던 자신이 한심했다.

"와, 이 멍청이."

전자수첩과 녹음기를 쓰는 비인이가 이런 다이어리를 가지고 다녔을 리도 없는데.

"이 사람……."

자신의 발 근처에 떨어진 사진을 주워 들고 한참을 유심히 살피던 비인의 표정이 점차 놀라움으로 변해갔다. 비인의 중얼거림을 들은 도훈이 다가가자 그녀가 사진을 건넸다.

"누구?"

대학생으로 보이는 여남은 명의 사람들 중에 빈우가 있었다. 가족사진과 마찬가지로 더없이 환한 웃음을 짓고 있는 사진이었다.

"이 사람."

비인이 가리킨 사람을 본 도훈은 어디서 본 것 같아 기억을 더듬었다.

"너도 아는 사람이야?"

"본 적이 있는 것 같은데. 아, 얼마 전에 빈우 작업실 앞에서 봤는데…… 이름이…… 내가 그 쪽지를 어디다 뒀더라?"

정신없이 어질러진 책상 위를 헤집던 도훈이 종이 한 장을 찾아냈다.

"찾았다, 이름이 차정민이었지. 그런데 넌 어떻게 아는 사람이야?"

쪽지를 빈우에게 잘 전달해 줄 거라 생각했다면 큰 오산이었다. 쪽지를 줄 생각은 처음부터 전혀 없었으니까.

"선본 사람이야. 그 이혼남."

세상 참 좁다며 비인이 어깨를 으쓱였다. 그러나 놀란 건 도훈이었다.

"이 사람이?"

"그렇다니까. 다이어리나 얼른 빈우 씨 가져다줘."

"지금 없어. 동생이 와서 식사한다고 나갔어."

고개를 끄덕이던 비인이 바닥에서 또 다른 뭔가를 발견했다.

"이것도 다이어리 안에 있었던 건가?"

"뭔데?"

허리를 숙여 작은 종잇조각 하나를 집어 올린 비인이 고개를 내저었다.

"아니다. 그냥 쓰레기야."

별것 아니라며 비인이 주은 걸 얼른 쓰레기통에 넣는다.

"청소 좀 하자. 진짜 우리 사무실 너무 더러운 거 아니니?"

조금 전 몰딩을 붙여 깔끔해졌던 빈우의 작업실을 떠올린 도훈이 동조하듯 고개를 끄덕였다. 무언가를 놓을 만한 공간만 있으면 어디든 각종 자료 뭉치들이 올라와 있었고, 여러 대의 컴퓨터와 연결된 전선들은 발 디딜 틈 없이 더미를 이루고 있었다.

"하자, 청소."

도훈이 청소 도구를 가지러 밖으로 나가자 비인이 얼른 쓰레기통에 던졌던 걸 찾아내 꺼냈다. 그녀의 손에는 졸업 앨범에서 오려낸 차정민의 졸업 사진이 들려 있었다.

"동생은?"

"저녁 먹고 갔어요."

빈우의 기분이 좋아 보인다. 동생과의 시간이 무척이나 즐거웠던 듯했다.

"갔어? 그럼 같이 퇴근하지 그랬어."

"할 일이 남아 있어서 먼저 보냈어요."

도훈이 고개를 끄덕이며 빈우에게 다이어리를 건넸다.

"이거."

단번에 빈우의 눈이 커다래진다. 다이어리를 받아 든 빈우가 애틋하게 다이어리를 쓸어내렸다. 혹시나 찢어지거나 망가지진 않았는지 이리저리 살피는 것도 잊지 않았다. 그녀에게 무척이나 소중한 다이어리이었던 모양이었다.

사실 빈우에게 다이어리를 건네기 전 도훈은 좀 망설였다.

아무것도 보지 못한 척 그냥 건넬까? 아니면 처음부터 줍지 않았던 것처럼 빈우 눈에 잘 띄는 곳에 그냥 놓아둘까?

모른 척했지만 비인이 아무것도 아니라며 쓰레기통에 버린 게 차정민의 사진이었다는 걸 안다. 어찌 되었든 선을 보았고 결혼 이야기가 오고 가는 사람의 사진이 빈우의 다이어리 안에 있다는 것이 비인에게는 썩 기분 좋은 일은 아니었을 터였다.

도훈은 더 묻지 않았고, 비인이도 더 이상 그것에 관해 말하지 않았다. 그 이상의 판단은 비인이의 몫일 테니까 말이었다.

그러나 비인이와 처정민의 일 때문에 도훈이 망설인 건 아니었다. 혹시나, 빈우가 들려주고 싶지 않았던 자신의 이야기를 자신이 봤을 거라 오해하는 상황은 만들고 싶지 않기 때문이었다.

이런저런 망설임 끝에 솔직함을 택하기로 했지만 괜스레 마음이 좋지 않았다.

"주운 지 한참 됐는데 왕 실장 건 줄 알았어. 네 이름에도 비읍이응이 들어간다는 걸 생각 못했어. 늦게 돌려줘서 정말 미안하다."

"아…… 네."

"그리고 더 미안한 일이 있는데 말야."

예상한 듯 빈우가 얼굴을 찌푸린다.

"누구 건지 확인하다가 안에 있던 사진들을 봤어. 실은 사진 속에 있는 사람 중에 비인이가 선본 사람이 있더라고."

"선본 사람? 누구요?"

"차정민 씨라고 하던데……."

꽤나 놀랐는지 눈을 동그랗게 뜬 채 빈우는 말을 잇지 못했다. 어떤 사이였는지 궁금했지만 물어볼 자격이 자신에게 없음을 알고 있기에 도훈은 입을 다물었다.

빈우의 표정이 좋지 않다. 불안한 마음이 뾰족 솟아올랐다.

"가족사진도 봤어. 꼬맹이 영우 귀엽더라. 너는 여전히 예쁘고."

도훈이 분위기를 바꾸기 위해 얼른 주제를 바꿨다. 그런데 어째 표정이 좀 전보다 더 좋지 않았다.

"다이어리 고마워요. 저 지금 좀 바쁜데."

그녀의 목소리가 건조하다 못해 퍽퍽하다. 이제 조금씩 나아지고 있던 빈우와의 관계가 이전으로 돌아가 버린 건 아닌지 걱정이 되기 시작했다.

내가 이렇게 소심한 사람이었던가.

사무실로 돌아온 도훈이 천장을 향해 고개를 쳐들고 한숨을 내쉬었다. 아무것도 보지 않았다고 할걸. 어색한 분위기를 만들어버린 제 자신이 원망스러웠다.

도훈이 긴 시름에 잠겼다.

❖❖

이틀 전, 여섯 살 딸아이 생일 선물로 줄 꽃바구니를 주문하고 싶다는 고객의 주문서가 들어와 꽃바구니 배송을 가는 길이었다.

핑크톤의 장미와 리시안셔스를 메인으로 소담하게 담고 아이가 좋아할 막대 사탕을 사이사이에 꽂았다. 리시안셔스의 꽃말은 변치 않는 사랑. 아이를 향한 엄마의 사랑을 대신 표현해 주고 싶었다.

덜컹거리는 버스 때문에 부딪힐까 싶어 빈우가 살며시 꽃바구니를 끌어안았다. 휴대폰 벨소리가 들려왔지만 휴대폰조차 꺼낼 수가 없을 정도로 빈우는 조심스러웠다.

시끄럽게 울리던 휴대폰이 끊어졌다. 하지만 이내 휴대폰은 다시 울리기 시작했고, 끊어졌다 울리기를 반복했다.

목적지에 도착한 빈우가 버스에서 내려서며 통화 버튼을 눌렀다.

"여보세요?"

빵!

버스에서 클랙슨 소리가 울려와 깜짝 놀란 빈우가 가슴을 쓸어내렸다.

[작업실 아니야?]

도훈이었다.

"배송 왔어요."

[직접?]

작업실에서 가까운 지역은 직접 배송을 한다고 공지를 해놓았던 덕분인지 꽃다발이나 꽃바구니 주문이 늘고 있었다. 아무래도 택배나 퀵보다는 상태가 온전한 상태로 받을 수 있으니 주문자 입장에서는 안심할 수 있기 때문일 터였다.

"네. 급한 일 아니죠?"

[그건 아닌데……]

주문서에 적힌 주소만으로 배달 장소를 찾으려면 쉽지 않을 것 같았다. 도훈과의 통화가 자주 있는 일이 아니긴 했으나 우선 전화를 끊고 누군가에게 주소지에 대해 물어봐야 할 듯싶었다.

"그럼 나중에 통화해요. 끊을게요. 저기, 길 좀 물을게요."

도훈의 대답을 들을 새도 없이 빈우가 길을 묻기 위해 교복 입은 여학생을 붙들었다.

"꾸오체레가 어딘지 혹시 아세요?"

"와, 꽃 예쁘다."

여학생이 꽃바구니에 관심을 보였다.

"이런 거 비싸죠?"

빈우가 차마 대답하지 못하고 웃었다. 학생들이 사기에는 좀 부담스러운 가격이긴 했다.

"아, 꾸오체레. 저기서 오른쪽으로 돌면 큰 성당이 나오는데요, 성당 보이는 골목에서 왼쪽으로 가다 보면 나와요."

"아……. 고마워요."

내내 꽃바구니에서 눈을 떼지 못하는 여학생을 보니 괜스레 뿌듯해졌다. 학생들을 위해 저렴한 상품도 만들어야겠다는 생각을 하며 빈우가 걸음을 옮겼다.

빈우가 도착한 곳은 이탈리안 레스토랑 '꾸오체레'였다. 유명한 건축가가 직접 설계를 해 방송에서도 여러 번 소개되었던 곳이었다. 아트센터를 떠올리게 하는 외관이 특이해 빈우가 건물 앞에서서 한참을 바라보았다.

이 건물을 설계한 건축가와 '꾸오체레'의 최고 셰프가 연인이라지. 언젠가 플라워 잡지에서 보았던 기사를 떠올리며 빈우가 레스토랑 입구로 들어섰다.

"예약하셨습니까?"

입구에 들어서자마자 정갈한 복장을 한 직원이 빈우를 붙들었다.

"차아영으로 예약하신 분을 만나고 싶은데요."

"일행이십니까?"

"아니요. 꽃바구니를 주문하셔서요."

빈우가 꽃바구니를 들어 보이자 레스토랑 직원이 고개를 끄덕였다. 안내를 받으며 홀 안쪽으로 들어가던 빈우가 테이블 가까이 가지 못하고 멈춰 섰다. 정민과 서진, 그리고 두 사람의 딸이 있었다.

무슨 할 이야기가 남았는지 서진은 만나자며 문자를 계속 보내왔다. 만날 이유가 없다는 생각에 문자를 무시했더니 이런 일까지 벌인 모양이었다.

몇 달 전이었다면 세 사람의 모습을 보며 이렇게 태연하지는 않았을 것이다. 서진의 자리가 제 자리가 되지 못한 것에 아파하며 한동안 잠도 못 이뤘겠지.

빈우가 멈췄던 발을 떼어 몇 발자국 더 다가갔다.

"아영아, 엄마 얼굴 좀 봐봐. 아영이 생일인데 이러면 엄마가 너무 속상하잖아."

차아영. 아이의 이름이 아영이었구나. 여섯 살쯤 되었을까? 정민보다 서진을 더 많이 닮은 듯한 아이는 뭐에 화가 났는지 입을 이만큼이나 내밀고 있었다.

"왔니?"

서진의 인사에 돌아본 정민이 빈우를 발견하고는 놀람과 당황스러움이 섞인 표정으로 자리에서 일어섰다.

"여기는 어쩐 일이야? 약속 있어?"

정민을 마주하는 게 어쩐지 편하지 않았다. 불과 몇 달 전까지만 해도 가끔 만나 술 한잔이라도 할 수 있으면 좋을 거라 생각했는데.

"내가 꽃바구니 주문했어. 아영이 선물로."

빈우를 대하는 정민의 행동이 못마땅했는지, 서진의 목소리가 곱지 않았다.

내내 테이블 언저리만 보고 있던 아이가 고개를 들었다. 아이는 빈우가 들고 있는 꽃바구니에 관심이 있는지 눈을 떼지 못했다. 가까이 다가간 빈우가 아이에게 꽃바구니를 건네며 그 앞에 쪼그리고 앉았다.

"생일 축하해."

무릎 위에 놓인 꽃바구니를 멀뚱히 바라보던 아이가 막대 사탕 하나를 빼내어 손에 쥐고는 빈우를 바라봤다.

"이거 무슨 꽃이에요?"

아이의 목소리는 찡그린 얼굴만큼 뾰족하지 않았다. 그렇게 많이 화가 나지는 않았던 모양이었다. 꽃을 가리키고 있는 손가락이 앙증맞고 너무 귀엽다.

"리시안셔스라는 꽃이야. 예쁘지? 이건 무슨 꽃인지 알아?"

"장미."

"와, 아영이 똑똑하구나."

"나 알아요?"

아이는 낯선 사람이 제 이름을 아는 게 신기했는지 눈을 동그랗게 뜨고 빈우를 바라봤다.

"아빠 엄마 학교 후배야."

정민의 말이 진짜인지 확인을 하려는 듯 아이는 서진을 바라보았다. 맞다며 고개를 끄덕여 보이는 서진은 조금 전 아이가 그랬던 것처럼 입을 쭉 내밀고 있었다.

"근데 엄마랑은 별로 안 친해."

서진의 말을 들었는지 못 들었는지, 아이가 풀썩 의자에서 내려오더니만 빈우를 빈 의자로 이끌었다. 엉겁결에 의자에 앉긴 했지만 이 상황이 빈우는 전혀 반갑지 않았다. 꽃바구니만 전해주고 얼른 돌아갈걸.

주문한 음식이 서빙되어 오기 시작하자 빈우는 더욱 난감해졌다.

"아영아, 생일 축하해. 아빠랑 엄마랑 좋은 시간 보내."

일어서려는 빈우를 아이가 붙잡는다.

"꽃 만들어요?"

"응? 으응."

"나 꽃 좋아해요. 영국에서 큐 왕립 식물원에 갔었는데 신기한 꽃이 정말 많았어요. 큐 왕립 식물원 가봤어요?"

"아니."

"거기 진짜 좋아요. 나중에 어른 되면 꼭 거기서 일할 거예요."

얼굴은 제 엄마를 쏙 빼닮았는데 똑똑한 건 아빠를 닮았다. 늘 자신감이 넘치던 정민의 학창 시절을 기억하는 빈우는 아이의 눈빛이 그때의 정민과 닮아 있다는 걸 알 수 있었다.

아이가 빈우 곁에서 꽃에 관한 이야기로 한참을 종알거리는 동안 정민과 서진의 분위기는 그야말로 냉랭함 그 자체였다. 원탁 테이블에 자신과 아이를 사이에 두고 마주 앉은 두 사람은 각자의 생각에 빠져 있는 듯 보였다.

정민이 걸려온 전화를 받으며 밖으로 나가자 아이가 아빠를 쫓아 뛰어나갔다.

"아영아, 어디 가. 밥 먹어야지."

서진의 이야기에도 들은 척하지 않고 아이는 사라졌다. 아이가 사라진 곳을 잠시 바라보던 빈우가 자리에서 일어섰다.

"그만 가볼게요."

"너 뭐니?"

등 뒤로 날아오는 서진의 목소리가 날카롭다. 빈우는 돌아보지 않았다.

"우리가 이혼하고 나니까 흥미가 없어졌나 보지?"

무슨 말을 하고 있는 걸까. 빈우가 힘겹게 돌아서서 서진을 마주했다.

"흥미라뇨?"

"정민 씨 선보러 다니는데 왜 가만있어? 설마 몰랐니?"

"내가 알아야 하나요?"

정민에게 직접 들은 게 아니니 아는 척을 할 필요는 없다고 생각했다. 정민에게 들었다고 해도 자신이 뭘 어째야 한단 말인가.

"왜 안 붙잡는 건데? 너한테 다시 가려고 이혼까지 한 사람을?"

"나 때문에 이혼했다는 건가요?"

"너 자꾸 모른 척할래?"

이 부부에게 자신이 뭘 어쨌는지 도대체 모르겠다. 서진과 마주칠 때마다 거듭되는 이런 상황이 너무나 짜증스러웠다.

"모른 척하는 게 아니라 정말 모르겠어요. 두 사람이 이혼하기 전에 선배와 따로 만난 적도 없거니와 선배는 한국에 있지도 않았어요. 내가 무슨 수로 두 사람을 갈라놨다는 거예요?"

"정민 씨와 수십 통의 메일을 주고받아 놓고도 그런 소릴 하는 거니!"

유학을 준비할 때 물을 게 있어서 개인적으로 주고받은 메일이 서너 통. 나머지는 동아리 일로 정민이 보냈던 단체 메일에 알았다는 답장을 보낸 게 대부분이었다. 지금 생각해 보니 그마저도 하지 말았어야 했다는 생각이 든다.

"그런 짓을 저지르고도 내가 모를 거라 생각했어! 다 너 때문이야!"

"너 무슨 말을 하고 있는 거야!"

아이와 함께 정민이 돌아왔다.

"내가 틀린 말 했어!"

두 사람의 목소리가 커지자 아이가 슬며시 정민과 잡고 있던 손을 빼내었다. 입술을 실룩이며 원망하는 눈빛으로 빈우를 올려다본다. 금방이라도 울음을 터뜨릴 것 같은 아이에게 너무 미안했다. 미안해. 미안해, 아영아.

빈우가 돌아섰다. 정민이 그녀를 부르는 소리가 들려왔지만 빈우는 고개를 돌릴 수 없었다. 바로 앞에 도훈이 서 있었기 때문이었다.

❖

웹 프로그램 개발이라는 한정되어 있는 형태에서, 모바일 앱까지 개발하는 형태로 사업을 확장하기 위해 도훈은 새로운 것에 도전을 하고 있는 중이었다.

웹에서는 포털 검색이나 북마크 등으로 접근이 용이한 쇼핑몰이 모바일에서는 한정된 트래픽으로 인해 상위 순위권에서 밀려나는 경우가 많아 그것을 보완할 프로그램을 개발하고 있었다. 이 프로그램이 개발되면 랄라플라워에도 큰 도움이 될 터였다.

모바일 앱을 개발하기 위해서는 새로운 협력자를 구하는 게 불가피한 상황이었다. 실력이 좋은 비인이 있다지만 아무래도 두 사람만으로는 어려운 일이었다.

그 일로 잠시 외출을 했던 도훈이 사무실로 돌아가는 길에 비인이 준 영화표 두 장과 영화 포스터를 떠올렸다.

'우주 제패(Space Conquer)'.

공상 영화에서 보는 우주복을 입은 주인공과 우주선이 있는, 흔한 포스터였다. 지구의 자원 부족을 해결하기 위해 우주로 간 주인공과 외계인의 사랑 이야기란다. 빈우가 이런 영화를 좋아할까?

'영상이 장난 아니야. 이때까지 나왔던 우주 영화하고는 비교가 안 되더라고. 그래서 꼭 4D로 봐야 해. 주말에는 표 예매하기 얼마나 힘든지 알지?'

비인은 요즘 이 영화 안 본 사람하고는 대화가 안 된다며 소문난 영화는 좀 봐주면서 일하라고 핀잔을 줬다. 친구의 연애를 위해 이런 것까지 챙기는 친구가 세상에 어디 있겠냐며 한껏 공치사를 날리는 것도 당연히 비인은 잊지 않았다.

'밤에만 강한 민도훈! 네 실력을 제대로 보여주라고!'

비인의 놀림에 팔을 휘저으며 귀찮아했지만 도훈 역시 은근히 기대가 되었다. 어쩌면 어색해진 사이를 다시 회복할 수 있을지도 모른다는 생각에서였다.

시간이 좀 빠듯할 것 같아 미리 약속을 잡기 위해 전화를 걸었는데 빈우는 배송 중이라 했다. 어디냐고 묻기도 전에 빈우는 전화를 끊으려 했으나 다행스럽게도 길을 묻는 빈우의 목소리가 수화기를 통해 들려왔다. 여학생과의 대화가 고스란히 들려오는 걸 보면 빈우는 아마도 전화가 끊기지 않은 걸 몰랐던 모양이었다.

꾸오체레라고?

마침 빈우가 배송을 하기 위해 도착했다는 레스토랑과 가까운 곳을 지나고 있던 도훈은 곧바로 레스토랑 앞으로 가 차를 세웠다.

그러나 금방 나올 줄 알았던 빈우는 한참이 지나도 나오지 않았다. 빈우와 전화를 끊고 불과 몇 분이 지나지 않아 도착을 했으니 빈우가 먼저 가지는 않았을 터였다. 하는 수 없이 혹시나 하는 마음으로 레스토랑에 들어섰다.

"민 대표님, 오랜만에 오셨습니다."

그를 알아본 지배인이 반갑게 인사를 해왔다.

"안녕하셨어요. 사장님은 잘 지내시죠?"

"네. 주방에 계신데 불러 드릴까요?"

"아니에요. 바쁘신데 안 그러셔도 됩니다. 제가 사람을 좀 찾으려고 하는데, 잠시 둘러봐도 될까요?"

지배인이 흔쾌히 그렇게 하라며 길을 열어준다. 홀 안으로 들어서던 도훈이 아이의 손을 잡은 채 자신의 곁을 지나가는 남자를 보고는 멈칫했다. 차정민?

"오늘 아빠 집으로 갈 거야. 엄마랑 안 가. 엄마 싫어. 엄마 맨날 술만 마셔."

"아빠가 내일 아침에 중요한 일이 있어서 일찍 나가야 해. 아영이 평창동으로 데려다주려면 엄청 일찍 일어나야 하는데 괜찮겠어?"

"괜찮아."

아빠라고 부르는 걸 보니 차정민의 딸인 모양이었다. 도대체 무엇 때문에 비인이 저런 사람과 선을 보고, 결혼 이야기까지 들먹

거리는 건지 알 수가 없다.

차정민과 빈우도 마주쳤을 게 분명했다. 그녀를 찾기 위해 도훈의 걸음이 빨라졌다.

그러나 몇 걸음 가지 못하고 도훈은 꽤나 난감한 상황과 마주해야 했다. 얼른 빈우를 찾아 데리고 나가고 싶었는데. 도훈이 주머니 속 영화표를 움켜쥐었다.

"도훈 씨."

빈우가 난처한 얼굴을 해 보인다. 보지 말아야 하는, 혹은 듣지 말아야 할 것들을 보고 들은 건 아닌가 싶다. 이럴 생각은 아니었는데.

"꽃바구니는?"

"전해줬어요."

"그럼 가자."

도훈이 빈우의 손목을 잡고 걸음을 떼는 순간 등 뒤에서 들리는 고약한 목소리가 그들을 멈추게 했다.

"너 얌전한 척하면서 날고뛰는 재주 있다? 정민 씨, 어쩌니? 당신 새됐어."

"구서진! 입 다물어!"

정민이 잇새로 내뱉는 음산한 목소리에 빈우가 어깨를 굳혔다.

"아, 정민 씨는 알고 있었던 거구나? 그래서 그렇게 급하게 선자리에 나간 거였어. 왜? 빈우만은 끝까지 지켜주고 싶었니? 네 고결한 첫사랑이라서!"

첫사랑. 도훈의 눈이 가늘어진다.

여자는 이성을 잃은 듯 보였다. 사람들의 이목이 집중되고 있다는 것도, 아이가 앞에 있다는 것도 인식하지 못했다. 기어이 울음을 터뜨리는 아이를 안고 정민이 그들에게 다가왔다.

"빈우야, 어서 가. 빈우 좀 부탁합니다."

거슬린다. 빈우를 친근하게 부르는 저 목소리, 말투 전부.

이대로 빈우를 데리고 밖으로 나가야 할지, 다시는 빈우의 주변을 얼쩡거리지 못하도록 못을 박아야 할지 빨리 판단을 해야 했다.

걸음을 재촉하는 빈우를 붙들어 그 자리에 섰다. 여자의 날카로운 목소리가 또다시 날아와 등 뒤에 꽂힌다.

"넌 아무 짓도 하지 않았다고 하겠지! 넌 늘 똑같았거든. 그래서 정민 씨는 널 잊지 못했어! 네 맘이 그대로인 걸 알고 있었으니까!"

"구서진!"

빈우가 입술을 깨문다. 빈우의 손목을 붙든 손바닥을 통해 그녀의 떨림이 고스란히 전해졌다. 빈우는 울음을 참고 있는 듯했다.

이미 레스토랑 안의 모든 이목은 그들을 향해 있었다. 도훈이 한숨을 집어삼키며 돌아섰다.

"하실 말씀이 많은 것 같은데, 둘러보면 아시겠지만 지금 그쪽 때문에 많은 분들이 식사를 하지 못하고 있는 상황입니다. 식어버린 음식값을 배상하실 게 아니라면 이제 그만하시죠."

여자의 얼굴을 보지 않고 목소리만 들었을 때에는 몰랐다. 여자는 독기라고는 전혀 없는, 빈 쭉정이 같은 얼굴로 차정민을 바라보고 있었다. 여자의 분노는 빈우를 향한 게 아니었던 모양이었다.

"누구에게 탓을 하고 싶은가 본데 타깃을 제대로 잡으신 건지 묻고 싶네요. 당신의 미련이 빈우에게 남은 건 아닐 테니 말입니다."

"당신이 뭘 안다고……."

"두 분에 관한 건 당연히 아는 게 없습니다. 그러나 빈우에 대해서는 잘 알죠. 자존심 강하고, 남에게 피해주는 걸 뭣보다 꺼리는 여자가 두 분에게 어떤 영향을 미쳤을 것 같진 않아서요."

빈우에 대해 잘 안다고 자신하는 건 오만이라는 걸 안다. 저 조그마한 머릿속에서 어떤 생각들이 오고 가는지, 지금 이 순간 여자를 향해 아니라 소리치지 못하고 갈등하는 이유가 뭔지 전혀 모르니까.

"그러니 괜한 피해망상으로 엄한 사람 잡지 마시죠."

도훈의 형형한 눈빛이 정민에게로 향한다.

"앞으로 빈우에 관한 부탁은 사양하도록 하죠. 빈우 걱정, 하지 말라는 말입니다."

정민이 얼굴을 일그러뜨린다. 제 표정 하나 감추지 못하는 이런 사람이 M&A 전문가라니. 비인의 아버지가 사업을 위해 정민을 고른 이유가 있을 테지만 사람을 잘못 봐도 한참 잘못 봤다 싶다.

멀찍이 서 있던 지배인이 도훈과 눈이 마주치자 다가왔다. 상황을 수습하기 위해 달려왔다가 도훈을 보고는 물러나 있었던 모양이었다.

"제가 따로 연락을 드릴 테지만 우선 사장님께 죄송하다고 전해주세요."

"네. 걱정 마십시오. 이 정도의 소란은 아무것도 아닙니다."

빈우가 도훈을 올려다본다. 괜찮냐는 물음 대신 빈우의 손등을 엄지손가락으로 쓰윽 문질렀다. 빈우에게서 설움 섞인 한숨이 흘러나왔다.

❖

이 영화가 왜 박스오피스 1위를 달리고 있는 건지 이해가 가지 않는다. 영상이 장난이 아니라고? 시종일관 새까만 우주 속을 떠다니는 우주선밖에 안 보이는데 무슨 영상? 게다가 눈에 보이지 않지만 제 옆에 외계인이 있다고 믿는 주인공이 주절주절 떠드는 독백이 대사의 전부라 지루하기 짝이 없고, 알고 보니 우주선 밑에 지구를 구할 신자원이 있더라는 허무한 끝은 주먹을 부르르 떨게 만들었다.

한꺼번에 몰려 나가는 사람들 틈바구니에서 휩쓸리지 않도록 빈우를 바짝 감싼 도훈이 그녀의 귀에 대고 나직이 속삭였다.

"재미없었지?"

대답 없이 빈우가 웃는다.

레스토랑에서 나와 빈우에게 묻지도 않고 무작정 영화관으로 차를 몰았다.

도훈이 구겨진 영화표를 영화관 직원에게 건네고 좌석을 찾아 앉을 때까지 빈우는 아무 말도 하지 않았다. 막무가내로 데리고 왔으니 영화라도 재미있었으면 좋으련만.

도훈은 영화를 보고 저녁을 먹으려고 했던 원래의 계획대로 움직이기로 했다.

영화관에서 나와 다니던 학교 근처 분식집으로 향했다. 싫으면 싫다는 의사를 분명히 하는 그녀가 아직까지는 싫은 내색을 보이지 않으니 그나마 다행이었다.

"이런 데 싫어해?"

"그럴 리가요."

고등학교 때부터 단골이었던 분식점이었다. 성재나 기철이 아닌 다른 누군가와 온 게 처음이어서 그런지 분식점에 들어설 때부터 주인아저씨는 꽤나 궁금하단 표정이었다.

빈우를 빈자리에 앉히고 도훈이 주문을 하기 위해 한창 핫바에 소스를 바르고 있는 주인아저씨에게로 다가갔다.

"왜 이렇게 오랜만에 왔어?"

도훈을 알아본 아저씨가 소스를 바르다 말고 손을 내민다. 아저씨의 손을 마주 잡으며 도훈이 웃었다.

"바쁜 척하느라고요. 잘 지내셨죠?"

"나야 늘 똑같지. 애인이야?"

구석진 자리에 앉아 있는 빈우를 돌아보며 아저씨가 슬쩍 물어온다. 도훈이 대답을 하지 못하고 머리를 긁적였다. 애인이라고 당당히 말할 수 있으면 좋으련만.

"예쁘네. 애인 데리고 온 기념으로 내가 얼마 전에 개발한 특제 소스 바른 핫바 서비스로 준다. 다른 건 늘 먹던 대로 주면 되지?"

"네. 고맙습니다."

벽에 쓰여진 낙서들을 읽던 빈우가 도훈과 눈이 마주치자 엷게 웃었다. 영화를 보며 차분히 마음을 가라앉히길 잘했구나 싶었다. 빈우도 생각할 시간이 충분했을 테니까.

아저씨가 테이블 위에 튀김우동 두 개와 핫바, 그리고 유부초밥을 올려놓고는 흐뭇한 얼굴로 두 사람을 바라봤다.

"잘 어울리네. 잘살겠어."

얼굴이 새빨개진 빈우는 고개를 들지도 못하고 애먼 젓가락만 바라봐야 했지만 기분이 썩 나쁘지는 않았다.

"여기는 우동을 주문하면 이렇게 유부초밥이 같이 나와. 내가 유부초밥 엄청 좋아하거든."

"그럼 그때 내가 만든 유부초밥도 좋아해서 그렇게 먹은 거예요?"

"응."

큰 유부초밥을 한입에 넣고 우물거리는 도훈의 얼굴이 개구쟁이 같다. 레스토랑에서 제 손목을 붙든 채 서진을 향해 거침없이 비난을 해 보이던 도훈과는 다른 사람처럼 보였다. 하기야, 처음 사무실에서 봤던 도훈과 새벽 배달 길에 보았던 도훈 역시 같은 사람이라고는 전혀 생각 못 했으니까.

격양되었던 마음이 차분해지고 있는 게 느껴졌다. 참기 어려울 정도로 가득 차올랐던 분노가 영화를 보면서 얼마쯤 사그라졌고, 내내 배려해 준 도훈 덕분에 신기하게도 지금은 아무것도 남아 있지 않았다.

"영화 재미있었어요."

뜬금없는 빈우의 이야기에 도훈이 눈썹을 들어 올렸다. 빈우 역시 재미없게 봤을 거라 생각한 모양이었다.

"도훈 씨는 왜 별로였는데요?"

"음, 좀 허무했어. 신자원을 찾았는데 그걸 지구로 가지고 가지 못하고 남겨두잖아. 보이지도 않는, 저 혼자 있다고 믿는 외계인을 위해서. 찾았으면 위기에 처한 지구를 위해 가지고 돌아갈 것이지 왜 있지도 않은 외계인을 만들어 그걸 보호하려고 하는 건지 이해가 안 가더라고."

무척이나 이성적인 도훈으로서는 이해가 가지 않았을지도 모르겠다. 그러나 빈우는 주인공의 행동에 백번이고 공감이 되었다.

"난 이해가 갔어요. 공허한 우주에 홀로 떠 있는 막막한 기분, 너무 잘 알거든요. 외로움을 견디기 위해 허상을 만들어낸 주인공이 꼭 나 같았어요."

기댈 곳 하나 없이 홀로 남겨졌을 때 그녀가 만들어낸 허상은 무엇이었을까.

빈우가 무슨 이야기를 하는지 이해하지 못하는 도훈은 조금 놀란 얼굴이었다. 그러나 이 착한 남자는 자세하게 물어보지도 않을 테고, 대답하라 강요하지도 않을 터였다.

"그런데 영화 속 주인공이 나보다 훨씬 나아요. 나처럼 비겁하지는 않았으니까."

서진의 말대로 정민에게 아무것도 하지 않았지만 그게 더 나빴는지도 모른다.

"너는 비겁했다는 거야?"

"적어도 영화 속 주인공은 외로움을 무기로 삼지는 않았잖아요. 외로움 뒤에 숨으려고 하지도 않았고요. 그런데 난 그랬어요. 내가 이러는 건 외로움 때문이야, 하면서 ."

늘 괜찮은 척, 아무렇지 않은 척 겉모양을 포장하면서도 쉽게 정리되지 않는 자신의 마음은 외로움 때문이라고 합리화시켰다. 다이어리를 잃어버려서 정민의 사진을 정리하지 못했던 거라고 그렇게 변명했던 자신은, 비겁했다. 겉과 속이 다른, 이중적인 모습. 자신의 모습이 그랬다.

"다이어리 찾아줬는데 고맙단 말을 제대로 못했던 것 같아요. 나한테는 무척 소중한 물건이에요. 정말 고마워요."

도훈이 미미하게 이마를 찌푸린다.

"많이 찾았을 텐데 바로 못 돌려줘서 미안해."

빈우가 아니라며 고개를 흔들었다.

도훈이 잃어버렸던 다이어리를 건넸을 때, 혹시나 제 일기를 본 게 아닐까 싶어 덜컥 겁이 났다.

도훈에게는 자신의 나약함과 외로움을 들키고 싶지 않았다. 자신을 측은하게 바라보는 것도, 그에게 동정 어린 시선을 받는 것도 반갑지 않았다. 모든 게 다, 못난 자격지심에서 비롯된 생각이었음을 왜 몰랐을까.

하지만 외로움을 고백해 버린 지금, 저를 바라보는 도훈의 시선은 측은함이나 동정이 아니었다. 가슴을 먹먹하게 만드는 따뜻함.

지금 이 순간, 자신을 바라보는 도훈의 눈빛이 너무 따뜻해 눈물이 날 것만 같았다.

"앗."

꽃가위에 베인 손끝이 따끔했다. 핏방울이 맺힌 손끝을 보며 빈 우가 한숨을 내쉬었다. 오늘만 벌써 몇 번째인지.

해가 짧아진 하늘은 벌써 어두워졌는데 할 일은 산더미였다.

내일 오전 중으로 배송되어야 할 꽃다발이 세 개, 다음 주 배송 해야 하는 꽃다발도 미리 만들어 사진을 찍어야 하고, 포토샵으로 사진 안에 꽃의 이름을 넣어 카드도 만들어야 했다.

내일 배송 건은 거의 끝났어야 하는 시간인데 자꾸만 일하던 손을 멈추고 멍하니 있는 바람에 일이 늦어졌다. 괜히 허둥대다 꽃 가지에 찔리고 꽃가위에 베이고, 애먼 손가락만 고생이었다.

휴지로 손가락을 감싸 꼭 쥔 후, 창문 밖으로 고개를 내밀었다. 찬바람을 맞으니 정신이 좀 맑아지는 것도 같았다.

건물을 향해 걸어오고 있는 도훈과 그의 뒤를 종종걸음으로 쫓아오는 비인이 보인다. 같이 어디 갔었구나. 그러고 보니 오늘은 한 번도 복도를 울리는 비인의 목소리를 듣지 못했던 것 같다.

어느새 두 사람이 나란히 걷는다. 고개를 비스듬히 숙이고 이야기를 나누는 모습이 자연스러웠다.

기분이 왜 이런지 모를 일이었다. 정말 친한 친구이자 동료라고 했는데. 게다가 도훈과는 이런 기분을 느껴야 하는 사이도 아니지 않은가.

어젯밤 집으로 돌아오는 길에도, 오늘 새벽 함께한 출근길에도 도훈은 어제 일에 대해 어느 것 하나 묻지 않았다. 그런 걸 캐물어야 하는 사이가 아니니 그도 묻지 않은 걸 테지만 말이다.

두 사람이 2층으로 올라온 모양이었다. 비인의 목소리 하나만으로 조용했던 복도가 시끌시끌해졌다.

등 뒤에서 노크 소리가 들린다. 빈우가 돌아보았다. 도훈이었다.

"추운데 왜 그러고 있어?"

도훈의 목소리에 가라앉았던 기분이 금세 제자리를 찾아갔다.

새벽부터 추적추적 내리는 비에 빈우가 우비를 찾아 입었다.

검지에 감겨 있는 밴드가 비에 젖어 축축했다. 어제 꽃가위에 찔린 상처를 보고 도훈이 뛰어나가 사가지고 온 밴드였다. 말없이 상처를 한참이나 바라보던 그의 이마는 잔뜩 찌푸려져 있었다. 이까짓 거 아무것도 아닌데.

젖은 밴드가 벗겨질 것 같아 손으로 꼭 쥐었다가 놓았다. 깊지도 않은 상처에 붙여놓은 밴드이니 그냥 벗겨 버리면 될 텐데, 왠지 그러고 싶지 않았다.

어젯밤, 구독용 꽃다발은 배송 기사가 도착하기 바로 전 완성시켜 무사히 보냈으나 새벽까지도 할 일을 끝마치지 못해 빈우는 무척이나 피곤한 상태였다. 이런 날 비까지 내리니 괜스레 몸이 더 천근만근인 것 같았다.

"빈우 씨, 조심해. 지난번처럼 넘어지지 말고."

제 또래인 배달 직원이 차마 먼저 출발하지 못하고 그녀를 걱정했다. 고개를 끄덕이며 빈우가 바구니에 우유를 담았다.

금요일에는 주말 것까지 미리 배달을 해야 해서 평상시보다 양이 많았다. 오토바이에 실려 있는 바구니 위에 또 하나의 바구니를 얹기 위해 빈우가 힘을 쓰려는 순간 또 다른 배달 직원이 다가와 바구니를 잡았다.

"괜찮아요. 내가 할게요."

빈우가 괜찮다는데도 직원은 바구니에서 손을 떼지 않는다.

"놓으세요. 제가……."

"제가 하죠."

불쑥 나타난 커다란 손 하나가 바구니를 붙잡았다. 도훈이었다. 빈우와 배달 직원이 당황스러워하는 사이 바구니를 자신 쪽으로 끌어당긴 도훈이 번쩍 들어 올려 차에 실었다.

"차에는 왜요?"

"비 와서 오토바이 위험해."

"괜찮아요."

"넘어지는 걸 목격한 사람 앞에서 할 얘기는 아닌 것 같은데?"

내리는 비를 고스란히 맞으며 도훈이 오토바이에 실린 우유를 다른 바구니에 옮겨 담았다.

"내가 할게요. 옷 젖잖아요."

만류하는 빈우를 모른 척하고 성큼성큼 바구니를 들어 옮기고는 차에 올라탔다. 자리를 뜨지 못하고 멍하니 서 있던 배달 직원이 한참이 지나서야 상황을 파악하고는 빈우를 향해 어서 차에 타라며 손짓을 했다.

입고 있던 우비를 벗어 손에 들고 빈우가 차에 올라탔다.

"너무 막무가내인 거 알죠?"

"응."

순순히 인정을 하면서도 도훈의 입가에서는 웃음이 떠나질 않는다.

어쩐지 도훈의 이런 행동이 부담스럽지 않았다. 어느새 도훈의 다정함에 익숙해진 모양이었다.

때때로 그의 일과가 궁금하기도 했고, 하루 종일 보이지 않으면 신경이 쓰이기도 했다. 아마 어제도 그래서였을 거다. 일에 집중하지 못하고 창밖을 자꾸만 바라봤던 이유가 말이다.

하지만 그런 마음을 도훈에게 들키고 싶지는 않았다. 아직은 완벽하게 인정할 수 없는 감정들이니까.

"여기 세워줘요."

빈우가 부러 볼멘 목소리를 냈다. 차를 세운 도훈이 빈우보다 빠른 몸놀림으로 뒷좌석에서 우유 하나를 집어 차에서 내렸다.

"여기 우유 두 개예요."

"차에 그냥 있어. 비 맞잖아."

"내 일이잖아요."

"알아."

빈우 손에 들린 우유를 빼앗아 우유 주머니에 얼른 넣고는 그녀를 차로 이끌었다.

도훈은 뭐가 좋은 건지 라디오에서 흘러나오는 노래를 흥얼흥얼 따라 불렀다. 요란한 와이퍼 소리 사이로 그의 낮은 목소리가 들려왔다.

도훈의 머리카락 끝에 매달린 물방울이 신경 쓰인다. 그가 움직일 때마다 떨어질까 아슬아슬해 눈을 뗄 수가 없었다. 기어이 이마를 타고 물방울이 흘러내리자 빈우가 저도 모르게 손을 뻗었다. 손가락 끝으로 물방울을 닦아내고는 감추듯 손을 점퍼 주머니 속에 집어넣으려 하자 도훈이 그녀의 손을 낚아채 쥐었다. 밴드를 붙인 손가락이 그의 손안에서 꼼지락거린다.

골목 중간에 차를 세운 도훈이 빈우를 향해 고개를 돌리고는 숨결이 느껴질 만큼 가까이 다가왔다. 놀란 듯 움츠리는 빈우의 어깨를 잡으며 도훈이 한숨 섞인 말들을 내뱉었다.

"천천히 가는 게 이렇게 힘들 줄 몰랐어."

무슨 말인지 알아챈 빈우가 하려던 말을 삼키고 입을 꾹 다물었다. 이럴 때는 어떻게 해야 하는 건지, 새하얗게 변해 버린 머릿속은 그녀에게 어떤 지시도 내리지 않았다.

"네 곁에서 널 지킬 수 있는 자격이 나에게 있었으면 좋겠어."

"난……."

도훈의 입술이 그녀의 남은 말들을 삼켜 버렸다. 조심스럽게 그녀의 입술을 머금었던 그가 긴 한숨을 토해내며 입술을 떼어냈다. 성난 사람처럼 그는 이마를 찌푸린 채였다.

온몸이 굳어버려 빈우는 움직일 수가 없었다. 뭐라 화를 내야 될 것 같은데 목소리마저 나오질 않았다.

말을 해, 정빈우. 이게 무슨 짓이냐고 소리쳐. 뒤늦게 돌아온 이성이 아우성을 쳤다.

"이제 숨 좀 쉬는 게 어때?"

숨을 안 쉬고 있었나? 빈우가 작게 가슴을 들썩였다 내려놓았다. 그 모양을 지켜보던 도훈이 그녀의 코를 가볍게 쥐었다 놓고는 엷게 웃었다.

가슴속에서 뭔가가 자꾸만 콩콩 뛰어다니며 그녀를 설레게 했다.

"난 전력 질주로 뛰어가 네 옆에 서고 싶은데 넌 자꾸 오지 말라고 하지. 그래서 참고, 참고, 또 참았는데 이제 참는 거 그만했으면 좋겠어."

도훈이 정말 마음에 들지 않는다는 듯 또 한 번 이마를 찌푸렸다. 투덜거리는 그를 보니 괜스레 웃음이 나와 빈우가 고개를 숙였다.

두껍게 세워둔 그녀의 마음속 벽을 도훈은 매일매일 조금씩 부서뜨리고 있었다. 그렇게 조금씩, 조금씩 허물어지던 벽이 이제는 거의 남아 있지 않음을 인정하게 된 어느 새벽이었다.

늦은 오후, 1층 원단 공장에 작은 화재가 있었다. 누군가 버린 담배꽁초가 원단 더미에 떨어졌던 모양이었다. 다행히 공장 직원이 금방 발견해 불은 옮겨붙은 지 5분도 되지 않아 진압되었지만 놀란 가슴은 쉬이 가라앉지 않았다. 급한 일은 끝내놓았으니 일찍 퇴근을 하는 게 나을 것 같아 작업실을 정리하기 시작했다.

"괜찮아!"

작업실 문이 열림과 동시에 도훈의 다급한 목소리가 들려왔다. 홈쇼핑 건으로 미팅이 있다더니만 이제 들어오는 길인 모양이었다.

2층으로는 겨우 연기만 조금 올라왔을 뿐이건만 빈우를 이리저리 살피느라 도훈은 여념이 없어 보였다.

"놀랐지?"

놀란 건 사실이지만 그렇다고 말하면 안 될 것 같아 빈우가 고개를 내저었다.

"놀라긴요. 놀랄 새도 없이 꺼졌는데 뭐. 비인 씨는요? 비인 씨 놀랐을 텐데."

"전화로 불났다고 난리법석을 떨더니만 와보니 사무실에 없어. 불이야, 소리 듣자마자 도망갔을 거야."

빈우가 엷게 웃으며 가방을 챙겨 들었다.

"퇴근하려던 참이었어요."

"그랬어?"

시간을 확인하며 잠시 생각을 하던 도훈이 빈우의 손목을 붙들었다.

"그럼 같이 나가자."

"일 아직 안 끝난 거 아니에요?"

"너 바래다줄 시간은 있어."

"바래다주고 다시 사무실로 오려고요? 안 그래도 돼요."

빈우에게로 몸을 기울인 도훈이 그녀를 빤히 바라본다. 함께 퇴근할지도 모른다는 기대를 숨긴 그녀의 마음을 꿰뚫어 보기라도 하려는 듯 집요하고 또 집요한 시선이었다.

"참는 거 그만하고 싶다고 했잖아."

그에게 잡힌 손목이 불에 덴 것처럼 화끈거렸다.

오늘도 빈우의 집은 어둠에 휩싸여 있었다. 동생도 아직 안 들어온 건가. 도훈이 담 너머 그녀의 집을 기웃거렸다.

가방에서 열쇠를 꺼내 들고는 빈우가 거의 들리지 않는 목소리로 뭐라 얘기했다.

"응?"

빈우가 돌아서서 그와 눈을 맞췄다.

"잠깐 들어갈래요?"

도훈의 가슴이 쿵덕쿵덕 소리를 내기 시작했다.

온기가 느껴지지 않는 집 안은 고요했다. 거실로 들어선 빈우가 습관처럼 텅 비어 있는 방을 돌며 전등 스위치를 올렸다. 거실에 선 채로 빈우가 돌아오기를 기다리던 도훈에게 그녀가 다가왔다.

도훈이 궁금증을 잔뜩 품고 있음을 눈치챈 빈우가 억지로 입가를 늘였다.

"가족 없어요, 나."

"그랬구나."

뭐라 말을 해야 할지 몰라 머뭇거리던 도훈이 거실에 놓인 소파로 다가갔다. 사람의 손길이 닿은 지 오래된 가죽 소파는 그가 앉자 삐걱 하며 해괴한 비명을 내질렀다.

"그 소파 먼지 많은데."

빈우가 좀 창피한지 얼굴을 붉혔다.

"변명 같지만 이 집에서 내가 생활하는 곳은 극히 일부예요. 내 방은 깨끗한데 올라갈래요?"

그의 대답도 듣지 않고 돌아선 빈우가 2층으로 올라갔다. 그녀를 따라 올라가는 도훈의 가슴은 좀 전보다 더 거세게 뛰기 시작했다.

조그마한 화장대와 옷장, 침대가 전부지만 그녀의 방은 다른 공간과 달리 아늑했다. 작업실에서 보았던 부케와 조그마한 화분 몇 개가 그 역할을 하고 있었다.

침대에 걸터앉은 도훈에게 빈우가 바나나 우유 하나를 꺼내 건넸다.

"영우가 며칠 전에 장학금 탔다고 먹고 싶은 거 고르라고 그래서……."

1층에서 가지고 올라온 비닐 봉투에서 초콜릿 몇 개와 사탕 봉지를 꺼내놓고 빈우가 웃는다.

사탕을 꺼내 입에 문 빈우의 볼이 볼록했다. 슬퍼 보이면 차라리 위로라도 하겠는데 어찌해야 하는 건지 판단이 서질 않았다.

"묻고 싶은 거 많죠?"

"묻고 싶은 건 많은데 네가 대답하고 싶은 게 있을지 모르겠어."

빈우가 그의 곁에 다가와 앉았다. 다이어리 속에 있던 가족사진을 꺼내어 그에게 보여주며 또 한 번 빙그레 웃는다.

"우리 아빠예요. 6년 전에 돌아가셨어요. 그리고…… 엄마예요. 지금은 아니지만."

"지금은 아니라니?"

"내가 엄마 친딸이 아니었더라고요. 얼마 전에 친생자 소송까지 해서 날 호적에서 파냈어요, 엄마가."

덤덤하게 내뱉으며 빈우가 처연히 웃는다.

"피가 섞이지 않으면 언제든 남이 될 수 있어요. 같이한 세월이 얼마든, 함께한 시간이 얼마든 그 시간쯤은 아무것도 아니에요. 사람은 그렇게…… 잔인하죠."

영화 보던 날, 빈우가 했던 이야기들이 이제야 이해가 간다. 하루아침에 혼자가 되어 느꼈을 막막함과 외로움은, 먼 우주에 홀로 떨어진 영화 속 주인공의 심정과 다르지 않았을 테니까.

"그래도 영우는 내 동생 맞아요. 아빠 아들이니까."

차라리 실컷 울어버리면 시원할 텐데, 늘 그래 왔던 듯 빈우는 손을 가슴 위에 얹고 조용히 울음을 삼켰다.

그동안 얼마나 외로웠을까. 어떤 말로도 빈우를 위로할 수는 없을 것 같았다.

"영우, 멋진 동생이더라."

고개를 주억거리며 영우가 사줬다는 사탕을 또 하나 입에 넣었다.

"미련스럽게 왜 이 집을 못 떠나고 있는지 묻고 싶죠?"

도훈이 고개를 끄덕였다. 궁금했다. 이렇게 큰 집에서 겨우 방 하나만 쓰고 있을 바에야 작고 아담한 집에서 지내는 게 덜 외로울 텐데 말이다.

"영우 어릴 때 아빠가 너무 바빠서 아빠와 시간을 별로 못 보냈어요. 아마 영우는 아빠와의 추억이 별로 없을 거예요. 이 집 아빠가 직접 지으셨거든요. 그래서 영우 주려고요. 이 집 아니면 어디서도 아빠 흔적 찾기 힘들 테니까, 그렇게라도 아빠와의 추억을 공유하고 싶어요."

빈우는 이해를 바라는 표정이다. 도훈이 빈우의 어깨를 두드렸다.

"그래. 잘했어. 정말 잘했어."

이 큰 집에서 행복했던 추억과 아픈 기억을 끌어안은 채 힘들었을 빈우 생각에 도훈은 사실 가슴이 아팠다. 좀 더 일찍 만났더라면 좋았을걸. 그랬더라면 그 얼마간이라도 덜 외로웠을 텐데 싶었다.

"괜찮아요. 이젠 정말 아무렇지도 않아."

빈우가 힘주어 말하며 또 웃었다. 거짓말일 것이다. 그녀의 상처는 하루아침에 아물 수 있는 얕은 상처 따위가 아닌 듯했다. 하지만, 상처로 생긴 흉터는 남을지라도 후유증만은 남지 않도록 도울 생각이었다. 기억은 지울 수 없을 테지만 그 기억 위에 덧입힐 행복은 넘치도록 줄 수 있을 테니 말이었다.

도훈이 빈우의 손을 꼭 잡았다. 마음은 아팠지만 빈우가 자신에게 마음을 열어준 게 너무나 고마웠다.

아무 말 없이 도훈은 빈우의 어깨를 끌어안고 토닥였다.

빈우가 마지막 남은 사탕을 입에 넣었다. 빈우의 입안에서 사탕이 굴러가는 소리가 들린다.

빈우가 아, 하고 작게 낸 신음 소리에 도훈이 고개를 돌렸다. 빈우가 얼굴을 찡그리며 혀를 쭉 내밀었다.

"피난다."

빈우의 혀끝에 가느다란 핏물이 맺혔다.

"이 사탕 잘못 먹으면 혀 베이는데. 깜박했네."

쓰라린지 빈우가 다시 혀를 쏙 내밀었다. 순식간에 그녀의 양 볼을 붙든 도훈이 그녀의 혀를 자신의 입안으로 빨아 당겼다. 놀란 빈우가 그의 가슴을 밀어냈지만 도훈은 그녀를 놓아줄 수가 없었다.

입안에서 비릿한 피 내가 감돈다. 혹시 뱀파이어의 피가 흐르고 있었던 건 아닌지 의심이 들 정도로 황홀한 이 기분을 도훈은 뭐라 설명할 수가 없었다. 그녀의 양 볼을 붙든 채 입술을 떼어내고 긴 숨을 내뱉은 도훈이 속삭였다.

"이제 혼자 아냐. 네 곁에 내가 있을 거니까."

빈우가 고개를 끄덕인다. 도훈이 또다시 그녀의 입술을 찾았다.

그의 가슴을 밀어내던 손이 그의 옷자락을 움켜쥐었다. 행여나 잃어버릴까, 엄마의 손을 꼭 붙든 아이같이 그녀의 손끝에서 간절함이 느껴졌다.

그녀의 손을 붙들고 손가락 하나하나에 입을 맞췄다. 빈우가 고개를 들어 올려다본다. 조금 전보다 안정되고 편안해 보이는 얼굴에 마음이 놓였다.

지금처럼 빈우가 제게서 안식을 찾을 수 있기를 바랐다. 빈우의 고단했던 삶이 저로 인해 쉼을 얻을 수 있기를 도훈은 간절히 바랐다.

❖

사방이 환한 불빛으로 반짝인다.

앉을 자리 하나 없는 포장마차에서, 걸어가는 길목마다 꽉 들어차 있는 사람들에게서 각자의 이야기들이 쏟아져 나왔다. 때로는 거친 고함 소리가, 때로는 흥겨운 함성 소리가 두 사람의 시선을 잡아끌기도 했지만 대부분의 시선은 서로를 향해 있었다.

"왜 이렇게 자랑하고 싶지?"

"뭘요?"

"정빈우를."

도훈의 말이 듣기 싫지 않았는지 고개를 절레절레 흔들면서도 빈우의 입가에는 웃음이 걸려 있다.

"이제부터 매일 너 데리고 다니면서 막 자랑할 거야. 내 사람입니다, 예쁘죠? 하고."

"자꾸 실없는 소리 할래요?"

"할래. 너 이렇게 웃잖아."

빈우는 웃음을 감추지 않았다.

퇴근길, 도훈과 빈우가 저녁을 먹기 위해 나온 참이었다. 그러나 어쩐지 두 사람에게는 저녁 식사는 중요하지 않은 듯 보였다.

뭘 먹을까, 뭐가 좋을까. 마주 잡은 손을 놓지 않은 채 걸었던 길을 걷고, 또 걸었다. 이미 지나간 길이지만 마주치는 사람들이 달랐고 그들이 나누는 이야기는 새로웠다.

"아버지는 엄마가 생명의 은인이라고 늘 말씀하셔. 엄마를 만나지 못했다면 분명 어디서 주먹질이나 하며 사셨을 거라고."

"실은 부동산에서 도훈 씨 아버님 처음 뵙고 무서운 분일 거라 생각했어요. 난생처음 계약서를 쓰는 거라 안 그래도 떨리는데 아버님이 무서운 얼굴로 앞에 앉아 계시니까 손바닥에 땀까지 차오르더라고요."

도훈이 알 만하다며, 어깨까지 들썩거리며 소리 내어 웃었다.

"그런데 너무 좋으신 분이라는 걸 금방 알아챘어요. 이렇게 좋은 아버지가 계신데 아들은 왜 그럴까 그랬죠."

"내가 그렇게 맘에 안 들었어?"

그럴 리가 없을 텐데 라고 중얼거린 도훈은 이유를 알지 못해 무척이나 궁금한 얼굴이었다.

돌이켜 생각해 보면 처음부터 도훈에 대해 왜 그런 오해를 하게 되었는지 알 수가 없다. 음란마귀가 쓰이지 않고서야 어째 매번 제 귀와 눈에만 그렇게 보인단 말인가.

그렇다면 사무실 문을 열었을 때 그녀가 보았던 건 무엇이며, 복도에서 들었던 소리는 무엇이었을까. 궁금했지만 도훈에게 절대로 물어보지는 않을 것이다. 그런 오해를 했었다는 것만으로도 분명 놀림감이 될 터였다.

"첫인상이 썩 좋지는 않았죠. 사이트 문제도 있었고."

"그랬지."

도훈의 목소리가 잦아들었다. 사실 사이트에 관한 부분은 자신이 더 미안해야 하는지도 모른다. 여자 혼자서 사업을 시작한다고 얕잡아보는 거라 생각했다. 그래서 더 도도하게 굴었지만 이내 후회했었다. 그때 도훈이 한 말 중 틀린 말이 하나도 없었다는 걸 그리 오래지 않아 알게 되었으니까.

"내색은 안 했지만 도훈 씨한테 고맙긴 했어요. 이사 들어가기 전 작업실 청소 도훈 씨가 했다면서요."

"왕 실장이 그래?"

"아뇨. 도훈 씨 아버님이요."

"아버지가 그런 이야기를 하셨어? 언제?"

"작업실 페인트칠하던 날, 저녁에 잠깐 들르셨었어요."

그의 아버지는 빈우의 어깨를 토닥이며 랄라플라워라는 상호가 느낌이 좋다며 잘될 거라고 하셨다. 그 말씀 한마디가 빈우에게 얼마나 큰 힘이 되었는지 모른다. 막연한 불안감이 조금은 해소되는 기분이었다.

"우리 아버지 보고 지레 겁먹고 나랑 안 만나줄 줄 알고 걱정했는데."

"난 도훈 씨 아버님이 더 마음에 들었다니까요."

"우리 아버지 엄청 좋아하시겠네."

아버지를 떠올리며 도훈이 빙그레 웃었다. 그런 도훈이 빈우는 너무 부러웠다.

결국 저녁을 먹지 못하고 번화가를 벗어난 두 사람의 발걸음이 동네 어귀에 닿았다. 드문드문 가로등이 켜 있는 골목길은 조금 전 지나왔던 길과는 다르게 모두 잠에 빠져 있는 듯 고요하기만 했다.

빈우의 집으로 가는 골목으로 접어들고 점점 그녀의 집이 가까워진다.

"꽃은 원래 좋아했어?"

"엄마가 꽃을 좋아했어요. 덕분에 어릴 때부터 엄마 따라 꽃시장에 많이 갔었거든요. 생각해 보면 가는 길에 엄마가 사주는 간식이 더 좋아 따라갔던 것 같긴 하지만."

도훈이 쿡쿡 웃는다. 호떡, 아이스크림, 뻥튀기 등 아무리 다시 먹어봐도 지금은 엄마 손잡고 걸어가며 먹었던 그때만큼 맛있지 않은 것들.

"조금 커서는 귀찮다고 안 따라갔어요. 친구들하고 놀러 다니는 게 더 재밌었나 봐요. 그래도 엄마가 며칠에 한 번씩 꽃시장에 가서 신문지에 싸인 꽃다발을 한 아름씩 사오면 또 꽃이냐고 투덜거리면서도 늘 엄마 곁에 앉았어요. 꽃 손질하는 것도 돕고, 화병에 예쁘게 꽂는 것도 돕고요."

그렇게 자연스레 꽃을 좋아하게 되었던 것 같다. 외로워 미칠 것만 같았을 때, 엄마가 가던 꽃시장에 찾아가 하염없이 꽃을 바라보는 것만으로도 위로가 되었던 걸 보면 말이다.

"좋아하는 일 하고 있어서 다행이다."

"살아야 하니까, 좋아하는 일을 해야겠다고 생각했어요."

도훈에게는 왜 자꾸만 힘들었던 그때의 이야기를 하게 되는지 모르겠다. 한숨을 쉬는 빈우의 손을 도훈이 힘주어 잡고는 잘 견뎠다는 듯 따뜻하게 웃어주었다.

"일반 꽃집이 일하기는 편하지 않을까?"

집 앞에 거의 다다랐는데도 도훈은 아직 할 이야기가 많이 남은 모양이었다.

"처음에는 그럴까 생각했는데, 요즘 사람들 다들 너무 바쁘잖아요. 기념일이 아니고서야 일부러 꽃을 사러 가는 건 귀찮은 일이 되었고요. 꽃을 좋아하는 사람들에게는 서브스크립션이 괜찮을 거라 생각했어요."

"탐나는, 좋은 아이템이라고 생각했어. 그래서 도와주고 싶었나 봐. 네가 어떻게 받아들일지 몰라서, 여태껏 말을 하지 못한 게 있는데 말야."

"그게 뭔데요?"

그답지 않게 망설이며 검지로 아랫입술을 문지르던 도훈이 조심스레 말문을 열었다.

"랄라 사이트……."

"스윗에서 만들었어요?"

빈우의 질문에 놀랐는지 도훈이 발걸음을 멈췄다.

"진짠가 보네."

도훈보다 더 놀란 건 빈우였다. 도훈의 말을 막으면서까지 왜 갑자기 그런 걸 물었는지 모르겠다.

스윗에서 만든 사이트와 손 씨 아저씨 조카에게서 받은 사이트는 기본 레이아웃이 거의 비슷했지만 단 한 번도 의심하지 않았다. 그 당시 그런 걸 따지고 비교해 볼 여유 같은 게 없었기 때문일 것이다.

"기분…… 나빠?"

"그런 건 아닌데 내가 너무 한심해서요. 오픈하기 급급해서 그런 것 하나 눈치채지 못하고 깜빡 속았으니……."

"눈치채지 말라고 내가 좀 철저히 막아놨었어. 네가 눈치챘다면 또 다른 방법으로 어떻게든 사이트 쓰게 했을 거야."

도훈이 왜 그렇게까지 해서 랄라 사이트를 주고 싶었던 건지 모르지 않는다. 이 남자는 이렇게 또 미안할 일을 만드는구나 싶어 빈우는 입안이 썼다.

그러나 자신이 미안해하는 걸 도훈이 바라지는 않을 것이다. 빈우가 부러 도훈을 새초롬하게 바라보며 뾰로통한 목소리를 내었다.

"이렇게 당당한 사람이 좀 전에는 왜 말을 할까 말까 망설였던 걸까요?"

"그거야…… 칭찬해 줄 것 같지는 않았거든. 하지만 네가 적당한 대가를 지불한 사이트야. 내가 공짜로 준 건 아니잖아. 그냥 또 다른 사이트 업체와 거래를 한 거라고 마음 편하게 생각해."

여태껏 그랬던 것처럼 수정 사항은 메일로 의뢰하면 되는 일이니 도훈이 말하지 않았으면 끝까지 모를 일이었다.

"근데 왜 이제 와서 다 털어놓는 거예요?"

"랄라플라워를 좀 더 적극적으로 돕고 싶어서."

빈우가 단번에 눈썹을 들어 올리며 거절할 의사를 내비치자 도훈이 픽 웃었다.

"그냥 돕겠다는 거 아냐. 지금처럼 일정수수료 받을 거야. 서로 좀 편하게 하자는 것뿐이니까 부담 갖지 마. 메일로 주고받는 건 한계가 있잖아."

"아, 그럼 이제껏 나랑 메일 주고받은 사람도 도훈 씨예요?"

도훈은 그걸 이제야 알았냐는 표정이다. 손 씨 아저씨와 그분 조카까지 섭외했었다는 건데.

"그럼 손 씨 아저씨 조카라는 그분은 진짜 아저씨 조카가 맞긴

한 거예요?"

"아, 그게……."

"아니군요."

이 사람, 치밀하기가 이루 말할 수가 없다. 어쨌든 그게 다 자신을 위해서였다는 걸 알고 있는데 은혜도 모르는 까마귀처럼 쪼아 댈 수도 없는 노릇이라 빈우는 입을 꾹 다물고 말았다.

"화난 거야?"

"……."

"그땐 어쩔 수 없었어."

"도훈 씨가 어떤 마음으로 그랬는지 알아요. 그래서 더 고맙고요. 하지만 앞으로는 그런 식의 도움 사양할래요."

도훈이 알았다는 듯 고개를 끄덕이다 이내 고개를 흔들었다.

"그래도 적극적으로 돕겠다고 했던 건 철회할 수 없어. 내가 도울 수 있는 건 도울 거니까."

"도훈 씨 같이 유능한 사람이 도와주겠다는데 마다할 생각은 없어요. 하지만 우리 공과 사는 정확히 해요. 아까 도훈 씨가 말했듯 일정수수료는 물론이고 어떤 일이든 계약대로 처리해요."

"계약 되게 좋아해."

도훈이 입술을 삐죽였다.

어느새 그녀의 집 대문 앞에 다다랐다. 툭툭, 구둣발로 땅을 차는 도훈은 뭔가 아쉬운 표정이었다.

"결국 저녁 못 먹었네."

저녁을 먹지 못한 것이 아쉬운 걸까, 헤어짐이 아쉬운 걸까.

"들어가서 라면 먹고 갈래요?"

도훈이 눈빛을 반짝이자 빈우가 쿡쿡 웃었다.

두 사람의 시간은 금방 지나갔다. 라면을 먹고 함께 설거지를 하는 동안에도 두 사람의 대화는 멈추지 않았고, 2층으로 올라와 차를 다 마실 때까지도 대화는 끝날 줄 몰랐다.

도훈이 좀처럼 떨어지지 않는 발을 떼어내며 방문 손잡이를 잡 았다.

"큰일이다."

"뭐가요?"

"자꾸 너 혼자 두고 가기 싫어져서."

"어서 가요."

지그시 빈우의 양어깨를 잡고 있던 손에 힘이 가해졌다. 가고 싶지 않다는 걸 나타내는 무언의 행동.

도훈의 입술이 빈우의 입술에 와 닿았다. 가볍게 끝날 줄 알았 던 키스는 점점 호흡이 가빠질 만큼 거세져 갔다. 빈우의 혀를 휘 감고 뿌리 끝까지 빨아 당기고도 성에 차지 않는 듯 도훈이 낮은 한숨을 내쉬었다.

그의 손이 더듬더듬 빈우의 가슴을 찾았다. 옷 위로 느껴지는 감촉만으로도 심장은 터질 것만 같았다. 입술은 빈우의 입술을 벗 어나 그녀의 목덜미에 닿았고, 이미 통제를 벗어난 손은 조금 더 과감히 그녀의 옷 속을 파고들었다. 맨살에 닿는 낯선 감촉에 빈 우가 흠칫 놀라며 그의 손을 붙들었다.

제발 이대로 멈추라고 하지 말아줘. 그녀를 향해 있는 그의 눈빛이 애타게 외쳤다. 스르르 빈우가 붙들었던 손을 놓자마자 그녀의 뒷목을 붙들어 침대에 눕혔다.

어느새 브래지어는 티셔츠와 함께 위로 올라가 벗겨졌고 부끄러움을 느낄 사이도 없이 도훈이 가슴으로 파고들었다.

"하, 미치겠다."

도훈의 중얼거림에 웃음이 나온다. 그녀의 웃음소리를 들은 도훈이 고개를 치켜들었다.

"난 미치겠는데 넌 지금 웃음이 나온다 이거지?"

"얘기할 정신은 있고요?"

그녀의 말이 떨어지기 무섭게 도훈이 그녀의 가슴을 베어 물었다. 척추를 타고 올라오는 짜릿함에 머리카락이 곤두섰다. 그의 손은 본능을 찾아 움직였다. 깊고 질퍽한 통로를 찾아낸 손가락은 망설이지 않았다. 거침없이 뚫고 들어갔고 본래 자기 자리였던 양 마구 휘저었다. 손가락이 만들어낸 소리가 미치도록 흥분시켰다.

그녀가 신음을 흘리며 다리를 오므렸다. 생경한 느낌에서 오는 거부감 때문이었다. 그만하라고 소리치고 싶기도 했고 계속해 달라 조르고도 싶었다. 참기 힘든 쾌락은 자꾸만 신음 소리를 만들어냈다.

손목을 꽉 쥔 손을 놓는 순간 손바닥과 손가락에 전기가 통하던 느낌, 말로는 설명할 수 없는 그 느낌이 온몸을 강타했다.

그녀의 가슴을 다시금 움켜쥔 그의 손등 위로 남자의 굵은 힘줄이 불끈 솟아오른다. 그리고 조금 전의 환희를 잊지 못하는 그녀의 입구는 더 강한 것을 원하는 듯 움찔거렸다. 그녀가 그의 목을 끌어안자 도훈이 속삭였다.

"이렇게 기대면 되는 거야. 지금처럼."

끝을 알 수 없는 그녀의 깊은 곳으로 향하는 도훈의 얼굴이 쾌락으로 일그러졌다.

부스스 뜬 눈으로 커튼에 가려진 창문 사이를 뚫고 들어오는 희미한 햇살을 멍하니 바라본다. 오늘이 무슨 요일이지? 어제가……. 기억을 더듬던 빈우가 깜짝 놀라 몸을 일으켰다.

침대 옆에 놓아두었던 자명종 시계를 들어 시간을 확인하고는 울 것 같은 얼굴로 중얼거렸다. 이건 꿈일 거야, 종종 이런 꿈 꿨었잖아. 꿈이야 이건.

화장대 위에 놓아둔 휴대폰을 집어 들었다.

07:01

야속하게도 꿈이 아니다.

"웬일이야, 웬일이야. 진짜 미쳤나 봐."

세수를 할 사이도 없이 침대 밑에 떨어져 있는 트레이닝복을 주워 입고 모자를 둘러쓴 후 방을 나섰다. 계단을 뛸 듯 내려가며 영업소로 전화를 거는 빈우의 손은 무척이나 급하기만 했다.

[빈우 씨?]

"사장님, 정말 죄송해요. 제가 지금……."

[몸은 좀 어때? 그렇게 무리한다 싶었다니까.]

한쪽 발에 신발을 끼워 넣고 다른 발 마저 끼워 넣으려던 빈우가 멈춰 섰다. 분명 사장님의 고함 소리가 먼저 들려올 거라 생각했다. 그러나 뜻밖에도 사장님의 목소리에는 걱정이 듬뿍 담겨 있었다.

"몸…… 이요?"

[아직 도착 안 했지?]

"누가요?"

[차로 배달하면 아무래도 시간이 좀 더 걸리니까. 어쨌거나 빈우 씨 애인 참 탐나더라. 사람이 어찌나 서글서글하던지. 빈우 씨 애인만 아니면 우리 딸 소개시켜 주고 싶더라니까. 허허허. 몸조리 잘하고 푹 쉬어.]

빈우가 인사를 할 틈도 없이 전화는 끊어졌다.

쾅.

거실 한가운데 서서 사장과의 통화 내용을 곱씹어보던 빈우가 대문이 열렸다 닫히는 소리에 고개를 마당 쪽으로 돌렸다.

늦잠으로 인해 달아났던 이성이 서서히 돌아오고, 불현듯 어젯밤 일이 한 조각 머릿속을 스쳤다. 집요하게 자신을 향해 있던 도훈의 눈빛과 낯선 신음 소리, 흘러내리던 굵은 땀방울…….

얼굴이 달아올라 고개를 숙인 그녀 앞에 검은 그림자가 드리웠다.

"일어났어?"

현관문을 열고 들어와 신발을 벗고 곧장 주방으로 향하는 도훈의 행동은 자기 집인 것처럼 무척이나 자연스러웠다. 냉장고 문이 열렸다 닫히는 소리가 들리고, 컵에 조르륵 물을 따르는 소리가 들린다. 물이 목구멍을 타고 내려가는 소리에 빈우가 꿀꺽 마른침을 삼켰다.

"캬아. 시원하다."

저벅저벅. 도훈이 자신을 향해 걸어온다. 어찌 된 건지 물어봐야 하는데, 어쩐지 얼굴을 들어 그를 마주하기가 창피했다.

그와의 밤은 너무나 갑작스러웠다. 정신을 차릴 수 없을 만큼 과감한 도훈의 행동에 당황했던 것도 사실이었다. 하지만 그의 손길은 거부할 수 없을 만큼 따뜻하고 달콤했다. 그와 함께라는 것만으로도 그 밤은 빈우에게 충분히 아름다웠다.

"잘 잔 거야?"

상쾌한 아침 냄새가 그에게서 풍겨져 왔다. 어떤 표정을 짓고 그를 바라봐야 할지 금방 판단이 서질 않는다.

"어디 불편해? 혹시 밤새 내가 너무 괴롭혀서……."

"아, 아니에요."

어젯밤 일을 이야기하는 게 부끄러워 빈우가 급히 그의 말을 막았다. 이 사람은 어쩜 이렇게 아무렇지 않단 말인가.

"어떻게 된 거예요?"

도훈과 눈을 마주치는 게 어색해 그의 티셔츠 가슴 언저리에 있는 단추만 바라보며 빈우가 물었다.

"어떻게 되긴. 잠꾸러기 아가씨가 아무리 깨워도 안 일어나길래 내가 다녀온 거지."

"내가 안 일어났다고요?"

발끈한 그녀가 고개를 들자 뭔가 마음에 들지 않는지 도훈이 미간을 좁혔다.

"왜요?"

손을 뻗어 빈우의 모자를 벗겨내 저만치 던져두고는 도훈이 한쪽 입꼬리를 스윽 올렸다.

"이제야 제대로 얼굴 보여주네."

도훈이 빈우를 품에 안고 그녀의 등을 가만가만히 쓸어내렸다. 그의 가슴에 기댄 빈우가 미안함으로 웅얼거린다.

"정말 깨웠는데 안 일어났어요?"

어떻게 깨웠기에 아무런 기억이 없는 걸까. 아침에 못 일어난다고 엄마에게 등짝 꽤나 맞았었는데, 착한 이 남자는 딱 한 번 흔들고 말았나 보다.

바르작대는 빈우의 머리를 붙들고는 도훈이 더 세게 그녀를 품에 안았다.

"알람 소리도 못 들었는데."

"알람 울리기 전에 내가 껐거든."

빈우가 얼굴을 찡그리며 그의 품에서 빠져나왔다.

"왜 그랬어요."

"너무 곤하게 자고 있어서 깨우기 싫더라고."

"이런 거 부담만 된단 말이에요."

새벽마다 운동 중이라는 핑계로 깨어 있는 그를 보는 것만으로도 빈우는 충분히 부담스러웠다. 더 이상은 자신 때문에 도훈이 힘들어지는 걸 원하지 않았다.

"미안해서 그랬어."

"뭐가요?"

"내가 잠들만 하면 깨우고, 잠들만 하면 깨우고 그랬잖아."

빈우가 또 한 번 얼굴을 붉혔다. 아무렇지 않은 척하고 싶은데 저도 모르게 붉어지는 얼굴에 짜증이 인다. 그래서 부러 목소리를 높이며 고개를 치켜들었다.

"나 체력 좋아요. 잠 조금 못 잤다고 어떻게 되지 않아요. 그리고 잠 못 잔 건 도훈 씨도 마찬가지잖아요."

"네가 내 품에 있는데 어떻게 잠이 오겠어. 그건 어차피 불가능한 일이었어."

마음이 스르르 풀어진다. 고생했다, 고맙다는 말이 목구멍을 치고 올라오려는 순간 꿀꺽 마른침을 삼키며 참아내고는 마음에도 없는 뾰족한 얼굴을 해 보였다.

"앞으로 다시는 이러지 말아요. 나 정말 하나도 안 고맙다고요."

"오케이. 꼭 깨울게. 아니, 알람 안 끌게. 됐지?"

선서라도 하듯 손바닥을 펴 보이고는 도훈이 씩 웃어 보인다.

"나 옷 갈아입고 온다. 천천히 준비하고 나와. 알았지?"

빈우의 볼을 살짝 매만지고 도훈이 돌아섰다. 현관문을 열고 도훈이 나가자 빈우가 풀썩 거실 바닥에 주저앉았다.

그의 품이 따뜻하고, 함께 있는 것이 즐거운 건 부인할 수 없는 사실이었다. 너무 빠르게 그에게 빠져 버린 제 자신에게 이젠 겁이 나기도 했다.

도훈이 어떤 마음으로 새벽 배달을 대신 나갔을지 안다. 하지만 이렇게 하나, 둘씩 그의 행동들을 당연하게 받아들이면 안 될 듯싶었다. 그 끝이 어떨지는 겪어보지 않아도 뻔하니까.

게다가 도훈은 누구보다 바쁘고 일이 많은 사람이었다. 밤을 새우는 일이 다반사인 걸 이미 알고 있지 않은가.

"이제 그만해야겠어."

도훈이 자신 때문에 몸이 피곤해지는 걸 더 이상 볼 수는 없을 것 같아 빈우는 큰 결심을 해야 했다.

"새벽 배달 그만두기로 했어요."

빈우가 건네는 샌드위치를 받아 들던 도훈이 놀란 듯 그녀의 얼굴을 빤히 바라봤다. 새벽 배달을 그만두길 그 역시 간절히 바라고 있었지만 이렇게 빨리 이루어질 거라고는 예상치 못했기 때문이었다.

그러나 대놓고 잘됐다며 박수를 칠 수는 없는 노릇이니 도훈은 살짝 돌아가기로 했다.

"나 때문에 잘렸어?"

당연히 그럴 일은 없을 것이다. 자신의 이야기 몇 마디에 영업소 사장은 단번에 자신을 마음에 들어 했고 우유까지 손수 따주며 종종 놀러 오라고 했으니까.

"왜요? 오늘 뭐 잘못했어요?"

"그럴 리가. 혹시나 해서 묻는 거지."

"내가 그만둔다고 했어요. 이제 일에만 집중해야 할 것 같아서요."

잘 섞인 커피를 괜히 휘저으며 눈을 마주치지 못하는 걸 보니 그게 이유는 아닌 듯 보였다.

"몸 안 좋아?"

"내가 얘기했죠? 나 체력도 좋고 건강해요. 그런 걱정은 안 해도 돼요. 아무튼 내일부터는 새벽에 일어나지 말아요. 나 데리러 오지도 말고요. 푹 자고 일어나서 어머님이 해주시는 아침 먹고 여유롭게 출근해요. 이렇게 사무실에서 부실하게 먹지 말고."

시간이 많지 않아 대충 준비했다며 미안한 얼굴로 샌드위치를 내밀 때부터 뭔가 수상쩍더라니. 새벽에 일어나는 자신이 걱정되어 새벽 배달을 그만둔 모양이었다. 빈우가 새벽 배달을 그만둔 건 너무 잘된 일이지만 이른 시간에 그녀를 만나지 못하는 건 좀 아쉬웠다.

"알았어."

아쉽지만 빈우를 푹 재우고 출근길에 데리러 가는 선에서 만족해야 함을 아는 도훈이 알았다며 고개를 끄덕였다.

"커피 더 줘요?"

커피머신으로 걸어가는 빈우의 걸음걸이가 좀 불편해 보인다. 너무 몰아붙였나.

불편함을 왜 여자만 느껴야 하는 건지, 남자도 느낄 수 있다면 이런 순간에 빈우를 안고 싶다는 생각은 안 할 텐데. 이런 자신이 짐승 같다.

"내가 할게. 앉아 있어."

커피머신 앞에 선 빈우의 어깨를 지그시 잡아 다시 자리에 앉혀 두고 커피를 따라 그녀의 손에 쥐어주었다.

지금 보니 앉아 있는 것도 어딘가 어색해 보인다. 엉덩이에 힘을 주어 바닥과 살짝 떨어뜨린 것 같은. 아, 정말 어젯밤 자신은 짐승이었던 모양이다.

미안했지만 그런 마음을 갖고 있다는 걸 계속 내색할 수는 없었다. 다시는 빈우를 안지 않겠노라 다짐할 자신은 절대 없으니 말이었다.

빈우가 생각난 듯 가방에서 곱게 접어둔 종이를 꺼냈다. 무슨종이인지 궁금해진 도훈이 고개를 기울이자 그중 한 장을 도훈의손에 들려주었다.

"한번 읽어봐요."

"이게 뭔데?"

'서약서'라고 쓰인 동글동글한 빈우의 글씨체가 눈에 들어온다. 내용을 읽어 내려가던 도훈이 뭔가 마음에 들지 않는 듯 미간을 좁혔다.

1. 자신의 일이 우선! 서로를 위해 헌신하려 하지 말자.

2. 나는 나, 너는 너! 서로의 생각이 늘 같을 수 없음을 잊지 말자.

3. 이별은 깔끔하게! 책임을 서로에게 묻지 말자.

이별은 깔끔하게? 연애를 시작하는 시점에 이별까지 생각하는여자를 어떻게 받아들여야 하는 걸까. 저절로 찡그려지는 얼굴을감추지 않고 도훈이 빈우를 바라봤다.

"이걸 왜 쓴 건데?"

빈우가 어깨를 으쓱인다.

연애라는 걸 시작하자마자 선을 그어버리는 빈우의 마음이 읽

혀져 가슴 끝이 따가웠다.

"좀 웃기죠? 나도 그런 것 같긴 해요."

"알면서 이런 걸 썼단 말야?"

도훈이 속상한 마음을 숨기고자 부러 퉁명스럽게 내뱉었지만 빈우는 신경 쓰이지 않는 듯 보였다.

"웃기겠지만 그래도 지켜주길 바라요. 홈페이지 같은 일이 다시 생기지 않길 바라는 마음으로 쓴 서약서니까요."

"일방적인 서약서는 그 효력을 발휘할 수 없는 게 일반적이야."

그런 게 어디 있느냐, 한 소리 들을 줄 알았는데 어째 빈우가 잠잠했다. 잠시 생각하는 듯 아랫입술을 깨물던 빈우가 이내 어깨를 으쓱이고는 동의하듯 고개를 끄덕였다.

"그럼 대신 한 가지만 부탁할게요. 내가 이런 걸 쓴 이유에 대해 진지하게 생각해 줘요."

다 줘도 아깝지 않을 것 같은데 빈우는 아무것도 받지 않겠다고 한다. 하지만 처음 빈우의 그런 모습이 제 호기심을 자극했고, 결국에는 사랑하게 했음을 알고 있는 도훈은 작은 한숨만 내쉴 뿐이었다.

"알아, 네 마음. 하지만 너도 약속해. 내가 너에게 뭐든 해주고 싶어하는 이유, 알고 있잖아. 그런 내 마음도 잊지 말고 기억해 줘. 그다음은 뭐든 마음이 시키는 대로 하는 거야."

기대고 싶을 때, 뭔가를 부탁해야 할 때 아무렇지 않게 자신을 떠올리길 도훈은 바랐다. 그렇게 늘 서로를 떠올리는 연인이었음 했다.

"그리고 또 하나. 너와 나의 끝에 헤어짐이 있을지도 모른다는 의심이 있었다면 난 이 사랑 시작하지도 않았어. 그러니 앞으로는 책임 따위의 말은 절대 안 하는 거야."

빈우는 도훈의 말에 어떤 대답도 하지 않았다. 그저 늘 뭔가를 깊이 생각하던, 새까만 밤바다 같던 눈동자가 잔잔하게 일렁일 뿐이었다.

당장 빈우에게서 같은 마음임을 확인하고 싶었지만 도훈은 생각할 시간을 주기로 했다. 빈우의 표정이 그래야 할 것만 같았다.

왠지 어색해진 분위기에 말없이 커피를 홀짝거리던 도훈이 작게 헛기침을 하며 자리에서 일어섰다.

"흠흠, 오늘 바빠?"

"……꽃바구니 예약 있어요."

그를 따라 일어선 빈우가 도훈의 옆을 지나쳐 작업대로 걸어갔다. 조용히 그녀의 뒤에 서서 빈우의 작은 어깨를 끌어안고 도훈이 깊은 숨을 들이마셨다. 빈우의 체취가 속상함으로 따가웠던 가슴을 어루만진다.

"저 벽 허물고 싶다. 하루 종일 눈으로라도 널 담을 수 있게."

그녀의 시선이 작업실과 도훈의 사무실 사이를 막아놓은 벽으로 향한다. 빈우 역시 똑같은 바람을 갖고 있는 걸지도 모른다는 생각에 도훈이 입가를 늘였다.

작은 창으로 불어오는 바람이 따뜻한 아침, 그 바람을 맞으며 두 사람은 오래도록 그렇게 서 있었다.

4. 차정민, 너 죽었어!

택시에서 내려선 비인이 호텔 안으로 들어갔다. 꽤 늦은 시간이라 조용한 실내에 또각또각 그녀의 하이힐 소리가 울려 퍼졌다.

칵테일바 입구에 들어서자 웨이터가 다가와 누구를 찾는지 물었다. 잠시 내부를 둘러보던 비인이 금세 누군가를 발견하고는 웨이터에게 괜찮다는 손짓을 해 보였다.

뭐가 저리 괴로워서. 구석진 자리에 앉은 남자의 옆모습에 비인이 입을 삐죽 내밀었다.

"안녕하세요?"

칵테일 잔을 입으로 가져가던 남자가 고개를 틀어 그녀를 바라봤다. 이미 많이 마신 듯 남자는 몹시 흐트러져 있는 상태였다.

"오셨네요. 늦었는데 오시라고 해서 죄송합니다."

"그러게요. 실례라는 걸 영 모르시는 분인가 했네요."

슬쩍 비꼬아보았지만 남자의 표정에는 별다른 변화가 없었다. 어깨를 한번 으쓱인 비인이 남자와 마주 앉았다.

캡슐 모양인 의자가 마음에 들지 않았다. 어느 자세로 앉아도 예쁜 모양새로 보이기 힘든 의자였다. 살짝 얼굴을 찌푸리며 의자에 앉은 비인이 웨이터를 향해 손짓을 했다. 남자가 주문한 칵테일이 어떤 건지 확인하지도 않고 같은 걸로요, 했다. 뭘 마신들 맛이 있을 것 같지는 않았다.

"좋아하는 여자가 있었어요. 예쁜 아이였죠. 밝고 착한."

비인이 의자에 앉기가 무섭게 남자가 입을 열었다. 되게 급했던 모양이었다.

이럴 때 당황하면 손해 보는 건 자신이라는 걸 안다. 비인이 느긋하게 보이기 위해 상체를 쿠션에 기대었다.

그러나 실내가 어두운 탓에 멀어진 남자의 얼굴이 잘 보이지 않았다. 하는 수 없이 다시 몸을 일으켜 자세를 고쳐 앉은 비인이 무릎을 포개며 얼굴을 찡그렸다. 뾰족한 하이힐 굽이 정강이를 찌른 탓이었다. 정강이를 손바닥으로 문지르며 정민에게 물었다.

"혼자 좋아했나 봐요? 짝사랑?"

"아뇨! 그 아이도 날 좋아했습니다."

남자가 억울한 표정을 지어 보인다. 거참, 내가 뭐랬다고. 이혼한 와이프 이야기는 아닌 듯 보였다. 여자관계가 꽤나 복잡했나 보네.

"서로 좋아했으면 해피엔딩이었을 텐데 지금 이 자리에 있다는 건 그러지 못했다는 얘기겠죠? 왜요? 두 사람에게 무슨 문제가 있었나요?"

"제 감정을 한 번도 제대로 표현하질 못했습니다."

"어머, 찌질했군요."

비인이 또 한 번 비꼬아 남자를 자극했다.

"네. 난 찌질하고 비겁했습니다."

이런 반응을 원한 건 아닌데. 남자가 자책하듯 자신의 머리를 헝클어뜨리고는 독해 보이는 칵테일을 들이켰다. 괜히 미안한 마음이 들어 비인이 안주로 나온 땅콩 하나를 집어 남자에게 건넸다.

"그 아이 아버지가 돌아가시고 나서 얼마 지나지 않아 완전히 무너지더군요. 정말 힘들어 보였어요. 그때 그 아이의 손을 잡아 줬어야 했는데……."

비인이 먹으라고 준 땅콩을 남자가 두 손가락으로 꾹 눌러 부숴 버렸다. 땅콩 가루가 테이블 위에 어지럽게 흩어진다.

뭐라고 말을 하려던 비인이 입을 꾹 다물었다. 지금 이 남자가 말하는 여자가 누구인지 슬슬 감이 오기 시작한다.

며칠 전 관심 좀 가져 달라고 사정을 해도 제 사생활에 간섭을 하지 않던 도훈이 차정민이라는 사람은 정리를 하는 게 좋을 것 같다고 했다. 지난번 보았던 다이어리 속 사진도 그렇고, 도훈까지 이야기를 꺼내는 걸 보면 빈우와 크게 관련이 있는 게 분명했다.

"그쯤 난 멍청하게도 날 좋아하던 조건 좋은 여자의 유혹에 넘어갔어요. 아이가 생겼고 감추기 위해 서둘러 유학을 떠나야 했죠. 결혼식조차 아무에게도 알리고 싶지 않을 만큼 그 상황이 싫었지만 아이 때문에 어쩔 수 없었어요."

어쩐지 이 사람의 이야기를 끝까지 들으면 안 될 것 같다는 생각이 든다. 열이 확 받는 게 이 사람을 한 대 칠 것도 같았기 때문이었다.

"결혼을 했는데도 그 여자가 계속 생각나던가요?"

"아내를 안을 때마다 난 그 여자를 떠올렸어요. 그 여자와 입을 맞췄고 그 여자의 몸을 만졌죠. 그렇게 사랑하지도 않는 아내를 매일 안았습니다."

이런 개망나니 같은!

"미친놈이었네요."

"후…… 정답이네요. 미친놈."

아버지는 어쩌자고 이런 최악의 선 자리에 날 내보낸 걸까. 어쩐지 일이 요상하게 꼬인다 싶더라니.

"결국 전부인이 눈치챘고! 그래서 이혼했겠군요."

"정답."

"아씨, 나 오늘 정답률 되게 좋네."

붉은색이 감도는 칵테일을 단숨에 마셔 버린 비인이 목구멍이 타들어가는 고통에 목을 움켜쥐었다.

"컥."

남자가 물컵을 내밀었다. 이렇게 독한 줄 알았으면 똑같은 걸 시키는 게 아닌데.

경영에 대해 잘 모르지만 꽤나 능력이 있는 남자라고 했다. 이혼하기 전, 처가의 회사를 성장시키는 데 엄청난 공을 세웠다는 그 남자가, 자신을 찌질하고 비겁하다 못해 미친놈이라고 말하는 이 사람이 맞나 싶다.

비인에게 결혼이란 그저 하나의 도구에 지나지 않았다. 아빠의 사업을 도와줄 도구, 자신의 안정적인 삶을 영위해 줄 도구.

아무리 그렇다 해도 선 상대의 비하인드 스토리를 들어줄 정도로 자신이 너그럽지는 않다는 걸 이 남자는 모르는 모양이었다.

난 정말 결혼해 살면서 사랑할 수 있는 사람이면 그걸로 충분하건만.

"오늘 나한테 이런 이야기를 한 이유는 대충 알겠어요. 비겁하고 찌질한데다 미친놈이기까지 한 차정민 씨는 그 여자를 아직 잊지 못했어요. 하지만 여전히 비겁하고 찌질한데다 미친놈이기 때문에 조건 좋은 여자와 다시 결혼해서 앞날도 보장받고 싶은 거죠."

정민의 표정에 처음으로 변화가 생겼다. 내가 너무 정곡을 찔렀나?

"똑같은 이유로 다시 이혼할 생각 없습니다. 어차피 서로의 조건을 보고 하는 결혼이니 그런 일로 왈가왈부하지 않길 바랐습니다."

"다시 결혼을 하더라도 그 여자는 잊을 생각이 없는 거군요?"

정민은 대답하지 않았다. 무언의 긍정?

"그렇다면 그 여자와 다시 시작하지 그래요? 그게 낫지 않겠어요?"

묻고 나니 도훈에게 미안해졌다. 그래도 이 남자의 생각을 알아야 했다. 지피지기면 백전백승이라고 하지 않았던가.

"그럴 수는 없습니다."

"왜죠?"

"나에게는 과분한 사람입니다."

"주제를 알아 다행이군요."

남자가 반쯤 풀린 눈으로 비인을 바라봤다. 이혼 경력만 빼면 외모도, 능력도 어느 한군데 빠지지 않는 사람이기에 이번에는 진심으로 결혼을 고려하고 있었다. 하지만 아무리 조건을 보고 하는 결혼이라 해도 이건 정말 아니다.

"이런 저와 결혼하실 수 있으시겠습니까?"

이 사람 뭐래니?

얼굴을 와락 구긴 비인이 남아 있는 칵테일을 입에 털어 넣고는 술잔을 쾅 하고 내려놓았다.

"머리 꽤 좋다고 들었는데 이쪽으로는 영 안 돌아가나 봐요."

비인의 말을 이해하지 못한 정민의 눈이 가늘어졌다.

어찌 되었든 간에 조건 맞는 남자와 결혼만 하면 되는 여자로 봤다면 오산이다. 이제부터 생각을 바꿀 거거든.

"결혼을 하는데 사랑이 필요하다고 생각하지 않았어요. 아빠가 원하는 조건에 맞는지가 더 우선이었죠. 하지만 아무리 조건이 맞고 외모가 출중해도 딴 여자를 생각하며 날 안을 남자는 사양하고 싶네요."

비인이 자리에서 일어서자 감길 것 같은 눈을 부릅뜨며 비인의 움직임을 좇았다. 불편했던 의자에서 일어서니 허리며 다리까지 뻐근하지 않은 곳이 없다. 날씬한 허리에 손을 올린 비인이 정민에게 보란 듯 허리를 돌려대기 시작했다.

"어우, 시원해."

그의 시선이 따라붙는 게 느껴진다. 어쨌든 아쉽긴 했다. 엉덩이는 정말 내 스타일이었는데.

"차정민 씨, 결혼, 아니, 재혼 포기하죠?"

"무슨……."

정민 가까이 고개를 숙인 비인이 입술을 비틀며 그의 귀에 속삭였다.

"이제 선 자리 같은 거 안 들어갈 것 같거든요. 내가 그렇게 만들 거니까."

❖

영우가 작업실에 들르는 횟수가 잦아졌다. 말로는 배송해 주려고 온 거라 했지만 어째 분위기가 감시자의 느낌이다. 시도 때도 없이 작업실에 드나드는 도훈을 향한 영우의 눈초리가 심상치 않았다.

빈우가 잠시 작업실을 비운 사이 두 남자의 은근한 기 싸움이 시작되었다. 영우 정도는 상대가 되지 않는다고 도훈은 생각했지만 빈우의 동생이니 나쁘게 보일 필요가 없다는 판단으로 얼굴에 만들어놓은 미소를 지우지 않았다.

박스에 테이핑을 하고 있는 영우 앞에 도훈이 슬그머니 가위를 들고 섰다. 영우가 한쪽 면에 테이프를 길게 붙이자 도훈이 냉큼 잘라내고는 잘했냐는 듯 씨익 웃는다. 그런 도훈을 영우가 못마땅한 얼굴로 힐끔 보며 또 다른 박스를 집어 들었다.

내려놓았던 가위를 다시 들어 손가락을 집어넣은 도훈이 테이프 자를 준비를 하며 고물상 아저씨같이 가위질을 해 보인다.

"요즘 대학생들 기말고사 기간이지? 시험은 잘 봤어?"

"우리 누나."

시험 잘 봤냐는 질문에 대한 대답이 우리 누나? 도훈이 눈썹을 들어 올리며 영우가 내뱉을 다음 말을 기다렸다.

"우리 누나 아프게 하면 지구 끝까지라도 쫓아가서 죽여 버릴 겁니다."

누나에 대한 애정이 남다르다는 건 알고 있었으나 이 정도일 줄은 몰랐다. 기껏해야 사랑하느냐 혹은 결혼할 거냐 정도를 물을 거라 생각했건만 영우의 말은 전혀 상상 밖의 것이었다.

그러나 중간의 모든 걸 생략하고 이런 말을 한다는 건 어쨌든 인정하겠다는 것이니 그리 나쁠 것도 없다.

"오케이! 좋네. 이렇게 든든한 처남이 있으니."

어이가 없다는 듯 이마를 찌푸리는 영우를 보며 껄껄 웃던 도훈이 영우의 어깨에 팔을 둘렀다.

"걱정 마. 빈우 아파하는 거 보는 게 죽기보다 더 싫은 사람이 나니까."

진심이 묻어나는 도훈의 목소리에 영우가 미미한 미소를 지었다. 그러나 작업실 문이 열리는 소리에 언제 그랬냐는 듯 미소를 지우고는 그의 팔을 풀어냈다.

내내 신경전이 오고 갔지만, 계속 이어진 두 사람의 박스 테이프 작업은 한 치의 오차도 허용하지 않을 만큼 환상적이었다.

"안녕하세요. 송해선 씨 계십니까?"

영우의 인사에 피부 관리실 안에 있던 사람들의 시선이 집중되었다. 민망함에 잠시 멈칫거리던 영우가 꽃다발이 든 상자를 어디에 놓아야 할지 몰라 두리번거렸다. 누군가를 부르는 목소리가 들리고 가운을 입은 여자가 모습을 드러냈다.

"여자가 올 거라고 하더니. 거기 아무 데나 놓고 가세요."

귀찮다는 표정이 역력한 얼굴로 잡지책이 아무렇게나 널브러진 소파를 가리켰다.

"이용해 주셔서 감사합니다. 안녕히 계세요."

영우가 허리를 숙여 인사를 하고 그곳을 빠져나올 때까지 여자는 꽃이 든 박스로는 시선 한번 주지 않았다.

고객이 박스를 열어 꽃다발을 확인하고 좋아하는 모습을 보고 돌아올 때 빈우는 가장 행복하다고 했다.

영우는 누나가 아니라 자신이 배송을 온 게 다행이라는 생각이 들었다. 지금 저 고객이 보여준 반응은 분명 누나의 기운을 빠지게 하는 일일 테니 말이었다.

"뭐야. 왜 저런 젊은 애가 배송을 와. 그 여자가 오면 욕 좀 시원하게 해주려고 했더니.

살짝 열린 문틈으로 피부 관리실 안 여자들의 목소리가 흘러나온다.

"그러게. 서진이 알면 실망하겠다."

"얼마나 대단한 여자가 서진이네 부부를 갈라놨는지 궁금했는데 김샜네."

"진짜 이혼할 줄은 몰랐어. 서진이가 남편을 얼마나 사랑했는데."

"서진이 전남편이 많이 잘났잖아. 얼굴값 하는 거지 뭐."

"이 꽃다발 만드는 여자랑 바람피운 거 확실하대?"

"확실하대. 그러니까 이혼했지."

지금, 저 사람들이 지칭한 여자라는 이가 설마 누나는 아니겠지? 그럴 리 없다. 제가 아는 누나는 절대 그런 사람이 아니니까.

영우는 빈우를 생각하면 마음이 늘 무거웠다. 아버지가 돌아가셨을 때 영우는 겨우 중학생이었다. 아무것도 몰랐던 영우는 잠시 할머니 집에서 지내다 엄마가 맘을 추스르면 살던 집으로 돌아갈 줄 알았다. 하지만 돌아가지 않았고 그렇게 긴 시간이 지났다.

군대 가기 전, 누나와 함께 살자고 엄마를 설득했지만 엄마는 꿈쩍도 하지 않았다. 당연히 그 이유에 대해서도 말해주지 않았고.

그런 엄마를 이해할 수 없었다. 엄마와 빈우의 관계가 회복되지 않는 한 영우 또한 엄마와 벌어진 틈을 좁히긴 힘들 터였다.

군대 동기들과의 약속이 있었으나 도저히 그냥 갈 수가 없었다.

못 갈 것 같다는 문자를 남기고 빈우의 작업실로 향했다.

혹시나 눈치 빠른 누나가 눈치챌까 싶어 숨을 고르며 작업실 문을 열었다. 배송 후 약속이 있어 곧장 가야 한다고 했던 영우가 다시 작업실에 나타나자 빈우가 의아한 얼굴을 했다.

"왜? 약속 있다더니."

"약속 취소됐어."

"그럼 집에 가서 쉬지. 피곤한데."

늘어놓은 꽃다발에서 적당한 꽃을 골라 부케를 만드는 빈우의 손길이 분주했다. 빈우 곁으로 다가간 영우가 괜히 꽃송이를 만지작거렸다.

"누나 좋아 보이네."

"그래?"

좋아 보인다는 말이 기분 좋은지 빈우가 씽긋 웃는다. 색을 잃어버려 전에는 웃어도 웃는 것처럼 보이지 않던 빈우의 얼굴에 생기가 돌았다. 그 이유야 민 대표 때문일 테지. 더 겪어봐야 하겠지만 같은 남자가 보기에도 도훈은 꽤 괜찮은 남자 같았다.

"잘해줘?"

영우의 밑도 끝도 없는 질문에 빈우는 그저 웃기만 했다. 누구라 칭하지 않았는데도 그냥 떠올리는 것만으로도 행복한 모양이었다. 그런 빈우를 보니 한결 마음이 놓인다.

"너, 너무 시간 많이 뺏기는 거 아냐? 나야 너 자주 보니까 좋지만."

"시험 끝났는데 뭐. 내일 올게."

"가려고? 저녁이나 같이 먹고 가."

영우가 작업실 문을 향해 고갯짓을 해 보였다. 그곳에는 문 사이로 고개를 내민 도훈이 있었다.

"방해할 생각 없어."

"뭘 방해해?"

성큼성큼 걸어와 그들 사이에 선 도훈이 궁금한 얼굴로 두 사람을 번갈아 바라봤다. 잔뜩 구겨진 와이셔츠에 매듭이 한 뼘이나 내려간 넥타이. 꼴이 영 아닌 도훈의 얼굴에 영우가 눈을 가늘게 떴다. 어느 때는 한없이 어른 같다가도 이럴 때 보면 누나를 맡겨도 되나 싶을 정도로 허술해 보인다.

작업실 안으로 들어오는 도훈에게 가볍게 고개를 숙여 보이고 영우가 가방을 둘러멨다.

"어디서 노숙이라도 하셨습니까?"

까칠한 영우의 말투에도 도훈은 빙긋 웃었다.

"30시간 눈 뜨고 있으면 이렇게 돼. 그런데 지금 내 꼴이 중요한 게 아니야. 영우, 가방 내려놓고 이것 좀 봐봐. 빈우도."

도훈이 랄라플라워 사이트를 띄워놓은 태블릿 PC를 영우에게 건넸다.

"사이트 SEO 작업을 좀 하려고."

작업대에 기대섰던 빈우가 몸을 일으켜 영우의 손에 들린 태블릿 PC를 바라봤다.

"그게 뭔데요?"

"검색 엔진에서 검색했을 때 상위에 나타나도록 관리하는 걸 말해. 검색 결과가 상위에 링크되는 게 아무래도 유리하니까. 사이트를 대표할 수 있는 핵심적인 키워드를 두세 개 만들어야 하는데, 어떤 게 좋겠어? 첫 번째로 클릭할 만한 매력적인 제목이어야 하니까 신중하게 생각해 봐. 영우, 벌써 생각하고 있는 거야?"

SEO에 대해 설명하는 그를 멍하니 보고 있던 영우가 자신을 향한 물음에 그제야 정신을 차리고는 흐흠 헛기침을 했다. 엄청 허술할 것 같은데 이럴 때 보면 도훈은 영락없는 사업가였다.

그다지 크지도 않은 업무관리 프로그램 전문 업체인 데에 비해, 스윗소프트웨어에서 프로그램 관리를 하는 회사들의 규모는 그만 그만한 중소기업 수준이 아니었다. 선호도가 꽤 높은 홈쇼핑 업체뿐만이 아니라, 우리나라 정수기 렌탈 1위 업체까지 스윗소프트웨어에서 만든 프로그램을 사용하고 있다는 것을 듣고 영우는 실로 놀라지 않을 수 없었다.

그런 실력 있는 업체에서 랄라플라워를 돕고 있다는 게 영우는 내심 기뻤다.

"지금 당장 생각해 내라는 건 아니죠?"

"어허, 대학생. 척하면 척하고 나와야 하는 거 아닌가?"

"제가 건축학도라서. 아무튼 알겠습니다. 열심히 생각해 보죠. 누나, 갈게. 내일 배송도 내가 할 거니까 누나가 가지 말고 기다리고 있어."

두 사람에게 인사를 하고 작업실을 빠져나온 영우의 발걸음이 좀 전보다 가벼웠다. 빈우 곁에 든든한 도훈이 있어 정말 다행이라고 영우는 생각했다.

❖

"민 대표, 이거 봤어?"

비인이 자신의 컴퓨터 화면을 가리키며 도훈을 불렀다. 포털 사이트 개인 블로그에 올라온 글이었는데 제목부터가 심상치 않았다.

—최악의 플라워 서브스크립션, 랄라플라워.

"오늘 올라온 글인데 밑에 덧글 좀 봐봐. 거의 악플이야. 이거 고의적으로 올린 것 같아."

스크롤바를 내려 글을 확인하던 도훈이 엉망이 되어 있는 꽃다발 사진을 보며 이마를 찡그렸다. 그러나 이내 뭔가를 발견한 듯 눈을 가늘게 뜨며 고개를 끄덕였다.

배달 상자, 크라프트지에 붙여놓은 드라이플라워, 그리고 메시지만 보면 랄라플라워에서 배송한 게 틀림없지만 꽃은 빈우가 만든 꽃다발이 아니었다.

"SEO 확인하려고 검색했다가 깜짝 놀랐어. 얼른 빈우 씨한테 가봐. 빈우 씨는 이 글 안 보는 게 좋을 것 같은데."

수시로 검색을 하고 있으니 분명 빈우 역시 봤을 것이다.

혹시나 울고 있는 게 아닌가 싶어 도훈이 조심스럽게 빈우의 작업실 문을 열었다. 그러나 그의 예상과는 달리 빈우는 덤덤한 얼굴로 배송 보낼 때 넣어 보낼 메시지를 적고 있었다. 프린터로 뽑으면 될 걸 왜 힘들게 일일이 적느냐고 말려보기도 했지만 빈우의 고집을 꺾을 수는 없었다. 꽃다발을 만들 때처럼 글씨 하나하나에 정성을 넣는 모습이 빈우다웠다.

"오늘 바쁘다고 하더니 급한 건 끝난 거예요?"

"아직."

"근데 왜요?"

빈우 곁으로 다가간 도훈이 의자에 앉은 그녀를 가만히 끌어안았다 놓아주었다.

"네가 너무 보고 싶어서 아무 생각이 안 나."

또 괜한 소리를 한다며 핀잔을 주고는 빈우가 다시 펜을 집어 들었다. 빈우의 손끝에서 동글동글한 글씨가 춤을 추듯 미끄러진다.

"역시 글씨 끝내준다."

"언제는 프린트하라고 난리더니."

"너 힘드니까 그랬던 거지. 이런 정성을 고객들이 알아줘야 하는데."

구성된 꽃다발의 꽃 이름과 꽃말, 꽃다발 관리법을 적어놓고 가장자리에 말린 붓꽃을 붙이고는 조심스레 박스 위에 올리고 또 다른 종이를 집어 들었다.

한참이 지나도록 갈 생각을 않는 도훈을 보며 빈우가 픽 웃었다.

"나 괜찮으니까 얼른 가서 일해요."

도훈이 바쁜 와중에 왜 건너왔는지 이미 다 알고 있는 듯 빈우의 목소리가 차분했다.

"······봤구나?"

"당연히 봤죠."

빈우가 수줍게 웃는다. 검색해 봤자 별다른 게 있을 리 없다는 걸 알면서도 습관처럼 검색창에 랄라플라워를 입력하고 있는 게 민망한 탓이었다.

"꽃다발 네가 만든 게 아닌 것 같아."

"우와, 내 꽃 알아보네요?"

빈우에 관한 건 어느 것 하나도 허투루 보지 않는 도훈이었다. 매일 빈우가 만지는 꽃다발 정도를 구분하는 건 그에게 아무것도 아니었다.

"서브스크립션 경쟁 업체 아닐까?"

"전문적으로 꽃을 만지는 사람이 만든 것 같지는 않아요. 시든 것처럼 보이려고 일부러 짓이긴 흔적이 있더라고요. 전문 플로리스트라면 이런 식이 아니라 더 치밀하게 했을 거예요. 이건 너무 허술해."

경쟁 업체에서 한 짓이라면 이유라도 분명할 텐데, 그게 아니라면 더 큰일이 아닐 수 없었다.

그런데 어찌 된 일인지 빈우는 전혀 걱정이 되지 않는 모양이었다. 오히려 뭔가 좋은 일이 있을 때처럼 눈빛을 빛내며 도훈의 손을 잡아끌어 의자에 앉게 했다.

"나 좋은 아이디어 하나 얻은 것 같아요."

"그게 뭔데?"

"플라워 서브스크립션 체험단을 모집해 보려고요. 사진 잘 찍고, 방문자수 많은 블로거를 선정해서 고객에게 배송될 때와 똑같은 구성으로 배송해 주고, 후기를 남기도록 하는 거예요. 좋은 후기를 남겨준 체험단에게는 상품도 주고요. 어때요?"

"오, 좋은데?"

위기를 기회로 만들겠다는 빈우가 기특해 도훈이 크게 웃음을 터뜨렸다. 역시 빈우는 자신이 생각하는 것보다 훨씬 더 강하고 똑똑한 여자였다. 스타트업을 시작하기 위해 새벽 우유 배달에 음식 배달 일까지 마다하지 않았던 그녀가 아니던가.

"그래도 이대로 그냥 넘어갈 순 없어요. 이런 악의적인 글을 올린 사람에게 따질 건 따져야 하니까."

"내가 도와줄 건?"

"없어요. 그냥 응원만 해줘요. 알았죠?"

알았다며 고개를 끄덕여 보인 도훈이 빈우의 이마에 입술을 누르고 일어섰다. 사랑스러워 미칠 것 같은 빈우를 당장이라도 안고 싶었지만 그도, 그녀도 해야 할 일이 너무나 많다.

"이따 봐요."

빈우가 손을 흔들며 예쁘게 웃는다. 아, 저렇게 웃어주면 어떻게 일하라고. 떨어지지 않는 발걸음을 돌려 작업실을 빠져나왔다.

'사업하면서 결혼까지 한 사람들을 보면 존경심이 인다.'

성공한 어느 스타트업 대표가 했던 인터뷰에서 본 내용이었다. 연애를 하고 사랑을 하는 게 성공하는 데 도움이 되지 않는다는 걸 돌려 이야기한 거였다. 시간적으로 온전히 한 가지에만 몰두할 수 없다는 점에서 전혀 틀린 말은 아니었다. 하지만 도훈은 자신이 그 존경심을 불러일으키는 사업가가 될 수 있을 거라고 확신했다. 성공은 물론이고 빈우 또한 절대 놓치지 않을 거니까.

비인의 호출에 성재와 기철이 사무실로 득달같이 달려왔다. 그러나 자신만 부른 게 아니라는 사실에 엄청난 실망을 한 두 사람은 내내 서로를 잡아먹을 듯 노려보고 있었다.

"그만들 좀 해요. 이래서 작전이나 어디 같이 짤 수 있겠어요?"

각자의 일로 잠시 자리를 비운 도훈과 빈우가 언제 올지 모르는 터라 시간이 촉박했다.

비인의 핀잔에 기철이 슬그머니 성재에게서 시선을 거둬들이고는 비인에게 바짝 다가갔다.

"비인 씨 주식하십니까? 어디 좋은 작전 주 떴답니까?"

"주식 얘기가 아니라요."

기철에게 선방을 빼앗겨 침통한 표정이던 성재가 주식이 아니라는 말에 기뻐하며 비인 옆으로 의자를 끌어당겼다.

"비인 씨 게임 좋아하는구나? 어떤 거요? 롤? 마인크래프트?"

"어우, 지금 내 나이가 얼만데 그런 게임을 해요. 성재 씨는 아직도 그런 게임해요?"

"왜 아니겠어요. 피시방 죽돌이 아닙니까, 성재가."

입가에 비웃음을 달고 고자질을 하는 기철을 향해 성재가 주먹을 휘둘렀다. 어우, 이 사람들. 고개를 흔들며 비인이 양팔을 들어

두 사람을 제지했다.

"스탑! 성재 씨 앉아요. 이런 식이면 두 분과 아무것도 도모할 수 없어요. 우리 세 사람이 너무나 사랑해 마지않는 민도훈에 관한 일이란 말이에요."

도훈에 관한 일이라는 비인의 말에 두 사람이 동시에 눈썹을 들어 올렸다. 친구 아니랄까 봐 하는 짓이 어쩜 이리 똑같은지 모르겠다.

"도훈이 무슨 일 있습니까?"

"도훈이 하는 일이 잘 안 되고 있는 건가요?"

금세 두 사람의 얼굴에 그늘이 드리운다. 암튼 대단한 우정이라니까.

"그런 게 아니라요. 내 말, 잘 들어봐요. 지난번에 내가 이혼남하고 선봤다는 이야기했었죠?"

두 사람이 떨떠름한 표정으로 고개를 끄덕였다. 그 사람에 관한 이야기는 별로 듣고 싶지 않은 모양이었다.

"그런데 그 남자가 좋아하는 여자가 있대요."

"이런 썩을! 좋아하는 여자가 있는데 선을 보러 나왔답니까! 뭐 그런 호로 쉐끼가 다 있어!"

"저런 씹장생 같은! 감히 비인 씨한테 그런 모욕을 주다니! 내 이 쉐끼를 당장!"

분노로 주먹을 움켜쥐며 당장이라도 달려나갈 것 같은 두 사람에게 비인이 마지막 부채질을 하기 위해 숨을 골랐다.

"그 남자가 좋아하는 여자가 누군지 알면 더 놀랄걸요?"

"누군데요?"

"우리가 아는 사람입니까?"

이글거리는 눈빛으로 비인의 다음 말을 기다리던 두 사람이 목이 타는지 물컵을 들어 벌컥벌컥 마셔댔다.

"우리의 베스트 프렌드, 민도훈이 사랑하는 정빈우 씨요."

놀란 성재는 마시던 물을 뿜어냈고, 기철은 사레가 걸렸는지 기침을 하느라 정신이 없었다.

"아오, 진짜!"

비인이 오만상을 찡그리며 성재가 내뿜는 바람에 얼굴에 튄 물기를 닦아냈다. 이 사람들과 이 일을 도모하는 게 맞는지 회의감이 몰려든다.

"그래서 그 호로 쉐끼가 도훈이랑 빈우 씨를 못살게 굴고 있는 겁니까?"

"내 이 씹장생 같은 놈을 당장!"

"못살게 구는 건 아닌데 그것보다 더 큰 문제가 있어요. 그 사람은 빈우 씨를 잊을 생각이 없대요."

"아놔, 뭐 그런 찌질한 새끼가 다 있답니까."

비인이 이러는 근본적인 이유는 도훈과 빈우의 앞날을 위해서였다. 사랑만 하기에도 모자란 두 사람 앞에 차정민이라는 장애물은 가당치 않았다. 하지만 그것만이 전부는 아니었다.

"꽤 스펙이 좋은 사람이에요. 끊이지 않고 여기저기에서 선 자리가 줄을 이을 만큼 외모도 능력도 출중하죠. 그대로 놔두면 분명 언젠가는 큰 사고를 칠 거예요. 그전에 그걸 우리가 막아야 해요."

"뭐든 말씀만 하세요. 그 호로 쉐끼 다리라도 당장 부러뜨릴 수 있으니까!"

다리를 부러뜨려도 선 자리에는 나갈 수 있을 터. 비인의 목적은 정민의 맞선이 성사되지 않는 것에 있다.

"우린 앞으로 그 사람 선 자리마다 찾아다니며 깽판을 치고, 그 사람의 본색을 알리는 데 주력할 겁니다. 대한민국에서 더 이상 살 수 없게 말이죠."

"깽판 치는 데 힘 필요하죠? 힘 하면 접니다."

성재가 그녀의 눈앞으로 굵은 팔뚝을 들어 올리자 비인이 박수를 치며 환호했다.

"본색 알리는 건 걱정 마십시오. 우리 샵 손님들한테 살짝살짝 흘리면 아마 몇 주 내로 이 게임은 끝날 겁니다."

기철이 그 특유의 야비한 웃음을 지으며 걱정 말라는 듯 어깨를 으쓱였다.

"그 샵 구경 한번 갈게요."

비인이 친히 방문하겠다는 말에 기철은 좋아 어쩔 줄을 몰랐고, 성재는 부러움으로 입술을 삐죽였다.

"우리가 세운 목적이 그른 것이라면 언제든지 실패할 것이요, 우리가 세운 목적이 옳은 것이면 언제든지 성공할 것이다."

"우와."

비인의 말에 두 사람이 감동을 하며 손뼉을 쳤다.

"내가 한 말은 아니에요. 안창호 선생님의 말씀이죠. 아무튼 두 분 기대가 아주 큽니다. 그 어떤 피해자도 나오지 않기를 바라며 우리 파이팅 한번 외칠까요?"

비인의 손을 잡은 성재와 기철이 황홀한 표정으로 파이팅을 외쳤다.

차정민, 너 죽었어!

눈에 잘 띄지 않는 기둥 뒤에 숨어 카페 내부를 살피던 비인이 고개를 갸웃거렸다. 분명 이 호텔 커피숍이라고 했는데 아무리 둘러보아도 보이지 않는다. 정보가 틀렸던 모양이었다. 그렇다면 비인이 매수한 중매쟁이가 별 쓸모가 없다는 얘기일 터.

비인이 휴대폰을 꺼내 번호를 누르며 입술을 뾰족하게 세웠다.

"무슨 일을 이렇게 해요? 그쪽 바닥이 어떻게 돌아가는지는 관심 없고요, 잔금 넣으라고 하진 않겠죠? 양심은 있으니 다행이네요."

휴대폰 종료 버튼을 누르고는 미련 없이 커피숍 문을 박차고 나온 비인이 기다렸다는 듯 제 앞으로 와서는 차에 올라탔다.

"왜 이렇게 빨리 나오셨습니까?"

성재의 목소리에서 걱정과 반가움이 묻어났다.

"여기가 아니더라고요. 오늘은 허탕이네요."

제 잘못이 아닌데도 괜스레 성재에게 미안한 마음이 들었다.

"지금쯤 들어가 볼까 하고 주차장으로 가려던 참인데 이렇게 딱 만나서 다행입니다."

배시시 웃는 성재를 향해 비인이 억지로 입술을 늘여 보였다.

오늘 차정민과 맞선을 보기로 되어 있는 여자를 향해 경의를 표하고 싶은 심정이었다. 똥 밟았다는 걸 알게 되면 얼마나 자존심이 상할까. 비인이 차창을 보며 한숨을 내쉬었다.

맞선 성사 비용보다 웃도는 돈을 제시하자 중매쟁이는 너무 쉽게 정민의 맞선 장소와 시간을 실토했다. 정보를 얻어낸 비인은 성재와 함께 그 자리에 찾아갔고 아주 통쾌하게 그의 선 자리를 망가뜨렸다.

방법은 의외로 간단했다. 어떤 여자이건 간에 맞선 도중 한 번은 화장실에 오게 돼 있었다. 볼일을 보기 위해서든, 화장을 고치기 위해서든.

그게 언제일지 몰라 올 때까지 화장실에서 대기하고 있어야 한다는 갑갑함을 감수하며 비인은 파우더 룸을 배회했다.

성재에게서 선 상대녀가 화장실로 오고 있다는 문자가 오면 비인은 부리나케 화장실로 들어가 문을 걸어 잠갔다.

"호호호호. 차정민하고 안 엮인 게 얼마나 다행이니? 오늘도 차정민 선보고 있더라."

차정민의 이름을 일컬을 때는 조금 더 강하게 목소리에 힘을 실었다. 밖에 있는 상대녀에게 빠르고 정확하게 전달될 수 있도록.

"아무것도 모르고 나온 여자가 어찌나 불쌍하던지. 나이도 어린 것 같던데 말이야. 보나마나 초혼일 테고. 차정민은 재혼할 여자 사랑할 자신 없댔어. 평생 사랑도 못 받고 빈껍데기랑 살 저 여자 너무 불쌍해. 거기다 얼마나 밝히는지 여자만 죽어나게 생겼다니까. 멀쩡하게 생긴 것만 보고 달려들었다가 인생 끝장나는 거지 뭐. 가서 얘기를 해줄 수도 없고 참 안타깝네, 안타까워."

또각또각. 화장실을 빠져나가는 여자의 구두 굽 소리가 점점 멀어진다. 밖의 상황을 전해 듣기 위해 성재에게 문자를 보내고 답장이 오기를 기다렸다.

[여자가 가방을 들고 밖으로 나갔습니다. 가겠다는 말도 안 했는지 차정민 표정이 썩었습니다.]

그렇게 두 번의 선을 망가뜨리고 오늘이 세 번째 날이었다. 낌새를 알아차리고 일찌감치 장소와 시간을 변경하다니. 화가 나 미칠 지경인 비인이 이를 으드득 갈았다.

"아니, 그렇게 가고 싶나? 도대체 왜 재혼을 못해 안달인 거야."

대놓고, 내가 네 선을 망가뜨리고 있다고 드러내진 않았어도 정민에게 선전포고 아닌 선전포고를 해놓았으니 비인이 한 일이라는 것쯤은 그도 알고 있을 것이다.

이젠 그 어떤 중매쟁이도 포섭하긴 힘들 거란 생각이 들었다. 뭐, 그쯤은 예상하지 못했던 바도 아니니 다른 방법을 쓰면 될 터.

"그런데 말입니다. 도훈이랑 빈우 씨를 위해서라면 차정민이 결혼을 하는 게 차라리 낫지 않나 싶은데, 제 생각이 잘못된 겁니까?"

아, 이 사람. 이런 질문을 이제 와서 하다니.

"차정민이 결혼을 하는 건 절대 안 될 일이에요. 똑같은 일이 악순환될 게 뻔하잖아요. 차정민의 전처가 빈우 씨한테 감정이 많다는 얘기 들었죠? 차정민이 마음을 정리하지 않은 상태로 결혼을 한다 쳐요. 차정민은 허구한 날 빈우 씨 생각만 할 테고, 그걸 눈치챈 여자는 차정민의 전처처럼 애먼 빈우 씨를 또 미워하고, 결국에는 힘들게 하겠죠. 그런 빈우를 보는 도훈이는 더 괴로워질 거예요."

폭풍처럼 쏟아내는 비인의 이야기에 성재가 큰 깨달음을 얻은 것처럼 고개를 크게 끄덕였다.

"제 생각이 짧았습니다. 역시 비인 씨는 도훈이를 생각하는 마음이 우리보다 한 수 위에 있으십니다."

엄지손가락까지 내보이며 비인을 추켜세우는 성재를 향해 별거 아니라는 듯 어깨를 으쓱해 보였다.

사실, 이렇게까지 하면서 정민의 재혼을 막고 싶은 이유가 저게 다는 아니다. 제게는 친오빠 같은 도훈의 사랑에 잡음이 생기지 않길 바라는 마음이 가장 크긴 하지만 제 자존심을 구긴 정민에게 복수를 하고 싶기도 했다.

선 시장에서 구를 대로 굴렀다고 날 너무 만만히 봤던 게지.

사랑하는 여자가 있지만 너희 집에서 날 원하니 내가 결혼해 준다, 였다는 게 곱씹으면 곱씹을수록 화가 났다. 게다가 앞으로도 그 사랑을 포기할 생각이 없다는 선전포고를 제게 했다는 건 그만큼 자신을 무시했기에 나온 행동이었다.

비인은 화가 나 미칠 것 같은 심정으로 이를 바드득 갈았다. 절대로 재혼 따위를 하게 두지는 않을 것이다. 한국 땅에서는 창피해서 살지 못하도록 반드시 만들고 말 터였다.

이번에 정민을 통해 깨달은 것이 있다. 서른이 될 때까지 이해하지 못했던 걸 정민이 아주 쉽게 설명해 주었다. 결혼에 반드시 필요한 요소가 섹스나 능력이 아니라, 사랑이었다는 것을 말이다.

"여긴…… 웬일이에요?"

"한잔할래?"

정민에게서 희미하게 술 냄새가 풍겨왔다.

정민이 그녀의 집에 올 때는 언제나 다른 멤버들과 함께였다. 혹시라도 둘만 있게 될 상황이 오면 먼저 피한 건 늘 정민이었다. 서운할 만큼 확실하게 선을 긋던 그이기에 빈우는 이런 정민의 행동이 더 이해가 가지 않는다.

"가끔 술 한잔하자고 했던 건 너야. 잊었어?"

간접적으로나마 마음이 정리되었다는 걸 보여주기 위해 정민을 찾아갔던 걸 빈우는 두고두고 후회하는 중이었다. 그것 또한 미련이었다는 걸 알지 못했던 어리석음이 남긴 몹쓸 잔해들.

"그냥 술 한잔하자는 거야. 그게 그렇게…… 어려운 부탁인 거야?"

정민의 목소리 끝이 탁하게 갈라진다. 빈우는 정민을 마주 보고 서 있는 것조차 편하지 않았다. 마음을 정리하고 나면 정민을 편한 선배로 대할 수 있을 거라 생각했다. 그러나 그것마저도 욕심이었던 모양이었다. 정민이 이혼하기 전보다 도리어 더 불편한 관계가 되어버린 걸 보면 말이었다.

"시간이 너무 늦었어요. 가세요, 그만."

정민이 돌아서는 빈우의 손목을 붙들었다. 차디찬 기운이 뼛속 깊숙이 들어온다.

정민은 늘 따뜻했고 다정했다. 빈우뿐만이 아니라 모든 사람에게 그랬다. 손이 이렇게 차가웠을 줄은 꿈에도 생각지 못할 만큼 그랬던 사람이었다.

"내가 너한테 이럴 자격이 없다는 거, 너무나 잘 알아. 이러면 안 된다는 것도 잘 알고. 하지만 후회스럽다. 제발 시간을 돌릴 수 있었으면 좋겠어."

자신을 바라보는 정민의 젖은 눈빛이 반갑지 않았다. 두 사람 중 누구도 자신의 마음을 제대로 내보인 적이 없었건만 후회가 무슨 소용일까.

"그 시간, 난 돌리고 싶지 않아요. 그때로 돌아가 다시 이겨낼 자신 없어요, 나."

"왜 난 네가 늘 같은 자리에 있을 거라 생각했을까."

"욕심이 지나쳤네요, 선배."

붙들린 손목을 털어내고 빈우가 황급히 대문을 열고 들어왔다.

도훈이 기다리라고 했을 때 그냥 작업실에서 기다릴걸. 도훈과 함께였다면 정민을 이렇게 만나는 일도 없었을 텐데.

아직 대문 앞에 머물러 있는 정민을 애써 모른 척하며 집 안으로 들어갔다. 습관은 쉽게 고쳐지지 않는지 어느새 온 방 안에 불을 켜고 있는 자신을 발견하고는 빈우가 고개를 내저었다. 다시 차례대로 불을 끄고 방으로 올라가 씻지도 않은 채 침대 위에 누웠다. 정민이 돌아갔기를 바라며, 정민이 다시는 자신을 찾지 않길 바라며.

쾅쾅쾅쾅.

"정빈우!"

어느새 잠이 들었던 모양이었다. 잠결에 들려오는 고함 소리에 빈우가 느리게 눈을 떴다. 잘못 들은 건가? 다시 눈을 감으려는 찰나 또다시 대문을 두드리는 소리가 들려왔다. 그리고 이어 들려오는 고함 소리.

"정빈우!"

제 이름을 부르는 소리에 정신을 차린 빈우가 벌떡 일어나 앉았다. 휴대폰을 들어 시간을 확인했다. 언제 잠이 들었는지 어느새 두 시간이 훌쩍 지나가 있었다. 그사이 술에 잔뜩 취한 정민이 다시 집 앞에 온 모양이었다.

"정빈우! 나는 서진이 사랑한 적 없어! 사랑하려고 노력한 적도 없어! 왜 그랬는데! 내가 왜 그랬는데!"

1층에서 들려오는 정민의 목소리가 바로 옆에서 그러는 것처럼 쟁쟁 울렸다. 창가로 다가가 대문 밖을 바라보며 빈우가 휴대폰 단축 번호를 길게 눌렀다.

"도훈 씨, 미안한데 잠깐 와줄 수 있어요?"

도훈은 왜 그러느냐고 묻지도 않고 알았다는 대답을 남긴 채 전화를 끊었다. 초조함으로 입술을 깨물며 방 안을 서성이던 중에도 그녀를 부르는 정민의 고함 소리는 계속 들려왔다.

어느 집에선가 시끄럽다며 욕설을 퍼붓는 소리가 들려온다.

잠시 후, 골목을 메우는 자동차 소리에 빈우가 조심스레 창문을 열었다. 차에서 내려선 도훈이 고개를 들어 창문 앞에 선 빈우를 잠시 바라봤다. 뭐라 말을 해야 할지 몰라 망설이던 빈우에게 거기 가만있으라는 듯 도훈이 손짓을 한다.

대문 앞에 쪼그려 앉아 있던 정민을 일으켜 세운 도훈이 차 뒷좌석을 열어 힘겹게 그를 차 안으로 밀어 넣었다.

차 문을 닫고 빈우를 향해 돌아선 그가 잠시 서서 휴대폰을 만지작거린다.

이윽고 빈우의 휴대폰이 반짝이며 도훈이 보낸 문자를 내보였다.

「연락 잘했어. 너 혼자 해결한 거 알았으면 화냈을 거야.」

그녀를 향해 손을 흔들어 보이고는 도훈이 차에 올라탔다. 도훈의 차가 골목을 빠져나가 보이지 않는데도 하염없이 창밖을 바라보던 빈우가 긴 한숨을 내쉬었다.

도훈은 잘했다고 했으나 그에게 너무나 미안해 마음이 편하질 않았다. 이런 부탁까지 하게 될 줄은 정말 몰랐다. 도훈이 도착했을 때에는 정민이 잠잠했기에 그나마 다행인 건지.

그런 그녀의 마음을 짐작한 듯 얼마 후 도훈에게서 또 하나의 문자가 날아왔다.

「걱정하지 말고 어서 자. 보고 싶다.」

빈우가 미끄러지듯 자리에 주저앉았다. 짝사랑의 대가가 이렇게 가혹할 줄 알았다면 절대 하지 않는 건데 그랬다. 도훈의 문자를 보고 또 보며 빈우가 그에게는 닿지 않을 말을 중얼거렸다.

"나도 보고 싶어요."

어서 긴 새벽이 지나 도훈을 만날 수 있기를 빈우는 고대하고 또 고대했다.

걱정하고 있을 빈우에게 문자를 찍어 넣고 주머니에 휴대폰을 집어넣었다. 술 냄새가 역겨워 내려놓았던 창문을 올린 후 차에서 내려 뒷좌석 문 앞에 섰다.

검게 선팅된 차창을 노려보며 도훈이 주먹을 움켜쥐었다. 당장 차 문을 열어 멱살을 잡아 끄집어내 정신을 차리도록 흠씬 두들겨 패버리고 싶었다.

"후……."

한 번도 피워본 적 없는 담배 생각이 났다. 사심을 품고 제 여자를 찾아온 자에게 관대할 사내는 세상 그 어디에도 없다. 도훈 역시 길에서 쉽게 만나는 많고 많은 평범한 남자 중 하나일 뿐이다. 이 상황에 어찌 화가 나지 않을 수 있을까.

그러나 빈우가 의도한 바가 아니니 그녀를 원망할 수는 없었다. 그저 빈우가 이 일에 더 이상 신경을 쓰거나 상처를 입지 않기를 바랄 뿐.

내키지 않았지만 어쩔 수 없음을 아는 도훈이 하늘을 향해 한숨을 내쉰 후 차 문을 열어재꼈다. 차 문에 걸터앉아 있던 정민의 두 다리가 차 밖으로 툭 떨어진다.

활처럼 휘어진 정민의 복부를 걷어차고 싶은 충동을 누르며 정민의 다리를 툭툭 찼다. 코끝에 걸려 있던 정민의 안경이 떨어질 듯 위태롭게 흔들거렸다.

"이봐요! 이봐요!"

꿈쩍도 하지 않는다. 거칠게 머리를 쓸어 올린 도훈이 정민의 옷깃을 잡아당겨 시트에 앉히고는 조금 더 세게 다리를 차보았다.

그러나 이미 정신을 놓아버린 정민은 아무런 반응도 보이지 않았다. 뒤로 돌아 축 늘어진 정민의 양팔을 제 어깨에 올리고 힘껏 잡아당겼다.

"으차!"

정민을 둘러업은 채 철 계단을 오르는 도훈의 얼굴이 붉으락푸르락 험상궂게 변해갔다.

타들어가는 갈증을 느끼며 눈을 떴다. 그런 정민의 눈에 제일 먼저 들어온 건 트레이닝 바지에 웃통을 벗은 건장한 남자의 희미한 뒷모습이었다. 누군지 확인하기 위해 얼굴 중간에 삐뚜름하게 걸려 있던 안경을 고쳐 썼다. 헉, 민도훈이다.

깜짝 놀라 황급히 이불을 걷어내고 벌떡 일어나 앉았다.

"윽!"

돌이 굴러다니는 듯 머리가 깨질 것 같다. 도대체 어찌 된 일인지, 아무리 떠올려 보려 해도 이곳으로 온 기억은 나질 않는다.

분명 정민의 신음 소리를 들었을 텐데도 도훈은 돌아보지 않았다. 양팔에 티셔츠를 끼워 넣고 젖은 머리카락을 털어내던 도훈은 아무 일도 없다는 듯 책상에 앉아 컴퓨터를 부팅시켰다.

"어떻게 된 겁니까?"

"일어났으면 조용히 그냥 가시죠. 차정민 씨와 말 섞고 싶지 않습니다."

방 안으로 들어오는 따뜻한 아침 햇살을 얼어붙게 만들 만큼 싸늘한 도훈의 목소리에 정민이 머리를 부여잡고 침대에서 일어섰다.

빈우의 집 앞으로 다시 갔던 게 떠오른다. 이제야 대충 어떻게 된 일인지 감이 잡혔다. 정민이 머쓱한 기분으로 방을 나가기 위해 방문 손잡이를 잡았다.

"그쪽 아닙니다."

도훈의 손가락이 가리키는 발코니 쪽으로 움직이려는 순간 누군가 방문을 잡아당겼다.

"도훈아!"

도훈과 전혀 다른 이미지의 중년 남자와 눈이 마주쳤다. 당황해 멀뚱히 서 있던 정민이 정신을 차리고 허리를 굽혔다.

"안녕하십니까."

"누구⋯⋯."

책상에 앉아 내내 움직일 줄 모르던 도훈이 그제야 일어섰다.

"친구예요, 아버지. 무슨 일이세요?"

"아, 친구가 왔었구나. 너 안 나가는 것 같기에 올라와 봤지. 밥 먹자. 내려가세."

정민을 바라보며 내려갈 것을 권하고는 도훈의 아버지가 먼저 방을 나섰다. 당황해 머뭇거리는 정민을 돌아본 아버지가 또 한 번 어서 내려가자니까, 하고는 손짓을 한다.

어쩔 수 없게 되었다는 표정으로 도훈이 그의 어깨를 툭 치며 아버지에게는 들리지 않도록 고개를 숙인 채 나직이 말했다.

"내려가죠."

"아니, 전⋯⋯."

"봐서 알겠지만 우리 아버지가 보통 분은 아닙니다. 이른 아침에 아침밥도 안 먹이고 친구를 그냥 보낸다고 하면 꽤나 시끄러울 겁니다."

계단 중간쯤에서 내려오길 기다리는 도훈의 아버지에게로 시선을 옮긴 정민이 작게 한숨을 내쉬며 그를 따라 방을 나섰다.

"너는 친구가 왔으면 왔다고 미리 얘기를 해주지."

도훈과 함께 내려오는 정민을 본 엄마는 반찬을 한 가지라도 더 꺼내놓기 위해 냉장고 문을 수없이 여닫았다.

"엄마, 국만 있으면 돼요. 그냥 앉으세요."

"네. 괜찮습니다, 어머니."

미소를 듬뿍 담은 정민의 얼굴을 보니 잠시 묻어두었던 화가 머리 위로 솟구친다. 자신과 정민이 마주 앉아 아침을 함께 먹을 사이는 아니지 않나 말이다.

술이 어느 정도 깼을 때쯤 흔들어 깨워 돌려보내야 했는데 타이밍을 놓치고 말았다. 국에 밥을 말아 열심히 숟가락질을 하는 정민을 보며 마음에 들지 않는 듯 도훈이 입매를 비틀었다.

"갈아입을 옷이라도 좀 내주지 그랬니? 와이셔츠가 구깃구깃해져서 저걸 어째."

남의 속도 모르고 엄마는 자꾸만 정민을 신경 썼다. 치미는 화를 참으며 도훈이 국그릇에 코를 박았다.

"그나저나 처음 보는 친구네. 학교 친구는 아니지?"

"아니에요."

고개도 들지 않고 건성으로 대답한 도훈이 눈만 치켜떠 정민을 바라봤다. 잘도 먹는구나. 괜히 친구라고 했나 보다. 그냥 길에서 주운 도둑고양이라고 할 것을.

"결혼은 했고?"

"……딸아이가 하나 있습니다."

눈치 빠른 도훈의 부모님이 정민의 말을 이해한 듯 고개를 끄덕였다.

"아이를 봐서라도 잘살지 그랬나."

아버지가 조금 엄해진 얼굴로 꾸짖자 괜한 소리를 한다며 엄마는 아버지의 옆구리를 슬쩍 찔렀다.

도훈의 아버지는 사랑과 결혼에 대해 무척이나 보수적인 사람이었다. 남자는 여자의 그늘이 되어야 한다며, 그만큼의 넉넉한 품을 갖췄다고 자신할 수 있을 때 사랑을 시작하라고 했다. 끝까지 지킬 자신이 없거나, 사랑에 티끌만큼이라도 의심이 생긴다면 절대 결혼은 하지 말아야 한다고 했다. 설사 살다가 주변이나 환경에 의해 서로를 미워하는 일이 생기더라도, 진짜 남자라면 자신이 선택한 여자는 죽는 한이 있어도 끝까지 지켜야 한다고 수도 없이 도훈에게 말하던 아버지였다.

"자네보다 세월을 조금 더 산 내가, 그저 안타까워 하는 말이니 기분 나쁘게 생각하지 말고 들어보게."

"네. 말씀하십쇼."

기분 나쁜 표정은 아니었다. 막돼먹은 사람은 아니니 기분이 나

빠도 분명 숨길 터였다.

"남자로 태어난 이상 반드시 짊어지고 가야 하는 세 가지가 있네. 하나는 나를 낳아주신 내 부모님. 또 하나는 내가 선택한 내 여자. 마지막은 내가 뿌린 내 씨라네. 그 세 가지를 지켜내지 못한다면 어디 가서 남자랍시고 떳떳하게 대접받을 생각을 하면 안 되는 거고."

정민이 고개를 숙였다. 아버지의 말에 공감을 했기 때문인지, 더 듣고 싶지 않기 때문이었는지는 알 수가 없었다.

한참 동안 아버지의 사랑학개론이 계속되었지만 정민은 자리를 뜨지 않았다. 그저 묵묵히 듣고만 있을 뿐이었다.

식사를 끝낸 후, 정민은 감사히 잘 먹었다며 정중하게 인사를 하고는 서둘러 도훈의 집을 나섰다.

부모님 눈치에 도훈이 마지못해 마당으로 따라 나왔다.

"실례가 많았습니다. 아버님께 좋은 말씀 정말 감사했다고 꼭 전해주십쇼."

정민의 뒷모습이 초라했다. 몇 달 전 빈우의 작업실 앞에서 보았던 자신만만했던 모습과는 사뭇 달라 보인다.

도훈은 부디 그의 아버지의 말씀을 정민이 제대로 이해했기를 바랐다.

황금 같은 일요일 오전을 정민으로 인해 허무하게 날려 버린 도훈은 그 시간을 보상받기라도 하려는 듯 빈우의 집에 도착하자마자 애절하게 그녀를 끌어안았다.

미안하다는 말을 꺼내는 빈우의 입을 입술로 막고, 끊임없이 사

랑한다고 속삭였다. 보석을 놓치고 땅을 치는 못난 사내를 한껏
비웃으면서.

"변명 같은 거, 필요 없는 일이라 말 안 하려고 했어요. 내 말 무
슨 말인지 알죠?"

괜히 장난이 치고 싶어진 도훈이 입술 끝을 끌어 올렸다.

"무슨 말인지 모르겠는데?"

빈우가 도훈을 올려다본다. 그의 표정을 읽었는지 빈우가 미간
을 찌푸렸다.

"나는 심각한데."

쿡쿡 웃던 도훈이 빈우의 손에 손깍지를 끼워 넣고, 그녀의 얼
굴을 매만졌다.

"솔직히 말하면, 차정민과의 관계 궁금했었어. 지난번 레스토
랑 일도 그렇고, 내가 뭐든 알고 있어야 도울 일이 생겼을 때 도울
수 있을 테니까. 그런데 굳이 알아야 하는 일이 아니라면 말 안 해
도 돼. 난 네 말만 믿을 거고 무조건 네 편이니까."

빈우가 깍지 낀 손 위에 다른 손을 포개고는 미미하게 웃었다.

"무조건 내 편 들어주라고 누가 시켰어요?"

"그런 걸 누가 시켜."

빈우가 그의 품으로 파고들었다. 고맙다는 말을 대신하려는 모
양이었다.

이 시간, 이 순간이 좋았다. 미치도록, 눈물 나도록 도훈은 행복
했다.

"차 사려고요."

제 팔을 베고 모로 누운 빈우의 맨 어깨를 어루만지던 도훈이 눈썹을 들어 올렸다. 턱없이 모자란 데이트 시간을, 함께 출퇴근 하는 것으로 대신하고 있건만. 도훈은 차를 산다는 빈우의 말이 반갑지 않았다.

"차는 왜?"

"배송 때문에요. 버스나 지하철로 배송하려고 했던 게 얼마나 바보 같은 짓이었는지 이제야 깨달았어요."

빈우의 손가락이 도훈의 가슴 위에서 글씨를 쓰듯 움직이며 그를 간질였다. 분명 그녀는 모르고 하는 행동이겠지만 도훈은 여간 신경이 쓰이는 게 아니었다. 욕망을 쏟아낸 게 방금 전이건만 발가락부터 또 다른 욕망이 모락모락 피어올랐다.

괜한 긴장감으로 숨을 크게 내쉬지도 못한 채 몸을 굳힌 도훈이 제 가슴에서 떠날 줄 모르는 빈우의 손가락을 조심스레 붙들어 제 손안에 가두었다. 다행히 별다른 눈치를 채지 못한 빈우는 도훈이 하는 대로 가만히 따랐다.

"배송에 걸리는 시간도 그렇고 차 안이나 지하철에 사람이 많을 땐 꽃이 자꾸 망가지니까."

"그럼 내 차 이용하는 건 어때?"

그건 싫다며 빈우가 고개를 흔들었다. 그의 겨드랑이 사이로 결 좋은 빈우의 머리카락이 스르륵 흘러내려 왔다. 빈우의 얼굴을 가리고 있는 머리카락을 귀 뒤로 쓸어 넘겨주며 도훈이 쿡 웃었다.

"우리 랄라플라워 대표님은 뭐가 그렇게 싫은 게 많을까. 매일 세워두는 차 편하게 타고 다니면 좋지."

"그냥 중고 소형차 하나 살래요. 성재 씨한테 괜찮은 거 있는지 물어봐야겠어요."

빈우가 그에게 향해 있던 몸을 바로 누이고는 뭔가를 골똘히 생각하는 듯 미간을 모았다. 저를 바라보지 않고 천장만 바라보는 그녀에게 도훈은 괜스레 서운해졌다. 아니, 빈우가 차를 사겠다고 고집하는 게 서운한 건지도 모르겠다.

"지금은 주문 건수가 많지 않아서 괜찮을지 몰라도 앞으로는 네가 직접 배송하는 건 무리야. 차라리 배송 전담 기사를 고용하는 건 어때?"

그렇게 된다면 빈우가 작업실을 비우는 일이 없을 테니 도훈에게는 더없이 좋은 일이었다. 잠겨 있는 작업실 문을 마주하는 건 그리 기분 좋은 일이 아니니까.

"현재 구독 수로는 어림도 없어요. 인건비도 못 건질 거예요."

"차차 말이야."

"작업실에서 꼼짝할 수도 없을 만큼 구독이 늘어난다면 그때는 뭐……."

천장으로만 시선을 두고 있던 빈우가 고개를 돌려 도훈을 보며 샐쭉 웃었다.

"앞으로 꽃다발 만드는 것도 혼자서는 힘들 만큼 구독 건수가 늘어날 거니까 긴장하고 있어. 플로리스트를 고용해야 할지도 모른다고."

상상만으로도 기분이 좋은지 빈우의 눈빛이 반짝거렸다. 그런 빈우를 보는 게 즐거워 도훈이 한껏 더 그녀를 부추겼다.

"랄라플라워 전국 체인망 생겨나면 프로그램 계약은 무조건 스윗이랑 하는 거다."

"자꾸 헛된 꿈 갖게 할래요?"

한가득 웃음을 매달고 그의 가슴을 통통 두들기는 빈우의 손목을 부여잡았다. 빈우 위로 제 몸을 포개고는 발가락에서 어느새 중심까지 올라와 꿈틀대는 욕망을 지그시 눌렀다.

"이게 왜 헛된 꿈이야. 난 그런 거 몰라. 난 실현 가능한 꿈만 꾸니까. 널 안고 싶다는 꿈같은 거."

빈우가 또요? 하는 표정으로 두 눈을 끔벅거린다. 도훈이 한참을 물고 놓아주지 않아 살짝 부풀어 오른 빈우의 입술이 벌어지며 한숨이 흘러나왔다. 못 들은 척, 모른 체하며 빈우의 입술을 삼키려다 선심 쓰듯 잠시 그녀가 준비되길 기다렸다.

어차피 아무것도 입지 않은 터라 거치적거릴 게 없는 도훈은 슬며시 빈우의 가슴 위로 손을 올려 손아귀에 차고 넘치는 가슴을 움켜쥐었다. 준비가 끝난 듯 도훈을 내내 올려다보던 빈우의 눈이 스르르 감겼다.

도훈이 움켜쥐어 더 도드라져 보이는 유두로 혀를 가져가 아이스크림을 핥는 것처럼 살짝 맛본 후, 이내 입안에 가득 차도록 베어 물었다.

아름답게 굴곡진 선을 따라 내려가던 도훈의 손이 빈우의 예민한 곳에 닿았다. 조금 전 그가 남겼던 흔적을 젖은 수건으로 말끔히 닦아낸 후였지만 또다시 축축해진 걸 보며 도훈이 한쪽 입매를 끌어 올렸다.

빈우의 한숨에 속지 않길 잘했지. 하마터면 싫은 거라 생각할 뻔했다.

"너 때문에 미치겠다."

빈우의 귓가에 나지막하게 속삭인 후 도훈이 그녀의 허벅지 사이를 파고들어 예민한 곳으로 입술을 가져다 댔다. 빈우의 체취가 그의 이성을 마비시키고, 제어되지 않는 그의 혀가 그녀의 갈라진 틈을 찾아내 마구 휘저었다.

그의 어깨를 잡은 빈우의 손가락 끝에 힘이 들어갔다. 그에 맞춰 그의 중심도 더 어찌지 못할 정도로 부풀어 올랐다.

"하아…… 차 사러…… 같이…… 하아…… 가줘요."

몸을 비틀며 신음을 내뱉던 빈우에게서 들려온 이야기에 도훈이 입술을 떼지 않은 채 눈만 치켜떴다. 도훈이 좀처럼 차 구입에 관해 긍정적인 반응을 보이지 않았던 게 염려가 되었던 모양이었다. 이런 걸 베갯머리송사라고 하는 건가? 도훈이 피식 웃으며 더 세게 여린 살 끝을 빨아 당겼다.

입술을 떼어내고 완전히 젖어버린 그녀의 안으로 느릿하게 제 것을 밀어 넣고는 도훈이 빈우의 양 볼을 붙들어 그녀와 눈을 맞췄다.

"네가 꿈꾸던 모든 것, 이루게 될 거야."

내가 언제까지나 네 곁에 있을 테니까

성재가 근무하는 중고차 매매 센터는 중고 차량을 300대 이상 보유하고 있는 규모가 큰 업체였다. 그 규모에 질려 일찌감치 마음에 드는 차를 골라놓았던 빈우는 이제 그만 집으로 가고 싶다는 생각뿐이었다. 모르긴 몰라도 우리나라에서 판매되는 대부분의 차종을 구경한 듯싶었다.

그러나 그런 빈우의 마음을 아는지 모르는지 도훈은 돌아갈 기미를 보이지 않는다.

"10만㎞? 야, 아까 본 거보다 더 별로잖아. 또 다른 차는?"

"저 차가 괜찮다니까. 무사고에 주행거리 6만㎞, 빈우 씨가 원하는 옵션 사양인 차가 딱 있는데 뭘 더 내놓으래? 안 그렇습니까, 빈우 씨?"

성재가 동의를 구하며 빈우를 바라봤다.

"아까 그 차 마음에 들었어요."

"그래?"

빈우의 대답에도 불구하고 도훈은 다시 한 번 차량등록번호, 옵션, 제시신고번호 등을 확인했다.

"저 자식 지금 몇 시간째야. 어휴."

차 내부를 또 한 번 살피고 있는 도훈을 보며 성재가 질렸다는 듯 고개를 흔들었다.

"도훈 씨 때문에 피곤하시겠어요."

빈우가 작게 속삭였다.

"도훈이가 저러는 모습 생전 처음 봅니다. 도훈이가 사무실 일

외에 뭘 꼼꼼히 챙기는 걸 본 적이 없거든요. 와, 진짜 오래 살고 볼 일입니다."

덩치가 산만 한 성재가 아이같이 입술을 삐죽이는 모습이 너무 웃겨 빈우가 손바닥으로 입을 가리고는 쿡쿡 웃었다.

오랜 시간 함께했다는 친구조차 도훈의 이런 모습을 처음 봤다면 이유는 다 자신 때문일 터였다. 자신에 관한 일이라면 그 어떤 것이든 늘 최선을 다하는 그임을 안다. 그래서 더 미안하고 고마웠다.

말리지 않으면 바퀴에 있는 빗금까지도 세어볼 태세라 빈우가 도훈을 불렀다.

"도훈 씨."

"어?"

눈은 여전히 차의 구석구석을 훑고 있었지만 그녀의 부름에 대한 도훈의 반응은 즉각적이었다.

"나 배고픈데 언제까지 서 있어야 해요."

도훈이 손목시계로 시간을 확인하고는 황급히 차에서 빠져나왔다.

"야, 너는 시간이 이렇게 됐으면 말 좀 해주지. 너 퇴근 안 해?"

뭐가 그리 마음에 안 드는 건지, 도훈은 괜스레 성재에게 핀잔을 놓았다.

"하!"

어이가 없어 입을 크게 벌리고 선 성재를 툭 치고는 도훈이 빈우에게로 다가왔다.

"마음에 백 퍼센트 드는 건 아닌데 이 정도면 나쁘지는 않은 것 같다."

"나쁘지 않은 정도가 아니라 이 차 정도면 훌륭한 거거든!"

기어이 눈을 부라리는 성재를 모른 척하며 도훈이 빈우의 어깨를 감싸 안았다.

"계약서 쓰러 가자."

약이 올라 얼굴이 벌게진 성재를 향해 빈우가 미안하다는 표정을 지었다. 까다로운 고객이라며 성재가 내내 구시렁거렸지만 도훈은 개의치 않는 듯했다.

성재에게 미안한 마음에 빈우는 저녁이라도 함께하자고 했지만 도훈은 다음에 하자며 서둘러 그녀를 차에 오르게 했다.

"왜 그래요, 성재 씨하고 저녁이라도 같이 먹지."

차에 대한 듣도 보도 못한 용어들을 써가며 성재를 괴롭히던 도훈이었다. 친구가 아니었으면 안 팔겠다며 돌려보냈을지도 모를 일이었다.

"모처럼 일찍 퇴근한 건데 성재를 왜 달고 다녀."

"그런 사람이 그렇게 까다롭게 굴었어요? 얼른 결정했으면 시간이 더 남았을 텐데?"

도훈이 그랬던 이유를 알지만 괜스레 핀잔을 놓아본다.

"네가 하루에도 몇 번씩 타야 하는 차인데 대충 결정할 수는 없잖아. 중고차는 특히나 이것저것 따질 게 많단 말이야. 가뜩이나 차 구입하는 거 마음에 안 드는데."

여전히 차를 구입하는 게 내키지 않는 모양이었다. 그런 도훈의 기분이 풀리도록 일부러 더 신나는 척해 보였다.

"중고차지만 도훈 씨 덕분에 잘 산 것 같아요. 언젠가 새 차 구입하는 날도 오겠죠."

매출이 손익분기점에 도달하고, 도훈의 말대로 플로리스트를 고용해야 할 만큼 구독 수가 늘어나는 날이 오면 말이다.

그런 날이 어서 오기를 바라는 빈우의 표정은 기대감으로 가득 차 있었다.

걸음을 옮길 때마다 정확히 어느 꽃인지 구분할 수 없는 꽃향기가 한꺼번에 몰려와 아찔한 기분을 느끼게 했다. 두 팔 가득, 한 아름의 꽃을 안고 도훈의 옆을 스쳐 지나가는 사람들도 알 수 없는 향기로 가득했다.

자정이 되면 영업을 시작한다는 꽃시장은 새벽 3시쯤이 되자 더욱더 활기를 띠었다.

그리고 또 한 사람. 지금 이곳에 있는 사람들 중 누구보다 반짝 반짝 빛나는 빈우 역시 활기가 넘쳐 보인다.

꽃시장에 같이 가겠다는 걸 늘 마다하던 그녀였으나 어쩐 일인지 함께 가줄까 묻는 그에게 고개를 끄덕이며 웃었다. 며칠간의 야근으로 무척이나 피곤한 상태였지만, 빈우의 상기된 얼굴은 피곤함 따위는 금세 잊게 해줄 만큼 그 위력은 대단했다.

"같은 꽃인데도 매일 다른 얼굴을 하고 있어요. 이 꽃은, 소국인데요. 상점 주인들마다 부르는 이름이 다 달라요. 폼폼, 퐁퐁, 봉봉, 본본. 웃기죠?"

넓은 꽃시장을 손바닥 보듯 훤히 꿰고 있는 빈우가 도훈을 이리저리 데리고 다니며 꽃 이름을 가르쳐 주었다. 처음 꽃시장에 온 도훈보다 빈우가 더 신나 보였다.

"매일 색도 느낌도 달라서 계획하지 않았던 꽃을 살 때가 종종 생겨요. 오늘 라넌큘러스는 계획에 없었는데 눈에 밟혀서 도저히 안 되겠어요."

맘에 드는 꽃을 발견했을 때는 마치 사냥감을 노리는 맹수같이 눈빛을 반짝였다.

상점 사장님들과 나누는 대화는 어찌나 살가운지, 도훈은 빈우의 그런 모습이 놀라울 따름이었다.

"우와, 스카프 너무 잘 어울리세요."

"그래?"

"스카프 잘 어울리는 사람 참 부럽더라."

"에이그, 늙은이 기분 좋으라고 하는 소리인 거 다 알아."

"어머? 누가 늙은인데요? 저는 못 찾겠는데요?"

손바닥으로 그늘을 만들어 이마에 대고는 이리저리 찾는 시늉을 하는 빈우를 본 도훈이 입을 크게 쩍 벌렸다.

"호호, 호호. 내가 랄라 사장 때문에 웃는다니까. 오늘 뭐 필요해. 내가 좋은 걸로 싹 뽑아줄 테니까 말만 해."

냉큼 사장님의 팔에 팔짱을 낀 빈우가 정말요? 하며 웃는다. 빈우에게 저런 모습이 있었다니. 도훈은 오늘 정말 여러 번 놀라는 중이었다.

"사장님들하고 가까워지지 못하면 급할 때 부탁을 못 드리거든
요. 다 전략이에요."

그동안 빈우가 꽃시장에 드나들며 쌓아온 친분들은 여기저기에
서 빛이 났다. 하지만 종종 신경을 거슬리게 하는 말들 때문에 도
훈은 옆에 서서 웃을 수만은 없었다.

"생각 좀 해봤어? 우리 조카 다음 주면 다시 미국으로 들어간다
는데. 이번에 가면 언제 나올지 몰라. 가기 전에 한 번 만나보면
참 좋겠는데 말야."

허락하기 전에는 절대 손을 놓지 않겠다는 듯 빈우의 손을 꼭
붙든 아주머니의 눈빛이 간절해 보인다.

"저 남자친구 있다니까요."

그래도 남자친구 있다고 말은 했던 모양이네.

"여자친구 새벽 시장 다니는데 한 번을 안 따라오는 남자친구
가 세상에 어디 있어?"

"여기 있습니다."

두어 걸음 뒤에서 지켜보던 도훈이 한 걸음에 다가와 빈우 곁에
섰다. 보란 듯이 그녀의 어깨를 감싸 바짝 당겨 안으며 여유로운
미소를 뿜어냈다.

"진짜 남자친구야?"

빈우가 해사하게 웃으며 고개를 끄덕였다.

"아이고, 이래서 그 좋은 자리들을 다 마다했구먼. 총각, 여자
친구 관리 잘해야 할 거야. 이 시장에서 랄라 사장 탐내는 사람 엄

청 많으니까."

엄청 많다고?

그 아주머니의 말은 사실이었다. 서너 집 걸러 한 번씩 빈우는 비슷한 일로 붙들려야 했다.

"이제는 누구 소개시켜 준다는 얘기 안 하겠다."

빈우가 홀가분한 얼굴로 후후 웃었다. 매번 따라가겠다는 도훈을 거절하던 빈우가 오늘은 왜 함께 가자고 했는지 그 이유를 알 것 같다.

"와, 안 되겠다."

도훈의 중얼거림을 들은 빈우가 꽃다발이 담긴 종이 가방을 들어 올리며 물었다.

"뭐가요?"

이미 네 개의 종이 가방을 들고 있던 도훈이 빈우의 손에 들린 나머지마저 받아 들며 앞장서 걸었다.

"이제 너 혼자서는 아무 데도 안 보내."

"뭐라고요?"

종종걸음으로 다가온 빈우가 도훈을 올려다본다.

"너 혼자서는 절대 못 보내!"

도훈의 처절한 외침이 시원하게 새벽 공기를 갈랐다.

유난히 정신이 없는 날이었다. 금요일이라 주문이 많은 날인데다, 서브스크립션 체험단 활동을 하고 있는 블로거들로 인해 문의 전화가 쇄도했다.

손이 많이 가는 부케도 여러 개 만들어야 하고, 구청에서 열리는 행사에 들어갈 테이블용 꽃장식도 만들어야 했다. 할 일은 너무 많은데 전화 때문에 도통 일이 진행이 되지 않았다.

전화가 또 울린다. 부케에 들어갈 꽃을 어레인지하던 중이었다. 손을 놓을 수가 없어 금방 받지 않았더니만 전화는 끊어지기가 무섭게 또다시 울려댔다. 하는 수 없이 움켜쥐고 있던 부케를 내려놓고 전화를 받았다.

"네, 랄라플라워입니다."

[너! 영우한테 무슨 짓을 한 거야!]

익숙하지만, 익숙하지 않은 날 선 목소리에 빈우의 가슴이 덜컥 내려앉았다.

"엄…… 마?"

[순진한 애 꼬드겨서 너 뭐 하는 거야! 배달시킨 것도 기함하겠는데 경찰서까지 드나들게 해! 네가 감히 내 아들한테! 네가 뭔데! 영우한테 도대체 네가 뭔데! 두 번 다시 영우 만나지 마! 알았니!]

폭풍처럼 몰아치던 엄마의 목소리가 더 이상 들리지 않는다. 끊어진 수화기를 붙든 빈우의 손이 덜덜 떨려왔다. 끊임없이 귓속을 쟁쟁거리는 엄마의 고함 소리에 빈우가 귀를 막고 주저앉았다.

참고 참아왔던 눈물이 후드득 흘러내렸다. 자책과 분노가 한데 엉켜 빈우의 가슴을 후벼 팠다.

영우를 자주 만나는 게 기쁘고 행복해 미처 생각하지 못했다.

엄마라는 큰 벽이 둘 사이에 있었다는 것을.

넋을 놓고 한참을 바닥에 주저앉아 있던 빈우가 자리에서 일어섰다. 울고만 있을 수는 없었다. 눈물을 손바닥으로 문지르고 휴대폰을 찾아 단축번호를 길게 눌렀다.

[전화를 받을 수 없어서⋯⋯.]

초조함에 빈우가 입술을 깨물었다. 경찰서에 가다니, 무슨 일인지 영우에게 자초지종을 들어야 했다.

종료 버튼을 누르고 또다시 단축번호를 눌렀다. 그러나 신호음만 계속될 뿐 영우는 전화를 받지 않았다.

"저녁 먹으러 나갈까?"

울컥. 도훈의 목소리가 들려오자 서러움이 복받쳐 올랐다. 문앞에 서 있는 도훈을 향해 돌아섰지만 눈물이 차올라 그의 모습이 흐릿했다.

"영우가⋯⋯ 경찰서에 갔다는데⋯⋯."

흐느낌으로 빈우의 목소리가 떨렸다. 놀란 도훈이 한 걸음에 빈우에게로 다가와 그녀를 끌어안았다.

"괜찮아, 괜찮아. 별일 아닐 거야."

서러웠다. 영우의 누나 자리마저도 부정하는 엄마가 너무나 미웠다. 영우가 아니라면 제게 남은 가족은 아무도 없기 때문이었다.

영우와는 끝내 통화가 되지 않았다. 억지로 울음을 삼켜낸 빈우는 영우에 대한 걱정과 엄마에 대한 서러움으로 내내 힘들어했다.

자초지종을 빈우에게 전해 듣고 별일 아닐 거라 달랬지만 도훈 역시 걱정을 하지 않을 수 없었다.

무슨 일인지도 모른 채 영우의 연락만을 기다려야 한다는 게 답답했다.

늦은 저녁, 빈우를 집 앞에 내려주고 도훈은 다시 사무실로 돌아왔다. 함께 있어주고 싶었지만 혼자 있고 싶다는 빈우의 말에 따라 들어가지 못했다. 너무 울지 않아 걱정이던 그녀가 이젠 혼자 울고 있지 않을까 걱정이 된다.

계단을 지나 캄캄한 2층 복도에 다다랐다. 사무실 앞에 검은 인영이 서성이는 게 눈에 들어왔다. 발소리를 들었는지 돌아다본다.

"영우?"

생전 인사라고는 모르던 녀석이 꾸벅 인사를 해왔다. 왜 전화를 안 받느냐, 누나가 얼마나 걱정하는 줄 아느냐 냅다 소리를 지르려다 간신히 참아냈다.

풀이 죽은 영우의 모습이 낯설다. 무슨 일이 있기는 있는 모양이었다.

"이 시간에 어쩐 일이야?"

"누나는……."

늘 다 자란 어른처럼 굴더니만 누나를 찾는 폼이 영락없는 막내둥이다.

"바래다주고 오는 길이야. 그런데 나 만나러 온 거야?"

누나 만나러 온 거다, 한마디 할 줄 알았는데 영우는 고개를 푹 숙인 채 말이 없었다.

"다시 안 오면 어쩌려고 여기서 기다렸어?"

"방금 왔어요. 없어서 가려던 참이었고."

영우 얼굴도 빈우만큼이나 아파 보인다.

"그래? 그럼, 우리 소주 한잔할까?"

넌 할 말이 있고, 난 들어야 할 말이 많을 테니 말이다.

너무 오랜만에 술을 마셔서인지, 지금 이 시간이 긴장이 되어서인지 술 몇 잔에 머리가 핑 하고 도는 느낌이었다. 쉬지 않고 연거푸 마셔대고 있는 저 녀석을 위해 아무래도 많이 마시지는 말아야 할 것 같았으나 저도 모르게 자꾸만 술잔에 손이 가고 있었다.

"여기 소주 한 병 더 주세요."

두 사람 모두 안주에는 손도 대지 않고 술만 마셔댔다. 샌님같이 생겨서는 영우 녀석 주량이 장난이 아니었다.

"누나 울어요?"

영우가 한참 만에야 입을 뗐다.

"아니. 원래 잘 안 울잖아."

영우가 고개를 끄덕였다. 빈우는 알리고 싶지 않을 것이다. 누구에게도 약한 모습을 보이고 싶지 않아 하는 그녀이니 말이다.

더 취하기 전에 물어야 할 것이 있다. 빈우가 걱정하고 있는 것.

"경찰서에는 왜?"

영우가 소주잔을 들어 입안에 털어 넣고는 테이블 위에 거칠게 내려놓았다.

"며칠 전에 배송 갔던 곳인데, 누나 욕을 하잖아요!"

"이 자식이, 무턱대고 거길 왜 가!"

설마설마했는데 정말 그런 일로 경찰서에 갔을 줄은 몰랐다. 군대까지 다녀왔으면서 하는 짓은 아직도 질풍노도의 시기를 걷고 있는 고등학생 수준이었다.

"배송 갔을 때는 그냥 참았어요. 뭔가 잘못 알고 그러는 거겠지 싶어서요. 그런데 게시글이 계속 올라오는 걸 보고 참을 수가 없잖아요. 일부러 그러는 거 뻔히 아는데 어떻게 참아요!"

"아무리 그래도 이건 너무 무모하잖아!"

"누나한테 사과할 때까지 계속 갈 거예요. 누가 이기나 어디 한번 두고 봐요!"

한숨이 흘러나왔다. 영우의 행동에 화가 나면서도 한편으로는 자신 역시 그렇게 했어야 했는지도 모른다는 자괴감이 생겨난다. 어른이라는 자리가 거추장스럽기는 난생처음이었다.

테이블 위에 빈 술병이 늘어갔다.

걱정하고 있을 빈우에게 연락을 해야 한다고 생각하면서도, 영우의 행동에 속상해할 그녀를 생각하니 아무것도 할 수 없었다.

"어릴 때부터 나는 엄마보다 누나가 더 좋았어요."

영우의 발음이 정확하지 않다. 말도 많아지는 걸 보니 취한 게 분명했다.

"엄마는 늘 아빠가 먼저였는데 누나는 내가 먼저였어요. 내가 무슨 말을 해도, 심지어 거짓말을 해도 누나는 다 믿어줬어요. 누나는 정말 내게 좋은 누나였어요."

"그랬을 것 같아."

두 사람의 지금 모습을 보면 충분히 그러고도 남을 만했다. 영우가 사준 사탕 하나에도 기뻐하던 빈우가 아니던가.

"아빠가 돌아가셨을 때 내가 조금만 나이가 많았더라도 누나를 혼자 두지는 않았을 텐데. 어차피 내가 그때는 누나에게 짐이었겠지만. 후⋯⋯."

영우가 눈을 길게 감았다 뜬다. 아니, 제 눈이 감기는 건지도 모르겠다.

"이젠 아니니까, 이젠 어리지 않으니까⋯⋯ 누나를 지켜주고 싶어요. 지켜줄 수 있을 줄 알았는데⋯⋯ 정말 그럴 수 있을 거라 생각했는데⋯⋯ 도대체 뭐가 이래요. 왜 아닌 건데요? 왜요? 왜!"

영우의 횡설수설에 도훈이 고개를 내저었다. 이제 정말 그만 마시고 영우를 잘 달래어 보내야 할 것 같다.

"누나가 내 친누나가 아니라고 해도 난 상관없어요! 누가 뭐래도 누나는 내 누나가 맞으니까!"

도훈이 감기는 눈을 번쩍 뜨고는 영우를 바라봤다. 영우는 현실을 부정하듯 이미 반쯤 감긴 눈으로 어딘지 모를 허공을 노려보고 있었다.

"친누나가 아니라니? 빈우가 네 친누나가 아니라고?"

"오늘 엄마가 그러데요? 누나는 아빠 딸도⋯⋯ 아니라고. 그게 말이 돼요? 근데⋯⋯ 나랑 누나 유전자 검사까지 했더라고요, 엄마가⋯⋯. 쓸데없이 더럽게⋯⋯ 치밀해요."

방금 전까지 마신 술이, 술이 아니었던 모양이다. 이렇게 확 정신이 드는 걸 보면 말이다.

"누나한테 그거 알리면⋯⋯ 다신⋯⋯ 엄마 안 본다고⋯⋯ 했어요. 정말…… 다신 안 봐요, 엄마.”

영우가 테이블 위로 쓰러졌다.

이 사실은 절대 빈우가 알게 해서는 안 된다. 자신은 채워줄 수 없는 막막함과 외로움을 또다시 느끼게 할 수는 없었다.

울면서도 괜찮으니 집에 가라고 등을 떠밀던 빈우가 더 이상은 지쳤는지 조금 전부터는 우는 데에만 집중했다. 대체 그 많은 눈물들이 어디에 담겨 있었던 건지, 빈우의 눈물은 끝도 없이 흘렀다.

어젯밤, 영우를 택시에 태워 보낸 후 사무실에서 뜬눈으로 밤을 지새운 도훈이 빈우의 집을 찾은 건 점심 즈음이었다.

빈우는 도훈을 보자마자 그를 끌어안은 채 울기 시작했다. 새벽에 영우에게서 전화가 왔었다면서, 배송을 다녀오는 길에 지나가는 사람과 시비가 붙었고 그것 때문에 경찰서에 갔다고 했단다. 차마 엄마에 대한 얘기는 묻지 못했다며 빈우는 눈물을 흘렸다. 영우가 잘 둘러대기는 한 모양이지만 빈우가 전부 믿는 것 같지는 않아 보였다. 영우 말대로 빈우는 영우가 거짓말을 해도 믿는 척하는, 바보 같은 누나였다.

참지 말고 울어버리면 좀 괜찮아질 거라 생각했던 게 얼마나 모자란 생각이었는지 깨달았다. 빈우 곁에 앉아 그녀의 등을 토닥거리는 것 말고는 해줄 게 없어 가슴만 더 타들어가고 있었기 때문이었다.

어느새 빈우 옆에 두었던 각 티슈가 끝을 보인다. 다른 티슈를 찾기 위해 일어나 두리번거리던 도훈이 벽에 걸린 드라이플라워를 발견하고는 다가갔다. 언제부터 걸려 있었던 건지 알 수 없을 만큼 바짝 마른 꽃잎들이 빈우의 모습 같아 가슴이 아팠다.

살짝 만져 보기 위해 손을 갖다 대자마자 꽃송이 하나가 맥없이 부서져 바닥에 떨어졌다. 도훈이 미안한 얼굴로 빈우를 돌아보았다.

"괜찮아요. 원래 잘 부서지는 건데 뭐. 손에 가루 안 묻었어요? 씻고 와야 할 것 같은데."

쪼그리고 앉아 바닥에 떨어진 마른 꽃잎을 치우는 빈우를 도훈이 긴 팔로 감싸 안았다.

"다 운 거야?"

퉁퉁 부어 볼록해진 눈으로 도훈을 올려다본다. 울어 버석해진 얼굴 위로 눈물자국이 여러 갈래로 흩어져 있었다. 네 삶은 왜 이리 고단한 거니. 안타깝고 속상한 마음을 감추고자 도훈이 농담을 던졌다.

"붕어 같아."

빈우는 창피한지 그의 품으로 더 파고들며, 아이가 울음 뒤에 그러는 것처럼 흐느낌 같은 깊은 한숨을 서너 번 내쉬었다.

"머리 아프다."

빈우가 웅얼거린다.

"마당에 바람 쐬러 나갈까?"

도훈의 품에서 빠져나온 그녀가 손바닥으로 눈가를 쓰윽 문지르고는 고개를 끄덕였다. 빈우의 가슴 안에 켜켜이 쌓인 설움과 외로움이 이 눈물로 모두 씻겨 나갔으면 좋겠다고 도훈은 생각했다.

차가운 밤바람을 사이에 두고 두 사람이 서로의 등을 마주 대고 기대앉았다. 이 평상 위에 앉아본 게 얼마 만인지 모르겠다. 먼지가 뽀얗게 내려앉은 자리 위를 대충 털어내고 철퍼덕 앉는 도훈을 따라 빈우도 앉은 참이었다. 바닥이 차가웠지만 정신이 맑아지는 것 같아 참을 만했다.

"울면 무너질까 봐, 그러면 영영 일어설 수 없을 것 같아서 울고 싶어도 울지 못했었어요. 그런데 이제 내 곁에 도훈 씨가 있으니까. 내가 일어서지 못하면 부축해 일으켜 줄 당신이 있으니까."

그래서 마음 놓고 울었다. 엄마 때문에, 영우 때문에 속상한 것 가슴에 쌓이지 않도록 실컷 울었다.

잘했다는 듯, 바닥을 짚은 그녀의 손등을 도훈이 톡톡 두드렸다. 마음이 편안해진다.

엄마가 뭐라고 하던 영우와는 만날 생각이었다. 엄마에게 남매 사이를 갈라놓을 권리가 없거니와, 우리가 만나지 않을 이유가 하나도 없으니까. 겁낼 필요 없었다.

하늘을 보는지 도훈의 뒤통수가 그녀의 머리 꼭대기에 닿는다. 그를 따라 고개를 젖히자 반듯하게 걸려 있는 동그란 달이 눈에 들어왔다. 고개만 조금 들면 보이는 달인데, 뭐가 그렇게 바빠 매일 새까만 하늘만 보았던 걸까.

어느 해 추석이었더라? 달 속에 토끼를 보여준다며 어린 영우를 데리고 옥상에 올라갔던 일이 떠오른다. 잠 안 자고 기다리면 토끼가 내려와 떡을 줄 거라고 속이고선 졸린 걸 참느라 애쓰는 영우를 보며 키득거렸던, 행복했던 그때.

"결혼하자."

낮고 그윽한 도훈의 목소리가 그녀의 상념을 깨웠다. 빈우가 등을 세워 도훈에게로 고개를 돌렸다. 말투는 밥 먹자 할 때처럼 평범했는데 돌아보니 이 사람, 표정이 너무 진지하다. 농담이 아니란 얘기였다.

"결혼하자. 되도록 빨리."

도훈과 보낸 시간이 얼마나 되었는지 가늠해 보았다. 결혼을 이야기하기에는 턱없이 부족한 시간.

만난 지 얼마나 되었다고 결혼 이야기를 꺼내느냐 물으면 도훈은 분명 그런 게 뭐가 중요하냐고 하겠지. 도훈이 무슨 생각인 건지 들여다볼 수 있으면 좋으련만.

빈우는 아무 말도 듣지 못했던 것처럼 다시 도훈의 등에 제 등을 기대고 하늘을 바라봤다.

"내가 달 따다 달라고 하면 따다 줄 거예요?"

도훈이 쿡쿡 웃는 게 느껴진다. 몸을 돌린 도훈이 빈우의 양어깨를 잡고는 그녀와 눈을 맞췄다.

"달 따다 주면, 결혼할래?"

어이없다는 듯 고개를 흔드는 빈우의 코앞에 바짝 다가간 도훈의 입술이 살짝 그녀의 입술을 머금었다 놓는다.

"달 말고 별은 매일 보게 해줄 수 있을 것 같은데……."

무슨 말인지 금세 눈치챈 빈우가 눈썹을 들어 올리자 도훈이 또한 번 쿡쿡 웃으며 빈우의 뺨을 감쌌다.

"무슨 별 보여줄까? 사냥꾼 민도훈 자리는 어때?"

빈우의 입술을 가르고 들어온 도훈의 혀가 따뜻하고 감미롭게 그녀의 입안을 헤집는다. 그런 그에게 화답하듯 빈우가 그의 목을 끌어안고 그를 마주했다. 한참 만에야 입술을 뗀 도훈이 가쁜 숨을 몰아쉬며 속삭였다.

"별 보러 가자."

새벽, 눈을 뜬 빈우가 제 옆에 누운 도훈을 물끄러미 바라보다 몸을 일으켰다. 별을 보게 해준다며 밤새 저를 놓아주지 않던 그가 조금 전부터 고른 숨소리를 보이고 있었다. 침대를 벗어나기 위해 조심스레 다리를 바닥으로 내려놓으려는데 도훈이 빈우의 손목을 붙들었다. 잠이 푹 든 줄 알았는데 아니었던 모양이었다.

"왜…… 일어…… 나……."

아직 완전히 깨어나지는 못한 듯 여전히 눈을 감은 채 그가 웅얼거린다. 다시 도훈이 잠들기를 기다리다 그의 숨소리가 고르게 들려오자 조심히 손목을 풀어내고 일어섰다.

혹시나 도훈이 다시 깰까 싶어 갈아입을 옷과 세면도구를 챙겨 1층 욕실로 내려갔다. 한참 동안 사용한 적이 없는 욕실의 냉랭함에 몸을 움츠리며 급히 세면대의 뜨거운 물을 틀었다. 김이 서려 점점 뿌옇게 변하는 거울을 쓱 문지르자 손바닥에 까만 먼지들이 묻어났다. 그동안 내팽개치듯 방치해 두었던 탓에 1층은 어느 곳이든 이 모양일 터였다. 이런 꼴로 도훈을 드나들게 하다니. 새삼스레 민망함이 몰려왔다.

샤워기를 틀어 먼지가 쌓였을 거울과 욕실 벽을 향해 물을 뿌린 후 옷을 벗어 던지고는 샤워기를 제자리에 꽂고 그 밑에 섰다. 밤새 도훈에게 시달려 뻣뻣해진 몸이 금세 노곤해지는 느낌이 들었다.

거품을 낸 스펀지로 몸을 문지르는 순간, 욕실 문이 벌컥 열리고 도훈이 성큼 안으로 들어왔다.

"도훈 씨, 왜요!"

놀란 빈우가 소리를 지르며 몸을 돌렸지만 도훈은 전혀 아랑곳하지 않았다.

"그러니까 왜 일어나느냐고 물었을 때 대답해 줬으면 좋았잖아."

거침없이 욕실로 들어와 옷을 벗어 던진 도훈이 알몸인 빈우를 끌어안았다.

"너 일어나기 기다리다 깜박 잠든 거란 말이야."

그녀의 허리쯤에 닿아 자꾸만 자신의 존재를 알리는 그 때문에 빈우가 몸을 굳혔다.

"아버지가 자꾸 놀리셔. 아침이 안녕하냐는 둥, 한 방에 훅 가니까 조심하라는 둥. 이 녀석은 이렇게 건강한데."

도훈의 말을 이해한 빈우가 당황함으로 벗어나려 하자 그가 손을 올려 미끈거리는 그녀의 가슴을 감싸 쥐었다. 문득 거울로 시선을 준 빈우가 물에 젖은 거울 속 자신들의 모습이 너무 적나라해 보여 창피한 듯 고개를 돌렸다. 도훈이 빈우를 돌려세워 가볍게 입을 맞추고는 그녀의 손을 잡아 그의 중심에 가져다 댔다.

"아까부터 성나 있는 이 녀석 좀 달래주면 안 돼?"

놀란 빈우가 손을 빼내려 하자 도훈이 그녀의 손을 힘주어 잡았다. 단단하게 솟구쳐 있는 그의 존재에 가슴이 두근거린다.

"도훈 씨, 여기서 이러는 건 좀⋯⋯."

어느새 축축해진 그녀의 은밀한 곳을 더듬는 그에게서 들릴 듯 말 듯한 신음 소리가 흘러나왔다.

벽에 기댄 빈우를 살짝 올려 단단한 허벅지로 받쳐 세우고는 도훈이 거침없이 그녀 안으로 파고들었다.

"욕실에서 사랑을 나누는 건⋯⋯ 남자의 로망이야."

며칠 후, 영우가 아무렇지 않은 얼굴로 작업실에 왔다.

마주 앉아 영우가 사온 도시락을 먹고, 차를 마신 후 빈우는 새벽시장에서 사온 꽃을 손질했고, 영우는 꽃을 넣어두는 꽃 냉장고를 청소했다.

강의 시간에 들은 상식 이야기, 자꾸 아는 척을 해와 귀찮다는 여자 후배 이야기, 요즘 읽고 있는 책에 대한 이야기를 나눴고 여느 때처럼 웃었다.

그렇게 하루 일을 마무리할 때쯤 영우가 무거운 얼굴로 빈우 곁으로 다가왔다.

"누나."

"응?"

무슨 말을 하려는 걸까. 괜스레 긴장이 되어 빈우가 영우 몰래 꿀꺽 침을 삼켰다.

"나 법대 갈 걸 그랬나 봐."

어릴 때부터 늘 아빠처럼 집 만드는 사람이 될 거라고 말했던 영우였다. 영우가 학교생활을 얼마나 열심히 하고 있는지 알기에 그냥 해보는 말이라는 것쯤은 알고 있다.

"왜? 법대에 예쁜 여학생이라도 있어? 하기야 공대보다야 많겠지?"

"검사나 해볼걸."

"정영우 검사? 어이, 정검. 잘 어울리는데?"

빈우가 부러 농담을 던지고 깔깔 웃었다.

"도와주지 못해 미안해, 누나. 아직은 내가 힘이 없네."

얼굴에서 웃음기를 지운 빈우가 영우의 손을 힘주어 잡았다.

"너만큼 누나 생각해 주는 사람이 어디 있다고. 늘 누나가 고맙지."

영우가 고개를 떨어뜨렸다.

"엄마는 신경 쓰지 마. 아빠 기일 다가오니까 신경이 날카로워져서……."

"그래, 알아."

아니, 모른다. 하지만 영우에게는 그런 마음을 보이고 싶지 않았다. 어찌 되었든 영우에게는 진짜 엄마니까.

"누나, 이번엔 아빠 기일에 납골당 꼭 같이 가자."

"응."

엄마에 대한 제 마음을 들킬까 봐 영우에게서 고개를 돌리고 창밖을 바라봤다. 하늘이 어두워졌다. 눈이 올 것만 같았다.

배송을 끝내고 작업실로 돌아온 빈우가 문 앞에 서 있는 서진을 보고 이마를 찌푸렸다.

피차 반갑게 인사를 할 사이는 아니니 두 사람 모두 잘 지냈냐는 말은 생략했다.

"바쁘니?"

"조금요."

문을 연 빈우가 들어오라는 말도 없이 먼저 작업실로 들어갔다. 서진이 닫히는 문을 붙들어 따라 들어오는 기색이 느껴졌지만 빈우는 돌아보지 않았다.

인내심을 모조리 끌어모아, 의자에 앉아 주변을 둘러보는 서진에게 커피 잔을 건넸다.

한참을 말없이 커피만 마셨다. 때때로 부딪히는 시선조차 가볍지 않은, 불편한 시간이 흘러갔다.

먼저 입을 연 건 서진이었다.

"왜 내가 이렇게 살아야 하니?"

빈우는 한숨이 흘러나왔다. 서진의 하소연을 들어줄 차례인 건가. 관심 없는 듯 비켜간 빈우의 시선에도 불구하고 서진은 계속 이야기를 이어나갔다.

"억울했어. 그 사람을 좋아한 건 내가 먼저였으니까."

당연했다. 빈우보다 먼저 입학했고, 먼저 동아리에 들어갔으니 정민을 만난 것도 먼저일 터.

"날 좀 봐달라고 매일 그 사람 주위를 맴돌았어. 그러다 보게 됐지. 그 사람의 시선은 늘 한곳에 머물렀고, 그곳에 네가 있다는 것을."

빈우도 알고 있었다. 그래서 늘 기다렸는지 모른다. 정민이 먼저 손 내밀어주기만을.

"포기하려고도 했어. 그런데 그랬던 나에게 희망을 준 건 너야. 넌 정민 씨한테 정말 아무것도 안 했으니까. 그땐 몰랐지. 아무것도 안 하는 게 더 무서운 거라는 걸."

사랑이 아니었을지도 모른다. 사랑이었다면 용기를 내어볼 생각조차 들지 않았을 리가 없다.

도훈이 그녀에게 가르쳐 준 것들 중 한 가지. 끊임없이 사랑하고 있음을 보여주는 것. 그때에 빈우는 사랑을 알지 못했던 게 분명했다.

"정민 씨가 왜 그렇게 재혼을 하려고 했는지 아니? 날 단념시키기 위해서야. 내가 그런다고 쉽게 단념할 줄 알았는지……."

서진이 어림없다는 얼굴로 입술을 들어 올렸다.

"널 힘들게 하면 뭔가 후련할 줄 알았거든. 그런데 이번에도 내 생각은 빗나갔어. 넌 또 아무것도 하지 않았고, 아파하는 정민 씨를 봐야 하는 건 내 몫이 되고 말았으니까."

아파하는 정민을 보며 그보다 더 아파했을 서진이 처연히 웃었다. 물에 뜬 기름같이 그에게 섞이지 못하고 둥둥 떠 있었을 서진의 사랑이 가여워졌다.

그러나 아무리 그렇다 해도 서진의 행동을 용서할 수는 없다. 누군가를 사랑한다는 것이 면죄부가 될 수는 없을 테니까.

잠시나마 서진을 가여워했던 마음을 접어두고 빈우가 가시를 세우고 서진을 응시했다.

"그래서 뭘 말하고 싶은 거예요? 선배의 이런 넋두리를 내가 왜 듣고 있어야 하죠? 혹시 사과하러 온 거면 하지 말아요. 용서할 생각 없으니까."

서진이 얼굴을 굳히며 남아 있는 커피를 입안에 털었다.

"네 동생이 피부 관리실에 찾아갔던 거 알고 있니? 네 동생이 배송 왔던 피부 관리실."

갑자기 영우 이야기는 왜 꺼내는 걸까.

아, 경찰서. 길에서 사람과 시비가 붙었다는 말이 사실이 아닐 거라는 짐작은 했다. 영우는 절대 그럴 만한 아이가 아니니까. 그렇다면 이 일로 경찰서에 갔던 건지도 모른다는 생각이 머리를 스쳤다.

"타이밍도 기가 막히지. 하필이면 내가 정민 씨랑 함께 있을 때 연락이 올 건 또 뭐니? 그런 동생이 있어서 좋겠다고 해야 하는 건지. 아무튼 정민 씨 덕분에 잘 해결됐으니까 내 사과는 그걸로 대신하자."

"무슨 말이에요? 자세히 말해봐요!"

"네 동생한테 직접 들어. 블로그에 올려놨던 글들은 다 내렸어. 정민 씨 성화에 여기까지 오긴 왔는데 널 보니 사과하고 싶은 맘은 안 드네. 너 행복해 보이는 거 너무 짜증나."

비꼬는 서진의 말투에 머리끝까지 화가 치밀어 올랐다. 그래, 다시 안 보면 그만이다. 마음에도 없는 사과 따위, 받을 생각 없으니까.

빈우가 벌떡 일어나 작업실 문을 활짝 열어재끼고는 서진을 향해 소리쳤다.

"선배 이러는 게 더 짜증나고 재수 없거든요! 제발! 앞으로 얼굴 좀 안 보고 살게 해줘요! 안녕히 가세요!"

기가 막힌다는 얼굴로 입을 다물지 못하던 서진이 작업실을 빠져나갔다. 빈우가 보란 듯이 문이 부서져라 힘주어 세게 닫았다.

잠시나마 서진을 가엾다 생각했던 자신이 한심하고, 더 크게 소리쳐 화를 내지 못한 게 억울했다.

제발 다시는 만나는 일이 없기를. 혹시 만난다면 그땐 선배고 뭐고 없을 테니까.

복도를 타고 들려오는 빈우의 고함 소리에 회의 중이던 도훈과 직원들이 움직임을 멈췄다.

"빈우 씨 무슨 일 있나?"

비인의 걱정스런 시선이 도훈에게 닿는다. 따라나서려는 비인에게 그냥 있으라는 손짓을 하고 도훈이 서둘러 사무실 문을 열었다.

막 복도를 빠져나가는 여자의 뒷모습에 도훈이 눈을 가늘게 떴다. 분명 빈우의 작업실에서 나간 사람이다. 누굴까.

조심스레 작업실 문을 열고 빈우를 찾았다. 빈우는 작업대 위에 팔꿈치를 올린 채 두 손으로 머리를 감싸고 있었다.

"무슨 일이야?"

도훈의 물음에도 빈우는 고개를 들지 않았다.

"빈우야."

머리를 감싸고 있는 빈우의 손을 떼어내고 양 볼을 붙들어 눈을 맞췄다. 벌게진 빈우의 얼굴에서 열이 나는지 도훈의 손바닥에 뜨거운 기운이 느껴졌다.

"열나잖아. 어디 아픈 거야?"

빈우가 고개를 흔들었다. 서늘한 도훈의 손바닥 덕분에 빈우의 얼굴은 금세 식었다. 조금씩 안정을 찾은 빈우가 조그맣게 한숨을 내쉬었다.

"시끄러웠죠."

"시끄럽긴."

차가울 때도 있었지만 늘 차분한 빈우만 보아왔던 터라 놀라기는 했다. 그러나 빈우가 이유 없이 그러진 않았을 터.

"방금 나간 여자는 누군데?"

"서진 선배요. 영우가…… 일을 저질렀나 봐요."

도훈이 얼굴을 굳혔다. 그렇게 마무리되는가 싶었는데, 서진이 나타나 제 입으로 이야기할 줄은 몰랐다.

"……그래서?"

"자세한 이야기는 안 했어요."

빈우가 작게 한숨을 내쉬었다.

"이렇게 넘어간 거 보면 별일 아닐 거야. 일이 더 커지지 않았으니 다행이잖아. 이제 더 이상 그 여자가 이상한 짓 벌일까 봐 걱정하지 않아도 되고."

"그건 그렇지만……."

생각 많은 빈우의 눈빛이 도훈을 올려다보았다.

"영우 걱정돼서 그러는 거야?"

빈우의 어깨가 한 뼘쯤 내려간다.

"경찰서도 그래서 갔던 것 같아요. 어린애도 아니고 얘 왜 이러죠?"

영우를 아직도 어린애로 보면서. 도훈이 픽 웃었다.

이렇게 마무리되는 게 제일 옳았다. 영우 걱정에 한숨짓는 빈우를 보는 건 꽤나 힘든 일이니까.

"차 한잔 마실 시간 돼요? 벌써 시간 많이 뺏겼죠."

"당연히 차 마실 시간은 있지."

도훈이 입매를 늘이며 의자에 앉았다. 마무리 짓지 못한 회의가 떠올랐지만 빈우를 걱정시키고 싶지는 않았다.

얼마 전, 실력 있는 웹 개발자들을 고용한 스윗소프트웨어는, 본격적으로 모바일 앱 개발을 진행 중에 있었다. 사랑도, 사업도 꼭 성공해야 하는 도훈은 요즘 몸이 열 개여도 부족한 상황이었다.

빈우가 건네는 차를 받아 테이블 위에 올려놓고, 그녀의 손을 붙들어 제 무릎 위에 앉혔다. 풀물이 든 빈우의 손가락과 장미 가시에 긁힌 상처가 채 아물지 않은 그녀의 손등에 맘이 좋지 않았다.

언젠가 자꾸 손을 다치는 게 안타까워 염려하는 목소리를 냈더니 빈우는 이게 다 플로리스트들의 경력을 나타내는 훈장이라며 자신은 아직도 멀었노라 했다. 손마디가 굵어지고 투박해지는 만큼 실력은 쌓이는 거라고.

빈우는 그런 여자였다. 넘어지기를 주저하지 않고 두려워하지 않던.

그랬던 빈우가 많이 지친 모양이었다.

"매일 산 넘어 산이네요."

그녀에게 힘을 실어주고자 도훈이 차분하게 말했다.

"산 넘어 산 아니야. 산을 다 넘고 나면 우리 앞에 넓은 초원이 펼쳐져 있을 테니까. 대신 우리가 넘고 있는 산은, 낮은 산봉우리가 여러 개인 산인 거야. 산봉우리를 하나 넘을 때마다 우리는 이만큼씩 성장해 있을 거고 더 강해져 있겠지. 그렇게 하나씩 함께 넘으면 돼."

빈우가 풀물이 군데군데 물들어 있는 손으로 그의 손을 꼭 잡았다.

"알아요. 고마워요."

안정을 완전히 되찾은 빈우의 입가에 미소가 매달렸다.

도훈의 가슴에 기댄 채 차를 마시던 빈우가 별안간 웃음을 터뜨리며 그의 품에서 빠져나왔다.

"나 아까 서진 선배한테 짜증나고 재수 없다고 했어요. 놀랐는지 뭐라 대꾸도 못하고 입만 벌리고 있다가 갔는데 지금 생각하니까 너무 웃겨요."

"더 시원하게 퍼붓지 그랬어."

빈우의 웃음에 도훈의 입매가 저절로 올라간다.

"안 그래도 그럴 걸, 잠깐 후회했어요."

빈우는 그렇게 한참을 웃었고, 도훈 역시 한참을 따라 웃었다. 두 사람의 웃음소리에 비인이 놀라 쫓아올 때까지, 그렇게 웃었다.

5. 결혼할래요

"대표님, 안드로이드에서 타겟 버전을 13으로 해놓으면 제이쿼리 슬라이드 속도가 아주 좋거든요. 오히려 그냥 모바일 웹에서보다 더 속도가 좋은 것 같아요. 그런데 타겟 버전을 14 이상으로 하면 아주 느려져요."

비인과 한 팀을 이뤄, 터치 한 번으로 비밀번호 입력 없이 어디에서나 와이파이 접속을 가능하게 하는 '와이파이 접속 애플리케이션'을 제작 중인 이홍석이 화면을 가리키며 도훈에게 설명했다.

"속도가 느리면 상품으로 쓰기에는 좀 어렵겠는데. 안드로이드 3.0 허니컴 이상 한정으로 규정짓는 게 어때?"

비인이 고개를 끄덕이며 도훈의 말에 동의했다.

"그게 낫겠다. 와이파이 접속 경험을 서로 공유해서 데이터베이스화 하는 게 장점인데 속도 때문에 장점을 포기할 수는 없으니까. 기숙사 관리 프로그램은 레이아웃 완성됐어?"

"거의."

도훈은 입주, 선발부터 퇴실까지 모든 업무를 통합하고 출석, 식사, 전원관리, 점호 등 다양한 기숙사 생활을 모니터링, 제어할 수 있는 기숙사 관리 프로그램을 개발 중이었다.

이 프로그램이 개발되면 업무 전산화를 통해 기숙사 관리직원과 사감의 업무 효율을 높이고, 불필요한 작업으로 반복되던 인력 낭비를 줄일 수 있게 된다. 또한 기숙사 이용 학생들은 스마트폰으로 관리비 납부 등 다양한 서비스를 편리하게 이용할 수 있을 터였다.

프로그램 개발 후, 영업을 통해 전국의 고등학교와 대학교에 보급되기까지는 오랜 시간이 걸리겠지만 도훈은 자신 있었다.

그동안에도 전혀 정리가 되지 않던 사무실이 늘어난 직원으로 인해 더 엉망이 되어가고 있었다. 이리저리 쌓인 더미에서 원하는 자료를 찾아내는 게 신기할 만큼 처참한 지경이었지만 바쁜 탓에 그 누구도 정리할 엄두를 내지 못했다.

비인이 아끼던 곰순이가 잔뜩 찌그러져 사물함 위로 올라간 건 벌써 오래전 일이었고, 그녀의 식량 창고는 먹성 좋은 직원들 덕분에 늘 텅텅 비어 있었다.

도훈과 한 팀인 양진호가 입이 찢어져라 하품을 하고는 며칠째 감지 못해 떡이 진 머리를 벅벅 긁었다.

"어쩜 민 대표도 똑같이 야근했는데 비주얼이 이렇게 다를 수가 있니? 양진호, 이홍석. 긁지 말고 좀 씻어라."

연일 계속된 야근으로 무척 피폐해진 직원들을 보며 비인이 얼굴을 찡그렸다.

"오늘 며칠 만에 집에 가는 건지 아시잖아요. 와, 진짜 대표님은 괴물이에요. 우리랑은 차원이 다른 체력과 정신력을 갖고 계신다고요. 비교 대상으로 절대 적합하지 않습니다."

진호가 두 팔로 엑스 자를 만들어 보이며 비인의 말을 반박하자 홍석 역시 고개를 크게 끄덕이며 동의했다.

"왕 실장님은 야근 안 하시니 모르시죠? 우리 밤에는 숨도 크게 못 쉬어요. 이런 프로그램이 두어 달 만에 어떻게 나오겠어요. 대표님 아니면 절대 불가능한 일이거든요. 오늘 새벽에는 어쨌는지 아세요? 저 진짜 놀라서 뒤로 넘어갈 뻔했다니까요."

홍석이 봇물처럼 터뜨리는 이야기에 비인이 깔깔대며 웃었다.

"왜? 민 대표가 어쨌기에?"

홍석이 생각만으로도 오싹한 지 몸을 부르르 떨고는 입을 열었다.

"한참 일하다가 대표님을 탁 봤는데, 대표님 머리 위로 검은 연기가 막 피어오르더라고요. 잠을 못 자서 헛것이 보이나 했는데 진짜였어요. 머리를 얼마나 쓰셨는지 과부화가 일어났는가 봐요. 막 검은 연기가……."

"일들 안 하냐? 네 머리에서도 연기 좀 피어 오르게 해줘?"

도훈이 눈을 부라리자 홍석이 입을 다물며 키보드에 얼굴을 묻었다. 그러자 홍석을 대신해 진호가 목소리를 낮추어 비인에게 투덜댔다.

"맨날 저러고 계시는데 허리 괜찮으신 거 보면 진짜 신기해요. 우리는 한 시간만 앉아 있어도 허리, 목, 어깨에서 우두둑 소리가 나는데 대표님은 뼈가 철인가 봐요. �끄떡도 안 하세요."

"양진호, 오늘 집에 가는 거 포기할래?"

협박하듯 도훈의 목소리가 음산하다. 진호가 슬그머니 의자를 돌려 도훈에게서 등을 돌렸다. 얼굴에서 웃음기를 채 지우지 못한 비인이 진호와 홍석의 어깨를 툭툭 쳤다.

"니들이 이해해라. 요즘 대표님 심기가 무척 불편하시다."

도훈의 상태를 꿰차고 있는 비인이 그를 보며 한쪽 입술을 들어 올린다. 귀신 같은 왕비인. 도훈이 속일 수 없는 비인을 피해 눈을 돌렸다.

벌써 몇 주째 빈우와 제대로 된 데이트를 하지 못했다. 마음조차 콩밭에 둘 수 없는 빡빡한 스케줄에 도훈은 신경이 무척이나 날카로운 상태였다.

"빈우 씨 좀 전에 배송 나가는 것 같던데……."

"어."

"빈우 씨 혼자 힘들겠어."

도훈이 무거운 얼굴로 고개를 들었다.

"안쓰럽지?"

그걸 말이라고. 대답 없이 컴퓨터 화면으로 시선을 옮긴 도훈의 이마가 잔뜩 구겨져 있었다. 걱정이 담긴 비인의 목소리에 가슴이 답답해졌다. 겨우 벽 하나를 사이에 두고도 점심 식사조차 함께할 수 없다니.

자신과 빈우를 막고 있는 벽을 힐끔 바라봤다. 진즉에 저 벽을 허무는 건데 그랬다. 빈우가 허락했을 리 없었겠지만.

"후."

책상 위, 수북이 쌓인 홍삼 캔디 봉지가 그가 내뱉는 한숨에 들썩거렸다. 이제 거의 다 왔으니 며칠만 참으면 된다. 며칠만. 또다시 사탕 하나를 까 입안에 넣는 도훈의 눈빛이 날카롭게 빛났다.

"대표님, 저희 갑니다."

"어."

도훈이 모니터에서 눈을 떼지 못하고 건성으로 대답했다.

"진짜 갑니다."

조심스런 진호의 목소리가 도훈의 신경을 건드린다. 사무실 문을 반쯤 열어놓고, 이미 한 발씩은 밖으로 빼놓은 상태였다. 당장 뛰어나갈 준비가 되어 있는 두 사람을 보자 도훈은 실소가 터져나왔다.

대학 후배인 두 사람에게 스카웃 제의를 했을 때, 밥 먹듯 야근을 해야 할지도 모른다고 경고를 해두긴 했지만 이럴 줄은 몰랐을 터였다. 며칠째 야근인지 기억도 나지 않을 정도니.

도훈이 삐딱하게 고개를 들었다.

"가기 싫으냐? 그럼 다시 앉던지."

"아닙니다. 그럼 수고하십쇼."

다시 앉으라는 말에 꽁지가 빠지게 사라지는 두 사람을 보며 도훈이 피식 웃음을 터뜨렸다.

오랜만에 사무실이 조용했다. 생각해 보니 사무실 식구가 늘어난 뒤로 잠깐도 혼자였던 적이 없었다. 그랬던 게 얼마나 되었다고 적막한 사무실이 적응이 되질 않는다.

조금 전, 퇴근한다며 잠시 얼굴을 비쳤던 빈우의 낯빛이 별로 좋지 않았다. 무슨 일이 있느냐 물었지만 고개를 저으며 좀 피곤할 뿐이라고 했다. 매일 밤을 새고 있는 도훈에게 피곤하다고 말하는 것조차 미안하다면서 멋쩍게 웃었다.

멍하니 있을 시간이 없는데. 빈우를 생각하다 보니 생각이 끝도 없이 이어진다. 도훈이 고개를 흔들며 다시 모니터로 시선을 옮겼다.

똑똑.

모니터 속 C언어가 두 개, 세 개로 겹쳐 보이기 시작할 때쯤 누군가 사무실을 두드렸다. 그러나 비몽사몽이었던 도훈은 금방 반응을 보이지 못하고 멍하니 출입문을 바라보고만 있었다.

무슨 소리가 들렸나?

똑똑.

이윽고 또다시 들려오는 노크 소리. 도훈이 잠가 두었던 문 앞으로 걸어갔다. 퇴근했던 진호가 다시 온 걸지도 모른다는 생각이 들었다.

"누구?"

"도훈 씨."

문밖에서 들려오는 뜻밖의 목소리에 도훈의 손이 빛보다 빠르게 걸쇠를 풀고 문을 열어재꼈다.

눈앞에 빈우가 서 있다. 꿈인가? 그럴 리 없다. 코끝으로 스며드는 빈우의 체취에 몸이 벌써 반응을 시작했으니까.

"진짜 빈우네."

"자는데 깨웠어요?"

"안 잤어, 안 잤어."

빈우의 손을 잡아 사무실 안으로 이끌고는 그녀를 품에 안았다.

"어떻게 온 거야?"

"그냥……."

빈우의 몸이 따뜻했다. 아니, 조금 뜨거운 정도인데다 목소리도 코맹맹이 소리가 나는 게 심상치 않아 보인다. 도훈이 빈우를 떼어내고 그녀의 얼굴을 살피며 이마에 손을 얹었다.

"열나잖아."

"나 아픈 것 같아요."

"열 많이 나는데? 병원 가자. 가까운 응급실이 어디에 있더라?"

차 열쇠를 찾기 위해 의자에 걸어둔 재킷 주머니로 손을 뻗는 도훈을 빈우가 붙들었다.

"병원은 퇴근하면서 다녀왔어요. 나 신경 쓰지 말고 일해요. 나 좀 누워 있을게."

빈우는 이게 말이 된다고 생각하는 걸까. 이렇게 열이 나는데 어디에 누워 있겠다는 건지. 더군다나 아무리 둘러보아도 지금 이 사무실에는 빈우가 누울 만한 곳은 어디에도 없다. 쓰레기가 이미 장악해 버린 소파에 눕힐 수는 없지 않은가.

난처해하는 도훈의 표정을 오해한 빈우가 입술을 깨물었다.

"미안해요. 방해한 거죠? 아픈데 혼자 큰 집에 있는 게 너무 싫어서 무작정 왔는데 내 생각만 했나 봐요."

혼자서 끙끙 앓았을 빈우를 생각하니 울컥 무언가가 가슴에서 치밀어 올랐다.

"무슨 말을 하는 거야. 절대 그런 거 아니야. 전화를 하지 그랬어. 내가 갈 텐데."

"그럴까 싶기도 했는데……."

빈우의 목소리가 잦아든다. 속상한 마음에 저도 모르게 화를 내고 있었던 모양이었다. 그러나 왜 전화하지 않았는지 알고 있기에 더 화가 났다.

가뜩이나 아파 기운 없는 빈우를 계속 세워둘 수는 없는 노릇이었다. 차 열쇠를 찾아 손에 쥐었다.

"그냥 일해요. 나 진짜……."

"한마디만 더 하면 진짜 화낸다."

혹시나 그녀가 추울까 봐 자신의 재킷을 어깨에 둘러주고 빈우에게서 등을 돌린 후 다리를 굽히고 앉았다.

"업혀."

"도훈 씨."

"얼른 업혀."

머뭇거리며 빈우가 그의 등에 기대왔다. 뜨겁다. 이런 몸으로 어떻게 온 건지 생각할수록 속상했다. 도훈이 그 마음을 애써 누르며 서둘러 발걸음을 옮겼다.

수건을 차갑게 해 빈우의 이마에 올려주고 가만히 그녀의 얼굴에 귀를 대어본다. 쌕쌕거리는 뜨거운 숨소리는 여전했으나 다행히도 열은 조금씩 떨어지고 있었다.

중학교 때의 어느 날이 떠올랐다.

방과 후 학원 수업까지 마치고 집에 돌아온 도훈은 대문에 들어서자마자 엄마를 업고 뛰어나오는 아버지와 마주쳤다. 무슨 일이냐 묻는 도훈의 물음에도 대답을 하지 않고 무작정 뛰어가는 아버지를 따라 도훈 역시 뛰었다.

단순한 감기인 줄 알았던 엄마의 병명은 독감이었고, 3일 입원 후 엄마는 퇴원했다.

그 당시 도훈은 아버지의 행동이 조금은 과하다고 생각했다. 신발도 제대로 신지 못하고 뛰어야 할 정도로 위급한 상황은 아니었기 때문이었다.

그러나 아버지는 집에 아무도 없었던 낮 시간 동안 혼자서 힘들어했을 엄마를 생각하면 두고두고 마음이 아프다고 말씀하셨다. 그까짓 돈, 가족 잃고 나면 아무 소용 없는 거라 하시며.

그때는 이해하지 못했던 아버지의 마음이 이제야 이해가 간다. 아픈 줄도 모르고 괜찮다는 말에 괜찮겠거니 생각했던 게 못 견디게 미안했다. 빈우와 함께할 시간을 조금이라도 늘리기 위해 밤을 새웠지만 그까짓 프로그램, 빈우를 잃고 나면 무슨 소용이 있을까.

뺨에 들러붙은 빈우의 머리카락을 떼어내고 열이 나서 벌게진 그녀의 얼굴을 매만졌다.

이렇게나 큰 집에서 빈우가 사용하는 공간이 주방과 이 방뿐이라는 건 일찌감치 알고 있었지만 썰렁한 기운이 도는 이 집이 새삼스레 마음에 들지 않는다. 이런 집에서 쓸쓸히 아파했을 빈우를 떠올리자 가슴이 아렸다.

도훈의 손길을 느낀 빈우가 힘겹게 눈을 떴다.

"좀…… 자야죠."

"응. 너 열 내리는 거 확인하고."

"피곤해서 어떡해요."

"안 피곤해. 걱정 마."

빈우의 눈이 다시 감긴다. 조금 전보다 고른 숨소리에 안심이 되었다. 잠든 빈우를 살피던 도훈이 저도 모르게 잠에 빠진 건 한참이 지난 후였다.

도훈이 눈을 떴다. 얼마나 잔 걸까. 조심스레 침대를 벗어나고 있는 희고 가냘픈 빈우의 발목이 눈에 들어온다.

바닥에 앉은 채로 침대에 엎드려 잠이 들었던 탓에 팔과 어깨가 돌덩이처럼 묵직했다. 도훈이 몸을 일으키며 빈우를 향해 나직하게 물었다.

"좀 괜찮아?"

"일어났어요? 제대로 누워서 좀 더 자요."

도훈이 누울 생각이 없어 보이자 방을 나서려던 빈우가 다시 돌아와 재촉했다.

"얼른 누워요."

"어디 가려던 거야?"

"도훈 씨 덮어줄 이불 갖고 오려고요."

"이불 필요 없어."

도훈이 침대에 누워 옆자리를 통통 두드렸다. 망설이던 빈우가 그의 품으로 들어와 누웠다.

"왜 아프고 그래."

그의 목소리에 걱정이 담겼다.

"며칠 후면 아빠 기일이에요. 이상하게 늘 이맘때면 좀 아파요."

그렇다면 혼자가 된 것도 이쯤이었을 테지. 마음이 아파 생기는 병인 모양이었다. 안타까운 마음에 도훈이 빈우의 등을 쓸어내렸다.

"너에게 내가 아직은 완전한 위안이 되질 못하나 보다. 너 이렇게 아픈 걸 보면."

빈우가 아니라며 고개를 흔들었지만 괜한 자책이 몰려왔다.

"너 아픈 것도 모르고. 너무 미안해."

"도훈 씨가 왜 미안해요. 내가 미안하지."

"미안. 미안해."

빈우를 품 안에 가두고 도훈이 눈을 감았다. 더는 잠이 오지 않을 것 같은 깊은 새벽이었다.

빈우에게 작업실에 나가지 말라고 신신당부를 해두고 도훈이 집으로 갔다. 바로 출근을 하기에도 빠듯한 시간이었지만 도저히 아픈 빈우를 혼자 둘 수는 없었다.

"엄마! 엄마!"

"엄마 여기 있어. 옷 갈아입으러 왔어? 어머, 우리 아들 왜 이렇게 까칠해졌니? 잠은 자는 거니? 도대체 왜 잠도 못 자는 일을 시작해서 이렇게 고생이니."

도훈을 보자마자 걱정부터 늘어놓는 엄마에게 그가 손을 내저었다.

"저 괜찮아요. 걱정 안 하셔도 돼요. 아버지는요?"

"손 씨 아저씨랑 오랜만에 산에 가셨어."

산에 가셨다면 저녁 늦게나 돼야 오실 테니 차라리 잘됐다. 아버지가 계신 것보다는 안 계신 게 빈우가 편할 테니까.

"엄마, 부탁이 있어요."

"부탁? 무슨 부탁인데?"

"제가 만나는 사람이 있어요."

엄마의 눈이 금세 커다래졌다. 늘 사무실 일로 바쁘다던 도훈이었기에 연애를 하고 있을 거라고는 상상조차 못했기 때문일 터.

"정말이니?"

"네. 그런데 그 사람이 지금 좀 많이 아파요. 혼자 지내고 있어서 간호해 줄 사람도 없어요. 그래서 제가 올 때까지 제 방에 좀 있게 해주고 싶은데 엄마 괜찮으시겠어요?"

엄마의 눈이 좀 전보다 더 커다래진다. 왜 아니겠는가. 정식으로 소개도 받기 전에 병간호부터 해달라니 엄마가 얼마나 놀라셨을지 충분히 이해가 갔다. 하지만 안타깝게도 긴 설명을 할 시간이 없다.

"엄마, 죄송한데 죽 좀 끓여놔 주세요. 가서 데리고 올게요. 아, 제 방 침대보도 좀 바꿔주세요. 베개 커버도요."

급히 제 할 말만 하고 나가는 아들을 어찌 바라보고 계실지 돌아보지 않아도 알 것 같았다. 그러나 아무리 생각해도 방법은 이것밖에 없다. 분명 엄마라면 자신의 부탁을 거절하지는 않으실 테니 말이었다.

벌써 수분째 빈우는 가지 않겠다며 현관문 앞에 앉아 있는 상태였다. 아무리 생각해도 이건 말이 되지 않았다. 제대로 인사조차 드린 적이 없는데 이렇게 폐를 끼칠 수는 없는 노릇이었다.

약 기운이 떨어지자 슬슬 다시 열이 오르기 시작했다. 뼈 마디마디마다 욱신거리며 빨리 누우라고 비명을 질러댔다.

"혼자 있어도 괜찮으니까 걱정 말고 어서 출근해요."

"널 혼자 두고 어떻게 가. 내가 사무실에 간들, 일이 손에 잡히기나 하겠어? 우리 엄마 간호사셨어. 분명히 도움 될 거야."

어젯밤 조금 더 참을걸. 도훈에게는 가지 않는 건데 그랬다. 그랬다면 이런 실랑이를 벌일 필요도 없었을 텐데. 고집도 이런 고집이 없다.

"그래도 도훈 씨 집에 가는 건……."

"잠깐만."

그녀의 어깨를 두드리고는 휴대폰을 귀에 대며 그가 돌아섰다.

"여보세요. 어. 말해."

도훈의 목소리가 멀어진다. 분명 그의 사무실일 것이다.

요즘, 일분일초 매 순간을 허투루 보내지 않기 위해 그가 얼마나 치열한 싸움을 하는지 알고 있다. 현재 준비 중인 프로그램에 스윗소프트웨어의 사활이 걸려 있다는 것 역시 알고 있기에 빈우는 점점 더 초조해졌다.

도훈에게 우선순위가 자신이 먼저이길 바라지만 그건 욕심일 뿐이었다. 그런 욕심을 부리고 있다는 걸 알게 해서 도훈을 힘들게 할 수는 없었다.

그가 랄라플라워의 미래를 걱정하듯 그녀 역시 스윗소프트웨어가 큰 성공을 거두길 바랐다. 그의 사업에 도움이 되지는 못할지언정 피해는 주지 말아야 하지 않겠는가.

그렇다면 도훈이 제 걱정을 하지 않고 일을 할 수 있도록 그의 바람대로 해주는 게 맞겠지만, 도훈의 집으로 간다는 건 정말 안 될 말이었다.

이러지도 저러지도 못하는 동안 빈우의 몸 상태는 점점 더 나빠졌다.

통화를 끝낸 도훈이 빈우에게로 몸을 기울였다.

"정말 싫어?"

빈우가 입을 꾹 다물었다.

"그럼 올라가자."

포기한 건가?

영문을 몰라 눈을 깜박이는 빈우를 향해 그가 쌔기를 박으며 벌떡 일어섰다.

"내가 출근 안 하면 돼. 또 열 오르는 거 봐. 어서 올라가자. 괜히 기운만 뺐다."

빈우가 도훈의 바짓단을 붙들었다.

"도훈 씨."

"응."

도훈이 빈우를 내려다본다. 여느 때처럼 다정하고 따뜻한 얼굴로, 그녀의 말이라면 뭐든 들어주겠다는 표정으로. 그러나 빈우는 알고 있다. 다정한 얼굴로 제 부탁을 거절할 거라는 걸.

"그냥…… 출근하면 안 돼요?"

"안 돼. 올라가기나 해."

이거 봐. 이럴 줄 알았다니까.

"작업실에 들러서 꽃 물 뿌려줘야 하는데."

"시들면 버려. 네 몸이 더 중요해."

빈우가 긴 한숨을 내쉬며 일어서기 위해 바닥에 손을 짚자 도훈이 겨드랑이 사이에 손을 넣어 부축해 일으켜 세웠다.

"정말 옳은 선택이 아니에요."

"아니. 이것보다 나은 선택은 없어."

늘 도훈은 자신을 이러지도 저러지도 못하는 기로에 서게 한다. 그것이 화가 날 법도 한데 이상하게 도훈에게는 그런 마음이 들지 않는다. 내가 이렇게 줏대도 없는 여자였던가.

또다시 울리는 도훈의 휴대폰 벨소리에 빈우가 그것 보라는 표정을 지어 보였다. 그러나 도훈은 그저 빙긋 웃을 뿐이다.

"네, 엄마. 이 친구가 엄마께 폐 끼치기 싫다고 해서 제가 출근을 안⋯⋯."

상황을 파악하고 놀란 빈우가 도훈의 휴대폰을 빼앗으려 손을 뻗자 그가 휴대폰을 쥔 손을 머리 위로 올렸다.

[도훈아, 뭐라고? 안 들려, 얘.]

엄마의 목소리가 휴대폰을 타고 들려온다. 도훈이 휴대폰을 든 손을 더 높이 치켜 흔들고는 빈우를 향해 어떻게 할래, 하는 표정을 지어 보였다.

이미 도훈이 어머니께 말씀을 드린 상황인데다 그의 집으로 가지 않는 한 이 남자는 절대 회사로 출근하지 않을 것이다. 더 이상 버티기에도 힘에 부쳐 얼른 눕고 싶은 생각뿐이었다.

빈우가 힘겹게 고개를 끄덕이자 도훈이 입술 양 끝을 끌어 올리며 지금 가요, 하고 소리친다.

"나 화장도 못했고, 옷도 이런데⋯⋯."

"지금 인사드리러 가는 거 아냐. 오늘은 아무 생각도 하지 마."

자꾸만 몸이 가라앉는다. 실랑이를 벌이느라 기운을 뺀 탓이었다.

비가 올 듯 꾸물거리는 하늘을 잠시 바라본 빈우가 긴 한숨을 내뱉으며 그의 차에 올라탔다.

낯선 방, 낯선 침대 위에 누운 빈우는 등 밑에 따끔따끔한 가시라도 박힌 것처럼 불편했다.

머리가 아파 무거워진 눈을 껌벅거리며 방 안을 둘러보았다. 빽빽하게 책이 꽂혀 있는 책장, 엉망진창인 사무실 책상과는 다르게 잘 정돈되어 있는 책상과 제법 오래돼 보이는 컴퓨터. 만지면 도돌도돌한 느낌이 날 것 같은 아이보리색 벽지, 컴퓨터만큼 오래돼 보이는 미니오디오.

꽤 오랫동안, 거의 매일 도훈의 집 대문 앞을 지나갔지만 안으로 들어갈 일이 있으리라곤 꿈에도 생각하지 못했다. 마당과 연결된 철 계단을 통해 2층으로 올라오며 그의 엄마를 만나면 뭐라 인사를 해야 하나, 이렇게 찾아뵙게 되어 죄송하다고, 폐 끼치게 되어 죄송하다고 해야지, 수많은 인사말을 되뇌었지만 아직 그의 엄마를 만나지 못했다.

빈우가 제 침대 위에 눕자 그제야 안심이 되는 듯 도훈은 사무실에 다녀오겠다고 했다. 급한 것만 마무리하고 오겠다는 걸 그러지 말라고 했지만 속으로는 그가 빨리 와주길 바랐다.

똑똑.

노크 소리에 빈우가 벌떡 일어나 침대 밖으로 나왔다.

"자나?"

작은 문틈으로 고개를 내미는 도훈의 엄마와 눈이 마주쳤다. 긴장으로 꼴깍하고 침이 넘어간다.

"안녕하세요."

빈우가 허리를 숙여 인사를 해 보이자 한걸음에 방 안으로 들어와 쟁반을 내려놓으며 그의 엄마가 빈우의 손을 잡았다.

"어머, 왜 일어나 있어요. 많이 아프다면서."

그의 엄마에게 잡힌 손을 빼내지도 못하고 다시 빈우가 고개를 숙였다.

"처음 뵙겠습니다. 정빈우라고 합니다."

이 목소리가 아닌데. 코맹맹이가 되어버린 목소리가 야속하다.

"인사는 나중에 해도 되는데, 몸부터 추슬러야지."

빈우를 침대로 이끌며 그의 엄마가 빈우의 등을 쓰다듬었다. 따뜻하고 부드러운 손길에 뻣뻣하게 굳었던 몸이 조금씩 긴장에서 벗어나기 시작한다.

"폐 끼치게 되어 정말 죄송해요. 예의가 아닌 줄 알면서도……."

"우리 아들 고집을 내가 아는걸. 한다면 어떻게든 하는 애라서, 빈우 씨가 많이 난감했겠네."

빈우가 뭐라 대답을 하지 못하고 입술을 깨물자 다 이해한다는 듯 그의 엄마가 빙긋 웃었다.

"괜찮으면 죽 좀 먹어볼래요? 흰죽보다는 이게 나을 것 같아서 있는 재료만 넣어서 끓였는데 입에 맞을는지 모르겠네."

하얀 사기그릇에 담긴 죽을 내려다보던 빈우가 괜스레 시큰거리는 코끝을 찡그렸다.

"왜? 입맛이 영 없어요?"

"아니에요. 잘 먹겠습니다."

빈우의 손에 수저를 들려주며 그녀 앞에 마주 앉은 그의 엄마가 젓가락을 집어 들었다. 수저에 잘게 자른 김치 한 조각을 놓아주며 얼른 먹으라는 듯 그녀의 얼굴을 바라본다.

혹시나 그의 침대 위에 죽을 떨어뜨릴까 싶어 왼손을 밑에 받치고 조심스레 수저를 입으로 가져갔다.

죽은 너무 맛있었다. 금세 눈물이 차올라 목이 메일 만큼. 눈물아, 제발 떨어지면 안 돼.

그녀가 죽을 뜰 때마다 수저 위에는 반찬이 놓여졌고, 빈우는 열심히 먹었다. 죽 그릇이 바닥을 보일 때쯤 고여 있던 눈물이 기어이 후드득 떨어졌다. 놀란 엄마가 그녀의 이마를 짚으며 걱정스레 물었다.

"많이 아파요?"

아니라고 말해야 하는데 꽉 막혀 버린 목구멍에서는 좀처럼 소리를 만들지 못했다. 빈우의 등을 토닥거리던 엄마가 그녀의 눈물을 닦아주었다.

"먹고 바로 누우면 안 좋은데. 그래도 많이 힘들면 누울래요?"

어깨를 들썩이며 흐느끼던 빈우가 작게 고개를 흔들었다.

"흑흑…… 죽이 너무…… 맛있어요. 너무…… 맛있어서…….""

그의 엄마는 더 이상 아무 말도 하지 않았다. 조금 더 그녀 곁으로 다가와 따뜻하게 안아주었을 뿐.

아파서 마음이 너무 약해진 모양이었다. 처음 뵌 분 앞에서 이 무슨 추태인지.

흉보시겠다. 힘드실 텐데, 지루하실 텐데. 그러나 아무리 노력해도 눈물은 멈추지 않았고, 참아보려 할수록 흐느낌은 더 격해지기만 했다.

멈출 것 같지 않았던 빈우의 눈물이 조금씩 잦아들 때쯤 잔잔한 자장가 같은 엄마의 목소리가 들려왔다.

"고단하고 힘들 때, 언제든지 와요. 도훈이 엄마라고 생각하지 말고 그냥 편한 동네 아줌마라고 생각하고."

눈물을 닦아내는 와중에도 그게 될까? 하는 생각이 든다. 그러나 잠깐 맛본 엄마 품은 예의도 뭣도 잊을 만큼 욕심이 났다.

"누워요. 울어서 기운도 없겠네. 한숨 자고 일어나면 좀 괜찮을 거야."

"감사합니다."

이불을 끌어당겨 잘 덮어주고는 그의 엄마가 방을 나갔다. 묵직했던 머리가 조금은 가벼워지는 느낌이 들었다. 잠이 금방 올 것만 같았다.

닫힌 방문을 멍하니 바라보던 엄마가 작게 한숨을 내쉬었다.

처음부터 이상하게 낯이 익다 싶었다. 빈우가 죽을 먹는 동안 어디서 봤는지 기억을 더듬던 엄마는 병원에서 간호사로 일하던 오래전 어느 날이 떠올랐다.

두통이 심해 병원을 찾았던 50대 남자 환자의 병명은 뇌동류 파열에 의한 뇌출혈이었다. 환자는 응급실에서 대기하던 중 구토를 일으키며 의식을 잃었고, 응급 수술 후 회복을 기대했지만 며칠이 지나지 않아 결국 사망했다.

당시 그 병원의 중환자실 간호사로 있었던 엄마는 환자가 사망하던 날 환자의 보호자가 보였던 이상 행동이 지금도 잊히지 않는다.

보호자는 자신이 알고 있던 환자의 혈액형과 병원에서 검사로 확인된 혈액형이 다르다며 재검사를 요청했다.

처음에는 혈액 사고로 위장해 병원에 보상을 요구하기 위해 꼼수를 부리는 건가 싶었지만 그런 것도 아니었다.

O형인 환자의 혈액형을 B형으로 알고 있었던 보호자는 제대로 검사한 거 맞느냐며 불같이 화를 냈고, 몇 번의 검사를 통해 최종 확인을 한 후에야 수긍을 했다.

그날, 중환자실 복도에 앉아 아빠의 죽음을 슬퍼하며 목 놓아 우는 딸을 바라보던 섬뜩했던 보호자의 표정을 잊을 수가 없다. 남편에 대한 슬픔이나 딸에 대한 안타까움이 아니라, 분노와 혐오가 담긴 얼굴이었다.

도훈의 엄마는 보호자와 환자의 상태에 대한 이야기뿐만이 아니라 간간이 일상적인 대화도 나누었던 터라 보호자의 그런 모습에 놀라지 않을 수 없었다.

중환자실이라 면회 시간이 정해져 있는데도 불구하고 매일 복도에 있는 간이 의자에서 쪽잠을 자며 면회 시간을 기다릴 정도로 지극정성이었던 보호자라 짧은 입원 기간이었지만 중환자실 내에서는 꽤나 유명했다.

가끔씩 딸과 함께 있는 모습을 볼 때면 모녀지간이 아니라 마치 친구처럼 지내는 모습이 부럽기도 했다. 저렇게 예쁜 딸이 있으면 얼마나 좋을까 하면서 말이다.

그때 그 환자의 딸이 오늘 만난 빈우임을 기억해 냈지만 성급히 알은체를 할 수가 없었다. 빈우에게 그 일이 상처가 될지도 모른다는 직감 때문이었다.

특별히 그때 그 일을 떠올릴 만한 이유가 없었기 때문에 잊고 살았는데, 새삼 그때 환자의 보호자는 무슨 이유로 그랬던 건지 궁금해진다.

도훈이가 갑작스럽게 병간호를 부탁했을 때 당황스러웠지만 기꺼이 해주어야 한다고 생각했다. 워커홀릭인 아들이 바쁘고 아까운 시간을 쪼개어 만나고 있는 여자라면 다른 설명이 필요 없는 까닭이었다.

도훈이는 빈우를 간호해 줄 사람이 아무도 없다고 말했다. 그 후로 빈우가 어떻게 살아왔는지, 힘들게 살아왔던 건 아닌지 걱정이 된다. 오래도록 방문 앞에 서 있던 엄마의 얼굴에 안타까움이 머물렀다.

"누구? 도훈이 여자친구?"

"조용히 해요. 이이가 왜 이렇게 큰 소리를 내고 그래."

당장이라도 2층으로 뛰어 올라갈 것 같은 남편을 붙잡아 주방으로 이끈 엄마가 목소리를 최대한 낮추어 속삭이듯 말했다.

"아픈데 간호해 줄 사람이 없다고 도훈이가 부탁하더라고요."

"혹시 도훈이 사무실 옆에 꽃집 아가씨 아니든가?"

덩달아 목소리를 낮추고는 뭔가 알고 있는 듯 묘한 표정을 짓는 남편을 의아한 눈으로 바라봤다.

"뭘 알아요?"

"알지."

확신에 찬 남편의 말에 바짝 다가섰다.

"도훈이가 얘기해요?"

"우리 아들을 그렇게 모르나? 늘 선 사고, 후 통보인 것을. 이런 일이 아니었으면 결혼식장까지 다 잡아놓고 저 내일모레 결혼합니다 했을 놈이잖아."

남편의 말이 틀린 건 아니다. 입영 날짜를 받아놓고도 이틀 전에 통보했으며, 다니던 회사를 그만두고 처음 사무실을 오픈할 때도 바로 전날 통보했던 도훈이었다. 아버지 건물을 임대하게 되는 바람에 어쩔 수 없이 알게 된 경우를 제외하고는 한 번도 상의를 하거나 계획에 대해 미리 말했던 적이 없었다.

"사고는 아니죠. 얼마나 기쁜 일인데요. 그런데 당신은 어떻게 알았어요. 이름이 빈우예요. 정빈우. 확실히 꽃집 아가씨 맞아요?"

"맞네. 꽃집 아가씨."

껄껄 웃으며 남편이 주방을 나갔다. 어쩐지 남편의 기분이 좋아 보인다. 빈우가 있을 2층을 바라보던 엄마의 입가에도 덩달아 미소가 걸렸다.

대문이 열렸다 닫히는 소리가 들리고 우당탕 철 계단을 올라가는 소리가 들려온다.

"빈우야."

발코니 문을 열기도 전 빈우부터 찾던 도훈이 잠든 그녀를 보고는 조용히 문을 닫았다. 제대로 보이지 않는 빈우의 얼굴을 보기 위해 스탠드 스위치를 누르고 침대 앞에 쪼그리고 앉았다.

빈우를 제 방에 눕혀놓으면 그나마 마음이 편할 줄 알았다. 그러나 참으로 어리석은 생각이었음을 사무실 의자에 앉자마자 깨달았다. 빈우가 눈앞에 보이지 않는 이상, 그녀가 어디에 있건 자신에게 아무 소용이 없는 일이라는 걸 왜 몰랐을까.

부모님께 왔다는 인사는 드려야 할 것 같아 일어서던 도훈이 빈우가 입고 있는 티셔츠를 보고 씩 웃었다. 저 꽃무늬는 엄마 취향인데.

"엄마, 저 왔어요."

계단을 타고 내려오는 도훈의 목소리가 우렁차다.

"너 온 줄 알고 있다."

아버지가 가늘게 눈을 뜨고는 도훈을 바라본다.

"음흉한 자식."

"전 음흉한의 자식이 아니라 민 봉 자, 석 자 쓰시는 분의 자식입니다만."

능글능글하게 웃는 도훈을 보며 아버지가 눈썹을 들어 올렸다.

"내가 얼마나 궁금했었는지 알아, 이 녀석아!"

손 씨 아저씨에게 자신이 점찍은 아가씨가 빈우라는 걸 아버지께는 말씀드리지 말아달라고 부탁드렸지만 아저씨가 비밀을 지켜줄 거라고 믿지는 않았다. 워낙 허물없이 지내시는 두 분이기에 처음부터 그건 가능하지 않은 일이었다.

알게 되더라도 절대 아는 척하지 말아달라는 도훈의 의중을 정확히 파악한 아버지는 여태껏 그에게 내색을 하지 않았다.

"뭐가 궁금하셨는데요?"

"마음을 얻은 건지, 그래서 만나고는 있는 건지. 그런 게 다 궁금했지."

"제가 따로 말씀 안 드려도 이제 궁금증 다 해결되신 거죠?"

"그래 이 녀석아. 뭐가 이렇게 오래 걸려. 얼른 결혼 날짜나 잡아."

역시나 성격 급하신 아버지, 이럴 줄 알았다. 아는 척하지 말아 달라고 하지 않았으면 매일같이 빈우의 작업실에 들러 결혼은 언제 할 거냐고 물으셨을 게 뻔했다.

그러나 도훈은 아버지의 말에 아무 말도 할 수가 없었다. 그 역시 빈우만 허락한다면 당장이라도 결혼하고 싶었다.

엄마가 검지를 입술에 대며 주방에서 나왔다.

"목소리 좀 낮춰. 빈우 깨겠다. 잠든 지 얼마 안 됐는데."

어느새 빈우의 이름을 부르고 있는 엄마를 보니 왜 이리 흐뭇한지 모를 일이었다.

"갑작스럽게 부탁드려서 죄송했어요, 엄마."

"죄송한 건 아는구나? 됐어, 애."

웃음기를 가득 담은 엄마의 목소리에 도훈이 엄마를 안았다.

"감사해요."

"엄마가 더 고맙지. 우리 아들이 예쁜 아가씨 만나는 게."

"네 엄마 말고 얼른 올라가서 꽃집 사장 안아줘."

눈을 가늘게 뜬 아버지는 다 안다는 표정이었다. 도훈은 왠지 쑥스러웠다.

이해해 주실 거라 믿고는 있었지만 한결 마음이 놓인다. 부모님 두 분 모두 누구보다 빈우를 예뻐해 주실 것 같았다.

"당신 배고파요? 조금 기다렸다가 빈우랑 같이 먹죠?"

"안 고파, 안 고파. 그렇게 해."

"당신 따온 아욱으로 된장국 끓였는데 맛 좀 봐줄래요?"

부모님이 주방으로 들어가는 모습을 지켜보던 도훈이 2층으로 뛰어 올라갔다. 빈우를 빨리 안아주고 싶었다.

"도훈 씨."

막 방에서 나오던 빈우와 마주쳤다. 뭐가 부끄러운지 그와 눈을 마주치지 못한 채 이마를 매만지는 빈우에게 도훈이 다가섰다.

"괜찮아? 어지러운 건 어때?"

"괜찮아요. 어머님 덕분에 다 나은 것 같아요. 열도 내렸고."

수줍게 웃는 빈우를 가만히 끌어안았다. 비록 예기치 않게 오게 된 거지만 어찌 되었든 그의 집에 빈우가 있다는 게 신기할 따름이었다.

"정말 다행이다. 저녁 먹을 수 있겠어? 힘들면 내려가서 죽 가지고 올까?"

"아뇨. 내려갈 수 있어요. 아버님도 집에 계시죠? 인사드려야 하는데 이런 모습으로 인사드려도 되는 건지 모르겠어요. 열이 떨어지니까 땀이 너무 많이 나서 어머님이 티셔츠 빌려주셨는데 나 괜찮아요?"

"응. 괜찮아. 아주 예뻐."

정말이었다. 제 눈에만 그렇게 보이는 걸는지도 모르겠지만.

빈우가 도훈의 손을 꼭 잡으며 환하게 웃었다.

아버지는 벌써 여러 번 뵈었고, 어머니와는 오늘 내내 함께했건만 도훈과 함께 두 분을 뵌다는 게 빈우는 어색하고 떨렸다. 하지만 그런 떨림은 언제 그랬냐는 듯 금세 사라졌다.

도훈의 부모님과 함께한 저녁식사는 더할 나위 없이 즐거웠고, 잃어버렸던 입맛이 돌아올 만큼 음식은 맛있었다.

설거지를 하겠다는 빈우를 억지로 거실로 내보내고, 너무나 신이 난 표정으로 싱크대 앞에 선 도훈과 그의 아버지를 보며 이런 게 행복이었는데 싶어 절로 입꼬리가 올라갔다.

"빈우야, 왜 서 있어. 어서 앉아."

도훈의 엄마가 손을 이끌어 소파에 앉히고는 찻잔을 건넸다. 편하게 말씀하시라는 빈우의 부탁에 엄마는 흔쾌히 고개를 끄덕였고, 식사 내내 빈우야 하고 불러주는 음성이 좋아 내내 설레었다.

"빈우 도라지 차 마셔봤어? 몸살에 좋은 거니까 조금 써도 마셔봐."

"감사합니다."

은은한 차 내음에 머릿속이 맑아지는 기분이 들었다.

타닥타닥. 빗방울 떨어지는 소리에 빈우가 창밖으로 고개를 돌렸다. 하루 종일 흐리더니만 빗방울은 조금 전부터 마당을 적시고 있었다. 어쩐지 도훈의 집에서 보는 건 빗방울마저 예뻐 보인다.

"올해는 눈이 참 안 오네. 오늘도 날씨는 딱 눈 올 날씨였는데 말야."

그러고 보니 정말 그랬다. 눈다운 눈을 한 번도 못 본 것 같았다.

"비도 내리고 그냥 여기서 자고 갔으면 좋겠는데. 밤에 혹시나 열이 또 오를까 봐 걱정이네."

진심으로 걱정하는 엄마의 눈빛에 빈우는 또 울컥하고 만다. 그동안 어떻게 참았었는지, 도훈을 만나고 나서부터 눈물을 참는 게 쉽지 않았다.

후, 불어 차 한 모금을 머금고, 목구멍을 가득 채운 울음과 함께 꿀꺽 삼켰다. 다행스럽게도 눈물은 흘러내리지 않았다.

"어머님 덕분에 이제 정말 다 나았어요. 아침과는 비교할 수도 없을 만큼 가뿐한데요?"

빈우가 주먹 쥔 두 손을 어깨 높이로 들어 위아래로 흔들어 보이고는 이내 쑥스러운 듯 얼굴을 붉히며 웃었다.

"빈우 혹시 AB형이야?"

"어떻게 아셨어요?"

"도훈이가 B형이잖아. 통계상 AB형 여자를 B형 남자가 유난히 좋아한다던데?"

"후후."

리더십 강하고 진취적인 성격의 도훈은 B형 남자의 좋은 모습만 갖고 있었다. 근거 없는 통계라 할지라도 빈우는 기분이 좋았다.

혼자 집에 누워 있었다면 얼마나 외로웠을까, 하는 생각이 든다. 그의 엄마와 도란도란 이야기를 나누는 시간이 너무 좋았다.

하지만 엄마는 하루 종일 제 곁에서 힘드셨을 것 같아 죄송스러운 마음이 들었다.

"오늘 괜히 저 때문에 시간도 다 빼앗기시고⋯⋯."

"그런 말 마. 내가 오늘 예쁜 딸이 생긴 것 같아 얼마나 기분이 좋은데. 빈우 쉬는 날 도훈이 떼어놓고 우리끼리 점심도 먹고 영화도 보고 그러자."

"정말요?"

그의 엄마가 고개를 끄덕이며 환하게 웃는다.

설거지를 끝낸 도훈이 부리나케 주방에서 나와 빈우 곁에 앉았다.

"뭐가 정말이야?"

궁금한 듯 눈을 크게 뜬 도훈이 엄마와 빈우를 번갈아 바라봤다. 아무것도 아니라며 장난스럽게 눈을 찡긋거리는 엄마의 표정이 도훈과 똑 닮아 있어 빈우는 웃음이 나왔다.

"설거지는 깨끗하게 한 거니? 뭐가 이렇게 일찍 끝나."

"거의 다 했어요. 빈우 데려다주려고 마무리는 아버지께 맡겼어요."

"꽃집 사장, 간다고?"

고무장갑을 낀 채 그의 아버지가 주방에서 나왔다. 고무장갑과는 전혀 어울릴 것 같지 않은 외모인데도 늘 그래 왔던 듯 아버지의 모습은 자연스러웠다.

집으로 돌아가기 위해 현관에 선 빈우가 도훈의 부모님을 향해 고개를 숙였다.

"이런 모습으로 찾아뵈어 너무 죄송했어요."

"사업을 한다는 게 보통 일인가. 그동안 힘든 내색도 않고, 이만하면 대단하지, 대단해."

힘을 내라는 듯 그녀의 어깨를 토닥거리는 아버지 곁에 고운 미소를 띤 그의 어머니가 섰다.

"감사합니다. 다음에는 건강한 모습으로 찾아뵐게요."

"자주 놀러 오고."

우산을 받쳐 들고 대문 앞까지 나온 부모님의 따뜻한 인사를 받으며 도훈과 함께 차에 올라탔다. 차가 멀어져 보이지 않을 때까지 손을 흔드는 두 분을 보며 빈우가 배시시 웃었다.

하루가 어떻게 갔는지 모를 정도로 도훈의 시간은 빠르게 지나갔다. 새벽부터 빈우의 집과 자신의 집을 오고 가고, 사무실에 들러 급한 것들을 지시하고 돌아온 도훈은 또다시 그녀의 집 앞에 서 있었다.

"후……."

시동을 끄며 도훈이 저도 모르게 나오는 한숨을 내뱉고는 기지개를 켜며 두 팔을 머리 위로 쭉 뻗었다.

"으으, 으으."

"피곤하죠?"

잔뜩 미안함을 담고 있는 빈우의 얼굴을 매만지며 도훈이 씩 웃었다.

"아니. 넌 괜찮아?"

그녀가 고개를 흔들며 힘없이 웅얼거렸다.

"안 괜찮아요."

도훈의 가슴이 덜컥 내려앉는다. 저녁식사도 별 무리 없이 하기에 많이 좋아진 줄 알았더니 아니었던 모양이다.

"안 되겠다. 병원으로 가자. 진작 병원으로 가는 건데 그랬어."

도훈이 시동을 다시 켜기 위해 움직이자 빈우가 슬쩍 그의 팔을 붙잡아 제지했다.

"왜?"

그의 시선을 피하는 그녀에게로 더 바짝 몸을 기울였다.

"병원 가자니까?"

"몸은 이제 괜찮아요. 아파서 안 괜찮은 게 아니라……."

"그럼, 우리 집에서 많이 불편했던 거야?"

또 한 번 빈우가 고개를 흔든다.

"도훈 씨가 너무…… 부러워."

의미를 알 수 없는 빈우의 말에 도훈이 얼굴을 찌푸렸다.

"부러워? 뭐가?"

"너무 좋으신 부모님. 늘 자신만만한 도훈 씨."

빈우의 손가락이 그의 가슴에 닿았다. 몸이 아프면 마음까지 약해진다고 했던가. 새벽 배달까지 할 정도로 의욕적이었던 빈우는 지금 몸도 마음도 많이 아픈 상태인 듯했다.

"처음부터 몰랐다면 좋았을까요? 부모님이라는 울타리가 얼마나 따뜻한지, 얼마나 든든한지……."

덤덤한 목소리를 내는 빈우의 손을 꽉 쥐었다. 거기까지는 생각해 본 적이 없었다. 생각이 너무 짧았다.

"미안해. 네 마음 다 들여다보질 못했어."

"왜 맨날 미안하다고 해요. 미안할 일 아니에요. 오히려 내가 고마워해야 하는걸."

덤덤했던 그녀의 목소리에 조금씩 웃음기가 묻어난다. 하지만 도통 마음을 놓을 수 없는 도훈은 빈우를 따라 웃을 수 없었다.

"너무 오랜만이었어요. 평범하지만 내겐 평범하지 않은 저녁식사, 간절히 갖길 원했던 다정한 시간들."

제게는 지극히 당연하고 평범한 가족이라는 울타리가 빈우에게는 간절함이었다는 걸 새삼 깨닫는다. 빈우가 그리워하는 시간으로 데려다줄 수만 있다면 얼마나 좋을까.

"오늘 저녁식사 때 앉았던 그 자리가 너무나 욕심나요. 아무에게도 빼앗기지 않고 늘 내 자리였음 좋겠어요. 아니, 빼앗기지 않을래요."

빈우의 말을 이해하는 데는 그리 긴 시간이 걸리지 않았다. 그녀의 눈빛에서, 그녀가 원하는 게 무엇인지 읽어낼 수 있었으므로.

"진심이야?"

"진심이에요."

가슴이 미칠 듯 두근거린다. 슬며시 올라가는 입꼬리를 억지로 붙들고, 두근거리는 가슴을 진정시키기 위해 짧은 숨을 내쉬었다.

"다시 한 번 물을게. 그 자리에 앉으면 평생 넌 내 옆에 있게 되는 거야. 후회하지 않을 자신은?"

지금 당장 빈우가 후회를 한다 해도 절대 무를 생각이 없지만 괜한 호기를 부려본다.

"도훈 씨만 후회하지 않는다면."

도훈의 커다란 손이 빈우의 얼굴을 감쌌다. 잘게 물결치듯 흔들리는 그녀의 눈동자가 숨죽이며 그를 바라본다.

"후회할 일 없어. 그 자리, 너 아니면 그 누구도 앉힐 생각 없었으니까."

앓은 탓에 버석해진 빈우의 입술을 조심스레 머금었다. 주체할 수 없을 만큼 벅찬 이 감정대로라면 이렇게 살짝 머금은 정도로는 성에 차지 않을 터였다. 하지만 빈우의 몸 상태를 생각하지 않을 수 없는 도훈은 아쉽게 입술을 떼어냈다.

"결혼하자, 빈우야."

빈우가 고개를 끄덕였다. 도훈은 세상을 다 가진 것만 같았다.

도훈의 말대로 하루 더 쉬는 건데 그랬다. 그럼 그냥 되돌아갔을 텐데.

다시는 만나지 않았으면 했건만 잊을 만하면 한 번씩 왜 찾아오는 건지 모르겠다. 누가 반가워한다고.

인사조차 하고 싶지 않아 고개를 돌려 버린 빈우에게 역시나 인사를 생략한 서진의 목소리가 들려왔다.

"꽃 만지는 거 어렵지 않지?"

왜 그럴 걸 묻는 건지 되묻고 싶지도 않아 빈우가 건성으로 대답했다.

"어려워요."

"어려워?"

믿을 수 없다는 듯 서진이 날카롭게 물어온다. 그럼, 손으로 하는 일 중에 쉬운 일이 어디 있다고.

"꽃다발 만드는 것 좀 배우고 싶은데."

어이가 없는 빈우가 길게 눈을 감았다 떴다. 어쩌다 이런 악연을 만들었을까. 한숨이 저절로 새어 나온다.

"딴 데 가서 알아보세요."

부러 쌀쌀맞게 뱉어놓고 쌩하니 바람까지 일으키며 빈우가 돌아섰다.

"원데이 클래스 알아봤는데 맘에 안 들어. 내가 원하는 대로 커리큘럼이 짜여 있질 않잖아. 내가 원하는 대로 만들고 싶어."

"여기서는 원하는 대로 만들 수 있다고 누가 그래요? 강습 같은 거 할 시간도 없거니와 설사 있다 해도 선배한테는 안 해요."

돌려보낸 후에 더 퍼붓지 못했다고 후회하지 말고 더 독하게 퍼부어야지. 빈우가 어금니를 앙다물었다.

"너 뒤끝 엄청 길구나? 우리 지난번에 다 끝낸 거 아니었니?"

뻔뻔하기가 이루 말할 수가 없다. 뒤끝으로 말하자면 서진을 따라올 사람이 없을 것 같은데 말이다.

"끝내고 말고 할 게 뭐 있었나요? 다시는 안 보면 그만이지."

"언제 오면 되니?"

뭐라는 거야?

"오지 마세요."

"내일 이 시간에 오면 되지?"

"나 벽 보고 얘기해요? 오지 말라니까요."

"아, 그리고 그 체험단. 어떻게 신청하는 거니? 그건 뭐 천천히 하고. 내일 보자."

손까지 흔들며 서진이 작업실을 나갔다.

"왜 저래 정말!"

차라리 학교 다닐 때의 서진이 나았다. 제대로 이야기 한번 나눈 적 없지만 막무가내는 아니었다. 사랑 실패가 사람을 이렇게 최악으로 바꿔놓을 수도 있구나 싶었다.

설마 정말 오겠어? 그렇게 싫은 티를 팍팍 냈는데, 라고 생각했던 건 빈우만의 착각이었다. 다음날, 각종 꽃꽂이 도구와 앞치마까지 갖춰 입고 나타난 서진이 제 작업실인 것마냥 문을 열고 들어왔다.

막무가내로 쳐들어온 서진을 어떻게 돌려보낼까 고민하던 빈우는 제 풀에 지쳐 제 발로 돌아가는 방법을 선택하기로 했다. 하지만 생각만큼 만만치 않았다. 몸싸움이라도 벌여 문밖으로 밀어내지 않는다면 꼼짝도 안 할 태세였다.

"포장지나 자르죠?"

빈우가 올라간 눈꼬리를 더 올리며 작약 꽃송이에 손을 대는 서진을 향해 매섭게 쏘아붙였다.

"꽃다발은 언제 만드는 거야. 이건 왜 다 잘라야 하는 건데?"

"싫어요? 그럼 말아요."

빈우가 작업대 위에 흐트러져 있는 포장지를 모아 한꺼번에 그러쥐었다.

"야! 누가 싫데? 이리 줘."

빈우의 손에 들린 포장지를 빼앗아 든 서진이 입술을 삐죽이며 가위를 집어 들었다. 서진을 힐끔 쳐다본 빈우가 작게 한숨을 내쉬며 고개를 내저었다.

이래도 안 간다 이거지? 그렇다면 차라리 골탕이나 실컷 먹여야겠다.

"그거 다 자르고 나서 이것도 잘라요."

그때그때 잘라서 써도 되는 리본을 꾸러미째 서진의 품에 떠안겼다.

"이걸 다?"

"길이는 67㎝, 52㎝, 44㎝ 세 종류로요. 오차 없이 깔끔하게 잘라야 해요."

있지도 않은 리본 규격을 말하고 있는 자신이 한심하기 짝이 없다. 내게도 이런 악마 기질이 있었다니. 그러나 이 모든 것은 서진이 자초한 일이었다. 싫으면 가든지.

플로리스트 교육 과정 중에서도 거의 하지 않는 잡일만 골라 시켰건만 투덜투덜대기는 하나 서진은 포기할 생각이 없어 보였다.

마지막 크라프트지를 반으로 접어 자르며 서진이 뾰족하게 묻는다.

"근데 오늘 중으로 꽃다발 만드는 거 배우기는 하는 거니?"

"기본도 안 되어 있는데 무슨 꽃다발을 만들어요. 그냥 대충 만들고 싶으면 다른 원데이 클래스 가라니까요. 어때요? 소개시켜 줘요?"

빈우가 다른 클래스의 연락처를 찾기 위해 휴대폰에 저장되어 있는 전화번호를 찾는 시늉을 해 보였다. 그러자 서진이 잘라놓은 크라프트지를 가지런히 모아 신경질적으로 건넸다.

"자, 다음은 뭐 하니?"

"후······."

서진이 왜 이렇게까지 하는 건지 점점 궁금해진다. 이 정도라면 일부러 골탕을 먹이고 있다는 것 정도는 알아차릴 만한데 말이었다. 정말 묻고 싶지 않았지만 이젠 알아야겠다. 서진의 의도가 무엇인지.

"선배, 도대체 왜 이러는 거예요? 내 속을 뒤집어놓고 싶은 생각이었다면 성공했어요. 그러니까 이제 그만하고 가세요."

"너 이런 성격인 거 정민 씨는 아니?"

"알 리가 없죠. 이렇게 짜증나게 한 사람은 이제껏 선배뿐이니까."

빈우가 나오는 짜증을 숨기지 않았음에도 불구하고 서진은 꿈쩍도 하지 않았다.

"커피 한잔 마시고 하자."

혈압을 있는 대로 올려놓고 홀짝홀짝 커피를 잘도 마시던 서진이 오늘은 그만 가야겠다며 앞치마를 벗어 던지고 작업실을 나갔다. 가지고 왔던 도구들을 모두 그대로 두고 가는 걸 보니 또 오겠다는 심산인 모양이다. 빈우의 한숨이 늘어졌다.

알 수 없는 행동을 하는 서진이 이해가 간 건 며칠 후였다.

"굿모닝, 빈우 씨."

비인이 그녀의 작업실 문을 살짝 열고 빈우를 향해 인사를 했다.

"일찍 출근하셨네요. 커피 드릴까요?"

"좋죠. 음, 향기 좋다. 내 책상만 여기로 옮겨 오면 안 될까요? 사무실에 노총각만 있으니 홀아비 냄새만 풀풀 나요."

비인이 정말 싫다는 듯 고개를 절레절레 흔들었다. 빈우가 건네는 머그컵을 받아 든 비인이 조심스레 물었다.

"요즘 차정민 씨 전처 매일 온다면서요?"

"후…… 네."

사흘째 서진이 작업실에 출근 도장을 찍고 있어 이제는 그녀를 골탕 먹일 잡일거리도 바닥이 난 상태였다. 이대로 가다간 빈우가 먼저 지쳐 떨어져 백기를 들지도 모르는 상황이었다.

"두 사람 사이에 딸 하나 있죠?"

지난번 레스토랑에서 보았던 아영이를 떠올리고는 빈우가 고개를 끄덕였다.

"아이가 엄마한테는 통 안 가려고 하나 봐요. 그래서 차정민 씨가 아이를 데리고 있다는데 아빠와 떨어지면 분리불안 증상을 보여서 유치원도 못 보내고 있대요."

비인이 정민과 선을 본 후로 원하지 않아도 그에 관한 소문들이 그녀에게로 날아들었다. 정민뿐만이 아니라 비인을 스쳐 간 대부분의 남자들에 관한 소문이라고 하는 게 맞는 말이겠지만.

"아이가 상처를 받았을 거예요."

"부모의 이혼을 받아들이기에는 아직 너무 어리니까요."

어리던, 나이를 먹었던 간에 부모에게서 받은 충격은 쉬 회복될
수 있는 게 아니었다. 빈우 역시 여전히 이겨내기 위해 노력하고
있는 중이니 말이었다.

비인과 이런저런 이야기들을 나누고 있을 무렵 서진이 작업실
에 들어왔다. 비인은 처음 만난 서진을 보며 눈썹을 들어 올렸다.

"커피 잘 마셨어요."

서진이 겉옷을 벗고 앞치마를 하고 있는 틈을 타 작업실을 나가
며 비인이 빈우를 향해 속삭였다.

"생각보다 엄청 미인이네요. 피부에 돈 엄청 쓰나 봐. 피부 관리
실에서 저 여자 부탁 들어줄 만하네요."

비인이 말한 부탁이란 게 블로그에 올린 게시글을 말한다는 걸
눈치챈 빈우가 품 하고 웃었다.

"정민 씨랑 선봤던 여자 맞지?"

비인이 작업실을 나가자마자 서진이 못마땅하단 표정을 지으며
다가왔다. 정민에 관하여 모르는 게 없으니 이런 일쯤이야 당연히
알고 있을 터.

"저 여자 너무 글래머다. 결혼 얘기도 오고 갔다더니, 정민 씨
스타일 아니야."

서진의 목소리가 단호했다. 뭐 어차피 끝난 일이니 빈우는 아무
말도 하지 않았다.

빈우가 꽃 냉장고에서 오늘 쓰일 수국 다발을 꺼내와 다듬자 서진이 옆에 와 서서는 빈우가 하는 대로 시든 꽃잎을 정리하기 시작했다. 다른 때 같았으면 꽃잎도 못 만지게 했을 테지만 시킬 만한 다른 일이 떠오르지 않아 그냥 두었다.

"아영이…… 지난번에 봤지? 아영이가 꽃을 좋아해."

어쩐지 서진의 목소리가 평소와는 좀 달랐다.

"아영이 생일날 네가 준 꽃바구니 너무 좋아했어. 꽃 시들었다고 버리자고 했을 때 울고불고 난리를 쳤을 정도로."

빈우가 고개를 틀어 서진을 바라봤다. 아영이를 생각하는지 얼굴에 미소가 가득했다.

"엄마가 만든 꽃다발이라고 하면 아영이가 더 좋아하겠지?"

서진은 엄마에게 오지 않으려 하는 아영이를 위해, 아영이가 좋아하는 걸 직접 만들어주고 싶었던 듯했다. 그렇게 해서라도 아영이를 품에 안고 싶었겠지.

"못난 아빠 엄마 때문에 죄 없는 우리 아영이만 힘들어. 그래서 좀 짜증이 났나 봐."

미소가 가득하던 얼굴에 금세 그늘이 가득해졌다. 늘 자기밖에 모르는 것 같더니만 그래도 엄마는 엄마인 모양이었다.

"무슨 꽃으로 만들고 싶어요?"

"나 오늘 꽃다발 만들어?"

서진을 위해서가 아니라 마음이 아픈 아영이를 위해 빈우가 고개를 끄덕였다.

아영이가 좋아할 만한 꽃을 고르는 서진은 신이 나 있었다. 서진은 천일홍과 미니 소국을 골랐고, 빈우는 홀스톡을 골랐다.

서진이 직접 꽃을 손질할 수 있게 도와주고 어레인지하는 걸 지켜보았다. 이제껏 단 한 번도 보지 못한 상기된 서진의 표정에 서진을 향해 있던 날카로움마저 무뎌지는 느낌이 든다. 이렇게 넘어갈 감정이 아니었는데. 빈우는 우유부단해져 버린 제 감정에 당황스럽기까지 했다.

그러나 꽃다발과 세트로 된 꽃팔찌를 만들며, 서진과 아영이 꽃팔찌를 찬 서로의 손목을 흔들며 행복해할 모습을 저도 모르게 상상하고 있었다는 걸 빈우는 끝내 알지 못했다.

주차장에서 빈우를 기다리고 있던 도훈이 종종걸음으로 걸어오는 빈우를 보며 손을 흔들었다.

"이제 갔어?"

"네. 이런 일 안 해본 사람이라 준비하고 정리하는 게 좀 느려요. 보고 있음 엄청 답답해."

조금 전 집으로 돌아간 서진을 떠올리는지 빈우가 이마를 찌푸렸다.

"요즘도 매일 딸한테 선물할 꽃다발 만드는 거야? 너 귀찮게 왜 계속 오는 거야?"

"제대로 배워보고 싶데요. 뭐, 덕분에 요즘 한결 수월해졌어요. 강습생 무보수로 마구 부려먹기 시현 중."

빈우가 쿡쿡 웃는다.

요사이 빈우는 웃는 일이 많아졌다. 마음을 비운 빈우는 서진과

도 그럭저럭 잘 지내는 듯했다. 하지만 정민이 외국으로 떠난 날, 하루 종일 눈물 바람을 하던 서진을 위로하는 건 꽤나 감당하기 힘든 일이었는지 빈우는 퇴근길에 녹초가 되어 있기도 했다.

"우리 늦은 거 아니에요? 아버님, 어머님 도착하시기 전에 우리가 먼저 가 있어야 하는데."

"안 늦었어. 그리고 좀 늦음 어때? 아버지, 두 분만 오붓하게 있는 거 되게 좋아하시는데 뭐."

빈우가 또 쿡쿡 웃었다.

빈우는 지금 살짝 들떠 있는 상태였다. 결혼 허락을 받기 위해 도훈의 부모님을 만나러 가는 길이기 때문이었다.

도훈은 따로 허락을 받지 않아도 괜찮다며, 결혼식장 예약 후 말씀드리려 했지만 빈우는 다시 찾아뵙고 정식으로 허락을 받고 싶어했다. 혹시나 부모님이 안 계신 걸 탐탁지 않게 생각하진 않으실지 걱정이 된다고도 했다. 도훈은 절대 그럴 리 없다며 빈우를 안심시켰지만 그걸로는 부족한 모양이었다.

그렇다면 밖에서 함께 식사를 하는 것도 나쁘지 않다는 생각에 도훈이 마련한 자리였다.

"꾸오체레 별로인 거 아냐?"

"아뇨. 그곳 음식 먹어보고 싶었어요."

빈우에게는 그다지 좋은 기억으로 남아 있지 않은 곳이지만 도훈 역시 그곳 음식을 꼭 빈우에게 맛보여 주고 싶었다. 이번 기회에 좋은 추억이 있는 곳으로 바꾸면 될 터였다.

"어서 와."

빈우의 우려대로 부모님은 먼저 도착해 계셨다.

"저희가 너무 늦었어요. 죄송해요, 아버님 어머님."

"괜찮아. 우리도 도착한 지 얼마 안 됐어. 어서 앉아."

엄마가 빈우의 손을 붙잡으며 자리에 앉길 권했다.

"아이고, 저런. 빈우 손 어쩌니. 성한 데가 없네."

많아진 주문량 덕분에 요새 빈우는 쉴 틈이 없었다. 그 때문에 고생하는 건 빈우의 손이었다. 그나마 서진이 덕분에 잔일이 줄어들긴 했지만 그건 말 그대로 잔일일 뿐이라 늘 빈우의 손은 상처 투성이였다.

"좋아서 하는 일이라 아무렇지도 않아요."

빈우가 손을 무릎 사이로 감추며 괜찮다는 듯 웃었다. 속상한 건 도훈이었다. 하지만 빈우 몰래 매일 새로 생긴 상처가 없는지 살피면서도 도훈은 속상한 마음을 감춰야 했다. 그가 속상해하는 걸 빈우가 원하지 않기 때문이었다.

음식은 빈우가 엄지를 치켜들 만큼 맛있었다. 늘 함께했던 것처럼 부모님과 빈우의 대화는 살가웠고, 그런 모습을 지켜보는 도훈은 가슴이 두근거릴 정도로 행복했다.

"아버지, 엄마. 빈우와 저 결혼하겠습니다."

"어머, 정말이니? 엄마 너무 좋아, 얘."

"민도훈, 우리 아들. 드디어 장가가는구나."

결혼 이야기를 꺼내자마자 부모님은 박수까지 치며 좋아하셨다.

"결혼하려니까 이제 좀 철이 드는 게야? 네가 웬일로 미리 이야기를 다 해주냐."

아버지의 이런 반응을 미리 짐작했던 도훈은 그저 어깨를 으쓱해 보일 뿐이었다.

휴대폰 달력을 보며 결혼 날짜를 고민하던 아버지는 금세 날짜를 정했다.

"다다음 달 둘째 주 토요일 어떠냐."

"다다음 달이요? 저는 그렇게 오래 못 기다리는데요."

당장 내일이라도 하고 싶은데 어떻게 두 달이나 기다리란 말인지, 이건 말도 안 된다고 도훈은 생각했다.

"결혼식을 번갯불에 콩 구워 먹듯 하는 건 줄 아냐?"

"그래, 얘. 준비할 게 얼마나 많은데. 두 달도 부족할지 몰라."

"예식장 예약해야지. 살 집 마련해야지. 이 녀석, 뭘 알고나 있는 거야?"

이래서 모든 예약을 마친 후 말씀드리려 했던 건데.

"빈우 어떠니?"

"네. 좋아요."

빈우의 표정을 보니 진심이었다. 도훈이 한숨을 내쉬었다.

"친구들이 딸이랑 혼수 준비하러 다니는 거 보면 그렇게 부럽더라고. 빈우, 엄마가 함께 다녀주면 안 되겠니?"

"저야 그렇게 해주시면 너무 좋죠. 정말 감사해요, 어머니."

도훈의 엄마는 딸이 없어 못해볼 경험을 빈우 덕분에 한다며 신나했다. 빈우 역시 진심으로 기뻐하는 듯 보였지만 도훈은 왠지 마음이 무거웠다. 아무래도 빈우를 키워주셨다는 영우의 어머니를 만나봐야 할 것 같았다.

❖

"안녕하십니까. 민도훈입니다."

도훈의 인사에 힐끔 그를 올려다본 혜경이 살짝 고개를 숙이고
는 의자를 빼내어 자리에 앉았다.

무척이나 신경을 쓴 듯 보이는 차림새에 공들여 화장을 한 혜경
의 얼굴은 내키지 않는 자리에 나왔음을 여실히 드러내고 있었다.

유전자 검사가 잘못되었던 게 아닌가 싶을 만큼 빈우와 닮은 얼
굴. 친자가 아님을 확인했다는 데도 불구하고 그 사실을 믿을 수
없을 만큼 두 사람은 닮아 있었다.

어찌 되었든 빈우를 키워준 분께 인사를 드리는 게 도리인 것
같아 영우에게 혜경의 연락처를 물었다. 만나봤자 좋은 소리 못
들을 거라며 만나지 않는 편이 나을 거라던 영우는 도훈이 몇 번
을 물은 후에야 어차피 나오지 않을 테니 큰 기대는 하지 말라며
연락처를 알려주었다.

도훈 역시 약속 장소에 나오지 않을지도 모른다고 생각했기 때
문에 제시간에 맞춰 약속 장소에 나온 혜경을 보고 조금 놀란 상
태였다.

"직접 찾아뵈었어야 하는데 이렇게 나오시게 해서 정말 죄송합
니다."

도훈이 공손하게 고개를 숙였다. 혜경에게서 작은 한숨이 흘러

나왔다. 보고 싶지 않은 건지, 보여주고 싶지 않은 건지 혜경은 그와 눈을 마주치려 하지도 않았다.

"영우한테 대충 얘기는 들었어요. 도대체 뭣 때문에 날 보자고 한 건지 모르겠군요."

귀찮아 죽겠다는 듯 혜경의 목소리가 툴툴거린다.

혹시나 바람이라도 맞을까 싶어 꼭 나가야 한다고 영우가 성화를 부린 모양이었다. 아닌 척해도 영우가 그를 무척이나 마음에 들어 한다는 걸 안다. 영우 공이 크니 술이라도 한잔 사야겠다고 도훈은 생각했다.

전화로 빈우와 만나고 있는 사람이라고 이미 이야기했고, 뭐라고 소개했는지 모르지만 영우에게도 들었다고 하니 도훈은 하려던 이야기를 꺼냈다.

도훈이 자세를 고쳐 앉고, 작게 심호흡을 했다. 괜스레 떨렸다.

"빈우와 결혼하려고 합니다."

테이블 언저리를 보던 혜경의 눈빛이 찰나지만 흔들렸다. 황급히 물컵을 집어 드는 손동작조차도 자연스럽지 않아 보인다. 그러나 물 한 모금을 머금은 혜경은 이내 강경한 어조로 내뱉었다.

"나한테 허락을 받고 싶어서 온 건 아닐 테고, 결혼한다고 구태여 전할 필요도 없었는데 헛걸음했네요."

혜경이 금방이라도 일어설 것처럼 옆자리에 내려놓았던 핸드백 위에 손을 얹었다.

"어머님께 직접 말씀은 드려야 한다고 생각했습니다."

혜경이 도훈을 향해 고개를 쳐들었다. 미간을 잔뜩 찌푸린 채였지만 처음으로 도훈의 얼굴을 제대로 바라보고 있었다.

"그 애가 날 제 엄마라고 얘기하던가요! 남남이 된 지가 언젠데!"

불쾌하고 기분 나쁘다는 말투.

영우의 성화가 있었다고는 하나 단 한 번의 연락으로 너무나 쉽게 약속 장소에 나왔기에 저도 모르게 뭔가를 기대한 모양이었다. 엄마로 불리는 것조차 기분 나쁘다는 듯 화를 내고 있는 사람에게 말이다.

왜 영우가 그의 엄마를 만나는 걸 내켜 하지 않았는지 이해가 간다. 이런 반응을 보일 거란 걸 익히 알고 있었기 때문일 것이다.

빈우에게는 지금 제게 하는 것보다 더 차갑게 굴었을 테지. 내치기 위해, 딸이 아님을 증명하기 위해.

엄마였던 사람과의 뜻하지 않은 이별 때문에 긴 시간 홀로 외로웠을, 아니, 여전히 가슴 한 켠에 차디찬 외로움을 안고 사는 빈우가 떠올라 도훈이 지그시 어금니를 사리물었다.

영우는 술에 취해 자신이 무슨 말을 했는지 기억하지 못할 터였다. 도훈 역시 빈우와 영우가 친남매가 아니라는 사실은 묻어두기로 했다. 빈우가 절대 몰라야 하는 이야기니까.

하지만 궁금해졌다. 혜경이 빈우를 이토록 미워하게 된 이유가 말이다.

싸늘하고 팽팽한 공기가 두 사람을 휘감았다.

"이유를 여쭤봐도 되겠습니까? 20년 넘게 키워온 딸을 아버님이 돌아가시자마자 내치신 이유 말입니다."

혜경이 비웃듯 입꼬리를 비죽 올리고는 도훈을 쏘아봤다.

"왜? 막상 결혼하려고 하니 근본도 모르는 애라서 맘에 걸리던 가요? 그래서 그 이유라도 알아야 할 것 같아 만나자고 했나요?"

도훈의 얼굴이 일그러진다.

한때는 자신을 엄마라 부르던 빈우를 근본도 모르는 애라 일컫는 여자에게 더 이상 예의 따위를 차리고 싶진 않았다. 하지만 빈우를 키워주신 분이었다. 도훈은 한 번 더 숨을 고른 후 나지막한 목소리를 내보냈다.

"빈우 예쁘고 바른 사람입니다. 빈우를 낳아주신 빈우의 부모님께 저는 그저 감사할 따름입니다."

도훈의 대답에 혜경이 기막히단 얼굴로 헛웃음을 내뱉었다.

"역시 정빈우네. 무슨 복이 이렇게나 줄줄이 터졌을까."

빈정거리며 혼잣말을 중얼거린 혜경이 고개를 틀어 도훈을 외면했다.

괜한 짓을 했구나, 하는 생각이 스친다. 빈우와는 정말 아무 상관도 없는 사람에게 무슨 말을 하려고 했던 걸까.

도훈은 혜경이 그들의 결혼식에 와주길 바랐다. 그래도 키워준 엄마이니 궁금하고 걱정되어서라도 와줄 거라 생각했다. 그걸 계기로 두 사람의 관계가 회복이 될 수 있을지도 모른다는 은근한 기대도 가졌었다. 하지만 다 부질없었던, 그릇된 상상이었음을 깨달았다.

빈우에게 남아 있는 감정은 적개심뿐인 건가?

"다시 한 번 여쭙겠습니다. 아무 잘못도 없는 빈우에게 그토록 큰 상처를 준 이유가 무엇 때문입니까?"

혜경이 귀찮다는 듯 또 한 번 한숨을 내뱉는다.

"내가 낳은 딸이 아니라서 내친 것뿐이에요. 영우 아빠 간호하느라 지쳐 있기도 했었고, 내 딸도 아닌데 더 이상 신경 쓰고 싶지 않았어요. 됐나요? 그럼, 일어나죠."

혜경이 자리에서 일어났다.

뭔가를 숨기고 있다는 느낌을 지울 수 없었지만 도훈은 더 이상 아무것도 물을 수 없었다.

"이런 일로 연락받는 일, 앞으로 없었으면 좋겠네요. 아무튼 결혼한다니 축하해요."

커피숍을 빠져나가는 혜경을 멍하니 바라보던 도훈이 일어섰다. 빈우가 미치도록 보고 싶었다.

도훈과 헤어져 커피숍에서 나온 혜경이 택시를 잡아타고 영우 아빠가 있는 납골당에 도착했다.

서운함과 증오로 가득 찼던 마음은 그대로지만 그래도 얘기는 해줘야 할 듯했다. 죽을 때까지 비밀로 숨겨둔, 그가 사랑하던 여자의 딸 결혼 이야기니까.

일 년에 겨우 한 번도 올까 말까 하는 곳이었다. 그마저도 사진만 잠시 바라보고 돌아가던 혜경이 처음으로 사진 속 주호를 보며 입을 열었다.

"빈우 결혼한대. 남자 괜찮더라. 당신 있었으면 좋아했겠어."

빈우와 결혼하겠다는 남자는 반듯했다. 한눈에 보아도 좋은 가정에서 바르게 자란 사람이라는 걸 알 수 있었다.

영우가 초등학생이었던 시절의 단란한 가족사진을 보며 혜경이 서늘한 미소를 흘렸다.

내 삶이 어디서부터 뒤죽박죽이 되었을까. 혜경의 기억이 주호를 처음 만났던 그 시간으로 흘러갔다.

혜경은 지극히 현실적이고 적당히 속물스런, 평범한 여자였다. 서른이 다되도록 가벼운 연애만을 즐기며 결혼을 신중하게 생각하던 그녀의 운명이 바뀐 건 영우 아빠, 주호를 만나고 나서부터였다.

다니던 회사를 그만두고 지인의 소개로 주호가 사장으로 있는 건설회사 사무실에 입사한 그녀는 주호를 만나자마자 사랑에 빠졌다. 이유도 없었다. 살가운 인사 한번 하지 않는 사람이었는데도 멈춰지질 않았다.

얼마 후 현실적으로 감당하기 힘든, 아이라는 커다란 장애물이 있다는 걸 알게 되었지만 그건 그를 사랑하지 않을 이유가 되지 못했다. 이미 그녀의 마음을 되돌릴 수 없을 만큼 그에게 빠진 후였기 때문이었다.

그렇게 속절없이 주호에게 빠졌었다는 게 시간이 흐른 지금은 이해가 가지 않는다. 하지만 그 시간들을 부정하고 싶지는 않았다. 그건 하나밖에 없는 아들 영우까지 부정하는 일이니까.

주호는 혜경이 다가가면 다가갈수록 그녀를 밀어냈다. 그 이유가 아직 아이 엄마를 못 잊었기 때문이란 걸 알면서도 그녀는 포기가 안 됐다. 한마디로 혜경의 사랑은 주호의 사랑만큼이나 미련

했다.

혜경의 끈질긴 구애 끝에 주호는 그녀의 사랑을 받아들였다. 주위 사람들은 남의 아이를 키워야 하는 결혼 생활을 견뎌내지 못할 거라며 걱정했다. 그러나 그런 걱정이 무색할 만큼 혜경은 행복했다. 빈우는 순했고, 전혀 힘들게 하지 않는 아이였다. 무엇보다 그녀를 행복하게 한 건 결혼 전과는 확연히 차이가 날 만큼 혜경에게 충실한 주호였다.

그 어느 것 하나 부족한 게 없었으나 해가 거듭될수록 두 사람사이에 아이가 생기지 않는다는 것이 혜경을 불안하게 만들었다. 주호를 닮은 아들을 갖고 싶었다. 빈우를 외롭지 않게 해줄 빈우의 동생을 낳고 싶었다.

몇 년 후, 혜경의 간절한 바람 끝에 아이가 생겼다. 혜경은 자신의 행복에 정점을 찍은 듯 기뻐했다. 하지만 주호는 달랐다.

주호는 빈우를 전과 같은 마음으로 키울 수 없을 거라며 아이를 지우자고 했다. 남들이 말하는 나쁜 계모 따위는 되지 않을 자신이 있었는데도 주호는 막무가내였다. 몇 날 며칠을 울며불며 주호에게 매달렸지만 그는 지우자는 말만 되풀이했고, 그동안 주호가 그녀 몰래 피임을 하고 있었다는 사실도 알게 되었다. 한마디로 그녀의 임신은 주호에게 실수일 뿐이었다.

끝내 혜경은 빈우를 데리고 주호에게서 도망쳤다. 뱃속의 아이를 지키는 방법은 그것밖에 없었다.

9개월이 될 때까지 숨어 지내야 했던 그 시간을 혜경은 절대 잊을 수가 없다. 임신성 당뇨 때문에 자신은 제대로 먹지 못하면서도 빈우만은 제대로 먹이기 위해 무거운 몸으로 식당 일까지 했던 시간들. 그 시간을 견딘 덕분에 지금의 영우가 있지만 뼈에 사무칠 만큼 그녀에게는 힘든 시간이었다.

주호가 두 사람을 찾아냈던 그날, 빈우가 크게 아팠다. 왜 하필 지금일까, 라는 생각이 들었다. 여봐란 듯이 빈우와 잘 지내고 있었어야 했는데 왜 하필 이럴 때 들켜 버리고 말았을까. 주호는 아무 말도 하지 않았지만 알 수 있었다. 자신을 원망하고 있다는 것을.

집으로 돌아오고 얼마 되지 않아 영우가 태어났다. 혜경은 자신했던 것처럼 빈우를 잘 키워냈고, 그녀의 바람대로 빈우와 영우는 둘도 없는 남매지간이 되어 그녀를 흐뭇하게 했다.

누가 뭐래도 빈우는 제 딸이었다. 주호가 죽던 날까지는 적어도 그랬다.

"당신, 내가 왜 빈우 미워하는지 알아? 당신 딸이라고 믿고 있는 내게 죽는 날까지 아무 말도 안 했던 당신 때문이야. 기억해 보니 당신은 거짓말조차 내게 한 적이 없었어. 당신 딸이라고도, 아니라고도 말한 적이 없었지. 그래, 내가 멍청했어. 내가 병신 같았던 거야."

혜경이 흐르는 눈물을 거칠게 닦아내며 사진 속 주호를 노려보았다.

"날 믿어주지도 않았던 당신을 위해, 당신이 사랑한 여자의 딸을 내가 키웠어. 혹시라도 당신이 마음 상할까 눈치 보며, 계모로 보이지 않기 위해 전전긍긍하며 그렇게 빈우를 키워냈어, 내가."

바쁜 주호 때문에 빈우가 아빠의 빈자리를 느끼지는 않을까 싶어 정말 최선을 다했다. 그녀의 삶은 오로지 빈우였고, 또 빈우였다. 영우는 늘 그다음이었다는 게 후회스럽고 화가 났다.

"남의 자식 키우려고 자기 자식을 지우라던 사람을 내가 어떻게 생각해야 해? 내가 영우 지키려고 어떻게 살았는지 알기나 해? 어린 빈우 데리고 만삭인 내가 얼마나 힘들었는지 알기나 했어, 당신!"

내가 선택한 사랑이라서, 내가 더 목을 맨 사랑이라서 견딜 수밖에 없었던 시간.

"빈우가 당신 친딸이 아니라는 사실을 알고 어땠는지 알아? 죽은 당신을 내 손으로 죽이고 싶었어. 그런 내가 빈우를 보며 어떻게 살겠어. 빈우를 보면 멍청했던 내가 떠올라 미칠 것만 같은데 걔를 보며 내가 어떻게 살아!"

혜경이 결국 주저앉아 목 놓아 울기 시작했다.

문득문득 불쌍한 빈우를 그렇게 내쳐 버린 걸 생각하면 몸서리가 쳐질 만큼 자신이 미웠다. 그런데도 빈우를 보는 건 자신이 없었다. 빈우를 미워하는 자신을 보는 게 너무나 힘들었다.

"왜 그랬어! 다 당신 때문이야! 왜! 왜! 내가 내 딸을 미워하게 만들어!"

왜 그랬는지 대답을 들려줄 수 없는 주호를 향해 원망을 쏟아내며 혜경은 그렇게 한참을 울었다.

6. 아빠의 비밀

창밖이 환했다. 어느새 아침이었다. 깊은 잠을 자지 못하고 밤새 뒤척이다 겨우 두어 시간 잔 듯했다.

그 두어 시간마저도 꿈속을 헤매느라 잠을 잔 것 같지도 않았다. 별로 좋지 않은 꿈이라 더 그랬다.

꿈속에 빈우는 바람이 유난히도 많이 불던 그날, 그 주차장에 서 있었다. 붙잡은 손을 모질게 뿌리치고 걸어가던 엄마의 뒷모습. 바닥에 주저앉아 목 놓아 울던 자신의 모습. 그리고 어깨에 닿았던 누군가의 따뜻한 체온. 그날의 기억들이 뒤죽박죽이 되어 꿈속에 나타났다. 왜 생전 꾸지도 않던 꿈을 꾼 걸까.

몸을 일으킨 빈우가 창가에 서서 커튼을 살짝 걷어냈다. 밤새 내린 눈이 아침 햇살을 받아 반짝이고 있었다.

납골당에 영우와 함께 가기로 한 날이었다. 데리러 오겠다며 엊그제 영우가 빈우의 차를 몰고 갔다. 운전 조심해야 할 텐데. 무척이나 미끄러울 것 같은 길을 바라보며 빈우가 이마를 찌푸렸다.

다시 침대로 걸어가 털썩 앉았다. 피곤함이 어깨를 짓눌렀다. 며칠 무리를 했던 모양이었다.

여전히 꿈속을 헤매는지 기억은 자꾸만 그날로 갔다. 떨쳐 내기 위해 빈우가 머리를 세차게 흔들고는 일어섰다.

약속 시간이 가까워지고 있었다. 서둘러야 했다.

영우의 사고 소식을 들은 건 만나기로 한 시간이 거의 가까워졌을 때였다.

누구로부터 온 전화인지 기억나지 않는다. 빈우가 기억하는 건 오로지 정영우 중태, 한국대학병원, 응급실이라는 단어뿐이었다.

눈길을 달려온 택시가 병원에 들어섰다. 응급실이 보였다. 운전수에게 만 원짜리 지폐 두 장을 건네고 택시에서 내려섰다. 등 뒤에서 잔돈 받아가라는 목소리가 들려온다. 그러나 빈우는 돌아볼 새도 없이 응급실을 향해 뛰었다.

건물 바닥이 미끄러워 빈우는 몇 번이나 넘어질 뻔했지만 멈추지 않았다. 응급실, 이곳에 영우가 있었다.

급히 응급실 문을 열고 들어가던 빈우가 무언가에 세게 부딪히며 휘청거렸다.

"거 앞 좀 보고 다녀!"

건장한 체격을 한 남자가 제 어깨를 툭툭 털며 인상을 썼다.

"죄송합니다. 죄송합니다."

하얗게 질린 얼굴로 고개를 숙이는 빈우의 이마가 금세 벌게졌다.

"영우야! 영우야!"

응급실에 들어서자마자 있는 힘을 다해 영우의 이름을 불러보았지만 누구 하나 쳐다보는 사람이 없다. 갑작스럽게 내린 눈으로 여기저기에서 사고가 일어난 탓에 응급실 안은 전쟁터를 방불케 했다. 빈우가 지나가는 간호사를 붙들었다.

"정영우요! 교통사고!"

"정영우 환자와는 무슨 관계시죠?"

"누나예요."

응급실 문이 열리고 소란스러움이 몰려온다. 구급대원이 들것을 밀고 들어오고 있었다. 안 그래도 북새통 같았던 응급실은 더 끔찍한 아비규환 속이 되어버렸다. 이런 곳에 영우가 있다는 게 믿어지지 않았다.

"보호자분 이쪽으로 오세요."

간호사가 빈우를 이끌었다.

'누나, 왔어? 별거 아냐.' 하며 영우가 웃어주는 상상을 했다. 그래, 괜찮을 거야. 괜찮을 거야.

"정영우 보호자 도착했어요."

사람들에게 둘러싸여 영우의 모습이 정확히 보이지 않았다. 틈새를 비집고 빈우가 영우에게로 다가갔다.

"영우야, 영우야."

빈우의 상상은 빗나갔다. 영우는 빈우를 보며 웃어주지도 않았고, 빈우의 부름에도 대답을 해주지 않았다.

산소마스크가 씌워져 있는 영우의 얼굴은 피투성이였고, 입고 있는 와이셔츠는 붉은 피로 물들어 있었다.

다리에 힘이 풀리는지 제대로 서 있을 수가 없어 빈우가 침상 모서리를 붙들었다.

"정영우 환자 보호자분 되십니까?"

차트를 들여다보던 의사가 다급하게 물었다.

"네, 우리 영우 왜 이래요?"

"현재 환자는 의식이 없는 상태로 오른쪽 흉곽 늑골 부분에 외상을 보이고 있으며, 갈비뼈 두 군데에 작은 골절이 있습니다. 급격히 복부가 부풀어 오르는 것으로 보아 간 출혈도 의심되는 상황인데 CT를 찍어봐야 정확한 걸 알 수 있을 것 같습니다."

"영우야!"

누군가 빈우의 어깨를 밀치고 들어와 영우의 곁에 섰다. 빈우가 고개를 돌렸다. 엄마였다.

"응급 수술을 들어가야 할 수도 있으니 보호자분 어디 가지 마시고 대기해 주십시오."

수술이라는 말에 혜경이 의사를 붙들었다.

"수술? 무슨 수술? 왜? 우리 영우가 왜! 영우야, 눈 좀 떠봐. 영우야! 영우야!"

"환자 CT실로 옮깁니다. 어서요!"

영우의 침상이 빠르게 옮겨졌다. 침상을 따라가려는 혜경을 기다리라며 간호사들이 제지했다. 혜경이 돌아서다 빈우를 발견하고는 눈썹을 치켜떴다.

"어떻게 된 거야! 영우 왜 저렇게 됐어! 납골당 다녀온다고 나간 애가 왜 저렇게 된 거냐고!"

"엄마."

엄마의 목소리가 아득하게 느껴졌다. 이 상황이 현실이 아닌 것 같았다. 환자들이 고통으로 신음하는 소리, 보호자들의 고함 소리와 울음소리가 엉켜 빈우의 귓속을 파고들었다. 정신을 똑바로 차리기 위해 빈우가 어금니를 꽉 물었다. 지금 이곳에서 쓰러지면 절대 안 될 테니까.

"영우가 왜 운전을 해! 왜 사고가 나! 왜!"

빈우를 향해 고함치는 혜경의 어깨를 붙들었다.

"엄마, 진정해. 영우 괜찮을 거야."

"이거 놔! 너 때문이야! 이게 다 너 때문이라고!"

그럴지도 모른다. 엊그제 영우가 차를 가지고 간다고 했을 때 안 된다고 할걸. 아니, 처음부터 차를 사지 말았어야 하는지도 모르겠다. 도훈이 못마땅해했을 때 말 듣고 사지 말 걸 그랬다. 도훈의 말을 들을 걸, 그랬다.

CT를 찍어본 결과 의사의 예상대로 간에 출혈이 있었다. 수액을 투입했지만 불안정한 맥박은 돌아오지 않았다. 응급수술이 시급한 상황이었다.

응급수술을 들어가기 직전 의사는 회복 여부에 따라 간이식을 받아야 하는 상황이 올 수 있다며, 혹시라도 그런 상황을 대비하여 미리 가족 중에 공여자가 있는지 확인해 달라 했다. 만에 하나였지만 그런 상황이 온다면 당연히 자신이 공여자가 될 수 있을 거라고 빈우는 생각했다.

수술실 밖에서 수술이 끝나기를 기다리는 지옥 같은 시간이 흐르고 있었다. 두 손을 모은 채 부들부들 떨고 있는 혜경에게 물병을 건넸다.

"엄마, 물이라도 좀 마셔."

"물이 목구멍으로 넘어가니!"

빈우의 손에 들렸던 물병을 혜경이 손등으로 쳐냈다. 빈우가 나오는 한숨을 집어삼키며 저만치로 날아간 물병을 주워 들었다. 물은 이미 반 이상 쏟아져 있었다. 가방에서 휴지를 꺼내어 바닥을 닦아냈다. 영우가 무사히 완쾌할 수만 있다면 엄마의 화쯤은 얼마든지 받아줄 수 있었다. 이런 것쯤은 아무것도 아니니까.

수술실 문이 열리고 수술복을 입은 의사가 다급하게 걸어나왔다.

"수술은 잘 끝났습니다만 아까 말씀드린 대로 회복 여부에 따라 간 이식이 시급할 수도 있습니다."

"제가 검사를 미리 받을까요?"

빈우가 물었다.

"며칠 상태를 지켜본 후 말씀드리도록 하겠습니다. 환자는 중환자실로 옮겨질 겁니다. 그럼."

옆에 선 혜경이 긴 한숨을 내쉬었다. 혜경의 얼굴이 하루 만에 헬쑥해진 듯 보인다. 지금 이 순간, 빈우와 혜경이 바라는 건 단한 가지였다. 영우가 무사히 깨어나는 것.

중환자실로 옮겨진 영우는 다행히도 곧 깨어났다. 면회 시간이 되기를 기다리며 복도를 서성이는 빈우에게 혜경이 다가왔다.

"너 그만 가."

"영우 보고 갈게."

"그냥 가."

"간 이식 검사도 받아야 하는데……."

"네가 무슨 간 이식이야!"

"엄마!"

중환자실 간호사가 소란스러움에 놀라 뛰어나왔다. 두 사람을 유심히 살피던 간호사가 금세 그 자리를 떠났다.

"네가 뭔데 우리 영우한테 이식을 해줘! 검사를 한들 맞기나 할 것 같아!"

이런 상황에도 자신을 밀어낼 생각만 하는 엄마가 이해가 가지 않는다. 그러나 악을 쓰기에 지금은 너무나 지친 상태였다.

"이식해야 한다면 내가 할 거야."

"영우 네 동생 아니야!"

왜 엄마는 자신이 절망의 끝에 매달려 있을 때마다 그 밑으로 밀어버리지 못해 안달인 걸까.

"또 무슨 말을 하는 거야! 도대체 엄마 나한테 왜 이러는 건데!"

"내가 영우 가만히 내버려 두라고 했을 때 내 말대로 했으면 이런 사고 없었잖아! 왜 영우가 너 때문에 사고를 당해야 하니? 대체 왜! 제발 인연 끊고 살자. 더 이상 엮일 일 만들지 말고!"

"영우 내 동생이야!"

"영우 너랑 피 한 방울도 안 섞인 남이야!"

가슴이 세차게 방망이질을 해댔다. 아빠가 돌아가셨을 땐 친딸이 아니라고 하더니 이번에는 영우가 친동생이 아니라고 한다.

영우가 친동생이 아니라면 아빠 아들이 아니라는 걸까? 아니면 내가 아빠 딸도 아닌 걸까?

빈우의 복잡한 머릿속을 들여다본 듯 혜경이 쐐기를 박았다.

"네 친엄마가 누군지, 네 친아빠가 누군지 난 몰라. 죽은 네 아빠는 알겠지. 그렇게도 미련스럽게 사랑하던 여자 딸이 너니까."

빈우가 바닥에 주저앉았다. 나쁜 꿈을 또 꾸고 있는 모양이라고 생각했다. 제발 잠에서 깨어나길, 누가 날 좀 깨워주길.

"정영우 환자 보호자분 들어오세요."

중환자실에서 보호자를 부르는 소리에 혜경이 황급히 들어갔다. 그러나 빈우는 들어갈 수 없었다. 꿈이라는 철창에 갇혀 있는 것만 같았다.

납골당에 간다던 빈우와 이틀째 연락이 닿지 않았다. 휴대폰을 내려놓는 도훈을 보며 비인이 물었다.

"아직도 연락이 안 돼? 동생도?"

도훈이 고개를 끄덕였다.

"이게 도대체 무슨 일이래?"

"나 빈우 집에 좀 다녀올게. 혹시 그사이에 빈우 오면…….."

"알았어, 알았어. 전화할게."

도훈이 급히 사무실을 빠져나가 차에 올라탔다.

어젯밤, 혹시 모른다며 빈우가 건네주었던 대문 열쇠가 그에게 있어 집 안으로 들어갈 수 있었다. 밤을 지새우며 내내 기다렸지만 빈우는 오지 않았고, 작업실에도 나타나지 않았다.

또다시 빈우의 집 앞에 온 도훈이 대문을 열었다. 늘 고요 속에 잠겨 있던 집인데 오늘따라 더 그런 것 같았다.

2층으로 올라가며 빈우가 침대에 누워 잠을 자고 있는 거면 좋겠다는 생각을 했다.

그러나 방 안에는 아무도 없었고, 빈우가 다녀간 흔적도 보이지 않았다.

"정빈우, 어디에 있는 거야."

망연자실한 표정으로 빈우의 침대에 걸터앉았다. 주머니에 넣어둔 휴대폰에서 진동이 느껴졌다. 황급히 휴대폰을 꺼내 들고 통화 버튼을 눌렀다.

[도훈아, 어디니?]

엄마였다.

"왜요, 엄마?"

[오늘 점심 약속이 있어서 나갔다 왔는데 말야. 너도 알지? 엄마랑 제일 친했던 중환자실 이 간호사.]

"알아요. 근데 엄마, 제가 지금 중요한 전화를 기다리고 있어서요."

[빈우 전화 기다리니?]

엄마에게서 뜻밖의 말을 들은 도훈이 눈을 크게 떴다.

"네. 빈우한테서 혹시 연락 왔어요?"

[아니, 그건 아닌데. 빈우에 관한 이야기를 들은 것 같아서. 전화로 이럴 게 아니라, 너 지금 어디니? 지금 집으로 못 오니?]

"빈우 집이에요. 지금 갈게요."

기분이 좋지 않았다. 하지만 뜬금없는 엄마의 이야기가 빈우의 행방을 말해줄 것 같아 도훈은 잠시도 지체할 수 없었다.

집으로 도착한 도훈을 보자마자 엄마가 그를 소파로 이끌었다.

이 간호사라는 분이 빈우를 봤다는 건지, 못 봤다는 건지 그걸 먼저 듣고 싶었지만 일단 참고 엄마의 이야기를 들어야 할 듯했다.

"중환자실 밖에서 싸우는 소리가 들리더라는 거야. 이 간호사가 밖으로 나갔는데 엄마하고 딸이 막 싸우고 있더래. 친딸이 아니네, 친동생이 아니네 하면서 말야. 그런데 얘기를 듣다 보니 엄마도 아는 보호자 같더라고. 엄마가 중환자실에 근무할 때 워낙 유명했거든. 빈우 엄마라는 사람 말야."

어깨를 늘어뜨리고 있던 도훈이 놀라 몸을 바로 세웠다.

"빈우 어머니요?"

"내가 너한테 말을 안 한 게 있는데, 도훈아."

엄마는 오래전 중환자실에서 근무하던 때의 이야기를 꺼냈다. 남편이 죽었는데도 불구하고 혈액형에 집착하던 이상한 보호자와 그녀의 딸 이야기였다.

"빈우를 보자마자 알아보겠더라고. 빈우가 워낙 예쁘잖니. 저런 딸이 있으면 참 좋겠다 싶기도 하고 부럽기도 해서 엄마가 유심히 봤었거든. 엄마라는 사람이 좀 이상해서 더 기억에 남기도 했고."

친딸이 아니네, 친동생이 아니네 하며 싸웠다면 빈우가 모든 걸 알게 되었다는 말이었다. 도훈이 눈을 질끈 감았다.

"누가 중환자실에 있는데요?"

"그 보호자 아들. 빈우 동생 같아, 얘."

"영우요? 왜요?"

"사고래. 중환자실에 있는데 다행히 수술 경과는 좋대."

도훈이 벌떡 일어섰다.

"병원에 가봐야겠어요."

"지금 가도 면회 안 될 텐데?"

"빈우 병원에 있는 것 같아요. 다녀올게요, 엄마."

제발 병원에 있어, 빈우야. 영우 옆에 제발 있어.

중환자실 복도 간이 의자에 누군가 누워 있다. 도훈이 가까이로 다가갔다.

"안녕하십니까."

그를 알아본 혜경이 몸을 일으켰다.

"영우는 좀 어떻습니까?"

"수술은 잘됐다니까 지켜보는 중이에요. 정신은 차렸으니까 점점 괜찮아지겠죠."

"수술이 잘돼서 정말 다행입니다. 영우, 지금 면회 안 됩니까?"

"오후 면회 시간 되려면 아직 멀었어요."

어쩌다 사고가 난 건지 궁금했지만 일단은 빈우를 찾는 게 우선이었다.

면회 시간이 아니니 중환자실에 있을 리도 없을 텐데, 근처 어디에도 빈우가 보이지 않는다. 도훈은 초조함이 몰려왔다.

"혹시 빈우는……."

"여기 없어요."

가슴이 철렁 내려앉는다.

"아침까지 있었는데 영우 보고 갔나 보네요."

"아, 네."

도훈이 고개를 떨궜다. 영우의 사고로도 모자라 모든 사실을 알게 된 빈우가 얼마나 슬플지 가늠도 되지 않았다.

"빈우 아마 납골당에 갔을 거예요. 고양시에 있는 납골당. 내 생각이 아마 맞을 거예요."

납골당. 왜 그 생각을 못했을까. 고양시에 있는 납골당이라면 도훈의 할머니도 모셔진 곳이었다. 서둘러야 했다. 해가 진 납골당에 빈우를 혼자 둘 수는 없었다. 빈우를 또 놓칠 수는 없었다.

납골당에 가까워질수록 주위가 점점 어두워져 갔다. 검은 하늘은 금방이라도 큰 눈을 뿌려댈 듯했고, 바람 소리마저 스산했다.

힘겹게 발걸음을 떼어 납골당 안으로 들어간 빈우가 주호의 사진 앞에 섰다. 늘 무뚝뚝했지만 제게는 한없이 자상했던 아빠.

"아…… 빠."

아빠와의 기억들이 낡은 영사기처럼 삐걱 소리를 내며 빈우의 머릿속을 헤집었다. 초등학교 입학하던 날, 빈우의 손을 잡고 환하게 웃어주던 아빠의 얼굴, 영우를 목말 태운 아빠와 엄마 손을 잡고 함께 걸어갔던 메세콰이어길, 아빠가 땀 흘려 지은 집에 처음으로 들어섰던 날, 엄마와 함께 부둥켜안고 기뻐했던 모습들이 방금 전의 일처럼 눈앞에 펼쳐졌다.

제 것이 아니었을 수도 있는 추억들. 너무나 허망하고 기가 막혀 헛웃음이 흘러나왔다.

차라리 모든 사실을 아빠가 살아 계실 때 알게 되었다면 좋았을걸. 그랬다면 이렇게 막막하고 두렵지는 않았을 텐데.

"말해주지 그랬어. 엄마도 나도 힘들지 않게 말 좀 해주지 그랬어, 아빠."

그랬다면 지금보다 나았을까? 그랬다면 엄마는, 영우는 그리고 나는 지금 어떤 모습으로 살아가고 있을까?

어쩌면 아빠에게는 A가 아니면 B를 선택해야 하는 일들 중 하나였는지도 모른다. 아빠는 둘 중 하나를 선택했을 때 어떤 결과가 나올지 몰랐을 테고, 선택한 결과를 볼 수 없을 거란 예상도 못했을 터였다.

죽는 날까지 자신이 선택한 일을 책임지기 위해, 혈액형까지 속여가며 그 숱한 세월 동안 비밀을 안고 살았을 아빠를 생각하니 안쓰러웠다.

"아빠도 힘들었겠지? 그런데 아빠, 내가 이제 뭘 어떻게 해야 하는지 모르겠어. 내가 누군지도, 이젠 정말 모르겠어."

빈우가 맨가슴을 치며 울음을 터뜨렸다. 막막함이, 두려움이 제발 이 눈물에 씻겨 나가길 바라며 빈우는 소리 내어 한참을 울었다.

납골당 안은 물론이고 근처까지 샅샅이 찾아봤지만 빈우의 모습은 보이지 않았다. 엇갈린 건지, 이곳에는 온 적이 없었던 건지조차 알 수가 없어 도훈은 더 애가 탔다.

잠시 할머니께 들러 인사만 한 후 도훈은 또다시 서둘러 납골당을 내려갔다.

해가 져 기온이 내려간 탓에 눈이 녹지 않아 얼어붙은 길은 더 미끄러웠다. 속력을 낼 수가 없어 답답해하며 도훈이 큰 도로에 접어들었다.

버스 정류장이 보인다. 누군가 앉아 있는 것 같았지만 어두워 빈우가 맞는지 확인이 되질 않았다. 불쑥 어떤 기억 하나가 떠올랐다. 군대 가기 전날, 납골당에서 보았던 여자. 도훈은 뜬금없는 기억에 머리를 흔들며 급히 차를 세웠다. 도로가 빙판길이 되어버린 탓에 도훈의 차는 저만큼이나 미끄러져 갔다.

차에서 뛰어내린 도훈이 버스 정류장을 향해 뛰었다. 웅크리고 있던 여자가 발소리에 몸을 일으켰다. 빈우였다.

"빈우야!"

"도훈 씨?"

한걸음에 달려간 도훈이 빈우를 끌어안았다. 밖에 얼마나 있었던 건지 빈우의 몸이 얼음장같이 차가웠다.

"꽁꽁 얼었네. 어서 가자."

겉옷을 벗어 빈우의 어깨에 둘러주고 차가 세워진 곳으로 이끌었다. 그늘진 빈우의 얼굴에 맘이 아파온다. 이제야 겨우 맘껏 웃게되었는데 빈우가 똑같은 시련을 겪어야 하는 건 너무나 가혹했다.

차에 올라타 안전벨트를 매주고 빈우의 차가운 얼굴을 매만졌다.

"영우가 많이 다쳤어요."

"응, 들었어. 그래도 수술이 잘되었다니까 정말 다행이야."

빈우가 고개를 끄덕였다.

"나 여기 있는 거 어떻게 알았어요?"

"영우 병원에 갔다가 어머님이."

"엄마요?"

"응."

빈우가 또 한 번 고개를 끄덕였다.

도훈이 차를 출발시켰다. 얼마 못 가서부터 눈발이 날리기 시작했다.

"빈우야, 뭣 좀 먹고……."

하루 종일 굶었을 것 같아 저녁을 먹고 가자고 말하려고 했던 도훈이 말을 마치지 못하고 입을 다물었다. 빈우가 시트에 기댄 채 잠들어 있었기 때문이었다. 눈을 감은 빈우는 지쳐 보였다. 네 삶은 왜 이리 고단한 거니. 안타까움으로 도훈의 한숨도 깊어졌다.

빈우의 집 앞에 도착했지만 잠든 빈우를 깨울 수가 없었다. 빈우와 연락이 닿지 않아 애태웠던 시간들을 생각하니 이렇게 제 눈앞에 잠들어 있는 빈우를 보고 있는 것만으로도 감사했다.

얼마나 울었던 건지, 빈우의 눈 주위가 시뻘게져 있었다. 얼굴을 가리고 있는 머리카락을 귀 뒤로 넘기자 하얀 이마에 자주색 멍 자국이 보였다.

"여긴 또 왜 이래."

빈우가 눈을 떴다. 속상한 마음에 저도 모르게 목소리를 크게 냈던 모양이었다.

"잠들었었네. 깨우지 그랬어요."

"잠든 게 아니라 지쳐 쓰러진 것 같았어."

"나 괜찮아요."

넌 늘 괜찮다고 하지. 괜찮다고 할 때마다 내가 얼마나 속상한지 알지도 못하면서.

"이마는 왜 그런 거야?"

"이마? 이마가 왜요?"

도훈이 햇빛 가리개를 내려 거울을 열어주었다. 잠시 거울을 들여다보던 빈우가 별거 아니라는 듯 거울을 닫았다.

"어디에 부딪혔어?"

"모르겠어요."

"안 아팠어?"

"이 정도 가지고 뭘요. 영우는 얼굴이 엉망이 됐는데."

빈우가 차 문을 열고 나갔다. 영우에게는 너무나 미안하지만 중환자실에 있는 영우보다 이마에 멍이 든 빈우가 더 걱정된다고 하면 정말 나쁜 놈이겠지. 쓰디쓴 약을 먹은 것처럼 도훈은 입안이 썼다.

옷만 갈아입고 영우에게 가겠다는 빈우를 달래며 방으로 올라왔다.

"면회 시간도 지났잖아. 내일 일찍 가자."

빈우가 힘없이 고개를 끄덕였다.

쓰러지듯 침대에 누운 빈우 곁에 앉아 가만히 그녀의 등을 두드렸다. 고단한 몸과 마음이 조금이라도 회복이 되었음 했다.

"있잖아요."

잠든 줄 알았던 빈우가 나직하게 목소리를 냈다.

"나, 도훈 씨 말 듣는 건데 그랬어요. 차, 사지 말라고 할 때 사지 말걸. 그랬으면 우리 영우가 운전도 안 했을 테고 사고도 안 났을 텐데."

"그런 생각을 왜 해? 그런 생각하지 마. 네 탓 아니야."

"엄마가 날 원망하는 것도 당연해. 내가 얼마나 미울까요."

"네 잘못도 아닌데 왜 널 미워해."

"엄마가 날 용서해 줄까요?"

영우와 친남매가 아니라는 사실을 알고 있다는 걸 내색할 수 없어 도훈은 아무 대답도 하지 못했다. 하지만 빈우가 왜 용서를 빌어야 하는지 도훈은 이해가 되지 않았다. 사고는 사고일 뿐, 빈우의 잘못은 아닌데 말이다.

답답한 마음을 누르며 도훈은 가만히 빈우를 끌어안았다.

"지금은 영우 때문에 너무 놀라셔서 그러신 걸 테니까 너무 마음에 두지 마. 제발 빈우야."

그의 품 안에서 빈우가 고개를 끄덕였다.

가슴이 너무 아파 잠도 오지 않는 슬픈 밤이 그렇게 깊어가고 있었다.

면회 시간이 되길 기다리며 중환자실 앞을 서성였다. 혜경은 어제와 같은 모습으로 간이 의자에 누워 있었다.

빈우에게 왔냐는 인사를 하지는 않았지만, 가라는 말도 하지 않았다. 빈우는 그나마 다행이라고 생각했다.

하루 만에 만난 영우의 모습은 어제보다 부쩍 편안해 보였다. 얼굴 여기저기에 생긴 상처를 조심스럽게 어루만지며 빈우가 물었다.

"많이 아파?"

영우가 작게 고개를 흔들었다.

"우리 영우 잘 견디네. 착하기도 하지."

어릴 때 그랬던 것처럼 빈우가 영우의 머리를 쓰다듬었다. 영우가 입술을 조금 움직여 웃었다. 빈우의 이런 행동이 어이가 없다는 뜻이었다.

"영우야, 너 다 낫고 퇴원하면 엄마 졸라서 우리 같이 살까?"

뜻밖의 말을 들은 영우가 눈을 크게 떴다.

"아빠가 지은 집에서 옛날처럼 그렇게 살자, 영우야."

영우의 눈에서 흐르는 눈물을 닦아내며 빈우가 속삭였다.

"엄마, 원래 우리 아프면 먹고 싶은 거 다 해주고 하고 싶은 대로 다 하게 해줬었잖아. 이번이 기회야."

영우가 웃었다.

아빠가 입원했을 때도 그러더니만, 엄마는 그때와 똑같았다. 중환자실 근처를 떠나지 않고 엄마는 하루 종일 면회 시간만 기다렸다.

빈우가 엄마 옆에 앉았다.

"엄마, 왜 나 가라고 안 해?"

"가라고 하면 갈 거니?"

"아니."

혜경이 쳇, 하며 빈우에게서 몸을 돌려 앉았다. 어색한 침묵이 두 사람 사이에 내려앉는다. 마주 앉았다 하면 끝도 없이 대화를 나누던 모녀였는데 어느새 남보다 더 어색한 사이가 되어 있었다.

두 사람은 그저 바쁘게 오고 가는 의료진들을 멍하니 바라볼 뿐이었다.

한참 만에 침묵을 깬 건 엄마였다.

"너는 왜 사람을 찾으러 다니게 만들어? 어제 어디 갔었니?"

"어디 갔었는지 알고 있었던 거 아냐?"

혜경은 그럼 그렇지 하는 표정이다.

"엄마."

그녀의 부름에 대답은 들려오지 않았다.

"고마워, 엄마."

혜경이 빈우에게로 고개를 돌렸다.

"엄마가 나 때문에 얼마나 고생했을지 생각 못했었어. 친딸도 아닌데 정말 그러기 쉽지 않았을 거야. 엄마가 날 미워하는 것도 당연해. 나 같았어도 그랬을 거야. 근데 엄마. 영우랑 피 한 방울 안 섞인 남이라고 해도 우린 남이 될 수가 없어. 엄마가 우리를 그렇게 키웠잖아. 누구보다 우애 깊은 남매로, 누구보다 서로를 아끼는 남매로. 엄마가 포기해. 영우와 난 절대로 남이 될 수 없으니까."

혜경의 눈동자가 흔들렸다.

영우는 빠르게 회복해 갔다. 모두들 아직 젊어서 그런 모양이라고 놀라워했지만 얼른 나아야 한다는 영우의 의지가 그렇게 만들고 있었다.

"누나, 아직 엄마 설득 못했는데 어떡하지? 이러다가 퇴원하면 영영 말도 못 꺼낼 텐데."

일반 병실로 옮겨왔던 날, 기회를 노리던 영우가 처음으로 빈우와 함께 살자는 말을 꺼냈다. 좀 놀라는 듯 보였던 혜경은 이내 미쳤냐며 고래고래 소리를 질렀다. 빈우의 말대로라면 아플 때는 뭐든 들어주는 게 맞을 테지만 그건 어릴 때만 통하는 아이템이었던 모양이었다.

그 후로도 하루에 몇 번씩 영우는 엄마를 졸라댔다. 그때마다 생전 들도 보도 못한 욕을 먹어야 했지만 영우는 느낄 수 있었다. 엄마가 조금씩 빈우에게 의지하고 있다는 것을.

아마도 어려운 일을 함께 겪고 있다는 것 때문인 듯했다. 많이 좋아지긴 했지만 간이라는 침묵의 장기가 어떤 변수를 보일지 몰라 완치 판정을 받을 때까진 긴장을 늦출 수가 없었다.

"천천히 해보자. 퇴원할 때까지 설득 못했다고 포기하지 말고 될 때까지 하는 거야. 알았지?"

"응. 절대 포기 안 해. 근데 누나, 엄마 저렇게 툴툴거리는 거 받아줄 수 있겠어? 엄마 하루아침에 달라질 것 같진 않은데."

"엄마가 어떤 말로 상처를 줘도 누나는 괜찮아. 네가 내 동생이고, 엄마가 내 엄마일 수만 있다면 그 어떤 것도 괜찮아."

어쩌면 그 상처가 너무 쓰라려 눈물이 날지도 모른다. 때로는 원망을 하기도 하고, 똑같은 상처를 입히기 위해 손톱을 세울 수도 있을 것이다.

할퀴어낼 테면 그러라지. 영우와 엄마를 잃지 않을 수 있다면 엄마가 줄 어떤 상처도 빈우는 두렵지 않았다.

오랫동안 집을 비워두었던 탓에 영우와 혜경이 살던 집의 보일러가 동파되었다고 했다. 영우가 병원에 입원해 있는 동안 추위가 절정에 다다랐었기에 당연한 결과였다.

퇴원을 했어도 당장은 안정을 취해야 하는 영우를 위해 빈우는 당연하다는 듯 집으로 데려가겠다고 했고, 혜경은 그에 대해 아무런 말도 하지 않았다.

영우가 퇴원하는 날 아침, 빈우는 영우와 혜경이 살던 집에 들러 대충 짐을 챙겨 나왔다.

퇴원 수속을 밟기 위해 원무과로 내려가는 혜경을 쫓아가 병원

비를 대신 수납한 후, 짐을 챙겨왔다고 말했다. 뭐라 큰 소리가 나올지도 모른다고 생각했지만 혜경은 잠잠했다.

도훈이 영우를 부축해 차에 태우자 잠깐 망설이는 듯하던 혜경은 이내 뒷좌석에 올랐다.

집에 도착해 대문을 열고 들어갈 때도 혜경은 태연했고, 거실에 들어섰을 때도 혜경의 표정에는 그 어떤 변화도 없었다.

그러나 잠시 후, 집 안을 살피던 혜경이 못마땅한 표정으로 빈우를 쫓아왔다.

"청소는 하고 사는 거니?"

"내 방만."

"밥은 통 안 하니?"

"집에서 밥 먹을 시간 없었어."

"1층 욕실 불 나갔던데 몰랐니?"

"사용 안 해."

혜경은 집 안 구석구석을 돌며 잔소리를 늘어놓았다. 겉으로는 툴툴거렸지만 빈우는 그런 엄마의 잔소리가 듣기 싫지 않았다. 오히려 들을 때마다 저도 모르게 울컥울컥하는 걸 참아내는 게 더 힘들었다.

며칠 후, 새벽 꽃시장에 가기 위해 나온 빈우에게 혜경이 조그만 가방 하나를 건넸다.

"자, 이거 가지고 가."

"뭔데?"

"도시락. 남자 아침 굶기면 안 돼. 가지고 가서 민도훈 씨랑 같이 먹어."

늘 꽃시장에 도훈과 함께 간다는 걸 혜경이 알게 된 모양이었다.

"엄마."

"왜?"

이젠 부르면 곧잘 대답도 해줬다.

"잘 먹을게."

고개를 끄덕인 혜경이 방으로 들어갔다. 혜경이 들어간 방을 물끄러미 바라보던 빈우가 코끝이 시큰해져 얼른 밖으로 나왔다. 아무것도 채워지지 않는 텅 빈 방이었는데도 혜경은 집으로 왔을 때부터 그 방을 사용했다. 아빠와 함께 쓰던 1층 안방이었다.

엄마를 닮아 정갈하고 깔끔했던 안방. 그러나 지금은 텅 비어버린 그 방에서 엄마는 무슨 생각을 하며 지내는지 궁금했다. 아빠와의 기억들을 떠올리며 행여나 울지는 않을지 걱정도 되었다.

영우의 상처가 아물어갈 때마다 엄마의 마음에 난 상처도 함께 낫기를 빈우는 바랐다.

두 사람이 꽃을 한 아름 가슴에 안고서 느리게 새벽길을 걸었다. 바람이 매섭게 불어왔지만 빈우는 추운 걸 느끼지 못했다.

"마음이 따뜻해지니까 겨울이 겨울 같지가 않네."

무슨 말인지 알아차린 도훈이 빈우를 내려다보며 입술을 늘였다.

"어머니 많이 좋아지신 것 같아."

"그런 것 같아요. 잔소리가 더 늘었어."

빈우가 쿡쿡 웃었다.

"그래도 완전히 이사하겠다는 말은 절대 안 해요. 좀 더 기다려 줘야 할 것 같아요."

"기다려 드려야지. 이만큼도 너무 감사한 일이잖아."

"응. 정말 그래요."

"내가 얘기했던 건…… 생각해 봤어?"

조심스런 도훈의 목소리에 걸음을 멈추고 그를 올려다보던 빈우가 작은 한숨을 내쉬고는 다시 걸음을 옮겼다.

"친부모님 찾는 거 안 하려고요. 몰랐던 것처럼 그렇게 살고 싶어요."

덤덤한 목소리를 내고 있지만 사실 며칠 밤을 고민했는지 모른다. 친부모님이 어떤 분들인지 궁금했고, 왜 어린 저를 아빠께 맡기고 가셨는지 궁금했다. 하지만 제 궁금함 때문에 그분들을 곤란하게 할 수는 없다는 생각이 들었다. 제 존재가 반갑지 않을 수도 있을 테니 말이었다.

"나 정말 행복하게 자랐거든요. 부족함 없이 아빠 엄마 사랑 듬뿍 받으면서. 그분들 덕분에 태어났고, 그분들 덕분에 좋은 부모님 밑에서 잘 자랐으니까…… 그걸로 만족하려고요. 더는 욕심인 것 같아. 그리고……."

"그리고?"

"엄마한테 좀 미안해서요. 친부모가 있다는 걸 알게 되자마자 찾아 다니고 있다는 사실을 엄마가 알면 배신감 느낄 것 같아요. 이제야 엄마 맘이 조금씩 풀리고 있는데."

좀 놀라는 듯하던 도훈이 이내 고개를 끄덕였다.

"그래. 너를 낳아준 분들께 감사하다는 말씀드리고 싶지만 마음으로만 하자. 널 키워준 어머니께 더 감사하며 살면 되니까."

엷게 미소를 짓는 도훈을 보며 빈우가 고개를 끄덕였다.

도훈의 말처럼 그렇게 살면 된다. 엄마의 상처가 완전히 아물 수 있도록 더 많이 이해하고, 더 많이 사랑하고, 더 많이 감사하면서 그렇게 살면 된다.

트렁크를 열어 꽃다발을 싣고, 빈우가 도훈의 손을 잡았다. 날씨가 이렇게 차가운데도 도훈의 손은 뜨거웠다. 늘 그녀의 어깨를 감싸주는 따뜻한 손.

"전에는요, 순간순간 내가 뭘 그렇게 잘못했다고 나에게 이런 시련이 닥치나 했었어요. 그런데 지나고 보니 그게 참 어리석은 생각이었더라고요. 시련은 내가 잘못해서 누군가 내린 벌이 아니잖아요. 그냥 내 삶의 한 부분이었던 거예요. 내가 선택할 수 없었던 삶이라면 견뎌내는 게 정답인 것 같아요. 시련의 끝에 행복이 올지 또 다른 시련이 올지 알 수 없지만 그것 또한 내 삶이니까요. 어떻게 생각해요?"

도훈이 바람에 날린 빈우의 머리카락을 넘겨주며 대답했다.

"앞으로는 시련 같은 거 없을 거야. 네 삶에 내 삶이 더해질 테니까. 늘 자신만만한 민도훈의 삶이 늘 정빈우와 함께일 테니까."

빈우는 믿고 싶었다. 아니, 도훈의 말을 믿기로 했다. 그들의 삶이 영원히 랄라스윗 하리란 것을.

에필로그

"아버지, 이거 정말 하셔야 해요?"

"매년 하던 건데 새삼스레 뭔 말이 그리 많냐."

다급하게 뛰어들어 온 도훈의 목소리에도 아버지는 눈 한 번 꿈쩍하지 않고 유유자적 신문을 넘겼다.

"그럼 저만 빼주세요. 비인이 참석할 거구요. 다른 직원들도 다 참석할 거예요."

"건물 입주자 전원 참여가 원칙이다."

말이 통할 것 같지 않자 도훈이 머리를 쓸어 올리며 소파에 털썩 앉았다.

"제가 요즘 너무 바쁩니다. 잠잘 시간도 없는데 수건돌리기가 웬 말입니까."

도훈이 제 눈 밑에 검게 드리운 다크서클이 잘 보이도록 얼굴을 들이밀며 아버지를 향해 호소했다. 신문을 내려놓고 한참 그의 얼굴을 들여다보던 아버지가 안타까운 표정을 지으며 고개를 끄덕였다.

"좋다!"

그럼, 그렇지. 아버지 아들인데. 이렇게 처절하게 힘들다는데 불쌍해서라도 빼주시겠지. 도훈이 아버지의 다음 말을 기다리며 눈빛을 반짝였다.

"수건돌리기는 빼줄게."

선심 쓴다는 듯 한마디를 툭 던지고 다시 아버지는 신문을 쫙 펼쳤다.

"아버지!"

"사무실 계약 연장 필요 없으면 네 마음대로 하고."

야유회 불참 시 계약 연장은 없다는 방침은 아버지가 임대 사업을 시작하신 후 한결같았다. 그러나 야유회 불참으로 인한 불이익을 당한 사람은 여태껏 아무도 없었다. 이유는 모든 입주자들이 기꺼이 야유회에 참석했기 때문이었다.

모든 비용을 건물주인 도훈의 아버지가 부담하는데다, 간만의 나들이를 마다할 이유가 없는 입주자들은 하루를 즐겁게 놀고 즐기다 돌아가고는 했다.

"혼자 바쁜 척하지 말고 참석해. 이 사람 어디 갔나. 이봐, 어디 있어?"

엄마를 찾아 나선 아버지가 사라지고, 거실에 덩그러니 남은 도훈이 고개를 떨궜다. 하루를 고스란히 야유회로 보내 버리면 또 그만큼의 지옥 같은 스케줄을 감당해야 했다.

도훈 역시 매년 열리는 야유회가 싫은 건 아니었다. 게다가 빈우에게는 이번 야유회가 처음이 아니던가.

빈우가 혜경과 영우와 함께 살게 되면서 결혼은 자연스럽게 미뤄졌다. 빈우를 위해 도훈도 서두르지 않았다. 빈우가 가족들과 행복해하는 모습을 지켜보는 것만으로도 도훈 역시 행복했다.

하지만 온전히 빈우와 함께할 수 있는 주말만은 포기할 수 없었다. 주말 하루를 몽땅 야유회에 저당 잡히기 전에 뭔가 대책을 세워야 했다.

"수박 드세요!"

도훈이 계곡물에 담가두었던 수박을 꺼내 들자 빈우가 크게 소리쳐 흩어져 있던 사람들을 불러 모았다.

빈우가 반으로 자른 수박을 먹기 좋게 잘라 쟁반에 담아내자 시원한 계곡물 속에서 물놀이를 즐기던 사람들이 젖은 옷도 아랑곳하지 않고 하나둘씩 모여들기 시작했다.

매년 야유회는 본격적인 여름이 시작되기 전에 열리곤 했다. 하지만 이번에는 이런저런 이유로 연기를 한데다 근래에는 주말마다 비가 내려 몇 주나 미뤄졌다.

야유회를 기다려 온 상가 사람들에게는 오늘이 특별할 수밖에 없었다.

"와, 엄청 잘 익었네."

수박물이 뚝뚝 떨어지는 먹음직스런 수박을 하나씩 집어 들고 여기저기에 아무렇게나 걸터앉은 사람들의 표정이 날씨만큼이나 밝았다. 모처럼 갠 날씨에 무거웠던 몸과 마음이 가뿐해질 것만 같은 그런 날이었다.

도착한 후로 내내 보이지 않던 성재와 기철이 어디선가 나타나 수박을 들고는 잽싸게 사라진다. 먼저 뛰어가기 위해 잡아당기고 밀치는 동안에도 수박만은 사수하는 걸 보니 비인이에게 건네주려고 또 경쟁을 하고 있는 모양이었다. 고개를 흔들며 도훈이 빈우를 눈으로 좇았다.

수박을 베어 문 그녀의 입가에 스미는 웃음이 좋아 도훈도 따라 웃었다.

"그나저나 거기 두 사람, 올가을에는 국수 먹게 해주는 거야?"

꼭 붙어 앉아 속닥거리고 있던 도훈과 빈우가 사람들의 시선을 느끼고 슬며시 고개를 들었다. 여기저기에 흩어 앉아 있는 사람들이 일제히 두 사람을 주목하고 있었다.

도훈이 쑥스러운 듯 머리를 긁적였다.

"안 그래도 드릴 게 있었어요."

짐 가방에서 청첩장 뭉치를 꺼냈다.

"일주일 후에 결혼식입니다."

"그렇게나 빨리?"

꾸벅 인사를 하며 청첩장을 건네는 도훈을 1층 공장장이 음흉한 눈빛으로 바라봤다.

"이렇게 서두르는 이유가 혹시……."

"어우, 공장장님 주책이시다. 뭘 그런 걸 물으려고 그러세요?"

직원 하나가 공장장의 팔을 잡아당기며 그의 입을 막았다.

"그런 거 아니에요."

도훈이 손사래를 치며 아니라 부정했지만 짓궂은 공장 직원들은 그를 놀리듯 눈을 가늘게 떴다.

"민 대표, 급하긴 급했나 보네."

"그러게 말이야."

빈우의 얼굴이 당혹스러움으로 붉게 물들었다.

"여사님들, 아니라니까요."

"잘한 거지 뭐. 우물거리는 사이에 저렇게 예쁜 랄라 사장 누가 채가기라도 하면 어째? 아무튼 두 사람 축하해. 사장님, 축하드려요."

축하 인사에 그의 아버지가 고개를 끄덕이며 껄껄 웃었다. 여기저기에서 축하 인사가 터져 나왔고, 빈우는 창피함으로 고개를 들지 못했다.

점심 식사 후, 빈우가 아버지 곁에 앉았다.

"여기 너무 좋아요. 경치도 좋고, 시원하고. 이런 좋은 곳에 데려와 주셔서 정말 감사드려요, 아버님."

"뭐, 감사까지……."

아버지가 후식으로 꺼내놓은 아이스크림 하나를 집어 들고 먼산을 바라본다.

"올여름은 계곡 한번 못 가보고 그냥 보내는구나, 했었거든요. 매번 올림픽 공원에서 야유회했었다던데 이번에는 왜 계곡으로 바꾸신 거예요?"

"어, 그게……."

입안에 가득 든 아이스크림을 우물거리며 당황해하는 아버지를 보고는 도훈이 피식 웃었다. 거짓말에 약한 아버지는 뭐라 대답을 하지 못하고 또 한 번 수박을 크게 베어 물고 있었다.

사실 이곳은 도훈이 몇 날 며칠 동안 아버지를 설득하여 선택된 장소였다. 지나가듯 시원한 계곡에 가고 싶다던 빈우의 혼잣말을 들은 도훈은 그날부터 아버지를 설득하기 시작했다. 분명 빈우는 바쁘다는 핑계를 대며 따로 시간을 내지 않을 게 뻔했기 때문이었다.

고집을 꺾지 않으시던 아버지는 한 달에 두 번 손 세차를 해주겠다는 도훈의 제안을 받아들여 결국 야유회 하루 전날 장소를 계곡으로 바꿨다.

"수건돌리기 같은 놀이가 식상해졌다는 걸 우리 아버지가 모르고 계셨을 리가 없잖아. 봐봐, 다들 얼마나 좋아해."

도훈이 놀리고 있음을 눈치챈 아버지가 빈우를 등진 채 그를 향해 눈썹을 치켜올렸다. 그러나 팔짱을 껴오며 신나하는 빈우 때문에 아버지는 이내 해사한 얼굴로 미소를 지어야 했다.

도착한 직후부터 장소가 마음에 들지 않는다며 툴툴거리시더니만 빈우가 좋아하자 그제야 마음을 푸시는 듯 보였다.

차라리 처음부터 빈우가 계곡에 가고 싶어한다고 말을 했다면 쉽게 허락하셨을까? 팔불출같이 보일 것 같아 말하지 않았는데 괜히 그랬다 싶다.

"어머님도 같이 오셨음 더 좋았을 텐데."

빈우가 아쉬운 듯 도훈을 올려다본다.

1년에 딱 한 번 있는 동창 모임이 있는 날이라 야유회에 참석하지 못하는 걸 어머니도 못내 서운해하셨다. 사실, 어머니보다 더 서운해한 사람은 아버지였지만.

빈우는 보기보다 여우였다. 애교라고는 없을 것 같더니만 아버지 곁에서 얼마나 조근조근 말을 잘하는지, 장소가 탐탁지 않은데다 어머니까지 함께하지 못한 아쉬움으로 돗자리 위에 앉아 꼼짝하지 않던 아버지는 어느새 빈우와 함께 계곡 바위에 앉아 물장구를 치고 계셨다. 못마땅해하는 아버지의 기분을 빈우도 눈치챘던 게 분명했다.

그런 아버지와 빈우가 어찌나 보기 좋던지, 도훈 역시 처음에는 그 모습을 흐뭇하게 바라봤다. 그러나 한참이 지나도 좀처럼 빈우가 제게로 올 기미가 보이지 않자 도훈은 슬슬 조바심이 일기 시작했다.

틈을 봐 빈우를 빼내오기 위해 도훈이 아버지 주변을 서성거렸다.

"정신 사납게 왜 자꾸 왔다 갔다 하냐. 앉던지, 저리로 가든지."

아버지가 원래 저렇게 눈치가 없는 분이었던가. 아니다. 일부러 저러시는 게 분명했다.

도대체 무슨 할 얘기가 저리도 많은 건지. 파고들 틈이 보이질 않는다.

"내가 소싯적에는 못하는 운동이 없었어. 씨름대회만 나갔다 하면 황소 타고 집에 돌아오곤 했으니까."

"와, 정말요? 어머님이 아버님 그런 모습에 반하셨나 보다."

한술 더 뜨는 빈우가 원망스럽다.

윷판이 벌어진 곳에서 왁자지껄 웃음소리가 들려왔다.

"1층 공장분들 윷놀이하시나 봐요. 아버지 안 가보세요?"

"윷놀이?"

엉덩이를 들어 몸을 반쯤 일으키셨던 아버지가 이내 바위 위에 털썩 앉았다.

"귀찮아."

아버지가 윷놀이를 마다하시다니. 황당함으로 도훈의 표정이 일그러졌다. 이럴 때 손 씨 아저씨라도 계시면 참 좋았을 텐데, 아저씨마저 집안에 결혼식이 있어 오시지 못했다.

"민 사장님! 윷판 벌어졌는데 안 오시고 뭐 하세요!"

아버지를 부르는 목소리가 이렇게 반가울 수가.

"자네들이나 해! 나는 여기가 좋아!"

오, 아버지! 도훈이 절망으로 눈을 감으며 고개를 뒤로 젖혔다. 자갈 위를 걸어오는 급한 발걸음 소리에 도훈이 눈을 번쩍 떴다. 공장장님이다.

"사장님이 안 계시면 우리가 무슨 재미로 해요. 다들 사장님 오시기만 기다리고 있어요. 얼른 같이 가세요."

아버지는 함께 가자며 팔을 끌어당기는 게 싫지 않은 표정이었다.

"거참, 사람들."

못 이긴 척 걸음을 옮기는 아버지의 뒷모습에 도훈이 쾌재를 불렀다. 그러나 그런 도훈의 마음을 아는지 모르는지, 빈우는 아버지를 따라나서려는 모양이었다. 도훈이 급히 빈우의 손목을 붙들었다.

"어디 가?"

"윷놀이 구경 가려고요."

"지금 그거 구경할 때가 아냐."

윷가락이 와르르 떨어지는 소리가 들려온다. 윷놀이 구경에 미련이 남은 듯 고개를 돌리려는 빈우의 손목을 도훈이 힘주어 잡았다.

"가자."

도훈의 손에 이끌린 채로 한참을 걷던 빈우가 더 이상은 참기 어려운지 거친 숨을 몰아쉬며 걸음을 멈추었다.

"어디까지 올라가는 거예요?"

사람들로 바글거리던 계곡을 벗어나 한참을 산으로 올라왔다. 고개를 돌려 올라온 길을 내려다보니 저 아래로 자그맣게 사람들의 모습이 보였다.

"거의 다 왔어."

들뜬 도훈의 목소리가 빈우의 정수리 위에 닿는다. 뭔가를 기대하는 것처럼 연한 붉은빛으로 상기된 그의 얼굴에 궁금증은 더해만 갔다.

재촉하듯, 붙들린 손가락에 더 강한 힘이 가해지는 걸 느끼며 빈우가 무거워진 두 다리를 다시 움직였다.

거의 다 왔다더니만 족히 십 분은 더 걸은 듯했다. 이젠 더 이상 산 아래가 보이지 않았다. 어느 지점부터는 사람들이 지나다니는 등산로가 아닌, 다듬어지지 않은 산길로 가고 있었다. 가파르거나 위험하지는 않았지만 잘못 들어선 것 같다는 기분을 지울 수 없었다.

"여기 사람 다니는 길 맞아요? 길 알고 가는 거죠?"

대답을 기다렸지만 도훈은 씩 웃기만 했다. 양쪽으로 올라간 도훈의 입꼬리가 도통 내려올 줄을 모르는 걸 보니 잘못된 길로 가고 있는 건 아닌 모양이었다.

아무리 그렇더라도 갑작스런 산행은 이제 그만하고 싶었다. 더는 못 가겠다는 말이 목구멍을 밀고 올라오려는 순간, 낡은 산장 하나가 눈앞에 나타났다.

"여기야."

기억 어딘가에 있는 추억을 되새기는 듯 도훈이 미소를 머금었다.

오래도록 사람이 드나든 흔적이 보이지 않는다. 낡은 단층 건물의 입구를 막고 있는 높다란 잡초들이, 그것이 사실임을 증명하고 있었으니까.

이런 곳에 이런 건물이 있다는 것도 놀랍지만 도훈이 이곳을 정확히 알고 찾아왔다는 게 더 놀라웠다.

"여기 뭐 하는 곳인데요?"

"들어가자."

들어간다고? 놀라 저도 모르게 힘이 들어간 두 다리는 들어가지 않기 위해 안간힘을 썼지만 도훈이 슬쩍 당긴 힘에 맥없이 끌려갔다.

낡아 금방이라도 부서질 것 같은 건물로 들어갈 줄 알았던 그가 그대로 입구를 지나쳐 모퉁이를 돌더니만 빈우의 손을 놓았다. 도훈을 놓칠세라 빈우가 얼른 잰걸음으로 뒤를 쫓자 그가 갑작스레 휙 돌아본다.

"귀신 나올까 봐 그러는 거야?"

도훈은 웃겨 죽겠다는 얼굴이었다.

"이 집 귀신이랑은 내가 좀 친하니까 걱정 마."

웃음을 참지 못하고 도훈이 쿡쿡 웃었다. 장난꾸러기. 빈우가 입술을 삐죽였다.

걸음을 몇 걸음 떼자 그나마 정돈이 되어 있는 마당이 보이고, 그 앞에 제법 산장 같아 보이는 나무로 된 집이 나타났다. 지레 겁을 먹었던 것이 창피해질 만큼 예쁜 곳이었다.

"편하게 올라오는 등산로도 있는 것 같은데 왜 힘들게 올라온 거예요."

"성재랑 기철이가 등산로 쪽에서 놀고 있더라고. 산통을 깰 수는 없잖아."

도훈이 깔깔대고 웃는다. 이럴 때 보면 영락없는 개구쟁이 같다니까.

산장 안으로 들어선 빈우가 앞에 펼쳐진 광경에 눈을 크게 떴다. 원목으로 보이는 테이블 위에 와인 잔 두 개와 여러 가지 카나페가 놓여 있었다.

"이거 뭐예요?"

"여기 산장 주인하고 잘 아는 사이야. 오늘 밤에 내가 좀 빌리기로 했지."

"오늘 밤이요?"

"응. 우리 오늘 여기서 자고 가자."

이 사람, 말이 된다고 생각하는 걸까? 산 밑에 아버님은 물론이고 사무실 사람들, 공장 사람들 게다가 친구들까지 와 있는데 말이었다.

"걱정 마. 안 보이면 그러려니 하고 다들 그냥 갈 테니까."

"걱정하지 않을까요?"

"무슨 걱정을 해. 좋은 시간 보내는구나 할 거야."

그게 더 창피할 텐데. 빈우가 얼굴을 찡그렸다.

"그동안 우리 너무 바빴잖아. 오늘 모조리 보상받는 거야."

도훈이 빈우를 끌어안고 입을 맞췄다. 혀가 얼얼할 정도로 세게 빨아 당기는가 싶다가도 어느새 도훈은 빈우의 입속 깊숙한 곳까지 혀를 집어넣어 입속을 헤집었다.

더 이상 서 있는 게 무리일 것 같다는 생각이 든 순간 빈우를 번쩍 안아 든 도훈이 문 하나를 열고 들어갔다. 도훈에게 안긴 채로 방 안을 훑던 빈우가 고개를 갸웃거렸다. 산장과는 어울리지 않는 커다란 침대 하나가 덩그러니 있는 방이었다.

"저 침대 산장에 있던 거 맞아요?"

"아니. 오늘 밤을 위해 내가 특별히 준비한 거야."

"하."

도훈의 치밀함에 빈우는 말이 나오지 않았다.

빈우를 침대에 눕힌 도훈은 조금 전보다 많이 침착해져 있었다.

"오늘은, 정빈우를 너무 많이 사랑하는 내가 나에게 주는 선물이야."

도훈의 눈빛이 녹아내릴 듯 뜨겁다. 서서히 제 몸 위를 겹쳐 오는 도훈을 느끼며 빈우가 눈을 감았다.

실오라기 하나 걸치지 않은 빈우의 온몸을 도훈의 손가락이, 그의 혀가 스치고 지나간다. 세게 건드리면 부서지는 마른 꽃잎을 다루듯이 조심스럽고 부드러운 도훈의 움직임에 빈우가 작은 신음을 내뱉었다.

조금씩 거칠어지는 도훈의 호흡에 빈우가 숨을 죽였다. 그리고 이어지는 묵직하고 뜨거운 쾌감. 빈우의 허리가 절로 들썩였다.

침대 시트를 말아 쥐고 있던 빈우의 손가락 사이로 도훈의 손가락이 끼워졌다. 빈우가 감았던 눈을 떠 창문 밖을 바라보았다.

밤이 오고 있었다. 절대로 잊지 못할, 아름답고 황홀한 까만 밤이었다.

"누가 올라오면 어떡해요."

알몸인 빈우의 어깨에 작은 담요만을 덮어주고는 그녀를 안아

밖으로 나왔다. 연신 주위를 살피며 불안해하는 빈우가 귀엽다.

"아무도 안 온다니까."

"산장 주인은요?"

"걱정 마. 절대 안 와."

도훈의 무릎 위에 앉은 빈우가 그의 가슴에 얼굴을 기댔다. 방금 전 흘린 땀방울을 씻어주는 선선한 바람이 불어왔다.

"우리 결혼식, 이제 정말 얼마 안 남았다."

"보채지 않고 기다려 줘서 정말 고마워요."

"더 기다리지 않게 해줘서 고마워."

빈우가 후후 웃었다.

"매일 새벽마다 철 계단에 앉아서 네가 오길 기다렸어."

도훈이 그때를 회상하는 듯 빙긋 웃었다.

"처음에는 호기심이었어. 새벽 배달을 하는 여자 배달원에 대한 호기심. 그런데 그 호기심이 점점 널 걱정하게 만들고, 궁금하게 만들었지. 그리고 결국엔 보고 싶게 만들었고, 널 사랑하게 만들었어."

도훈의 나지막한 목소리가 좋아 빈우는 가만히 듣기만 했다.

"나는 너를 처음 만난 날, 새벽에 내렸던 그 비가 얼마나 고마운지 몰라. 너는 무척 아팠겠지만 네가 그렇게 빗길에 넘어지지 않았다면 그냥 스쳐 지나갔을 테니까. 그럼 너에 대한 호기심도 생겨나질 않았겠지."

그날이 떠오르는지 빈우가 픔 웃었다.

"내 앞에서 넘어지고, 우리 집에 우유를 넣어주고, 내 사무실 옆으로 이사 와줘서 고마워."

장난스런 도훈의 말에 빈우가 그의 옆구리를 쿡 찌르며 밉지 않게 눈을 흘겼다. 그런 빈우를 꼭 끌어안았다 놓아주고는 도훈이 그녀의 이마에 입을 맞추며 속삭였다.

"그렇게 내게 와줘서 정말 고마워, 빈우야."

빈우가 고개를 들어 그를 바라보았다.

"날 당신 옆에 있게 해줘서 고마워요. 평생 그 자리에 있을게요."

도훈이 고개를 숙여 빈우의 입술을 찾았다. 영원히 잊지 못할 두 사람의 밤이 깊어가고 있었다.

· — THE END — ·

작가 후기

누구에게나 주저앉고 싶을 만큼 힘든 일이 생기기도 하고, 마음의 상처로 인한 쓰라림을 견뎌야 하는 시간들이 오기도 합니다.

이 책의 빈우가 겪은 슬픔이 누구나 겪을 만한 흔한 것이 아니라 할 지라도 슬픔이나 상처를 무게로 따질 수는 없을 것입니다. 분명, 자신 이 겪은 것들이 가장 슬프고 아플 테니까요.

하지만 선택할 수 없는 아픔은 어쩔 수 없더라도, 그 아픔의 상처를 딛고 일어서는 태도는 자신이 선택할 수 있습니다. 빈우가 좌절하지 않 고 스스로 일어서려고 했던 것처럼 말이에요. 흉터가 남지 않도록 도와 줄 도훈이 같은 사랑이 있다면 더 좋을 테고요.

아픔을 겪고 있을 많은 분들이 부디 어느 순간에도 행복을 선택할 수 있었으면 좋겠습니다.

어느새 한 해의 끝자락에 서 있습니다. 시간 참 빠르다고 습관처럼 말하지만 올해는 유난히 더 그랬던 것 같습니다.

목표했던 것들 중 반도 이루지 못할 만큼 매일매일이 바쁘고 정신없었던 시간.

그래도 다행스러운 건 올해를 마무리하기 전, 『랄라스윗』을 완결하고 출간할 수 있었다는 겁니다.

이 글을 완결 지을 수 있도록 긴 시간 걱정해 주고 격려해 준 러브미스윗 가족분들과 동료 작가님들께 감사드립니다.

행복하고 건강한 겨울 보내시길 기도합니다.

2015년 12월 황유나 드림.